WIEDŹMIN

KREW ELFÓW

Elaine blath, Feainnewedd
Dearme aen a'cáelme tedd
Eigean evelienn deireádh
Que'n esse, va en esseáth
Feainnewedd, elaine blath!

Kwiatuszek, kołysanka
i popularna dziecinna wyliczanka elfów

ANDRZEJ
SAPKOWSKI

WIEDŹMIN

KREW ELFÓW

superNOWA
WARSZAWA

Opracowanie graficzne okładki: CD Projekt RED sp. z o.o.

KREW ELFÓW

ISBN 978-83-7578-030-7

Niezależna Oficyna Wydawnicza NOWA sp. z o.o.

Biuro Handlowe
ul. Nowowiejska 10/12
00-653 Warszawa
e-mail: redakcja@supernowa.pl

Redaktor naczelny Mirosław Kowalski

Druk i oprawa
WZDZ – Drukarnia LEGA, Opole

Zaprawdę powiadam wam, oto nadchodzi wiek miecza i topora, wiek wilczej zamieci. Nadchodzi Czas Białego Zimna i Białego Światła, Czas Szaleństwa i Czas Pogardy, Tedd Deireádh, Czas Końca. Świat umrze wśród mrozu, a odrodzi się wraz z nowym słońcem. Odrodzi się ze Starszej Krwi, z Hen Ichaer, z zasianego ziarna. Ziarna, które nie wykiełkuje, lecz wybuchnie płomieniem.

Ess'tuath esse! Tak będzie! Wypatrujcie znaków! Jakie to będą znaki, rzeknę wam – wprzód spłynie ziemia krwią Aen Seidhe, Krwią Elfów...

Aen Ithlinnespeath,
przepowiednia Ithlinne Aegli aep Aevenien

Rozdział pierwszy

Miasto płonęło.

Wąskie uliczki, wiodące ku fosie, ku pierwszemu tarasowi, ziały dymem i żarem, płomienie pożerały ciasno skupione strzechy domostw, lizały mury zamku. Od zachodu, od strony bramy portowej, narastał wrzask, odgłosy zajadłej walki, głuche, wstrząsające murem uderzenia taranu.

Napastnicy ogarnęli ich niespodziewanie, przełamawszy barykadę bronioną przez nielicznych żołnierzy, mieszczan z halabardami i kuszników z cechu. Okryte czarnymi kropierzami konie przeleciały nad zaporą jak upiory, jasne, rozmigotane brzeszczoty siały śmierć wśród uciekających obrońców.

Ciri poczuła, jak wiozący ją na łęku rycerz spina gwałtownie konia. Usłyszała jego krzyk. Trzymaj się, krzyczał. Trzymaj się!

Inni rycerze w barwach Cintry wyprzedzili ich, w pędzie ścięli się z Nilfgaardczykami. Ciri widziała to przez moment, kątem oka – szaleńczy wir błękitno-złotych i czarnych płaszczy wśród szczęku stali, łomotu kling o tarcze, rżenia koni...

Krzyk. Nie, nie krzyk. Wrzask.

Trzymaj się!

Strach. Każdy wstrząs, każde szarpnięcie, każdy skok konia rwie do bólu dłonie zaciśnięte na rzemieniu. Nogi w bolesnym przykurczu nie znajdują oparcia, oczy łzawią od dymu. Obejmujące ją ramię dusi, dławi, boleśnie zgniata żebra. Dookoła narasta krzyk, taki, jakiego nie słyszała nigdy dotąd. Co trzeba zrobić człowiekowi, by tak krzyczał?

Strach. Obezwładniający, paraliżujący, duszący strach.

Znowu szczęk żelaza, chrap koni. Domy dookoła tańczą, buchające ogniem okna są nagle tam, gdzie przed chwilą była błotnista uliczka, zasłana trupami, zawalona porzuconym dobytkiem uciekinierów. Rycerz za jej plecami zanosi się nagle dziwnym, chrapliwym kaszlem. Na wczepione w rzemień ręce bucha krew. Wrzask. Świst strzał.

Upadek, wstrząs, bolesne uderzenie o zbroję. Obok łomocą kopyta, nad głową miga koński brzuch i wystrzępiony popręg, drugi koński brzuch, rozwiany czarny kropierz. Stęknięcia, takie, jakie wydaje drwal rąbiący drzewo. Ale to nie drzewo, to żelazo o żelazo. Krzyk, zdławiony i głuchy, tuż przy niej coś wielkiego i czarnego wali się z pluskiem w błoto, bryzga krwią. Opancerzona stopa drga, miota się, orze ziemię olbrzymią ostrogą.

Szarpnięcie. Jakaś siła podrywa ją w górę, wciąga na łęk siodła. Trzymaj się! Znowu trzęsący pęd, szaleńczy galop. Ręce i nogi rozpaczliwie szukają oparcia. Koń staje dęba. Trzymaj się! ...Nie ma oparcia. Nie ma... Nie ma... Jest krew. Koń pada. Nie można odskoczyć, nie można wyszarpnąć się, wyrwać z uścisku pokrytych kolczugą ramion. Nie można uciec przed krwią, lejącą się na głowę, na kark.

Wstrząs, mlaśnięcie błota, gwałtowne zderzenie z ziemią, przerażająco nieruchomą po dzikiej jeździe. Przejmujący chrap i wizg konia usiłującego unieść zad. Dudnienie podków, migające pęciny i kopyta. Czarne płaszcze i kropierze. Krzyk.

W uliczce ogień, rycząca czerwona ściana ognia. Na jej tle jeździec, wielki, wydaje się sięgać głową ponad płonące dachy. Okryty czarnym kropierzem koń tańczy, miota łbem, rży.

Jeździec patrzy na nią. Ciri widzi błysk oczu w szparze

wielkiego hełmu, ozdobionego skrzydłami drapieżnego ptaka. Widzi odblask pożaru na szerokiej klindze miecza trzymanego w nisko opuszczonej dłoni.

Jeździec patrzy. Ciri nie może się poruszyć. Przeszkadzają jej bezwładne ręce zabitego, oplatające ją w pasie. Unieruchamia ją coś ciężkiego i mokrego od krwi, coś, co leży na jej udzie i przygważdża ją do ziemi.

I unieruchamia ją strach. Potworny, skręcający trzewia strach, który sprawia, że Ciri przestaje słyszeć kwik rannego konia, ryk pożaru, wrzaski mordowanych ludzi i łoskot bębnów. Jedno, co jest, co się liczy, co ma znaczenie, to strach. Strach, który przybrał postać czarnego rycerza w ozdobionym piórami hełmie, zamarłego na tle czerwonej ściany szalejących płomieni.

Jeździec spina konia, skrzydła drapieżnego ptaka na jego hełmie łopocą, ptak zrywa się do lotu. Do ataku na bezbronną, sparaliżowaną ze strachu ofiarę. Ptak – a może rycerz – krzyczy, skrzeczy, strasznie, okrutnie, triumfalnie. Czarny koń, czarna zbroja, czarny rozwiany płaszcz, a za tym wszystkim ogień, morze ognia.

Strach.

Ptak skrzeczy. Skrzydła łopocą, pióra biją po twarzy. Strach!

Na pomoc. Dlaczego nikt mi nie pomaga. Jestem sama, jestem mała, jestem bezbronna, nie mogę się poruszyć, nie mogę nawet wydobyć głosu ze skurczonego gardła. Dlaczego nikt mi nie przychodzi z pomocą?

Boję się!

Oczy płonące w szparze wielkiego uskrzydlonego hełmu. Czarny płaszcz przesłania wszystko...

– Ciri!

Obudziła się zlana potem, zdrętwiała, a jej własny krzyk, krzyk, który ją zbudził, wciąż drżał, wibrował gdzieś w środku, pod mostkiem, palił wyschniętą krtań. Bolały ręce zaciśnięte na derce, bolały plecy...

– Ciri. Uspokój się.

Dookoła była noc, ciemna i wietrzna, jednostajnie i melodyjnie szumiąca koronami sosen, poskrzypująca pniami. Nie było już pożaru i krzyku, była tylko ta szumiąca kołysanka. Obok pulsowało światłem i ciepłem ognisko biwaku, płomień połyskiwał na klamrach uprzęży, odbijał się czerwono na rękojeści i okuciach miecza opartego o leżące na ziemi siodło. Nie było innego ognia i innego żelaza. Ręka dotykająca jej policzka pachniała skórą i popiołem. Nie krwią.

– Geralt...

– To był tylko sen. Zły sen.

Ciri zadrżała silnie, kurcząc ramiona i nogi.

Sen. Tylko sen.

Ognisko zdążyło już przygasnąć, brzozowe polana są czerwone i przezroczyste, potrzaskują, tryskają błękitnym płomieniem. Płomień oświetla białe włosy i ostry profil mężczyzny, który otula ją derką i kożuchem.

– Geralt, ja...

– Jestem przy tobie. Śpij, Ciri. Musisz wypocząć. Przed nami jeszcze daleka droga.

Słyszę muzykę, pomyślała nagle. W tym szumie... jest muzyka. Muzyka lutni. I głosy. Księżniczka z Cintry... Dziecko przeznaczenia... Dziecko Starszej Krwi, krwi elfów. Geralt z Rivii, Biały Wilk, i jego przeznaczenie. Nie, nie, to legenda. Wymysł poety. Ona nie żyje. Zabito ją na ulicach miasta, gdy uchodziła...

Trzymaj się... Trzymaj...

– Geralt?

– Co, Ciri?

– Co on mi zrobił? Co się wtedy stało? Co on... mi zrobił?

– Kto?

– Rycerz... Czarny rycerz z piórami na hełmie... Niczego nie pamiętam. On krzyczał... i patrzył na mnie. Nie pamiętam, co się stało. Tylko to, że się bałam... Tak strasznie się bałam...

Mężczyzna pochylił się, płomień ogniska zalśnił w jego oczach. To były dziwne oczy. Bardzo dziwne. Dawniej Ciri lękała się tych oczu, nie lubiła w nie patrzeć. Ale to było dawno. Bardzo dawno.

– Niczego nie pamiętam – szepnęła, szukając jego ręki, twardej i szorstkiej jak nie obrobione drewno. – Ten czarny rycerz...

– To był sen. Śpij spokojnie. To już nie wróci.

Ciri słyszała już podobne zapewnienia, dawniej. Powtarzano jej to po wielokroć, wiele, wiele razy uspakajano ją, zbudzoną wśród nocy własnym krzykiem. Ale teraz było inaczej. Teraz wierzyła. Dlatego, że teraz mówił to Geralt z Rivii, Biały Wilk. Wiedźmin. Ten, który był jej przeznaczeniem. Któremu ona była przeznaczona. Wiedźmin Geralt, który odnalazł ją wśród wojny, śmierci i rozpaczy, zabrał ze sobą i obiecał, że już nigdy się nie rozstaną.

Zasnęła, nie puszczając jego dłoni.

•

Bard skończył śpiewać. Pochyliwszy lekko głowę, powtórzył na lutni motyw przewodni ballady, delikatnie, cicho, o ton wyżej od akompaniującego mu ucznia.

Nikt się nie odezwał. Oprócz cichnącej muzyki słychać było wyłącznie szum liści i skrzyp konarów olbrzymiego dębu. A potem nagle przeciągle zabeczała koza, uwiązana na postronku do któregoś z otaczających prastare drzewo wozów. Wówczas, jak gdyby na sygnał, jeden ze zgromadzonych w wielkie półkole słuchaczy wstał. Odrzuciwszy na ramię kobaltowo niebieski, szamerowany złotem płaszcz skłonił się sztywno i dystyngowanie.

– Dzięki ci, mistrzu Jaskrze – powiedział dźwięcznie, choć niegłośno. – Niechaj to ja, Radcliffe z Oxenfurtu, Mistrz Arkanów Magicznych, niechybnie jako wyraziciel opinii wszystkich tu obecnych, wypowiem słowa podziękowania i uznania dla twej wielkiej sztuki i twego talentu.

Czarodziej powiódł wzrokiem po zebranych, których było dobrze powyżej setki, usadowionych u stóp dębu w ciasnym półkolu, stojących, siedzących na wozach. Słuchacze kiwali głowami, szeptali. Kilka osób zaczęło klaskać, kilka innych pozdrowiło śpiewaka uniesionymi dłońmi. Wzruszone niewiasty pociągały nosami i ocierały oczy, czym mogły, w zależności od stanu, profesji i majętności: wieśniaczki przedramieniem lub wierzchem dłoni, żony kupców lnianymi chustami, elfki i szlachcianki batystem, a trzy córki komesa Viliberta, który dla występu słynnego trubadura przerwał wraz z całym swym orszakiem polowanie z sokołami, smarkały donośnie i przejmująco w gustowne wełniane szaliczki w kolorze zgniłej zieleni.

– Nie będzie przesadą – ciągnął czarodziej – gdy powiem, że wzruszyłeś nas do głębi, mistrzu Jaskrze, że zmusiłeś nas do zastanowienia i zadumy, poruszyłeś nasze serca. Niech wolno mi będzie wyrazić ci naszą wdzięczność i szacunek.

Trubadur wstał i skłonił się, omiatając kolana przypiętym do fantazyjnego kapelusika czaplim piórem. Uczeń przerwał grę, wyszczerzył się i również ukłonił, ale mistrz Jaskier spojrzał na niego groźnie i zaburczał półgłosem. Chłopiec spuścił głowę i wrócił do cichego brzdąkania na strunach lutni.

Zebrani ożywili się. Kupcy z karawan, poszeptawszy między sobą, wytoczyli przed dąb pokaźny antałek piwa. Czarodziej Radcliffe pogrążył się w cichej rozmowie z komesem Vilibertem. Córki komesa przestały smarkać i wpatrywały się w Jaskra z uwielbieniem. Bard nie zauważał tego, pochłonięty właśnie słaniem uśmiechów, mrugnięć i błysków zębów w stronę milczącej wyniośle grupy wędrownych elfów, a w szczególności ku jednej z elfek, ciemnowłosej i wielkookiej piękności w maleńkim gronostajowym toczku. Jaskier miał konkurentów – posiadaczkę wielkich oczu i ślicznego toczka dostrzegli też i emablowali spojrzeniami jego słuchacze – rycerze, żacy i waganci. Elfka, wyraźnie rada z zainteresowania, skubała koronkowe mankiety bluzki i trzepotała rzęsami, ale towarzyszące elfy otaczały ją ze wszystkich stron, nie skrywając niechęci wobec zalotników.

Polana pod dębem Bleobherisem, miejsce częstych wieców, postojów podróżnych i spotkań wędrowców, słynęła z tolerancji i otwartości. Opiekujący się wiekowym drzewem druidzi zwali polanę „Miejscem przyjaźni" i chętnie gościli tu każdego. Ale nawet przy okazjach wyjątkowych, takich jak zakończony właśnie występ sławnego na świat cały trubadura, podróżni trzymali się w swych własnych, dość wyraźnie odizolowanych grupach. Elfy kupiły się do elfów. Krasnoludzcy rzemieślnicy grupowali się wraz ze swymi uzbrojonymi po zęby pobratymcami, wynajętymi jako ochrona karawan kupieckich, i tolerowali obok siebie co najwyżej gnomów górników i farmerów niziołków. Wszyscy nieludzie zgodnie zachowywali rezerwę wobec ludzi. Ludzie odpowiadali nieludziom podobną monetą, ale wśród nich też bynajmniej nie obserwowało się integracji. Szlachta spoglądała z pogardą na kupców i domokrążców, a żołdacy i najemnicy odsuwali się od pasterzy w śmierdzących kożuchach. Nieliczni czarodzieje i adepci izolowali się zupełnie i wszystkich dookoła sprawiedliwie obdarzali arogancją. Tło stanowiła zaś zbita, ciemna, ponura i milcząca gromada chłopów. Ci, przypominając armię lasem wznoszących się nad głowami grabi, wideł i cepów, ignorowali wszystko i wszystkich.

Wyjątek, jak zwykle, stanowiły dzieci. Zwolniona z nakazu ciszy obowiązującego w czasie występu barda, smarkateria z dzikim wrzaskiem pomknęła ku lasowi, by tam z zapałem oddać się grze, której reguły były nie do pojęcia dla kogoś, kto pożegnał się już ze szczęśliwymi latami dzieciństwa. Mali ludzie, elfy, krasnoludki, niziołki, gnomy, półelfy, ćwierćelfy i berbecie zagadkowej proweniencji nie znały i nie uznawały podziałów rasowych i społecznych. Na razie.

– W samej rzeczy! – zakrzyknął jeden z obecnych na polanie rycerzy, chudy jak tyka drągal w czerwono-czarnym wamsie, ozdobionym trzema kroczącymi lwami. – Dobrze rzekł pan czarodziej! Piękne to były ballady, na honor, mości Jaskier, jeśli kiedyś będziecie w pobliżu Łysorogu, kasztelu mego seniora, wstąpcie, nie wahajcie się ani chwili. Ugościmy was jak księcia, co ja mówię, jak samego króla Vizimira! Klnę się na mój miecz, słyszałem ci ja wielu minstreli, ale gdzie im się z wami równać, mistrzu. Przyjmijcie od nas, urodzonych i pasowanych, szacunek i hołd dla waszego kunsztu!

Bezbłędnie wyczuwając właściwy moment, trubadur mrugnął do ucznia. Chłopiec odłożył lutnię i podjął z ziemi szkatułeczkę służącą do zbierania wśród słuchaczy bardziej wymiernych wyrazów uznania. Zawahał się, powiódł wzrokiem po tłumie, po czym odłożył szkatułeczkę i chwycił stojący obok spory ceber. Mistrz Jaskier łaskawym uśmiechem zaaprobował roztropność młodzieńca.

– Mistrzu! – zawołała postawna kobieta, siedząca na wozie z napisem „Vera Loewenhaupt i Synowie", wyładowanym wyrobami z wikliny. Synów nigdzie nie było widać, zapewne zajęci byli marnotrawieniem zbitego przez matkę majątku. – Mistrzu Jaskrze, jakże to tak? Zostawiacie nas w niepewności? Przecie to nie koniec waszej ballady? Zaśpiewajcież nam o tym, co dalej było!

– Pieśni i ballady – skłonił się artysta – nie kończą się nigdy, o pani, bo poezja jest wieczna i nieśmiertelna, nie zna ni początku, ni końca...

– Ale co było dalej? – nie dawała za wygraną handlarka, szczodrze i brzękliwie sypiąc monety do ceberka, podstawionego jej przez ucznia. – Powiedzcie nam choć o tym, jeśli nie macie życzenia śpiewać. Nie padły w waszych pieśniach żadne imiona, ale przecie wiemy, że ów wyśpiewany przez was wiedźmin to nie kto inny jak sławny Geralt z Rivii, a owa czarodziejka, do której tenże pała gorącą miłością, to nie mniej słynna Yennefer. Zaś owe Dziecko Niespodzianka, przyrzeczone i przeznaczone wiedźminowi, to wszakże Cirilla, nieszczęsna księżniczka ze zburzonej przez najeźdźców Cintry. Czyż nie tak?

Jaskier uśmiechnął się wyniośle i tajemniczo.

– Śpiewam o sprawach uniwersalnych, hojna dobrodziejko – oświadczył. – O emocjach mogących stać się udziałem każdego. Nie o konkretnych osobach.

– Akurat! – wrzasnął ktoś z tłumu. – Każdy wie, że śpiewki o wiedźminie Geralcie traktowały!

– Tak, tak! – zapiszczały chórem córki komesa Viliberta, susząc mokre od łez szaliczki. – Śpiewajcie jeszcze, mistrzu Jaskrze! Co było dalej? Czy wiedźmin i czarodziejka Yennefer odnaleźli się wreszcie? I czy się kochali? Czy byli szczęśliwi? Chcemy wiedzieć! Mistrzu, mistrzu!

– Ale tam! – krzyknął gardłowo prowodyr grupy krasnoludów, trzęsąc potężną rudą, sięgającą pasa brodą. – Łajno to, księżniczki, czarodziejki, przeznaczenie, miłość i inne białogłowskie bajędy. Toż to wszystko, z przeproszeniem pana poety, bujda, czyli wymysł poetyczny, po to, by ładniej było i wzruszająco. Ale wojenne dzieła, jak rzeź i grabież Cintry, jak bitwy w Marnadalu i Sodden, toście nam dopiero pięknie wyśpiewali, Jaskier! Ha, nie żal srebrem sypnąć za taką pieśń, radującą serce wojownika! I widać było, że nie łżecie ni krztyny, ja to mówię, Sheldon Skaggs, a ja łeż od prawdy odróżnić umiem, bo jam pod Sodden był, jam przeciw nilfgaardzkim najezdnikom stał tam z toporem w garści...

– Ja, Donimir z Troy – krzyknął chudy rycerz z trzema lwami na wamsie – byłem w obu bitwach o Sodden, alem was tam nie widział, panie krasnoludzie!

– Boście pewnikiem taborów pilnowali! – odpalił Sheldon Skaggs. – A ja byłem w pierwszej linii, tam, gdzie było gorąco!

– Bacz, co mówisz, brodaczu! – poczerwieniał Donimir z Troy, podciągając obciążony mieczem pas rycerski. – I do kogo!

– Sam bacz! – krasnolud trzepnął dłonią po zatkniętym za pas toporze, odwrócił się do swych kompanów i wyszczerzył zęby. – Widzieliście go? Rycerz chędożony! Herbowy! Trzy lwy w tarczy! Dwa srają, a trzeci warczy!

– Pokój, pokój! – siwowłosy druid w białej szacie ostrym, władczym głosem zażegnał awanturę. – Nie godzi się, moi panowie! Nie tu, nie pod konarami Bleobherisa, dębu starszego od wszystkich sporów i zwad tego świata! I nie w przytomności poety Jaskra, którego ballady winny uczyć nas miłości, nie kłótni.

– Słusznie! – poparł druida niski, otyły kapłan o twarzy błyszczącej od potu. – Patrzycie, a oczu nie macie, słuchacie, a uszy wasze głuche. Bo miłości bożej nie ma w was, boście są jako puste beczki...

– Jeśli już o beczkach mowa – zapiszczał długonosy gnom z wozu ozdobionego napisem „Artykuły żelazne, wyrób i sprzedaż" – to wytoczcie jeszcze jedną, panowie cechowi! Poecie Jaskrowi ani chybi w gardle zaschło, a i nam z tego wzruszenia niezgorzej!

– Zaprawdę, jako puste beczki, powiadam wam! – zagłuszył gnoma kapłan, nie zamierzając dać się zbić z pantałyku i przerywać kazania. – Nic a nic z pana Jaskrowych ballad nie pojęliście, niczegoście się nie nauczyli. Nie zrozumieliście, że ballady te o losie ludzkim mówiły, o tym, żeśmy w rękach bogów jeno zabawką, a krainy nasze bożym są igrzyskiem. Ballady o przeznaczeniu mówiły, o przeznaczeniu nas wszystkich, a legenda o wiedźminie Geralcie i księżniczce Cirilli, choć rzucona na prawdziwe tło owej wojny, to przecież tylko metafora, wytwór wyobraźni poety, który temu miał służyć, byśmy...

– Bredzisz, święty mężu! – zawołała z wysokości swego wozu Vera Loewenhaupt. – Jaka legenda? Jaki wytwór wyobraźni? Kto jak kto, ale ja Geralta z Rivii znam, widziałam go na własne oczy, w Wyzimie, gdzie córkę króla Foltesta odczarował. A później jeszcze spotkałam go na Kupieckim Trakcie, gdzie na prośbę Gildii zabił srogiego gryfa, co na karawany napadał, którym to uczynkiem wielu dobrym ludziom życie ocalił. Nie, nie legenda to i nie bajka. Prawdę, szczerą prawdę wyśpiewał nam tu mistrz Jaskier.

– Potwierdzam – powiedziała smukła wojowniczka z czarnymi włosami gładko zczesanymi do tyłu i splecionymi w gruby warkocz. – Ja, Rayla z Lyrii, również znam Geralta Białego Wilka, słynnego pogromcę potworów. Widywałam też nie raz i nie dwa czarodziejkę Yennefer, bom bywała w Aedirn, w mieście Vengerbergu, gdzie owa ma swą siedzibę. O tym, aby tych dwoje się kochało, nic mi jednak nie wiadomo.

– Ale musi to być prawda – odezwała się nagle melodyjnym głosem urodziwa elfka w gronostajowym toczku. – Tak piękna ballada o miłości nie mogła być nieprawdziwa.

– Nie mogła! – poparły elfkę córki komesa Viliberta i jak na komendę otarły oczy szaliczkami. – Żadną miarą nie mogła!

– Mości czarodzieju! – Vera Loewenhaupt zwróciła się do Radcliffe'a. – Kochali się, czy nie? Wy z pewnością wiecie, jak to było z nimi naprawdę, z wiedźminem i ową Yennefer. Uchylcież rąbka tajemnicy!

– Jeśli pieśń mówi, że się kochali – uśmiechnął się czarodziej – to tak było i miłość ta przetrwa wieki. Taka jest moc poezji.

– Wieść niesie – wtrącił nagle komes Vilibert – że Yennefer z Vengerbergu poległa na Soddeńskim Wzgórzu. Kilka tam poległo czarodziejek...

– Nieprawda to – powiedział Donimir z Troy. – Nie masz na pomniku jej imienia. Moje to strony, nie jeden raz na Wzgórzu byłem i wykute na pomniku napisy czytałem. Trzy czarodziejki tam poległy. Triss Merigold, Lytta Neyd, którą zwano Koral... Hmm... Imię trzeciej wymskło mi się z pamięci...

Rycerz spojrzał na czarodzieja Radcliffe'a, ale ten uśmiechnął się tylko, nie powiedział ani słowa.

– A ów wiedźmin – zawołał nagle Sheldon Skaggs – ten Geralt, któren ową Yennefer miłował, to już podobno ziemię gryzie. Słyszałem, że utłukli go gdzieś na Zarzeczu. Ubijał potwory, ubijał, aż trafiła kosa na kamień. Tak to już jest, ludkowie, kto mieczem wojuje, ten od miecza ginie. Każdy kiedyś trafi na lepszego i połknie żelazo.

– Nie wierzę – smukła wojowniczka wykrzywiła blade wargi, splunęła siarczyście na ziemię, z chrzęstem skrzyżowała na piersi osłonięte kolczą siatką przedramiona. – Nie wierzę, by Geralt z Rivii mógł trafić na lepszego. Zdarzyło mi się widzieć, jak ten wiedźmin włada mieczem. Jest wprost nieludzko szybki...

– Dobrze powiedziane – wtrącił czarodziej Radcliffe. – Nieludzko. Wiedźmini są mutantami, dlatego szybkość ich reakcji...

– Nie rozumiem, o czym mówicie, panie magiku – wojowniczka jeszcze paskudniej wykrzywiła usta. – Wasze słowa są zbyt uczone. Ja wiem jedno: żaden szermierz, jakiego znałam lub znam, nie może równać się z Geraltem z Rivii, Białym Wilkiem. Dlatego nie wierzę, by ów mógł zostać pokonany w walce, jak utrzymuje pan krasnolud.

– Każdy szermierz dupa, kiedy wrogów kupa – rzekł sentencjonalnie Sheldon Skaggs. – Tak mawiają elfy.

– Elfy – oświadczył zimno wysoki, jasnowłosy przedstawiciel Starszego Ludu, stojący obok ślicznego toczka – nie zwykły się tak ordynarnie wyrażać.

– Nie! Nie! – zapiszczały zza zielonych szaliczków córki komesa Viliberta. – Wiedźmin Geralt nie mógł zginąć! Wiedźmin odnalazł przeznaczoną mu Ciri, a potem czarodziejkę Yennefer, i wszyscy troje żyli długo i szczęśliwie! Prawda, mistrzu Jaskrze?

– Toć to ballada była, cne panienki – ziewnął spragniony piwa gnom, wytwórca artykułów żelaznych. – Gdzie się tu w balladzie prawdy doszukiwać? Prawda jedno, poezja drugie. Weźmy choćby ową... Jak jej tam było? Ciri? Tę Niespodziankę słynną. Ją to pan poeta całkiem z palca był wyssał. Bywałem ci ja w Cintrze nie raz i wiem, że tamtejsi król i królowa w bezdzietnym stadle żyli, ani córki, ani syna nie mieli...

– Łeż to! – krzyknął rudy mężczyzna w kurcie z foczej skóry, z czołem przepasanym kraciastą chustą. – Królowa Calanthe, Lwica z Cintry, miała córkę, tą wołali Pavetta. Owa wraz z mężem zginęła w czasie morskiej burzy, odmęt morski ich pochłonął, obydwoje.

– Sami widzicie, że nie łżę! – wezwały wszystkich na świadków artykuły żelazne. – Pavetta, a nie Ciri, zwała się królewna Cintry.

– Cirilla, zwana Ciri, była właśnie córką owej utopionej Pavetty – wyjaśnił ryży. – Wnuczką Calanthe. Nie królewną była, a księżniczką Cintry. Ona to była właśnie owym przeznaczonym wiedźminowi Dzieckiem Niespodzianką, ją to, zanim jeszcze się rodziła, przyrzekła królowa oddać wiedźminowi, jak to pan Jaskier wyśpiewał. Ale wiedźmin nie mógł jej odnaleźć i zabrać, tu pan poeta minął się z prawdą.

– Minął, a jakże – wtrącił się do rozmowy żylasty młodzian, mogący, sądząc po stroju, być czeladnikiem na wędrówce poprzedzającej majstersztyk i egzaminy mistrzowskie. – Wiedźmina ominęło jego przeznaczenie. Cirilla zginęła w czasie oblężenia Cintry. Królowa Calanthe, zanim rzuciła się z wieży, własną ręką zadała księżniczce śmierć, by żywa nie dostała się w pazury Nilfgaardu.

– Nie tak było, wcale nie tak – zaprotestował ryży. – Księżniczkę zabito w czasie rzezi, gdy próbowała umykać z miasta.

– Tak czy inaczej – krzyknęły artykuły żelazne – nie odnalazł wiedźmin owej Cirilli! Poeta zełgał!

– Ale pięknie zełgał – powiedziała elfka w toczku, przytulając się do wysokiego elfa.

– Nie o poezję idzie, lecz o fakty! – zawołał czeladnik. – Powiadam, że księżniczka zginęła z ręki własnej babki. Każdy, kto był w Cintrze, może to potwierdzić!

– A ja powiadam, że zabito ją na ulicach, gdy uchodziła – oświadczył ryży. – Wiem to, bo choć nie pochodzę z Cintry, byłem w drużynie jarla ze Skellige, który wspierał Cintrę czasu wojny. Król Cintry, Eist Tuirseach, jak wszyscy wiedzą, właśnie z wysp Skellige się wywodził, wujem był jarlowi. A ja w drużynie jarla walczyłem w Marnadalu i w Cintrze, a potem, po klęsce, pod Sodden...

– Jeszcze jeden kombatant – warknął Sheldon Skaggs do stłoczonych wokół niego krasnoludów. – Sami bohaterowie i wojownicy. Hej, ludkowie! Czy jest wśród was choć jeden, który nie wojował w Marnadalu lub pod Sodden?

– Kpina nie na miejscu, Skaggs – powiedział karcąco wysoki elf, obejmując ramieniem piękność w toczku w sposób mający rozwiać ewentualne wątpliwości innych admiratorów. – Niech ci się nie wydaje, że ty jeden walczyłeś pod Sodden. Ja, żeby daleko nie szukać, również brałem udział w tej bitwie.

– Ciekawe, po czyjej stronie – rzekł do Radcliffe'a komes Vilibert, dobrze słyszalnym szeptem, który elf całkowicie zignorował.

– Jak powszechnie wiadomo – ciągnął, nawet nie spoglądając w stronę komesa i czarodzieja – grubo ponad sto tysięcy wojownika stanęło w polu w drugiej bitwie o Sodden, z czego co najmniej trzydzieści tysięcy zostało zabitych lub okaleczonych. Podziękowanie należy się panu Jaskrowi, że jedną ze swych ballad uwiecznił ten słynny, ale i straszny bój. I w słowach, i w melodii tej pieśni słyszałem nie chwalbę, lecz przestrogę. Powtarzam, chwała i nieśmiertelna sława panu poecie za balladę, która być może pozwoli uniknąć w przyszłości powtórzenia się tragedii, jaką była ta okrutna i niepotrzebna wojna.

– Zaiste – powiedział komes Vilibert, patrząc na elfa wyzywająco. – Ciekawych rzeczy doszukaliście się w balladzie, mości panie. Niepotrzebna wojna, powiadacie? Uniknąć tragedii chcielibyście w przyszłości? Mamy rozumieć, że gdyby Nilfgaard uderzył na nas ponownie, doradzalibyście kapitulację? Pokorne przyjęcie nilfgaardzkiego jarzma?

– Życie to dar bezcenny i należy je chronić – rzekł zimno elf. – Nic nie usprawiedliwia rzezi i hekatomby, jakimi były obie bitwy o Sodden, ta przegrana i ta wygrana. Obie kosztowały was, ludzi, tysiące istnień. Straciliście niewyobrażalny potencjał...

– Elfie gadanie! – wybuchnął Sheldon Skaggs. – Głupia gadka! To była cena, którą trzeba było zapłacić po to, by inni mogli żyć godnie i w pokoju, zamiast dać się Nilfgaardowi zakuć w kajdany, oślepić, zagnać pod bat do siarczanych min i solnych żup. Ci, którzy polegli śmiercią bohaterów, a którzy dzięki Jaskrowi żyć będą wiecznie w naszej pamięci, nauczyli nas, jak bronić własnego domu. Śpiewajcie wasze ballady, Jaskier, śpiewajcie je wszystkim. Nie pójdzie w las nauka, a przyda się nam ona, zobaczycie! Bo nie dziś, to jutro Nilfgaard ruszy na nas znowu, wspomnicie me słowa! Teraz oni liżą rany i odpoczywają, ale bliski jest dzień, w którym znowu zobaczymy ich czarne płaszcze i pióra na hełmach!

– Czego oni od nas chcą? – wrzasnęła Vera Loewenhaupt. – Dlaczego oni się na nas uwzięli? Dlaczego nie zostawią nas w spokoju, nie dadzą żyć i pracować? Czego oni chcą, ci Nilfgaardczycy?

– Chcą naszej krwi! – ryknął komes Vilibert.

– I naszej ziemi! – zawył ktoś z tłumu chłopów.

– I naszych bab! – zawtórował Sheldon Skaggs, groźnie łypiąc oczami.

Kilka osób parsknęło śmiechem, ale cicho i ukradkiem. Bo choć wielce zabawną była sugestia, by ktokolwiek poza krasnoludami mógł pożądać wyjątkowo nieatrakcyjnych krasnoludek, nie był to bezpieczny temat do kpin i żartów, zwłaszcza w obecności niskich, krępych i brodatych jegomościów, których topory i kordy miały brzydki zwyczaj niesamowicie szybko wyskakiwać zza pasów. A krasnoludy, z niewiadomych powodów święcie przekonane, że cały świat czyha lubieżnie na ich żony i córki, były pod tym względem niebywale drażliwe.

– To musiało kiedyś przyjść – oświadczył nagle siwy druid. – To musiało się stać. Zapomnieliśmy, że nie jesteśmy na tym świecie sami, że nie pępkiem tego świata jesteśmy. Jak głupie, leniwe, obżarte karasie w zamulonym stawie nie wierzyliśmy w istnienie szczupaków. Dopuściliśmy, by nasz świat, jak ów staw, zamulił się, zabagnił i zgnuśniał. Rozejrzyjcie się dookoła – wszędzie zbrodnia i grzech, chciwość, pogoń za zyskiem, kłótnia, niezgoda, upadek obyczajów, brak szacunku dla wszelkich wartości. Miast żyć tak, jak każe Natura, zaczęliśmy tę Naturę niszczyć. I co mamy? Powietrze zatrute smrodem dymarek, rzeki i ruczaje splugawione przez rzeźnie i garbarnie, lasy cięte bez opamiętania... Ha, nawet na żywej korze świętego Bleobherisa, spójrzcie jeno, o, tuż nad głową pana poety, wyrzezany kozikiem ohydny wyraz. Do tego jeszcze błędnie wyrzezany, nie dość, że wandal to był, to w dodatku nieuk, pisać nie umiejący. Czemu się dziwicie? To musiało się źle skończyć...

– Tak, tak! – podchwycił gruby kapłan. – Opamiętajcie się, grzesznicy, póki jeszcze pora, bo gniew bogów i pomsta nad wami! Pomnijcie na wieszczbę Itliny, na prorocze słowa o karze bogów, która spadnie na plemię zbrodniami zatrute! Pomnijcie: „Nadejdzie Czas Pogardy, a drzewo straci liść, pąk zwarzy się, zgnije owoc i zgorzknieje ziarno, a doliny rzek, miast wodą, popłyną lodem. I przyjdzie Białe Zimno, a po nim Białe Światło, i świat umrze wśród zamieci." Tak rzecze wieszczka Itlina! A nim to się stanie, będą widome znaki i spadną plagi, bo pomnijcie, Nilfgaard to kara boża! To bicz, którym Nieśmiertelni schłostają was, grzesznicy, byście...

– Ech, zawrzyjcie gębę, świątobliwy! – zaryczał Sheldon Skaggs, tupiąc ciężkimi buciorami. – Mgło się robi od waszych zabobonów i banialuków! Flaki się przewracają...

– Ostrożnie, Sheldon – przerwał mu z uśmiechem wysoki elf. – Nie drwij z cudzej religii. Ani to ładne, ani grzeczne, ani... bezpieczne.

– Z niczego nie drwię – zaprotestował krasnolud. –

Nie podaję w wątpliwość istnienia bóstw, ale oburza mnie, gdy ktoś miesza je do ziemskich spraw i mydli oczy przepowiedniami jakiejś elfiej wariatki. Nilfgaardczycy mają niby być narzędziem bogów? Bzdura! Sięgnijcie, ludzie, pamięcią wstecz, do czasów Dezmoda, Radowida, Sambuka, do czasów Abrada Starego Dęba! Nie pamiętacie, bo żyjecie króciuśko niby jętka majowa, ale ja pamiętam i wam przypomnę, jak to było tu, na tych ziemiach, zaraz po tym, jakeście zeszli z waszych łodzi na plaże w ujściu Jarugi i w Delcie Pontaru. Z czterech lądujących statków robiły się trzy królestwa, a później silniejsi połykali słabszych i tym sposobem rośli, umacniali swą władzę. Podbijali innych, wchłaniali ich, i królestwa rosły, stawały się coraz większe i silniejsze. A teraz to samo robi Nilfgaard, bo to kraj silny i zjednoczony, karny i zwarty. I jeśli wy się podobnie nie zewrzecie, Nilfgaard połknie was, iście jako szczuka karasia, jak to rzekł ów mądry druid!

– Niech jeno spróbują! – Donimir z Troy wypiął ozdobioną trzema lwami pierś i trzasnął mieczem w pochwie. – Zadaliśmy im bobu pod Sodden, możemy po raz wtóry zadać!

– Bardzoście zadufani – warknął Sheldon Skaggs. – Zapomnieliście widno, panie pasowany, że nim doszło do drugiej rozprawy pod Sodden, Nilfgaard przetoczył się przez wasze ziemie jak żelazny walec, że trupami takich jak wy chwatów zasłał pola od Marnadalu po Zarzecze. A zatrzymały Nilfgaardczyków także nie wam podobne, krzykliwe zuchy, ale zjednoczone w zgodzie siły Temerii, Redanii, Aedirn i Kaedwen. Zgoda i jedność, oto co ich zatrzymało!

– Nie tylko – rzekł dźwięcznie, ale bardzo chłodno Radcliffe. – Nie tylko to, panie Skaggs.

Krasnolud chrząknął głośno, smarknął, zaszurał butami, po czym skłonił się lekko w stronę czarodzieja.

– Nikt nie ujmuje zasług waszym konfratrom – powiedział. – Hańba temu, kto nie uzna bohaterstwa czarodziejów z Soddeńskiego Wzgórza, bo dzielnie stawali, przelali za wspólną sprawę krew, walnie przyczynili się do wiktorii. Nie zapomniał o nich Jaskier w swej balladzie, i my też nie zapomnimy. Ale zważcie, że owi czarodzieje zjednoczeni i solidarni na Wzgórzu stanęli, uznali przywództwo Vilgefortza z Roggeveen, jako i my, wojownicy Czterech Królestw, uznaliśmy komendę Vizimira Redańskiego. Szkoda tylko, że jeno na czas wojny starczyło tej zgody i solidarności. Bo nynie, gdy pokój, znowuśmy się podzielili. Vizimir z Foltestem dławią się wzajem cłem i prawem składu, Demawend z Aedirn kłóci się z Henseltem o Północną Marchię, a Liga z Hengfors i Thyssenidzi z Koviru mają wszystko gdzieś. A i wśród czarodziejów, jak słyszałem, próżno dziś szukać dawnej zgody. Nie ma wśród was zwartości, nie ma karności, nie ma jedności. A w Nilfgaardzie jest!

– Nilfgaardem włada cesarz Emhyr var Emreis, tyran i jedynowładca, wymuszający posłuszeństwo batem, stryczkiem i toporem! – zagrzmiał komes Vilibert. – Cóż to nam proponujecie, panie krasnoludzie? W cóż to mamy się zewrzeć? W podobną tyranię? A któryż to król, które królestwo miałoby, waszym zdaniem, podporządkować sobie pozostałe? W czyimż to ręku chcielibyście widzieć berło i knut?

– A co mnie to obchodzi? – wzruszył ramionami Skaggs. – To wasze, ludzkie sprawy. Kogokolwiek byście zresztą królem obrali, żaden krasnolud nim nie zostanie.

– Ani elf, ani nawet półelf – dodał wysoki przedstawiciel Starszego Ludu, wciąż obejmując piękność w toczku. – Nawet ćwierćelfa uważacie za coś pośledniejszego...

– Tu was boli – zaśmiał się Vilibert. – W ten sam róg dmiecie, co i Nilfgaard, bo Nilfgaard też krzyczy o równości, obiecuje wam powrót do dawnych porządków, gdy tylko nas pokona i z tych ziem wyżenie. To taka jedność, taka równość wam się marzy, o takiej gadacie, taką głosicie! Bo Nilfgaard wam za to złotem płaci! I nie dziwota, że się tak kochacie, bo to przecież elfia rasa, ci Nilfgaardczycy...

– Bzdura – powiedział zimno elf. – Pleciecie głupstwa, panie rycerzu. Rasizm zaślepia was w oczywisty sposób. Nilfgaardczycy są ludźmi takimi samymi jak i wy.

– Wierutne to kłamstwo! To potomkowie Czarnych

Seidhe, każdy to wie! W ich żyłach płynie elfia krew! Krew elfów!

– A w waszych żyłach co płynie? – elf uśmiechnął się drwiąco. – Mieszamy naszą krew od pokoleń, od stuleci, my i wy, wychodzi nam to wyśmienicie, nie wiem, na szczęście czy na nieszczęście. Zaczęliście tępić mieszane związki niecałe ćwierć wieku temu, zresztą z marnym skutkiem. I pokażcie mi teraz człowieka bez domieszki Seidhe Ichaer, krwi Starszego Ludu.

Vilibert poczerwieniał wyraźnie. Spąsowiała też Vera Loewenhaupt. Schylił głowę i zakaszlał czarodziej Radcliffe. Co ciekawe, zarumieniła się również piękna elfka w gronostajowym toczku.

– Wszyscy jesteśmy dziećmi Matki Ziemi – rozległ się w ciszy głos siwego druida. – Jesteśmy dziećmi Matki Natury. I choć matki naszej nie szanujemy, choć niekiedy przysparzamy jej zmartwień i bólu, choć łamiemy jej serce, ona kocha nas, kocha nas wszystkich. Pamiętajmy o tym, zebrani tu, w Miejscu Przyjaźni. I nie spierajmy się, kto z nas był tu pierwszy, bo pierwsza była wyrzucona przez fale Żołądź, a z Żołędzi wykiełkował Wielki Bleobheris, najstarszy z dębów. Stojąc pod konarami Bleobherisa, wśród jego odwiecznych korzeni, nie zapominajmy o naszych własnych, braterskich korzeniach, o ziemi, z której te korzenie wyrastają. Pamiętajmy o słowach pieśni poety Jaskra...

– Właśnie! – krzyknęła Vera Loewenhaupt. – A gdzie on jest?

– Zmył się – skonstatował Sheldon Skaggs, patrząc na puste miejsce pod dębem. – Wziął pieniądze i zmył się bez pożegnania. Iście po elfiemu!

– Po krasnoludzku! – zapiszczały artykuły żelazne.

– Po ludzku – poprawił wysoki elf, a piękność w toczku oparła głowę o jego ramię.

•

– Hej, grajku – powiedziała Mama Lantieri, wkraczając do izby bez pukania, pchając przed sobą woń hiacyntów, potu, piwa i wędzonki. – Masz gościa. Wejdźcie, dostojny panie.

Jaskier poprawił włosy, wyprostował się w ogromnym rzeźbionym fotelu. Dwie siedzące na jego kolanach dziewczyny zerwały się szybciutko, zasłoniły wdzięki, naciągnęły rozchełstane koszule. Wstydliwość dziwek, pomyślał poeta, iście niezły tytuł dla ballady. Wstał, zapiął pas i włożył kubrak, patrząc na stojącego w progu szlachcica.

– Zaiste – rzekł – wszędzie umiecie mnie znaleźć, chociaż rzadko wybieracie stosowne po temu pory. Na wasze szczęście jeszcze nie zdecydowałem, którą z tych ślicznotek wolę. A przy twoich cenach, Lantieri, nie mogę sobie pozwolić na obie.

Mama Lantieri uśmiechnęła się wyrozumiale, klasnęła w dłonie. Obie dziewczyny – białoskóra, piegowata wyspiarka i ciemnowłosa półelfka w pośpiechu opuściły izbę. Stojący w progu mężczyzna zdjął płaszcz, wręczył go Mamie wraz z małym, ale pękatym mieszkiem.

– Wybaczcie, mistrzu – powiedział, podchodząc i rozsiadając się za stołem. – Wiem, że nie w porę was niepokoję. Ale tak nagle zniknęliście spod dębu... Nie dogoniłem was na gościńcu, jak zamierzałem, nie od razu trafiłem na wasz ślad w miasteczku. Wierzajcie, nie zajmę wam wiele czasu...

– Zawsze tak mówicie i zawsze to bujda – przerwał bard. – Zostaw nas samych, Lantieri, dopilnuj, by nam nie przeszkadzano. Słucham was, panie.

Mężczyzna spojrzał na niego badawczo. Miał ciemne, wilgotne, jak gdyby załzawione oczy, ostry nos i nieładne, wąskie wargi.

– Nie zwlekając przystąpię do rzeczy – oświadczył, odczekawszy, aż za Mamą zamkną się drzwi. – Interesują mnie wasze ballady, mistrzu. Dokładniej, pewne osoby, o których śpiewacie. Zajmują mnie prawdziwe losy bohaterów waszych ballad. Wszakże, jeśli się nie mylę, to prawdziwe losy rzeczywistych osób były inspiracją pięknych utworów, których wysłuchałem pod dębem? Myślę o... O małej Cirilli z Cintry. O wnuczce królowej Calanthe.

Jaskier spojrzał w sufit, pobębnił palcami po stole.

– Mości panie – powiedział sucho. – Dziwne rzeczy was interesują. O dziwne rzeczy pytacie. Coś mi się widzi, że nie jesteście tym, za kogo was wziąłem.

– A za kogo mnie wzięliście, jeśli mogę wiedzieć?

– Nie wiem, czy możecie. Będzie to zależało od tego, czy przekażecie mi teraz pozdrowienia od naszych wspólnych znajomych. Powinniście to uczynić na wstępie, a zapomnieliście jakoś.

– Wcale nie zapomniałem – mężczyzna sięgnął za pazuchę aksamitnego kaftana w kolorze sepii, wydobył drugi mieszek, nieco większy niż ten, który wręczył rajfurce, równie jednak pękaty i brzęczący przy zetknięciu z blatem stołu. – My po prostu nie mamy wspólnych znajomych, Jaskier. Ale czyż ta sakiewka nie jest w stanie złagodzić owego mankamentu?

– Cóż to zamierzacie kupić za ten chudziutki trzosik? – wydął wargi trubadur. – Cały bordel Mamy Lantieri i otaczające go grunta?

– Powiedzmy, że zamierzam wesprzeć sztukę. I artystę. Po to, by móc z artystą pogawędzić o jego twórczości.

– Aż tak miłujecie sztukę, mój panie? Aż tak pilno wam do rozmowy z artystą, że próbujecie wpychać mu pieniądze jeszcze przed przedstawieniem się, łamiąc tym samym elementarne zasady grzeczności?

– Na początku rozmowy – nieznajomy zmrużył nieznacznie ciemne oczy – nie przeszkadzało wam moje incognito.

– Ale teraz zaczęło przeszkadzać.

– Nie wstydzę się mego miana – rzekł mężczyzna z leciutkim uśmieszkiem na wąskich wargach. – Nazywam się Rience. Nie znacie mnie, mistrzu Jaskier, i nie dziwota. Jesteście zbyt znani i sławni, by móc znać wszystkich waszych wielbicieli. A każdemu admiratorowi waszego talentu wydaje się, że zna was, zna was tak dobrze, że pewna poufałość jest jak najbardziej na miejscu. Mnie to również dotyczy, w całej rozciągłości. Wiem, że to błędne mniemanie, wybaczcie łaskawie.

– Wybaczam łaskawie.

– Mogę tedy liczyć, że zechcecie odpowiedzieć na kilka pytań...

– Nie, nie możecie – przerwał poeta, nadymając się. – Teraz wy raczcie łaskawie wybaczyć, ale ja niechętnie dyskutuję o tematyce mych utworów, o inspiracjach, o postaciach, tak fikcyjnych, jak i innych. Odziera to bowiem poezję z jej poetycznej warstwy i wiedzie ku trywialności.

– Czyżby?

– Z całą pewnością. Zważcie, że gdybym po odśpiewaniu ballady o wesołej młynareczce ogłosił, że tak naprawdę to chodzi o Zvirkę, żonę młynarza Piskorza, i uzupełnił to wiadomością, że Zvirkę można swobodnie chędożyć co czwartek, bo w czwartki młynarz jeździ na jarmark, to już nie byłaby poezja. To byłoby albo kuplerstwo, albo ohydna potwarz.

– Rozumiem, rozumiem – powiedział szybko Rience. – Ale chyba to zły przykład. Mnie przecież nie interesują niczyje grzechy ani grzeszki. Nikogo nie spotwarzycie, odpowiadając na moje pytania. Mnie potrzebna jest tylko jedna mała informacja: co się naprawdę stało z Cirillą, księżniczką Cintry? Mnóstwo osób twierdzi, że Cirilla zginęła podczas zdobywania miasta, są nawet naoczni świadkowie tego wydarzenia. Z waszej ballady wynikałoby zaś, że dziecko przeżyło. Naprawdę ciekawi mnie, czy to wasza wyobraźnia, czy też rzeczywisty fakt? Prawda czy fałsz?

– Ogromnie mnie cieszy wasze zaciekawienie – uśmiechnął się szeroko Jaskier. – Uśmiejecie się, panie jak wam tam, ale o to mi właśnie chodziło, gdym tę balladę układał. Chciałem słuchaczy podniecić i rozbudzić ich ciekawość.

– Prawda czy fałsz? – powtórzył zimno Rience.

– Gdybym to zdradził, zniszczyłbym efekt mej pracy. Żegnaj, przyjacielu. Wykorzystałeś cały czas, jaki mogłem ci poświęcić. A tam dwie moje inspiracje czekają, niepewne, którą wybiorę.

Rience milczał długo, wcale nie zbierając się do wyjścia. Patrzył na poetę niesympatycznym, wilgotnym wzrokiem, a poeta czuł rosnący niepokój. Z dołu, z sali ogólnej zamtuza, dobiegał wesoły rejwach, punktowany niekiedy wysokim damskim chichotem. Jaskier odwrócił głowę, niby to demonstrując pogardliwą wyższość, w rzeczywistości jednak oceniał odległość dzielącą go od kąta izby i od gobelinu przedstawiającego nimfę polewającą sobie cycki wodą z dzbanka.

– Jaskier – przemówił wreszcie Rience, wkładając rękę do kieszeni sepiowego kaftana. – Odpowiedz na moje pytania, bardzo proszę. Ja muszę znać odpowiedź. To dla mnie niezmiernie ważne. A wierzaj mi, dla ciebie też, bo jeśli odpowiesz po dobroci, to...

– To co?

Na wąskie wargi Rience'a wypełzł paskudny grymas.

– To nie będę cię musiał zmuszać do mówienia.

– Słuchaj no, obwiesiu – Jaskier wstał i udał, że robi groźną minę. – Brzydzę się gwałtem i przemocą. Ale zaraz zawołam Mamę Lantieri, a ona wezwie niejakiego Gruziłę, który pełni w tym przybytku zaszczytną i odpowiedzialną funkcję wykidajły. To prawdziwy artysta w swoim fachu. On kopnie cię w rzyć, a ty wówczas przelecisz nad dachami tego grodu, tak pięknie, że nieliczni o tej porze przechodnie wezmą cię za pegaza.

Rience wykonał krótki gest, w jego dłoni coś błysnęło.

– Jesteś pewien – spytał – że zdążysz zawołać?

Jaskier nie zamierzał sprawdzać, czy zdąży. Czekać też nie zamierzał. Zanim jeszcze motylkowy sztylet zawirował i zatrzasnął się w dłoni Rience'a, długim skokiem dopadł kąta izby, nurknął pod arras z nimfą, kopniakiem otworzył sekretne drzwi i na łeb, na szyję runął w dół po kręconych schodach, zręcznie sterując po wyślizganych poręczach. Rience rzucił się w pościg, ale poeta był pewien swego – znał tajemne przejście jak własną kieszeń, nie raz korzystał z niego, wiejąc przed wierzycielami, zazdrosnymi mężami i skorą do mordobicia konkurencją, której czasem kradł rymy i nuty. Wiedział, że na trzecim zakręcie namaca obrotowe drzwiczki, za którymi będzie drabina wiodąca do piwnicy. Był pewien, że prześladowca, jak wielu przed nim, nie zdąży wyhamować, pobiegnie dalej i wdepnie na zapadnię, po czym wyląduje w chlewie. Był pewien, że potłuczony, utytłany w gównie i poturbowany przez wieprze prześladowca zaniecha pościgu.

Jaskier mylił się, jak zwykle gdy był czegoś pewien. Za jego plecami coś nagle błysnęło niebieskawo, a poeta poczuł, że kończyny cierpną mu, martwieją i sztywnieją. Nie zdołał zwolnić przy obrotowych drzwiczkach, nogi odmówiły mu posłuszeństwa. Wrzasnął i potoczył się po schodach, obijając o ściany korytarzyka. Zapadnia otwarła się pod nim z suchym trzaskiem, trubadur runął w dół, w ciemność i smród. Zanim jeszcze wyrżnął o twarde klepisko i stracił przytomność, przypomniał sobie, że Mama Lantieri napomykała coś o remoncie chlewa.

•

Oprzytomnił go ból w skrępowanych przegubach i ramionach, okrutnie wyłamywanych ze stawów. Chciał wrzasnąć, ale nie mógł, miał wrażenie, jak gdyby zalepiono mu gliną jamę ustną. Klęczał na klepisku, a skrzypiący powróz wlókł go w górę za ręce. Chcąc ulżyć ramionom spróbował się podnieść, ale nogi również miał skrępowane. Dławiąc się i dusząc zdołał jednak wstać, w czym wydatnie pomógł mu sznur, ciągnący go bezlitośnie.

Rience stał przed nim, a jego złe, wilgotne oczy lśniły w świetle latarni, trzymanej przez stojącego obok, blisko dwumetrowego nie ogolonego draba. Drugi drab, zapewne nie mniejszy, był z tyłu. Jaskier słyszał jego oddech i czuł smród zastarzałego potu. Właśnie ten drugi, śmierdzący, ciągnął powróz umocowany do przegubów poety i przerzucony przez belkę stropu.

Stopy Jaskra oderwały się od klepiska. Poeta wizgnął przez nos, na nic więcej nie było go stać.

– Dość – rzekł wreszcie Rience, prawie natychmiast, ale Jaskrowi wydało się, że minęły wieki. Dotknął ziemi, ale uklęknąć, pomimo najszczerszych chęci, nie mógł – napięty sznur nadal trzymał go wyprężonego jak struna.

Rience zbliżył się. Na jego twarzy nie było znać nawet śladu emocji, załzawione oczy nawet na jotę nie zmieniły wyrazu. Również głos, jakim przemówił, był spokojny, cichy, wręcz lekko znudzony.

– Ty parszywy wierszokleto. Ty wyskrobku. Ty śmieciu. Ty zadufane w sobie zero. Mnie chciałeś uciec? Mnie jeszcze nikt nie uciekł. Nie dokończyliśmy rozmowy, ty kabotynie, ty barani łbie. Pytałem cię o coś, w znacznie przyjemniejszych warunkach. Teraz odpowiesz na moje pytania, ale w warunkach znacznie mniej przyjemnych. Prawda, że odpowiesz?

Jaskier skwapliwie pokiwał głową. Rience dopiero teraz się uśmiechnął. I dał znak. Bard zakwiczał rozpaczliwie, czując, jak powróz napina się, a wykręcone do tyłu ręce trzeszczą w stawach.

– Nie możesz mówić – skonstatował Rience, wciąż obleśnie uśmiechnięty. – A boli, prawda? Wiedz, że podciągam cię na razie dla własnej przyjemności, bo ja strasznie lubię przyglądać się, jak kogoś boli. No, jeszcze troszkę wyżej.

Jaskier o mało nie udusił się wizgiem.

– Dość – zakomenderował wreszcie Rience, po czym zbliżył się i chwycił poetę za żabot. – Posłuchaj, kogutku. Zdejmę teraz zaklęcie, byś odzyskał mowę. Ale jeśli spróbujesz podnieść ponad konieczność twój uroczy głos, to pożałujesz.

Wykonał dłonią gest, dotknął pierścieniem policzka poety, a Jaskier poczuł, że odzyskuje czucie w żuchwie, języku i podniebieniu.

– Teraz – kontynuował cicho Rience – zadam ci kilka pytań, a ty będziesz na nie odpowiadał, płynnie, szybko i wyczerpująco. A jeśli się choć na chwilę zawahasz lub zająkniesz, jeśli dasz mi najmniejszy powód, bym zwątpił w twoją prawdomówność, to... Spójrz w dół.

Jaskier usłuchał. Z przerażeniem stwierdził, że do więzów na jego kostkach przymocowany jest krótki sznur, przytwierdzony drugim końcem do cebra pełnego wapna.

– Jeśli każę podciągnąć cię wyżej – uśmiechnął się okrutnie Rience – a wraz z tobą to wiaderko, to pewnie nie odzyskasz władzy w rękach. Wątpię, byś po czymś takim był zdolny do gry na lutni. Naprawdę w to wątpię. Sądzę więc, że będziesz mówił. Mam rację?

Jaskier nie potwierdził, bo ze strachu nie mógł ani poruszyć głową, ani wydobyć głosu. Rience nie sprawiał wrażenia, by zależało mu na potwierdzeniu.

– Ja, ma się rozumieć – oznajmił – będę natychmiast wiedział, czy mówisz prawdę, z miejsca zorientuję się w każdym wybiegu, nie dam się zmylić poetyckimi sztuczkami ani mętną erudycją. To dla mnie drobiazg, tak jak drobiazgiem było sparaliżowanie cię na schodach. Radzę więc, hultaju, waż każde słowo. No, szkoda czasu, zaczynamy. Jak wiesz, interesuje mnie bohaterka jednej z twych pięknych ballad, wnuczka królowej Calanthe z Cintry. Księżniczka Cirilla, pieszczotliwie nazywana Ciri. Według relacji naocznych świadków osóbka ta zginęła w czasie zdobywania miasta, dwa lata temu. Natomiast w balladzie obrazowo i wzruszająco opisujesz jej spotkanie z owym dziwnym, nieledwie legendarnym osobnikiem, owym... wiedźminem, Geraltem czy Geraldem. Pomijając poetyczne brednie o przeznaczeniu i wyrokach losu, z ballady wynika, że dzieciak wyszedł cało z walk o Cintrę. Czy to prawda?

– Nie wiem... – jęknął Jaskier. – Na bogów, jestem tylko poetą! Słyszałem to i owo, a resztę...

– No?

– Resztę wymyśliłem. Wykonfabulowałem! Ja nic nie wiem! – zawył bard, widząc, że Rience daje znak śmierdzącemu i czując, że sznur napina się mocniej. – Nie kłamię!

– Faktycznie – pokiwał głową Rience. – Nie kłamiesz wprost, wyczułbym. Ale coś kręcisz. Nie wymyśliłbyś ballady ot tak, bez powodu. A owego wiedźmina przecież znasz. Nie raz widywano cię w jego towarzystwie. No, gadaj, Jaskier, jeśli ci stawy miłe. Wszystko, co wiesz.

– Ta Ciri – wydyszał poeta – była wiedźminowi przeznaczona. Tak zwane Dziecko Niespodzianka... Słyszeliście pewnie, to znana historia. Jej rodzice przyrzekli oddać ją wiedźminowi...

– Rodzice mieliby oddać dzieciaka temu szalonemu mutantowi? Temu płatnemu mordercy? Łżesz, wierszokleto. Takie kawałki możesz śpiewać babom.

– Tak było, przysięgam na duszę mej matki – załkał Jaskier. – Wiem to z pewnego źródła... Wiedźmin...

– Mów o dziewczynce. Wiedźmin mnie na razie nie interesuje.

– Nie wiem nic o dziewczynce! Wiem tylko, że wiedźmin jechał po nią do Cintry, gdy wybuchła wojna. Spotkałem go wtedy. Ode mnie dowiedział się o rzezi, o śmierci Calanthe... Pytał mnie o to dziecko, o wnuczkę królowej...

Ale przecież ja wiedziałem, że w Cintrze zginęli wszyscy, z ostatniego bastionu nie ocalała żywa dusza...

– Gadaj. Mniej metafor. Więcej konkretów!

– Gdy wiedźmin dowiedział się o upadku Cintry i o rzezi, zaniechał podróży. Obaj uciekliśmy na północ. Rozstałem się z nim w Hengfors, od tamtej pory go nie widziałem... A że w drodze mówił trochę o tej... Ciri, czy jak jej tam... i o przeznaczeniu... Więc ułożyłem tę balladę. Więcej nie wiem, przysięgam!

Rience popatrzył na niego spode łba.

– A gdzie jest obecnie ów wiedźmin? – spytał. – Ten najemny zabójca potworów, poetyczny rzeźnik, lubiący rozprawiać o przeznaczeniu?

– Mówiłem, po raz ostatni widziałem go...

– Wiem, co mówiłeś – przerwał Rience. – Pilnie słucham tego, co mówisz. A ty pilnie słuchaj mnie. Odpowiadaj precyzyjnie na zadawane ci pytania. Pytanie brzmiało następująco: jeżeli nikt nie widział wiedźmina Geralta czy Geralda od ponad roku, to gdzie ów się ukrywa? Gdzie zwykł się ukrywać?

– Nie wiem, gdzie to jest – powiedział prędko trubadur. – Nie kłamię. Naprawdę nie wiem...

– Za szybko, Jaskier, za szybko – Rience uśmiechnął się złowrogo. – Za skwapliwie. Sprytny jesteś, ale nieostrożny. Nie wiesz, powiadasz, gdzie to jest. Ale założę się, że wiesz, co to jest.

Jaskier zacisnął zęby. Ze złości i rozpaczy.

– No? – Rience dał znak śmierdzącemu. – Gdzie ukrywa się wiedźmin? Jak nazywa się to miejsce?

Poeta milczał. Sznur napiął się, boleśnie wykręcił ręce, stopy straciły kontakt z ziemią. Jaskier zawył, urwanie i krótko, bo czarodziejski pierścień Rience'a natychmiast go zakneblował.

– Wyżej, wyżej – Rience oparł ręce o biodra. – Wiesz, Jaskier, mógłbym magicznie wysondować ci mózg, ale to wyczerpujące. Poza tym lubię patrzeć, jak oczy z bólu wyłażą z orbit. A ty i tak powiesz.

Jaskier wiedział, że powie. Powróz przytwierdzony do jego kostek napiął się, napełniony wapnem ceber ze zgrzytem przesunął się po klepisku.

– Panie – powiedział nagle drugi drab, zasłaniając latarnię opończą i wyglądając przez szparę w drzwiach chlewika. – Ktoś tu idzie. Jakaś dziewka chyba.

– Wiecie, co robić – syknął Rience. – Zgaś latarnię.

Śmierdzący puścił linę, Jaskier zwalił się bezwładnie na ziemię, ale tak, że widział, jak ten od latarni staje przy drzwiczkach, a śmierdzący, z długim nożem w ręku, czai się z drugiej strony. Przez szpary w deskach przeświecały światła zamtuza, poeta słyszał dobiegające stamtąd gwar i śpiewy.

Drzwi chlewa skrzypnęły i otwarły się, stanęła w nich niewysoka postać owinięta płaszczem, w okrągłej, ciasno przylegającej do głowy czapeczce. Po chwili wahania niewiasta przekroczyła próg. Śmierdzący przypadł do niej, z rozmachem ciął nożem. I zwalił się na klęczki, bo nóż nie napotkał oporu, przeszedł przez gardło postaci jak przez kłąb dymu. Bo postać faktycznie była kłębem dymu, który już zaczynał się rozwiewać. Ale nim zdążył się rozwiać, do chlewa wpadła druga postać, niewyraźna, ciemna i zwinna jak łasica. Jaskier zobaczył, jak ciskając płaszczem w tego od latarni przeskoczyła nad śmierdzącym, widział, jak coś błysnęło w jej dłoni, usłyszał, jak śmierdzący zakrztusił się i dziko zarzęził. Drugi drab wymotał się z płaszcza, skoczył, zamachnął się nożem. Z dłoni ciemnej postaci wystrzeliła z sykiem ognista błyskawica, z upiornym trzaskiem rozlała się, jak płonąca oliwa, po twarzy i piersi draba. Drab wrzasnął przeraźliwie, chlew wypełnił obrzydliwy odór palonego mięsa.

Wtedy zaatakował Rience. Czar, który rzucił, rozjaśnił ciemność niebieskim blaskiem, w którym Jaskier zobaczył smukłą kobietę w męskim stroju, dziwnie gestykulującą oboma rękami. Zobaczył ją na sekundę, bo niebieska poświata znikła raptownie wśród huku i oślepiającego błysku, a Rience z rykiem wściekłości poleciał do tyłu, runął na drewniane przegrody, łamiąc je z trzaskiem. Kobieta w męskim stroju skoczyła za nim, w jej dłoni zamigotał sztylet. Chlew ponownie wypełnił się blaskiem, tym razem złotym, bijącym ze świetlistego owalu, który nagle pojawił się w powietrzu. Jaskier zobaczył, jak Rience zrywa się z klepiska i skacze w owal, niknąc momentalnie.

Owal stracił blask, ale nim zgasł całkowicie, kobieta zdążyła dobiec i krzyknąć niezrozumiale, wyciągając rękę. Coś zatrzeszczało i zaszumiało, a gasnący owal zagotował się na moment huczącym ogniem. Z oddali, z bardzo daleka, do uszu Jaskra dobiegł niewyraźny dźwięk, głos bardzo przypominający wrzask bólu. Owal zgasł zupełnie, w chlewie znowu zapanowała ciemność. Poeta poczuł, że znika siła kneblująca mu usta.

– Na pomoc! – zawył. – Ratunku!

– Nie drzyj się, Jaskier – powiedziała kobieta, klękając obok i rozcinając mu więzy motylkowym sztyletem Rience'a.

– Yennefer? To ty?

– Nie będziesz chyba twierdził, że zapomniałeś, jak wyglądam. A i mój głos nie jest chyba obcy twemu muzykalnemu uchu. Możesz wstać? Nie połamali ci kości?

Jaskier podniósł się z trudem, zastękał, roztarł obolałe ramiona.

– Co z nimi? – wskazał na leżące na klepisku ciała.

– Sprawdźmy – czarodziejka szczęknęła zamykanym sztyletem. – Jeden powinien żyć. Miałabym do niego kilka pytań.

– Ten – trubadur stanął nad śmierdzącym – chyba żyje.

– Nie sądzę – stwierdziła beznamiętnie Yennefer. – Temu przecięłam tchawicę i tętnicę szyjną. Może coś w nim jeszcze szumi, ale już niedługo poszumi.

Jaskier wzdrygnął się.

– Poderżnęłaś mu gardło?

– Gdybym z wrodzonej ostrożności nie wysłała przodem iluzji, to ja bym tu leżała. Obejrzyjmy tego drugiego... Psiakrew. Popatrz, taki kawał chłopa, a nie wytrzymał. Szkoda, szkoda...

– Również nie żyje?

– Nie wytrzymał szoku. Hmm... Troszkę za mocno go podsmażyłam... Spójrz, nawet zęby się przywęgliły... Co z tobą, Jaskier? Będziesz rzygał?

– Będę – odrzekł niewyraźnie poeta, zginając się i opierając czołem o ścianę chlewa.

•

– To wszystko? – czarodziejka odstawiła kubek, sięgnęła po rożen z kurczakami. – Niczego nie zełgałeś? Niczego nie pominąłeś?

– Niczego. Poza podziękowaniem. Dziękuję ci, Yennefer.

Spojrzała mu w oczy, lekko kiwnęła głową, jej czarne lśniące loki zafalowały, kaskadą spłynęły z ramienia. Zsunęła pieczonego kurczaka na drewniany talerz i zaczęła go zręcznie rozdzielać. Posługiwała się nożem i widelcem. Jaskier znał do tej pory tylko jedną osobę potrafiącą równie zręcznie jeść kurczaka nożem i widelcem. Teraz wiedział już, gdzie i od kogo Geralt się tego nauczył. Ha, pomyślał, nie dziwota, mieszkał z nią przez rok w jej domu w Vengerbergu, zanim od niej zwiał, wpoiła mu niejedno dziwactwo. Ściągnął z rożna drugiego kurczaka, bez namysłu udarł udko i zaczął ogryzać, demonstracyjnie trzymając oburącz.

– Skąd wiedziałaś? – spytał. – W jaki sposób udało ci się przyjść mi w porę z odsieczą?

– Byłam pod Bleobherisem w czasie twojego występu.

– Nie widziałem cię.

– Nie chciałam być widziana. Później pojechałam za tobą do miasteczka. Czekałam tu, w oberży, nie wypadało mi przecież iść tam, dokąd ty się udałeś, do owego przybytku wątpliwej rozkoszy, a niewątpliwej rzeżączki. Wreszcie jednak zniecierpliwiłam się. Krążyłam po podwórku, gdy wydało mi się, że słyszę głosy dobiegające z chlewika. Wyczuliłam słuch, a wówczas okazało się, że to wcale nie jakiś sodomita, jak początkowo sądziłam, lecz ty. Hola, gospodarzu! Jeszcze wina, jeśli łaska!

– Służę, wielmożna pani! Już lecę!

– Tego samego, co poprzednio, bardzo proszę, ale tym razem bez wody. Wodę toleruję tylko w łaźni, w winie jest mi wstrętna.

– Służę, służę!

Yennefer odsunęła talerz. Na kurczaku, jak zauważył Jaskier, zostało jeszcze dość mięsa na śniadanie dla karczmarza i jego rodziny. Nóż i widelec były bez wątpienia eleganckie i wytworne, ale mało wydajne.

– Dziękuję ci – powtórzył – za ocalenie. Ten przeklętnik Rience nie zostawiłby mnie przy życiu. Wydusiłby ze mnie wszystko i zarżnął jak barana.

– Też tak sądzę – nalała wina sobie i jemu, uniosła kubek. – Wypijmy tedy za twoje ocalone zdrowie, Jaskier.

– Za twoje, Yennefer – odsalutował. – Za zdrowie, o które będę się od dzisiaj modlił, ilekroć trafi się okazja. Jestem twoim dłużnikiem, piękna pani, spłacę ten dług w moich pieśniach. Obalę w nich mit, jakoby czarodzieje nieczuli byli na cudzą krzywdę, jakoby nie kwapili się nieść pomoc postronnym, biednym, nieszczęśliwym śmiertelnikom.

– Cóż – uśmiechnęła się, mrużąc lekko piękne fiołkowe oczy. – Mit ma swe uzasadnienie, nie powstał bez przyczyny. Ale ty nie jesteś postronny, Jaskier. Znam cię przecież i lubię.

– Doprawdy? – poeta również się uśmiechnął. – Jak do tej pory zręcznie to ukrywałaś. Spotkałem się nawet z opinią, że nie cierpisz mnie, cytuję, niczym morowej zarazy.

– Kiedyś tak było – czarodziejka spoważniała nagle. – Potem zmieniłam poglądy. Potem byłam ci wdzięczna.

– Za co, jeśli wolno spytać?

– Mniejsza z tym – powiedziała, bawiąc się pustym kubkiem. – Wróćmy do poważniejszych pytań. Do tych, które zadawano ci w chlewie, wyłamujac przy tym ręce ze stawów. Jak to było naprawdę, Jaskier? Rzeczywiście nie widziałeś Geralta od czasu waszej ucieczki znad Jarugi? Naprawdę nie wiedziałeś o tym, że po zakończeniu wojny wrócił na Południe? Że był ciężko ranny, tak ciężko, że rozeszły się nawet pogłoski o jego śmierci? O niczym nie wiedziałeś?

– Nie. Nie wiedziałem. Przez długi czas bawiłem w Pont Vanis, na dworze Esterada Thyssena. A potem u Niedamira w Hengfors...

– Nie wiedziałeś – czarodziejka pokiwała głową, rozpięła kaftanik. Na jej szyi, na czarnej aksamitce, zalśniła wysadzana brylantami gwiazda z obsydianu. – Nie wiedziałeś o tym, że po wykurowaniu się z ran Geralt pojechał na Zarzecze? Nie domyślasz się, kogo tam szukał?

– Tego się domyślam. Ale czy znalazł, nie wiem.

– Nie wiesz – powtórzyła. – Ty, który zwykle wiesz o wszystkim i o wszystkim śpiewasz. Nawet o sprawach tak intymnych, jak czyjeś uczucia. Pod Bleobherisem posłuchałam twoich ballad, Jaskier. Ładnych kilka zwrotek poświęciłeś mojej osobie.

– Poezja – burknął, patrząc na kurczaka – ma swoje prawa. Nikt nie powinien czuć się urażony...

– „Włosy jak skrzydło kruka, niby nocna burza... – zacytowała Yennefer z przesadną emfazą – ...a w oczach fioletowe drzemią błyskawice..." Czy tak to szło?

– Taką cię zapamiętałem – uśmiechnął się lekko poeta. – Ktokolwiek chciałby twierdzić, że to skłamany opis, niechaj pierwszy rzuci we mnie kamieniem.

– Nie wiem tylko – czarodziejka zacisnęła usta – kto upoważnił cię do opisywania moich organów wewnętrznych. Jak to było? „Serce jej niczym klejnot, co szyję jej zdobi, twarde jest niby diament, jak diament nieczułe, bardziej niźli obsydian ostre, kaleczące..." Sam to wymyśliłeś? A może...

Jej wargi drgnęły, skrzywiły się.

– ...a może nasłuchałeś się czyichś zwierzeń i żalów?

– Hmm... – Jaskier chrząknął, odbiegł od niebezpiecznego tematu. – Powiedz mi, Yennefer, kiedy ty ostatni raz widziałaś Geralta?

– Dawno.

– Po wojnie?

– Po wojnie... – głos Yennefer zmienił się nieznacznie. – Nie, po wojnie go nie widziałam. Przez dłuższy czas... nie widziałam nikogo. No, ale do rzeczy, poeto. Jestem lekko zdziwiona faktem, że o niczym nie wiesz i o niczym nie słyszałeś, a pomimo to ktoś właśnie ciebie wyciąga na belce, chcąc zdobyć informacje. Nie jesteś tym zaniepokojony?

– Jestem.

– Posłuchaj mnie – powiedziała ostro, stuknąwszy kubkiem o stół. – Posłuchaj uważnie. Wykreśl tę balladę z twego repertuaru. Nie śpiewaj jej.

– Mówisz o...

– Wiesz doskonale, o czym mówię. Śpiewaj o wojnie z Nilfgaardem. Śpiewaj o Geralcie i o mnie, ani nam tym zaszkodzisz, ani pomożesz, ani niczego nie poprawisz, ani nie pogorszysz. Ale o Lwiątku z Cintry nie śpiewaj.

Rozejrzała się, sprawdzając, czy któryś z nielicznych o tej porze gości zajazdu nie przysłuchuje się, odczekała, aż sprzątająca dziewka odejdzie do kuchni.

– Staraj się też unikać spotkań sam na sam z ludźmi, których nie znasz – powiedziała cicho. – Z takimi, którzy zapominają na wstępie pozdrowić cię od wspólnych znajomych. Rozumiesz?

Spojrzał na nią, zaskoczony. Yennefer uśmiechnęła się.

– Pozdrowienia od Dijkstry, Jaskier.

Teraz bard płochliwie rozejrzał się dookoła. Jego zdumienie musiało być wyraźne, a mina zabawna, bo czarodziejka pozwoliła sobie na dość szyderczy grymas.

– Przy okazji – szepnęła, przechylając się przez stół – Dijkstra prosi o raport. Wracasz z Verden, a Dijkstrę ciekawi, o czym to mówi się na dworze króla Ervylla. Prosił, by ci przekazać, że tym razem raport ma być rzeczowy, szczegółowy i pod żadnym pozorem wierszowany. Prozą, Jaskier. Prozą.

Poeta przełknął ślinę, kiwnął głową. Milczał, zastanawiając się nad pytaniem. Ale czarodziejka uprzedziła je.

– Nadchodzą trudne czasy – powiedziała cicho. – Trudne i niebezpieczne. Nadchodzi czas zmian. Przykro byłoby starzeć się w przekonaniu, że nie uczyniło się niczego, by zmiany, które nadchodzą, były zmianami na lepsze. Prawda?

Przytaknął skinieniem głowy, odchrząknął.

– Yennefer?

– Słucham cię, poeto.

– Tamci w chlewie... Chciałoby się wiedzieć, kim byli, czego chcieli, kto ich nasłał. Zabiłaś obu, ale przecież plotka głosi, że potraficie wyciągać informacje nawet z nieboszczyków.

– A tego, że nekromancja zakazana jest edyktem Kapituły, plotka nie głosi? Daj pokój, Jaskier. Te zbiry i tak zapewne nie wiedziały wiele. Ten, który uciekł... Hmm... Z nim jest inna sprawa.

– Rience. On był czarodziejem, prawda?

– Tak. Ale niezbyt wprawnym.

– Uciekł ci jednak. Widziałem jakim sposobem. Teleportował się, czyż nie tak? Czy to o czymś nie świadczy?

– Owszem, świadczy. O tym, że ktoś mu pomógł. Ten Rience nie miał ani dość czasu, ani dość sił, by otworzyć owalny portal zawieszony w powietrzu. Taki teleport to nie w kij dmuchał. Jasnym jest, że ktoś inny go otworzył. Ktoś nieporównanie mocniejszy. Dlatego bałam się go ścigać, nie wiedząc, gdzie wyląduję. Ale posłałam w ślad za nim dość wysoką temperaturę. Będzie potrzebował wielu zaklęć i eliksirów skutecznych przeciw poparzeniom, a i tak na jakiś czas będzie naznaczony.

– Może cię zainteresuje, że to był Nilfgaardczyk.

– Tak myślisz? – Yennefer wyprostowała się, szybkim ruchem wyjęła z kieszeni motylkowy sztylet, obróciła go w dłoni. – Nilfgaardzkie noże nosi teraz wiele osób. Są wygodne i poręczne, można je ukryć nawet za dekoltem...

– Nie w nożu rzecz. Wypytując mnie, użył określeń „bitwa o Cintrę", „zdobywanie miasta", czy coś w tym duchu. Nigdy nie słyszałem, by ktoś tak nazywał te wydarzenia. Dla nas to zawsze była rzeź. Rzeź Cintry. Nikt nie mówi inaczej.

Czarodziejka uniosła dłoń, przyjrzała się paznokciom.

– Sprytnie, Jaskier. Masz czułe ucho.

– Skrzywienie zawodowe.

– Ciekawe, który zawód masz na myśli? – uśmiechnęła się zalotnie. – Ale dziękuję ci za tę informację. Była cenna.

– Niech to będzie – odpowiedział uśmiechem – mój wkład w zmiany na lepsze. Powiedz mi, Yennefer, dlaczego Nilfgaard tak interesuje się Geraltem i dziewczynką z Cintry?

– Nie pchaj w to nosa – spoważniała nagle. – Mówiłam, masz zapomnieć, że kiedykolwiek słyszałeś o wnuczce Calanthe.

– Owszem, mówiłaś. Ale ja nie szukam tematu do ballady.

– Czego więc, u diabła, szukasz? Guza?

– Załóżmy – rzekł cicho, opierając podbródek na splecionych dłoniach, spojrzał w oczy czarodziejki. – Załóżmy, że Geralt faktycznie odnalazł i uratował to dziecko. Załóżmy, że wreszcie uwierzył w siłę przeznaczenia i zabrał odnalezione dziecko ze sobą. Dokąd? Rience próbował wydusić to ze mnie torturami. A ty wiesz, Yennefer. Wiesz, gdzie wiedźmin się zaszył.

– Wiem.

– I wiesz, jak tam dotrzeć?

– I to wiem.

– Nie uważasz, że należałoby go ostrzec? Uprzedzić, że jego i dziewczynki szukają ludzie pokroju tego Rience'a? Pojechałbym tam, ale ja naprawdę nie wiem, gdzie to jest... To miejsce, którego nazwy wolę nie wypowiadać...

– Skonkluduj, Jaskier.

– Jeżeli wiesz, gdzie Geralt jest, powinnaś jechać i ostrzec go. Jesteś mu coś winna, Yennefer. Coś cię przecież z nim łączyło.

– Owszem – potwierdziła chłodno. – Coś mnie z nim łączyło. Dlatego trochę go znam. Nie lubił, by narzucać mu się z pomocą. A jeśli pomocy potrzebował, szukał jej u osób, do których miał zaufanie. Od tamtych wydarzeń minął ponad rok, a ja... nie miałam od niego żadnych wieści. A jeżeli chodzi o dług, to jestem mu winna dokładnie tyle, ile on mnie. Nie mniej i nie więcej.

– Ja zatem tam pojadę – uniósł głowę. – Powiedz mi...

– Nie powiem – przerwała. – Jesteś spalony, Jaskier. Mogą dopaść cię znowu, im mniej wiesz, tym lepiej. Znikaj stąd. Jedź do Redanii, do Dijkstry i Filippy Eilhart, przyklej się do dworu Vizimira. I jeszcze raz uprzedzam: zapomnij o Lwiątku z Cintry. O Ciri. Udawaj, że nigdy nie słyszałeś tego imienia. Zrób, o co cię proszę. Nie chciałabym, by spotkało cię coś złego. Za bardzo cię lubię, zbyt wiele ci zawdzięczam...

– Już po raz wtóry to powiedziałaś. Co ty mi zawdzięczasz, Yennefer?

Czarodziejka odwróciła głowę, milczała długo.

– Jeździłeś z nim – powiedziała wreszcie. – Dzięki tobie nie był sam. Byłeś mu przyjacielem. Byłeś z nim.

Bard spuścił wzrok.

– Niewiele miał z tego – mruknął. – Niewiele skorzystał na tej przyjaźni. Miał z mojego powodu głównie kłopoty. Wciąż musiał wyciągać mnie z jakiejś kabały... Pomagać mi...

Przechyliła się przez stół, położyła mu rękę na dłoni, ścisnęła silnie, nie mówiąc słowa. W jej oczach był żal.

– Jedź do Redanii – powtórzyła po chwili. – Do Tretogoru. Tam będziesz pod pieczą Dijkstry i Filippy. Nie próbuj odgrywać bohatera. Wplątałeś się w niebezpieczną aferę, Jaskier.

– Zauważyłem – skrzywił się, pomasował bolące ramię. – Właśnie dlatego uważam, że należy ostrzec Geralta. Ty jedna wiesz, gdzie go szukać. Znasz drogę. Domniemywam, że bywałaś tam... gościem...

Yennefer odwróciła się. Jaskier widział, jak zacisnęła wargi, jak drgnął mięsień na jej policzku.

– Owszem, zdarzało mi się niegdyś – powiedziała, a w jej głosie było coś nieuchwytnie dziwnego. – Zdarzało mi się bywać tam gościem. Ale nigdy nieproszonym.

•

Wiatr zawył wściekle, zafalował porastającymi ruiny miotłami traw, zaszumiał w krzakach głogu i wysokich pokrzywach. Chmury przetoczyły się przez krąg księżyca, na chwilę rozjaśniając zamczysko, zalewając bladą, rozfalowaną od cieni poświatą fosę i resztki muru, ujawniając kopczyki czaszek szczerzących połamane zęby, patrzących w nicość czarnymi dziurami oczodołów. Ciri pisnęła cienko i ukryła głowę pod płaszczem wiedźmina.

Szturchnięta piętami klacz ostrożnie przestąpiła stertę cegieł, weszła pod złamaną arkadę. Podkowy, dzwoniąc o kamienne płyty, budziły wśród murów upiorne echa, tłumione wyjącym wichrem. Ciri dygotała, wczepiwszy ręce w grzywę.

– Boję się – szepnęła.

– Nie masz się czego bać – odpowiedział wiedźmin, kładąc dłoń na jej ramieniu. – Na całym świecie trudno o bezpieczniejsze miejsce. To jest Kaer Morhen, Wiedźmińskie Siedliszcze. Tu był kiedyś piękny zamek. Dawno temu.

Nie odpowiedziała, schyliła nisko głowę. Klacz wiedźmina, nazywana Płotką, prychnęła z cicha, jak gdyby i ona chciała ją uspokoić.

Zanurzyli się w ciemną otchłań, w długi, nie kończący się czarny tunel wśród kolumn i arkad. Płotka stąpała pewnie i ochoczo, nie zważając na nieprzebite ciemności, raźno podzwaniała podkowami po posadzce.

Przed nimi, w końcu tunelu, zapłonęła nagle czerwonym światłem prosta pionowa linia. Rosnąc i poszerzając się, stała się drzwiami, zza których biła poświata, migotliwy blask łuczyw zatkniętych w żelazne uchwyty na ścianach. W drzwiach stanęła czarna, rozmazująca się w blasku postać.

– Kto? – Ciri usłyszała zły, metaliczny głos, brzmiący jak szczeknięcie psa. – Geralt?

– Tak, Eskel. To ja.

– Wchodź.

Wiedźmin zsiadł, zdjął Ciri z siodła, postawił na ziemi, wcisnął w rączki tobołek, który uchwyciła kurczowo oburącz, żałując, że jest zbyt mały, by mogła schować się za nim cała.

– Zaczekaj tu z Eskelem – powiedział. – Odprowadzę Płotkę do stajni.

– Chodź do światła, mały – warknął mężczyzna zwany Eskelem. – Nie stój w ciemnościach.

Ciri spojrzała w górę, na jego twarz, i z trudem stłumiła krzyk przestrachu. To nie był człowiek. Chociaż stał na dwóch nogach, chociaż pachniał potem i dymem, chociaż nosił normalne ludzkie odzienie, to nie był człowiek. Żaden człowiek, pomyślała, nie może mieć takiej twarzy.

– No, na co czekasz? – powtórzył Eskel.

Nie poruszyła się. Z ciemności słyszała oddalający się stuk podków Płotki. Coś, co było miękkie i piszczało, przebiegło jej po nodze. Podskoczyła.

– Nie stój w mroku, smyku, bo ci szczury pogryzą cholewki.

Ciri, przytulając tobołek, postąpiła prędko w stronę światła. Szczury z piskiem pryskały jej spod nóg. Eskel schylił się, odebrał jej zawiniątko, zdjął kapturek.

– Zaraza – mruknął. – Dziewczynka. Tego jeszcze brakowało.

Spojrzała na niego, przestraszona. Eskel uśmiechał się. Zobaczyła, że to jednak człowiek, że ma całkiem normalną ludzką twarz, tyle że zniekształconą długą, brzydką, półokrągłą blizną, biegnącą od kącika ust przez cały policzek, aż do ucha.

– Skoro tu już jesteś, witaj w Kaer Morhen – powiedział. – Jak cię wołają?

– Ciri – odpowiedział za nią Geralt, bezszelestnie wyłaniając się z mroku. Eskel odwrócił się. Nagle, szybko, bez słowa obaj wiedźmini padli sobie w objęcia, mocno, twardo opletli się ramionami. Na jedną krótką chwilę.

– Żyjesz, Wilku.

– Żyję.

– No, dobra – Eskel wyjął łuczywo z uchwytu. – Chodźcie. Zamykam wewnętrzne wrota, bo ciepło ucieka.

Poszli korytarzem. Szczury były i tu, przemykały pod ścianami, popiskiwały z otchłani ciemnych bocznych przejść, pierzchały przed chwiejnym kręgiem światła rzucanym przez pochodnię. Ciri dreptała szybko, starając się dotrzymać kroku mężczyznom.

– Kto zimuje, Eskel? Oprócz Vesemira?

– Lambert i Coën.

Zeszli w dół po schodach, stromych i śliskich. W dole widać było odblask światła. Ciri usłyszała głosy, poczuła zapach dymu.

Halla była ogromna, zalana światłem z wielkiego paleniska huczącego płomieniami zasysanymi w czeluść komina. Jej środek zajmował ogromny, ciężki stół. Przy stole tym mogło zasiąść co najmniej dziesięciu ludzi. Siedziało trzech. Trzech ludzi. Trzech wiedźminów, poprawiła się w myśli Ciri. Widziała tylko sylwetki na tle żaru paleniska.

– Witaj, Wilku. Czekaliśmy na ciebie.

– Witaj, Vesemir. Witajcie, chłopaki. Dobrze być znowu w domu.

– Kogóż to do nas przywiodłeś?

Geralt milczał przez chwilę, potem położył rękę na ramieniu Ciri, popchnął ją leciutko do przodu. Szła niezgrabnie, niepewnie, kuląc się i garbiąc, pochylając głowę. Boję się, pomyślała. Bardzo się boję. Gdy Geralt mnie odnalazł i zabrał ze sobą, myślałam, że strach już nie wróci, że to już minęło... I oto, zamiast w domu, jestem w tym strasznym, ciemnym, zrujnowanym zamczysku, pełnym szczurów i koszmarnych ech... Stoję znowu przed czerwoną ścianą ognia. Widzę groźne czarne postacie, widzę wpatrzone we mnie złe, niesamowicie błyszczące oczy...

– Kim jest to dziecko, Wilku? Kim jest ta dziewczynka?

– Jest moim... – Geralt zająknął się nagle. Poczuła na ramionach jego mocne, twarde dłonie. I nagle strach zniknął. Przepadł bez śladu. Czerwony huczący ogień dawał ciepło. Tylko ciepło. Czarne sylwetki były sylwetkami przyjaciół. Opiekunów. Błyszczące oczy wyrażały ciekawość. Troskę. I niepokój...

Dłonie Geralta zacisnęły się na jej ramionach.

– Ona jest naszym przeznaczeniem.

Zaprawdę, nie masz nic wstrętniejszego nad monstra owe, naturze przeciwne, wiedźminami zwane, bo są to płody plugawego czarostwa i diabelstwa. Są to łotry bez cnoty, sumienia i skrupułu, istne stwory piekielne, do zabijania jeno zdatne. Nie masz dla takich jak oni między ludźmi poczciwymi miejsca.

A owo Kaer Morhen, gdzie ci bezecni się gnieżdżą, gdzie ohydnych swych praktyk dokonują, starte być musi z powierzchni ziemi, a ślad po nim solą i saletrą posypany.

Anonim, *Monstrum albo wiedźmina opisanie*

Nietolerancja i zabobon zawsze były własnością głupich między pospólstwem i nigdy, jak mniemam, z gruntu wykorzenione nie będą, bo równie wieczne są, jak sama głupota. Tam, gdzie dziś piętrzą się góry, będą kiedyś morza, tam, gdzie dziś wełnią się morza, będą kiedyś pustynie. A głupota pozostanie głupotą.

Nicodemus de Boot,
Medytacje o życiu, szczęściu i pomyślności

Rozdział drugi

Triss Merigold chuchnęła w zmarznięte ręce, poruszyła palcami i wymruczała czarodziejską formułę. Jej koń, bułany wałach, natychmiast zareagował na zaklęcie, parsknął, prychnął i odwrócił łeb, patrząc na czarodziejkę okiem załzawionym od zimna i wiatru.

– Masz dwa wyjścia, stary – powiedziała Triss, naciągając rękawice. – Albo przyzwyczaisz się do magii, albo sprzedam cię chłopom do pługa.

Wałach zastrzygł uszami, buchnął parą z nozdrzy i posłusznie ruszył w dół po lesistym zboczu. Czarodziejka schyliła się w siodle, unikając smagnięć pokrytych szronem gałęzi.

Zaklęcie podziałało szybko, przestała czuć ukłucia zimna w łokciach i na karku, znikło przykre wrażenie chłodu, każące garbić się i wciągać głowę w ramiona. Czar, rozgrzewając ją, przyćmił również głód, od kilku godzin ssący żołądek. Triss poweselała, rozsiadła się wygodniej w kulbace i z większym niż dotychczas skupieniem zaczęła obserwować okolicę.

Od momentu, w którym porzuciła uczęszczany szlak, kierunek wskazywała jej szarobiaława ściana gór, ośnieżone szczyty, połyskujące złotem w tych rzadkich chwilach, gdy słońce przebijało się przez chmury, najczęściej rankiem i tuż przed zachodem. Teraz, gdy była już bliżej górskiego łańcucha, musiała bardziej uważać. Tereny wokół Kaer Morhen słynęły z dzikości i niedostępności, a szczerba w granitowej ścianie, którą należało się kierować, nie była łatwa do odnalezienia dla niewprawnego oka. Wystarczyło skręcić w jeden z licznych jarów lub wąwozów, by zgubić ją, stracić z oczu. Nawet ona, która znała teren, znała drogę i wiedziała, gdzie szukać przełęczy, nie mogła pozwolić sobie na chwilę dekoncentracji.

Las się skończył. Przed czarodziejką rozciągała się szeroka, wysłana otoczakami dolina, sięgająca urwistych zboczy po stronie przeciwnej. Środkiem doliny płynęła Gwenllech, Rzeka Białych Kamieni, burząc się pieniście wśród głazów i naniesionych prądem pni. Tu, w górnym biegu, Gwenllech była już tylko płytkim, choć szerokim strumieniem. Tu można było sforsować ją bez trudności. Niżej, w Kaedwen, w biegu środkowym, rzeka stanowiła przeszkodę nie do pokonania – była rwąca i łamała się dnem głębokich przepaści.

Wałach, wpędzony w wodę, przyspieszył kroku, najwyraźniej pragnąc jak najszybciej dotrzeć do przeciwległego brzegu. Triss wstrzymała go lekko – nurt był płytki, sięgał koniowi nieco ponad nadpęcia, ale zalegające dno kamienie były śliskie, a prąd ostry i wartki. Woda burzyła się i pieniła wokół nóg wierzchowca.

Czarodziejka spojrzała w niebo. Wzmagający się chłód i wiatr mogły tu, w górach, zwiastować zamieć, a perspektywa spędzenia kolejnej nocy w grocie lub skalnej rozpadlinie niezbyt ją pociągała. Mogła, gdyby musiała, kontynuować podróż nawet wśród zamieci, mogła rozpoznawać drogę telepatycznie, mogła magicznie uniewrażliwić się na zimno. Mogła, gdyby musiała. Ale wolała nie musieć.

Szczęściem Kaer Morhen było już blisko. Triss wpędziła wałacha na płaski piarg, na ogromną pryzmę kamieni, wymytą przez lodowce i strumyki, wjechała w wąski przesmyk wśród skalnych bloków. Ściany wąwozu wznosiły się pionowo, zdawały się stykać wysoko w górze, przedzielone wąską kreską nieba. Zrobiło się cieplej, bo wiatr wyjący nad skałami nie dosięgał jej już, nie smagał i nie kąsał.

Przesmyk rozszerzył się, wwiódł do parowu, a potem w dolinę, na wielką, okrągłą, wypełnioną lasem nieckę, rozciągającą się wśród zębatych głazów. Czarodziejka zlekceważyła łagodne, dostępne obrzeża, wjechała wprost w knieję, w gęsty matecznik. Zeschłe gałęzie zatrzeszczały pod kopytami. Wałach, zmuszony do przestępowania przez zwalone pnie, zachrapał, zatańczył, zatupał. Triss ściągnęła wodze, szarpnęła konia za kosmate ucho i rugnęła brzydko, złośliwie nawiązując do jego kalectwa. Rumak, w rzeczy samej sprawiając wrażenie zawstydzonego, poszedł równiej i raźniej, sam wybierając drogę wśród gęstwiny.

Wkrótce wydostali się na czystszy teren, wjechali w koryto strumienia, ledwie sączącego się dnem parowu. Czarodziejka rozglądała się bacznie. Wkrótce znalazła to, czego szukała. Nad jarem, wsparty na olbrzymich głazach, leżał poziomo potężny pień, ciemny, goły, pozieleniały od mchu. Triss podjechała bliżej, chcąc się upewnić, że to rzeczywiście Szlak, a nie przypadkowe drzewo, obalone przez wichurę. Dostrzegła jednak niewyraźną wąską ścieżkę, niknącą wśród lasu. Nie mogła się mylić – to był z pewnością Szlak, otaczająca zamczysko Kaer Morhen najeżona przeszkodami dróżka, na której wiedźmini trenowali szybkość biegu i kontrolę oddechu. Dróżkę nazywano Szlakiem, ale Triss wiedziała, że młodzi wiedźmini mieli dla niej swą własną nazwę: „Mordownia".

Przylgnęła do szyi konia, wolno przejechała pod pniem. I wtedy usłyszała chrobot kamieni. I szybkie, lekkie kroki biegnącego człowieka.

Odwróciła się na kulbace, ściągnęła wodze. Czekała, aż wiedźmin wbiegnie na kłodę.

Wiedźmin wbiegł na kłodę, przemknął po niej jak strzała, nie zwalniając, nawet nie balansując ramionami, leciutko, zwinnie, płynnie, z niewiarygodną gracją. Mignął tylko, zamajaczył, zniknął wśród drzew, nie potrąciwszy ani jednej gałązki. Triss westchnęła głośno, z niedowierzaniem kręcąc głową.

Bo wiedźmin, sądząc z wzrostu i budowy, miał około dwunastu lat.

Czarodziejka uderzyła bułanka piętami, oddała wodze i kłusem ruszyła w górę strumienia. Wiedziała, że Szlak przecina parów jeszcze raz, w miejscu określanym jako „Gardziel". Chciała ponownie rzucić okiem na małego wiedźmina. Wiedziała bowiem, że w Kaer Morhen nie trenowano dzieciaków od blisko ćwierć wieku.

Nie spieszyła się zbytnio. Ścieżynka Mordowni wiła się i pętliła wśród boru, na jej pokonanie wiedźminek musiał poświęcić znacznie więcej czasu niż ona, jadąca na skrót. Zwlekać jednak też nie mogła. Za Gardzielą Szlak skręcał w lasy, wiódł prosto ku warowni. Gdyby nie zdybała chłopca przy przepaści, mogła go już w ogóle nie zobaczyć. Bywała już w Kaer Morhen kilkakrotnie i była świadoma faktu, że widziała tam tylko to, co wiedźmini chcieli jej pokazać. Triss nie była aż tak naiwna, by nie wiedzieć, że chcieli jej pokazać znikomą część tego, co w Kaer Morhen można było zobaczyć.

Po kilku minutach jazdy kamienistym korytem strumienia spostrzegła Gardziel – uskok utworzony nad jarem przez dwie wielkie omszałe skały, porośnięte pokracznymi, skarłowaciałymi drzewkami. Puściła wodze. Bułanek prychnął i schylił łeb ku wodzie ciurkającej wśród otoczaków.

Nie czekała długo. Sylwetka wiedźmina zamajaczyła na skale, chłopiec skoczył, nie zwalniając biegu. Czarodziejka usłyszała miękkie pacnięcie lądowania, a w chwilę później grzechot kamieni, głuchy odgłos upadku i cichy krzyk. A raczej pisk.

Triss bez namysłu zeskoczyła z siodła, zrzuciła z ramion futro i pomknęła po zboczu, wciągając się w górę za korzenie i gałęzie drzew. Wdarła się na skałę z impetem, ale poślizgnęła na igliwiu i padła na kolana obok skurczonej na kamieniach postaci. Wyrostek na jej widok poderwał się jak sprężyna, cofnął błyskawicznie i zwinnie chwycił za miecz przerzucony przez plecy, ale potknął się i klapnął między jałowce i sosenki. Czarodziejka nie wstała z klęczek, patrzyła na chłopca, otworzywszy usta ze zdumienia.

Bo to wcale nie był chłopiec.

Spod popielatej, nierówno i niełądnie obciętej grzywki patrzyły ogromne szmaragdowozielone oczy, dominujący akcent w małej twarzyczce o wąskim podbródku i lekko zadartym nosku. W oczach był przestrach.

– Nie bój się – powiedziała niepewnie Triss.

Dziewczynka otworzyła oczy jeszcze szerzej. Prawie nie dyszała i nie wyglądała na spoconą. Jasnym było, że przebiegała już na Mordowni niejeden dzień.

– Nic ci się nie stało?

Dziewczynka nie odpowiedziała, zamiast tego wstała sprężyście, syknęła z bólu, przenosząc ciężar ciała na lewą nogę, schyliła się, pomasowała kolano. Ubrana była w coś w rodzaju skórzanego kostiumu, zszytego – a raczej skleconego w sposób, na którego widok każdy szanujący swe rzemiosło krawiec zawyłby z rozpaczy i zgrozy. Jedynym, co w jej ekwipunku wyglądało na w miarę nowe i dopasowane, były wysokie do kolan buty, pasy i miecz. Dokładniej, mieczyk.

– Nie bój się – powtórzyła Triss, nadal nie podnosząc się z kolan. – Usłyszałam, jak upadłaś, wystraszyłam się, dlatego tak tu gnałam...

– Pośliznęłam się – mruknęła dziewczynka.

– Niczego sobie nie uszkodziłaś?

– Nie. A ty?

Czarodziejka roześmiała się, spróbowała wstać, skrzywiła się, zaklęła, przeszyta bólem, który odezwał się w kostce. Usiadła, ostrożnie wyprostowała stopę, zaklęła znowu.

– Chodź no tu, mała, pomóż mi się podnieść.

– Nie jestem mała.

– Przyjmijmy. W takim razie kim ty jesteś?

– Wiedźminką!

– Ha! Zbliż się więc i pomóż mi wstać, wiedźminko.

Dziewczynka nie ruszyła się z miejsca. Przestąpiła z nogi na nogę, dłonią w wełnianej rękawiczce bez palców bawiła się pasem miecza, spoglądając na Triss podejrzliwie.

– Bez obaw – uśmiechnęła się czarodziejka. – Nie jestem rozbójniczką ani nikim obcym. Nazywam się Triss Merigold, jadę do Kaer Morhen. Wiedźmini znają mnie. Nie wytrzeszczaj na mnie oczu. Pochwalam twoją czujność, ale bądź rozsądna. Czy dotarłabym tu, nie znając drogi? Czy spotkałaś kiedykolwiek na Szlaku ludzką istotę?

Dziewczynka pokonała wahanie, podeszła bliżej, wyciągnęła rękę. Triss wstała, w niewielkim stopniu korzystając z pomocy. Bo nie o pomoc jej chodziło. Chciała przyjrzeć się dziewczynce z bliska. I dotknąć jej.

Zieloniutkie oczy małej wiedźminki nie zdradzały żadnych objawów mutacji, również dotyk małej rączki nie wywoływał lekkiego przyjemnego mrowienia, tak charakterystycznego u wiedźminów. Szarowłose dziecko, choć biegało ścieżką Mordowni z mieczem na plecach, nie było poddane Próbie Traw ani Zmianom. Tego Triss była pewna.

– Pokaż mi kolano, mała.

– Nie jestem mała.

– Przepraszam. Ale jakieś imię zapewne masz?

– Mam. Jestem... Ciri.

– Miło mi. Pozwól bliżej, Ciri.

– Nic mi nie jest.

– Chcę zobaczyć, jak wygląda „nic". Ach, tak myślałam. „Nic" do złudzenia przypomina podarte portki i skórę zdartą do żywego mięsa. Stój spokojnie i nie bój się.

– Nie boję się... Auuu!

Czarodziejka zachichotała, potarła o biodro dłoń swędzącą od zaklęcia. Dziewczynka schyliła się, obejrzała kolano.

– Ooo – powiedziała. – Już nie boli! I dziury nie ma... Czy to są czary?

– Zgadłaś.

– Ty jesteś czarownicą?

– Znowu zgadłaś. Choć przyznam, wolę, by nazywano mnie czarodziejką. Żeby się nie mylić, możesz używać mojego imienia. Triss. Po prostu Triss. Chodź, Ciri. Na dole czeka mój koń, pojedziemy razem do Kaer Morhen.

– Powinnam biec – Ciri pokręciła głową. – Niedobrze jest przerwać bieg, bo wtedy w mięśniach robi się mleko. Geralt mówi...

– Geralt jest w warowni?

Ciri zasępiła się, zacisnęła usta, łypnęła na czarodziejkę spod popielatej grzywki. Triss zachichotała znowu.

– Dobrze – powiedziała. – Nie będę pytać. Tajemnica to tajemnica, słusznie czynisz, nie zdradzając jej osobie, której prawie nie znasz. Chodź. Na miejscu zobaczymy, kto jest w zamku, a kogo nie ma. A mięśniami się nie przejmuj, wiem, jak poradzić sobie z kwasem mlekowym. O, oto i mój wierzchowiec. Pomogę ci...

Wyciągnęła rękę, ale Ciri nie potrzebowała pomocy. Wskoczyła na siodło zwinnie, lekko, prawie bez odbicia. Wałach targnął się, zaskoczony, zatupał, ale dziewczynka szybko chwyciła wodze, uspokoiła go.

– Z końmi sobie radzisz, jak widzę.

– Ze wszystkim sobie radzę.

– Przesuń się bliżej łęku – Triss włożyła stopę w strzemię, uchwyciła się grzywy. – Zrób trochę miejsca dla mnie. I nie wybij mi oka tym mieczem.

Trącony piętą wałach poszedł stępa korytem strumienia. Przejechali kolejny jar, wdrapali się na obłe wzgórze. Stamtąd widać już było przytuloną do kamiennych obrywów ruinę Kaer Morhen – częściowo zburzony trapez muru obronnego, resztki barbakanu i bramy, pękaty, tępy słup donżonu.

Wałach prychnął i szarpnął łbem, przechodząc fosę po pozostałościach mostu. Triss ściągnęła wodze. Na niej samej zalegające dno rowu zmurszałe czaszki i kościotrupy nie robiły wrażenia. Widziała je już.

– Nie lubię tego – odezwała się nagle dziewczynka. – To nie jest tak, jak powinno być. Umarłych powinno się zakopywać w ziemi. Pod kurhanem. Prawda?

– Prawda – potwierdziła spokojnie czarodziejka. – Ja też tak uważam. Ale wiedźmini traktują to cmentarzysko jako... przypomnienie.

– Przypomnienie czego?

– Kaer Morhen – Triss skierowała konia ku potrzaskanym arkadom – zostało napadnięte. Doszło tu do krwawej bitwy, w której zginęli prawie wszyscy wiedźmini, ocaleli tylko ci, których podówczas nie było w warowni.

– Kto ich napadł? I dlaczego?

– Nie wiem – skłamała. – To było strasznie dawno temu, Ciri. Zapytaj o to wiedźminów.

– Pytałam – burknęła dziewczynka. – Ale nie chcieli mi powiedzieć.

Rozumiem ich, pomyślała czarodziejka. Dziecku szkolonemu na wiedźmina, do tego dziewczynce nie poddanej mutacyjnym zmianom nie mówi się o takich sprawach. Nie opowiada się takiemu dziecku o masakrze. Nie przeraża się takiego dziecka perspektywą tego, że i ono może kiedyś usłyszeć o sobie słowa, które wywrzaskiwali wówczas maszerujący na Kaer Morhen fanatycy. Mutant. Potwór. Dziwoląg. Przeklęty przez bogów, przeciwny naturze twór. Nie, pomyślała, nie dziwię się wiedźminom, że nie opowiedzieli ci o tym, mała Ciri. I ja również ci o tym nie opowiem. Ja, mała Ciri, mam jeszcze więcej powodów, by milczeć. Bo jestem czarodziejką, a bez pomocy czarodziejów fanatycy nie zdobyliby wtedy zamku. A i ów wstrętny paszkwil, owo szeroko kolportowane „Monstrum", które wzburzyło fanatyków i popchnęło ich do zbrodni, też podobno było anonimowym dziełem jakiegoś czarodzieja. Ale ja, mała Ciri, nie uznaję zbiorowej odpowiedzialności, nie czuję potrzeby ekspiacji z tytułu wydarzenia, które miało miejsce pół wieku przed moim urodzeniem. A szkielety, które mają być wiecznym przypomnieniem, wreszcie zmurszeją do cna, rozpadną się w pył i pójdą w niepamięć, ulecą z wiatrem, który nieustannie smaga zbocze...

– Oni nie chcą tak leżeć – powiedziała nagle Ciri. – Nie chcą być symbolem, wyrzutem sumienia ani ostrzeżeniem. Ale nie chcą też, by ich prochy rozwiewał wiatr.

Triss poderwała głowę, słysząc zmianę w głosie dziewczynki. Momentalnie wyczuła magiczną aurę, pulsowanie i szum krwi w skroniach. Wyprężyła się, ale nie odezwała ani słowem, bojąc się przerwać i zakłócić to, co się działo.

– Zwykły kurhan – głos Ciri stawał się coraz bardziej nienaturalny, metaliczny, zimny i zły. – Kupka ziemi, którą porośnie pokrzywa. Śmierć ma oczy błękitne i zimne, a wysokość obelisku nie ma znaczenia, nie mają też znaczenia napisy, jakie się na nim wykuje. Któż może wiedzieć o tym lepiej od ciebie, Triss Merigold, czternastej ze Wzgórza?

Czarodziejka zmartwiała. Widziała, jak dłonie dziewczynki zaciskają się na grzywie konia.

– Ty umarłaś na Wzgórzu, Triss Merigold – przemówił znowu zły, obcy głos. – Po co tu przyjechałaś? Zawróć, zawróć natychmiast, a to dziecko, Dziecko Starszej Krwi, zabierz ze sobą, by oddać je tym, do których należy. Zrób to, Czternasta. Bo jeśli tego nie zrobisz, umrzesz jeszcze raz. Przyjdzie dzień, w którym Wzgórze upomni się o ciebie. Upomni się o ciebie zbiorowa mogiła i obelisk, na którym wykuto twoje imię.

Wałach zarżał głośno, potrząsając łbem. Ciri szarpnęła się nagle, wzdrygnęła.

– Co się stało? – spytała Triss, starając się panować nad głosem.

Ciri odkaszlnęła, oburącz przeczesała włosy, potarła twarz.

– Nn... nic... – mruknęła niepewnie. – Zmęczona jestem, to dlatego... Dlatego usnęłam. Powinnam biec...

Magiczna aura znikła. Triss poczuła raptowną falę zimna ogarniającą całe ciało. Próbowała wmówić sobie, że to efekt gasnącego właśnie czaru ochronnego, ale wiedziała, że to nieprawda. Spojrzała w górę, na kamienny blok zamczyska, wytrzeszczający na nią czarne puste oczodoły zrujnowanych strzelnic. Przeszył ją dreszcz.

Koń zadzwonił podkowami po płytach podwórca. Czarodziejka szybko zeskoczyła z siodła, podała Ciri rękę. Korzystając z kontaktu dłoni, ostrożnie wysłała impuls magiczny. I zdumiała się. Bo nie poczuła nic. Żadnej reakcji, żadnej odpowiedzi. I żadnego oporu. W dziewczynce, która przed chwilą zmobilizowała niebywale silną aurę, nie było nawet śladu magii. Było to teraz zwykłe, nieudolnie ostrzyżone i źle ubrane dziecko.

Ale dziecko to przed chwilą nie było zwykłym dzieckiem.

Nie miała czasu zastanawiać się nad dziwnym zdarzeniem. Usłyszała zgrzyt okutych żelazem drzwi dobiegający z ciemnej czeluści korytarza, ziejącej za poobijanym portalem. Zsunęła z ramion futrzaną pelerynę, zdjęła lisią czapkę, szybkim ruchem głowy rozrzuciła włosy – swoją dumę i swój znak rozpoznawczy – długie, połyskujące złotem, puszyste pukle o kolorze świeżego kasztana.

Ciri westchnęła z podziwu. Triss uśmiechęła się, rada z efektu. Piękne, długie i rozpuszczone włosy były rzadkością, wyznacznikiem pozycji, statusu, znakiem kobiety wolnej, pani samej siebie. Znakiem kobiety niezwykłej – bo „zwykłe" panny nosiły warkocze, „zwykłe" mężatki ukrywały włosy pod czepcami lub zawiciami. Panie wysokiego rodu, wliczając królowe, trefiły włosy i układały je. Wojowniczki strzygły się krótko. Tylko druidki i czarodziejki – i nierządnice – obnosiły się z naturalnymi grzywami, by podkreślić niezależność i swobodę.

Wiedźmini zjawili się jak zwykle niespodziewanie, jak zwykle bezszelestnie, jak zwykle nie wiadomo skąd. Stanęli przed nią, wysocy, smukli, z rękami skrzyżowanymi na piersiach, z ciężarem ciała przełożonym na lewą nogę, w pozycji, z której, jak wiedziała, mogli zaatakować w ułamku sekundy. Ciri stanęła obok nich, w identycznej pozycji. W swym karykaturalnym ubranku wyglądała przezabawnie.

– Witamy w Kaer Morhen, Triss.

– Witaj, Geralt.

Zmienił się. Sprawiał wrażenie, jakby się postarzał. Triss wiedziała, że to biologicznie niemożliwe – wiedźmini starzeli się, owszem, ale w tempie zbyt wolnym, by zwykły śmiertelnik lub czarodziejka tak młoda jak ona mogli zauważyć zmiany. Ale wystarczyło jednego spojrzenia, by pojąć, że mutacja mogła powstrzymywać fizyczny proces starzenia. Psychicznego nie mogła. Posieczona zmarszczkami twarz Geralta była tego najlepszym dowodem. Triss z uczuciem głębokiej przykrości oderwała wzrok od oczu białowłosego wiedźmina. Oczu, które ewidentnie widziały zbyt wiele. Poza tym nie dostrzegła w tych oczach nic z tego, na co liczyła.

– Witaj – powtórzył. – Cieszymy się, że zechciałaś przyjechać.

Obok Geralta stał Eskel, podobny do Wilka jak brat, jeśli nie liczyć koloru włosów i długiej blizny zniekształcającej policzek. I najmłodszy z wiedźminów z Kaer Morhen, Lambert, jak zwykle z nieładnym, kpiącym grymasem na twarzy. Vesemira nie było.

– Witamy i prosimy do środka – powiedział Eskel. – Zimno, a duje, jakby się ktoś powiesił. Ciri, a ty dokąd? Ciebie nie dotyczy to zaproszenie. Słońce jeszcze wysoko, chociaż go nie widać. Można jeszcze trenować.

– Ejże – potrząsnęła włosami czarodziejka. – Staniała, widzę, grzeczność w Wiedźmińskim Siedliszczu. Ciri powitała mnie tu jako pierwsza, przyprowadziła do warowni. Powinna mi towarzyszyć...

– Ona się tu szkoli, Merigold – skrzywił się Lambert w parodii uśmiechu. Zawsze ją tak nazywał: „Merigold", bez tytułu, bez imienia. Triss nienawidziła tego. – Jest uczniem, nie majordomusem. Witanie gości, nawet tak miłych jak ty, nie należy do jej obowiązków. Idziemy, Ciri.

Triss wzruszyła lekko ramionami, udając, że nie widzi zakłopotanych spojrzeń Geralta i Eskela. Zmilczała. Nie chciała wprowadzać ich w jeszcze większe zakłopotanie. A nade wszystko nie chciała, by zorientowali się, jak bardzo interesuje i fascynuje ją dziewczynka.

– Odprowadzę twojego konia – zaofiarował się Geralt, sięgając po wodze. Triss ukradkiem przesunęła rękę i dłonie ich złączyły się. Oczy też.

– Pójdę z tobą – powiedziała swobodnie. – Mam w jukach kilka drobiazgów, które będą mi potrzebne.

– Dostarczyłaś mi nie tak dawno trochę przykrych wrażeń – mruknął zaraz po tym, jak weszli do stajni. – Na własne oczy oglądałem twój imponujący nagrobek. Obelisk upamiętniający twą bohaterską śmierć w bitwie o Sodden. Dopiero niedawno doszły mnie wieści, że to była pomyłka. Nie mogę pojąć, jak można było cię z kimś pomylić, Triss.

– To długa historia – odpowiedziała. – Opowiem ci przy sposobności. A przykre wrażenia zechciej mi wybaczyć.

– Nie ma nic do wybaczania. Ostatnimi czasy mało miałem powodów do radości, a tą, której doznałem na wieść, że żyjesz, trudno porównać z jakąkolwiek inną. Chyba tylko z tą, jaką czuję w tej chwili, gdy patrzę na ciebie.

Triss poczuła, jak coś w niej pęka. Strach przed spotkaniem z białowłosym wiedźminem przez całą drogę walczył w niej z nadzieją na to spotkanie. A potem widok tej zmęczonej, steranej twarzy, te wszystkowidzące, chore oczy, słowa, zimne i wyważone, nienaturalnie spokojne, ale przecież tak tchnące emocją...

Rzuciła mu się na szyję, od razu, bez zastanowienia. Chwyciła jego dłoń, gwałtownie wpakowała ją sobie na kark, pod włosy. Mrowienie spłynęło jej po plecach, przeszyło taką rozkoszą, że o mało nie krzyknęła. By powstrzymać i stłumić krzyk, znalazła ustami jego usta, przywarła do nich. Drżała, przyciskając się do niego silnie, budowała i potęgowała w sobie podniecenie, zapominając się coraz bardziej.

Geralt się nie zapomniał.

– Triss... Proszę cię.

– Och, Geralt... Tak bardzo...

– Triss – odsunął ją delikatnie. – Nie jesteśmy sami... Idą tu.

Spojrzała na wejście. Cienie nadchodzących wiedźminów dostrzegła dopiero po chwili, ich kroki usłyszała jeszcze później. Cóż, jej słuch, który nawiasem mówiąc uważała za wyczulony, z wiedźmińskim konkurować nie mógł.

– Triss, dziecinko!

– Vesemir!

Tak, Vesemir był naprawdę stary. Kto wie, czy nie starszy niż Kaer Morhen. Ale szedł ku niej szybkim, energicznym i sprężystym krokiem, jego uścisk był krzepki, a dłonie mocne.

– Cieszę się, że cię znów widzę, dziadku.

– Pocałuj mnie. Nie, nie w rękę, mała czarownico. W

rękę będziesz mnie całować, gdy spocznę na marach. Co pewnie nastąpi niebawem. Och, Triss, dobrze, że przyjechałaś... Kto mnie wyleczy, jeśli nie ty?

– Wyleczyć, ciebie? Z czego? Chyba ze szczeniackich gestów! Zabierz rękę z mego tyłka, staruchu, bo ci podpalę to siwe brodzisko!

– Wybacz. Ciągle zapominam, że wyrosłaś, że już nie mogę cię brać na kolana i poklepywać. Co do mego zdrowia... Och, Triss, starość nie radość. W kościach łamie mnie tak, że wyć się chce. Pomożesz staremu, dziecinko?

– Pomogę – czarodziejka wyswobodziła się z niedźwiedzich objęć, spojrzała na towarzyszącego Vesemirowi wiedźmina. Ten był młody, wydawał się rówieśnikiem Lamberta. Nosił krótką czarną brodę, która nie kryła jednak silnych zeszpeceń po ospie. Było to dość niecodzienne, bo wiedźmini byli zwykle wysoce uodpornieni na choroby zakaźne.

– Triss Merigold, Coën – przedstawił ich Geralt. – Coën spędza z nami pierwszą zimę. Pochodzi z północy, z Poviss.

Młody wiedźmin ukłonił się. Miał niezwykle jasne, żółtozielone tęczówki, a pocięte czerwonymi niteczkami soczewki wskazywały na ciężki, kłopotliwy przebieg mutacji oczu.

– Chodźmy, dziecinko – rzekł Vesemir, biorąc ją pod ramię. – Stajnia to nie miejsce do witania gości. Ale nie mogłem się doczekać.

Na podwórcu, w osłoniętym od wiatru załomie murów, Ciri ćwiczyła pod kierunkiem Lamberta. Zręcznie balansując na zawieszonej na łańcuchach belce, atakowała mieczem skórzany worek, opleciony rzemieniami tak, by imitował korpus człowieka. Triss zatrzymała się.

– Źle! – wrzeszczał Lambert. – Zbyt blisko podchodzisz! I nie rąb na oślep! Mówiłem, samym końcem miecza, na tętnicę szyjną! Gdzie humanoid ma tętnicę szyjną? Na czubku głowy? Co się z tobą dzieje? Skup się, księżniczko!

Ha, pomyślała Triss. A więc to jednak prawda, nie legenda. To ona. Dobrze się domyślałam.

Postanowiła zaatakować nie zwlekając, nie pozwolić wiedźminom na żadne wybiegi.

– Słynne Dziecko Niespodzianka? – powiedziała, wskazując Ciri. – Jak widzę, wzięliście się ostro za spełnianie żądań losu i przeznaczenia? Chyba się wam jednak bajki poplątały, chłopcy. W bajkach, które mnie opowiadano, pastereczki i sierotki zostawały księżniczkami. A tu, jak widzę, z księżniczki robi się wiedźminkę. Nie wydaje się wam, że to nieco śmiały plan?

Vesemir spojrzał na Geralta. Białowłosy wiedźmin milczał, twarz miał nieruchomą, nawet drgnięciem powieki nie zareagował na niemą prośbę o wsparcie.

– To nie tak, jak myślisz – odchrząknął starzec. – Geralt przywiózł ją tu zeszłej jesieni. Ona nie ma nikogo, oprócz... Triss, jak tu nie wierzyć w przeznaczenie, gdy...

– Co ma przeznaczenie do wymachiwania mieczem?

– Uczymy ją miecza – odezwał się cicho Geralt, odwracając się ku niej, patrząc prosto w oczy. – Bo czego mamy ją uczyć? Nie umiemy niczego więcej. Przeznaczenie czy nie, Kaer Morhen to teraz jej dom. Przynajmniej na jakiś czas. Trening i fechtunek bawią ją, utrzymują w zdrowiu i kondycji. Pozwalają zapomnieć o tragedii, którą przeżyła. To jest teraz jej dom, Triss. Ona nie ma innego.

– Mnóstwo Cintryjczyków – czarodziejka wytrzymała spojrzenie – zbiegło po klęsce do Verden, do Brugge, do Temerii, na Wyspy Skellige. Wśród nich są wielmoże, baronowie, rycerze. Przyjaciele, krewni... jak również formalni... poddani tej dziewczynki.

– Przyjaciele i krewni nie szukali jej po wojnie. Nie odnaleźli jej.

– Bo nie im była przeznaczona? – uśmiechnęła się do niego, niezbyt szczerze, ale bardzo ładnie. Najładniej, jak umiała. Nie chciała, by mówił takim tonem.

Wiedźmin wzruszył ramionami. Triss, która trochę go znała, natychmiast zmieniła taktykę, zrezygnowała z argumentów.

Spojrzała znowu na Ciri. Dziewczynka, zwinnie stąpając po równoważni, wykonała szybki półobrót, cięła lekko, odskakując natychmiast. Uderzony manekin zakołysał się na linie.

– No, nareszcie! – krzyknął Lambert. – Wreszcie pojęłaś! Cofnij się i jeszcze raz. Chcę się upewnić, że to nie był przypadek!

– Ten miecz – Triss odwróciła się do wiedźminów – wygląda na ostry. Belka wygląda na śliską i niestabilną. A nauczyciel wygląda na idiotę deprymującego dziewczynę wrzaskiem. Nie obawiacie się nieszczęśliwego wypadku? A może liczycie, że to przeznaczenie uchroni przed nim dziecko?

– Ciri blisko pół roku ćwiczyła bez miecza – rzekł Coën. – Umie się poruszać. A my uważamy, bo...

– Bo to jest jej dom – dokończył Geralt cicho, ale stanowczo. Bardzo stanowczo. Tonem kończącym dyskusję.

– No właśnie, w tym rzecz – odetchnął głęboko Vesemir. – Triss, musisz być zmęczona. Głodna?

– Nie zaprzeczę – westchnęła, rezygnując z łowienia wzrokiem oczu Geralta. – Szczerze mówiąc, lecę z nóg. Ostatnią noc na szlaku spędziłam w na wpół rozwalonym pasterskim szałasie, zagrzebana w słomie i wiórach. Uszczelniłam ruderę czarami, gdyby nie to, uświerkłabym chyba. Marzę o czystej pościeli.

– Zjesz z nami wieczerzę. Zaraz. A potem wyśpisz się porządnie i wypoczniesz. Przygotowaliśmy dla ciebie najlepszą komnatę, tę w wieży. I wstawiliśmy tam najlepsze łoże, jakie było w Kaer Morhen.

– Dziękuję – Triss uśmiechnęła się lekko. W wieży, pomyślała. Dobrze, Vesemir. Dziś może być w wieży, jeśli aż tak zależy ci na pozorach. Mogę spać w wieży, w najlepszym łóżku ze wszystkich łóżek w Kaer Morhen. Choć wolałabym z Geraltem w najgorszym.

– Chodźmy, Triss.

– Chodźmy.

•

Wiatr postukiwał okiennicą, poruszał uszczelniającymi okno resztkami zjedzonego przez mole arrasu. Triss leżała w najlepszym łóżku w całym Kaer Morhen, wśród zupełnych ciemności. Nie mogła zasnąć. I nie chodziło o to, że najlepsze łóżko z Kaer Morhen było rozlatującym się zabytkiem. Triss myślała intensywnie. A wszystkie płoszące sen myśli obracały się wokół jednego podstawowego pytania.

Po co wezwano ją do warowni? Kto to zrobił? Dlaczego? W jakim celu?

Choroba Vesemira nie mogła być niczym innym, jak pretekstem. Vesemir był wiedźminem. To, że był zarazem wiekowym dziadem, nie zmieniało faktu, że zdrowia mogło mu pozazdrościć wielu młodych. Gdyby jeszcze okazało się, że starca dziabnęła żądłem mantikora lub pokąsał wilkołak, Triss uwierzyłaby, że wezwano ją do niego. Ale „łamanie w kościach"? Śmiechu warte. Łamanie w kościach, niezbyt oryginalną dolegliwość w przerażająco zimnych murach Kaer Morhen, Vesemir wykurowałby wiedźmińskim eliksirem albo jeszcze prościej: mocną żytnią gorzałką, stosowaną w równych proporcjach zewnętrznie i wewnętrznie. Nie potrzebowałby czarodziejki, jej zaklęć, filtrów i amuletów.

Więc kto ją wezwał? Geralt?

Triss rzuciła się w pościeli, czując falę ogarniającego ją ciepła. I podniecenia, potęgowanego złością. Zaklęła cicho, kopnęła pierzynę, przewróciła się na bok. Starożytne łoże zaskrzypiało, zatrzeszczało w spojeniach. Nie panuję nad sobą, pomyślała. Zachowuję się jak głupia podfruwajka. Albo jeszcze gorzej – jak niedopieszczona stara panna. Nie potrafię nawet logicznie myśleć.

Zaklęła znowu.

Oczywiście, że to nie Geralt. Bez emocji, mała, bez emocji, przypomnij sobie jego minę, tam w stajni. Widziałaś już takie miny, mała, widziałaś, nie oszukuj się. Głupie, skruszone, zakłopotane miny mężczyzn, którzy chcą zapomnieć, którzy żałują, którzy nie chcą pamiętać tego, co się stało, nie chcą wracać do tego, co było. Na bogów, mała, nie oszukuj się, że tym razem jest inaczej. Nigdy nie bywa inaczej. I ty o tym wiesz. Bo masz przecież nielichą wprawę, mała.

Jeżeli chodziło o życie erotyczne, Triss Merigold miała prawo uważać się za typową czarodziejkę. Zaczęło się od kwaśnego smaku zakazanego owocu, podniecającego wobec surowych reguł akademii i zakazów mistrzyni, u której praktykowała. Potem przyszła samodzielność, swoboda i szalony promiskuityzm, zakończony, jak to zwykle bywa, goryczą, rozczarowaniem i rezygnacją. Nastąpił długi okres samotności i odkrycie, że do rozładowania stresów i napięć najzupełniej zbędny jest ktoś, kto chciałby uważać się za jej pana i władcę zaraz po tym, jak przewróci się na plecy i obetrze pot z czoła. Że na uspokojenie nerwów istnieją sposoby mniej kłopotliwe, które ponadto nie brudzą ręczników krwią, nie puszczają pod kołdrą wiatrów i nie domagają się śniadania. Potem przyszedł krótki i zabawny okres fascynacji własną płcią, zakończony wnioskiem, że brudzenie, wiatry i żarłoczność nie są bynajmniej wyłączną domeną mężczyzn. Wreszcie, jak wszystkie bez mała magiczki, Triss przestawiła się na przygody z innymi czarodziejami, sporadyczne i denerwujące swym zimnym, technicznym i nieledwie rytualnym przebiegiem.

I wtedy pojawił się Geralt z Rivii. Wiodący niespokojne życie wiedźmin, połączony dziwnym, niespokojnym i burzliwym związkiem z Yennefer, jej serdeczną przyjaciółką.

Triss obserwowała oboje i była zazdrosna, choć wydawało się, że nie ma czego zazdrościć. Związek w oczywisty sposób unieszczęśliwiał obydwoje, wiódł prosto ku wyniszczeniu, bolał i wbrew wszelkiej logice... trwał. Triss nie rozumiała tego. I fascynowało ją to. Fascynowało do tego stopnia, że...

Uwiodła wiedźmina, w niewielkim stopniu pomagając sobie magią. Trafiła na sprzyjający czas. Na moment, gdy on i Yennefer po raz kolejny skoczyli sobie do oczu i rozstali się gwałtownie. Geralt potrzebował ciepła i chciał zapomnieć.

Nie, Triss nie pragnęła odebrać go Yennefer. W gruncie rzeczy bardziej zależało jej na przyjaciółce niż na nim. Ale krótki związek z wiedźminem nie rozczarował jej. Znalazła to, czego szukała – emocję w postaci poczucia winy, lęku i bólu. Jego bólu. Przeżyła tę emocję, podnieciła się nią i nie mogła o niej zapomnieć, gdy się rozstali. A czym jest ból, zrozumiała niedawno. W momencie, gdy przemożnie zapragnęła być z nim znowu. Na krótko, na chwilę – ale być.

A teraz była tak blisko...

Triss zwinęła dłoń w kułak i walnęła nim w poduszkę. Nie, pomyślała, nie. Nie bądź głupia, mała. Nie myśl o tym. Myśl o...

O Ciri? Czy to jest...

Tak. To jest prawdziwy powód jej wizyty w Kaer Morhen. Popielatowłosa dziewczynka, z której w Kaer Morhen chcą zrobić wiedźmina. Prawdziwą wiedźminkę. Mutantkę. Maszynę do zabijania, taką, jakimi są oni sami.

To jasne, pomyślała nagle, czując znowu gwałtowne podniecenie, tym razem jednak zupełnie innego rodzaju. To oczywiste. Chcą zmutować dzieciaka, poddać go Próbie Traw i Zmianom, ale nie wiedzą, jak to zrobić. Ze starych żyje wyłącznie Vesemir, a Vesemir był tylko nauczycielem szermierki. Ukryte w podziemiach Kaer Morhen Laboratorium, zakurzone butle legendarnych eliksirów, alembiki, piece i retorty... Żaden z nich nie wie, jak się tym posłużyć. Bo niewątpliwym faktem jest, żę mutagenne eliksiry opracował w zamierzchłych czasach jakiś renegat–czarodziej, a następcy czarodzieja przez lata doskonalili je, przez lata magicznie kontrolowali proces Zmian, którym poddawano dzieci. I w którymś momencie łańcuch pękł. Zabrakło magicznej wiedzy i zdolności. Wiedźmini mają zioła i Trawy, mają Laboratorium. Znają recepturę. Ale nie mają czarodzieja.

Kto wie, pomyślała, może próbowali? Podawali dzieciom dekokty sporządzone bez udziału magii?

Wzdrygnęła się na myśl o tym, co mogło się wówczas dziać z tymi dziećmi.

A teraz, pomyślała, chcą zmutować dziewczynę, ale nie umieją. A to może oznaczać... To może oznaczać, że ja mogę zostać poproszona o pomoc. A wówczas zobaczę to, czego żaden żyjący czarodziej nie oglądał, poznam to, czego żaden z żyjących czarodziejów nie poznał. Słynne Trawy i zioła, utrzymywane w najgłębszym sekrecie tajemnice wirusowych kultur, osławione zagadkowe receptury...

I to ja zaaplikuję szarowłosemu dziecku serię eliksirów,

będę obserwować mutacyjne Zmiany, będę na własne oczy widziała, jak...

Jak szarowłose dziecko umiera.

O, nie. Triss wzdrygnęła się ponownie. Nigdy. Nie za taką cenę.

Zresztą, pomyślała, chyba znowu podniecam się za wcześnie. Chyba jednak nie o to chodzi. Przy wieczerzy rozmawialiśmy, plotkowaliśmy o tym i o owym. Kilka razy próbowałam naprowadzić dyskurs na Dziecko Niespodziankę, bez skutku. Zaraz zmieniali temat.

Obserwowała ich. Vesemir był spięty i zakłopotany, Geralt niespokojny, Lambert i Eskel sztucznie weseli i gadatliwi, Coën tak naturalny, że aż nienaturalny. Szczera i otwarta była wyłącznie Ciri, rumiana od chłodu, rozczochrana, szczęśliwa i diabelnie żarłoczna. Jedli piwną polewkę, gęstą od grzanek i sera, a Ciri zdziwiła się, że nie podano grzybków. Pili jabłecznik, ale dziewczynka dostała wodę, była tym wyraźnie zaskoczona i zdegustowana. Gdzie sałata, wrzasnęła nagle, a Lambert skarcił ją ostro i nakazał zdjąć łokcie ze stołu.

Grzybki i sałata. W grudniu?

Jasne, pomyślała Triss. Karmią ją tymi legendarnymi jaskiniowymi saprofitami, nie znanym nauce górskim zielskiem, poją słynnymi naparami z tajemnych ziół. Dziewczyna rozwija się szybko, nabiera szatańskiej, wiedźmińskiej kondycji. W sposób naturalny, bez mutacji, bez ryzyka, bez rewolucji hormonalnej. Ale czarodziejka tego nie może wiedzieć. Dla czarodziejki to sekret. Niczego mi nie powiedzą, niczego mi nie pokażą.

Widziałam, jak ta dziewczyna biegła. Widziałam, jak tańczyła z mieczem na belce, zwinna i szybka, pełna tanecznej, iście kociej gracji, poruszająca się jak akrobatka. Muszę, pomyślała, koniecznie muszę ją zobaczyć rozebraną, stwierdzić, jak się rozwinęła pod wpływem tego, czym ją tu karmią. A gdyby się tak udało zwędzić i wywieźć stąd próbki „grzybków" i „sałaty"? No, no...

A zaufanie? Kicham na wasze zaufanie, wiedźmini. Na świecie jest rak, jest czarna ospa, tężec i białaczka, są alergie, jest zespół nagłej śmierci niemowląt. A wy wasze

„grzybki", z których być może dałoby się wydestylować ratujące życie leki, kryjecie przed światem. Trzymacie w sekrecie nawet przede mną, której deklarujecie przyjaźń, szacunek i ufność. Nawet ja nie mogę zobaczyć nie tylko Laboratorium, ale nawet pieprzonych grzybków!

Po co więc mnie tu ściągnęliście? Mnie, czarodziejkę?

Magia!

Triss zachichotała. Ha, pomyślała, wiedźmini, tu was mam! Ciri napędziła wam takiego samego stracha, jak mnie. „Odjechała" w sen na jawie, zaczęła wieszczyć, prorokować, roztaczać aurę, którą przecież wyczuwacie prawie tak dobrze jak ja. Odruchowo „sięgnęła" po coś psychokinetycznie albo siłą woli wygięła cynową łyżkę, wpatrując się w nią przy obiedzie. Odpowiadała na pytania, które zadawaliście w myśli, a może i na takie, których nawet w myśli baliście się zadawać. I obleciał was strach. Zorientowaliście się, że wasza Niespodzianka jest bardziej niespodziewana, niż się wam wydawało.

Zorientowaliście się, że macie w Kaer Morhen Źródło.

Że nie poradzicie sobie bez czarodziejki.

A nie macie ani jednej zaprzyjaźnionej czarodziejki, ani jednej, której moglibyście zaufać. Poza mną i...

I poza Yennefer.

Wiatr zawył, zastukał okiennicą, wzdął arras. Triss Merigold przewróciła się na wznak, zaczęła w zamyśleniu gryźć paznokieć kciuka.

Geralt nie zaprosił Yennefer. Zaprosił mnie. Czyżby zatem...

Kto wie. Może. Ale jeżeli jest tak, jak myślę, to dlaczego...

Dlaczego...

– Dlaczego nie przyszedł tu do mnie? – krzyknęła cicho w ciemność, podniecona i zła.

Odpowiedział jej wiatr wyjący wśród ruin.

•

Ranek był słoneczny, ale diablo chłodny. Triss obudziła się zziębnięta, niewyspana, ale uspokojona i zdecydowana.

Zeszła do halli jako ostatnia. Z satysfakcją odebrała hołdy spojrzeń nagradzające jej wysiłki – zmieniła podróżny strój na efektowną, acz prostą suknię, umiejętnie użyła magicznych pachnidełek i niemagicznych, ale bajecznie drogich kosmetyków. Zjadła owsiankę, konwersując z wiedźminami na mało ważne i banalne tematy.

– Znowu woda? – zaburczała nagle Ciri, zaglądając do kubka. – Zęby mi od wody cierpną! Soku bym się napiła! Tego niebieskiego!

– Nie garb się – powiedział Lambert, zerkając na Triss kątem oka. – I nie wycieraj ust rękawem! Kończ jedzenie, czas na trening. Dni są coraz krótsze.

– Geralt – Triss dokończyła owsianki. – Ciri wczoraj upadła na Szlaku. Nic groźnego, ale zawinił ten błazeński strój. To wszystko jest źle dopasowane i utrudnia jej ruchy.

Vesemir chrząknął, odwrócił wzrok. Aha, pomyślała czarodziejka, a więc to twoje dzieło, mistrzu miecza. Fakt, kabacik Ciri wygląda tak, jakby skrojono go mieczem, a zszyto grotem strzały.

– Dni są, i owszem, coraz krótsze – podjęła, nie doczekawszy się komentarza. – Ale dzisiejszy skrócimy jeszcze bardziej. Ciri, skończyłaś? Pozwól ze mną. Dokonamy niezbędnych poprawek w twoim umundurowaniu.

– Ona biega w tym od roku, Merigold – rzekł gniewnie Lambert. – I wszystko było w porządku, dopóki...

– ...dopóki nie zjawiła się tu baba, która patrzeć nie może na niegustowną i niedopasowaną odzież? Masz rację, Lambert. Ale baba zjawiła się i porządek runął, nadszedł czas wielkich zmian. Chodź, Ciri.

Dziewczynka zawahała się, spojrzała na Geralta. Geralt przyzwalająco kiwnął głową, uśmiechnął się. Ładnie. Tak jak potrafił uśmiechać się dawniej, wtedy, gdy...

Triss odwróciła wzrok. Ten uśmiech nie był dla niej.

•

Komnatka Ciri była wierną kopią kwater wiedźminów. Była, tak jak i one, pozbawiona sprzętów i mebli. Nie było tu praktycznie nic poza zbitym z desek łóżkiem, stołkiem i kufrem. Ściany i drzwi swych kwater wiedźmini dekorowali skórami zwierza ubitego w czasie polowań – jeleni, rysi, wilków, nawet rosomaków. Na drzwiach komnatki Ciri wisiała natomiast skóra olbrzymiego szczura ze wstrętnym łuskowatym ogonem. Triss zwalczyła w sobie chęć, by zerwać śmierdzące paskudztwo i wyrzucić je przez okno.

Dziewczynka, stojąc przy łóżku, patrzyła na nią wyczekująco.

– Postaramy się – rzekła czarodziejka – trochę lepiej spasować ten twój... futerał. Zawsze miałam smykałkę do kroju i szycia, powinnam zatem poradzić sobie i z tą koźlą skórą. A ty, wiedźminko, miałaś kiedyś w ręku igłę? Nauczono cię czegokolwiek poza dziurawieniem mieczem worów z sianem?

– Jak byłam na Zarzeczu, w Kagen, to musiałam prząść – mruknęła niechętnie Ciri. – Szycia mi nie dawali, bo tylko psułam len i marnowałam nici, wszystko trzeba było pruć. Okropecznie nudne było to przędzenie, łeee!

– Fakt – zachichotała Triss. – Trudno o coś nudniejszego. Ja też nie cierpiałam prząść.

– A musiałaś? Ja musiałam, bo... Ale ty przecież jesteś czarowni... Czarodziejką. Przecież możesz wszystko wyczarować! Tę piękną sukienkę... wyczarowałaś sobie?

– Nie – uśmiechnęła się Triss. – Ale i nie uszyłam jej własnoręcznie. Aż tak zdolna nie jestem.

– A moje ubranie jak zrobisz? Wyczarujesz?

– Nie ma takiej konieczności. Wystarczy magiczna igiełka, której zaklęciem dodamy odrobinę wigoru. A jeśli będzie trzeba...

Triss wolno przesunęła dłonią po wyszarpanej dziurze na rękawie kurteczki, wymruczała zaklęcie, aktywizując jednocześnie amulet. Po dziurze nie zostało śladu. Ciri pisnęła z radości.

– To czary! Będę miała zaczarowaną kurtkę! Ha!

– Do czasu, gdy uszyję ci zwykłą, ale porządną. No, a teraz zdejmuj to wszystko, moja panno, przebierz się w coś innego. To chyba nie jest twoje jedyne ubranko?

Ciri pokręciła głową, uniosła wieko skrzyni, pokazała wypłowiałą luźną sukienkę, bury kaftanik, lnianą koszulkę i wełnianą bluzkę przypominającą pokutny wór.

– To moje – powiedziała. – W tym tu przyjechałam. Ale teraz tego nie noszę. To babskie rzeczy.

– Rozumiem – skrzywiła się drwiąco Triss. – Babskie czy nie, na razie musisz się w to przeodziać. No, żywiej, rozbieraj się. Pozwól, pomogę ci... Cholera! Co to jest? Ciri?

Ramiona dziewczynki pokrywały wielkie, podbiegłe krwią siniaki. Większość z nich już żółkła, część była świeża.

– Co to jest, u diabła? – powtórzyła gniewnie czarodziejka. – Kto cię tak poobijał?

– To? – Ciri spojrzała na ramiona, jak gdyby zaskoczona ilością sińców. – A, to... To wiatrak. Byłam za wolna.

– Jaki wiatrak, psiakrew?

– Wiatrak – powtórzyła Ciri, unosząc na czarodziejkę swe wielkie oczy. – To jest taki... No... Uczę się na tym uników w ataku. To ma takie łapy z kijów i kręci się, i macha tymi łapami. Trzeba bardzo szybko skakać i robić uniki. Lefreks trzeba mieć. Jak się nie ma lefreksu, to wiatrak walnie cię kijem. Na początku to mnie okropecznie ten wiatrak sprał. Ale teraz...

– Zdejmij legginsy i koszulkę. O, bogowie mili! Dziewczyno! Ty w ogóle możesz chodzić? Biegać?

Oba biodra i lewe udo były czarnogranatowe od krwiaków i opuchlizn. Ciri drgnęła i syknęła, cofając się przed dłonią czarodziejki. Triss zaklęła po krasnoludzku, nad wyraz szpetnie.

– To też wiatrak? – spytała, starając się zachować spokój.

– To? Nie. O, to był wiatrak – Ciri obojętnie zademonstrowała imponujący siniak na piszczeli, poniżej lewego kolana. – A te inne... To wahadło. Na wahadle ćwiczę kroki z mieczem. Geralt mówi, że jestem już dobra na wahadle. Mówi, że mam ten, no... Zmysł. Mam zmysł.

– A jeśli zabraknie zmysłu – zgrzytnęła zębami Triss – wtedy, jak przypuszczam, wahadło cię walnie?

– No pewnie – przytaknęła dziewczynka, patrząc na nią i wyraźnie dziwiąc się jej niewiedzy. – Walnie, i to jeszcze jak.

– A tu? Na boku? Co to było? Kowalski młot?

Ciri zasyczała z bólu i zaczerwieniła się.

– Spadłam z grzebienia...

– ...a grzebień cię walnął – dokończyła Triss, z coraz większym trudem panując nad sobą. Ciri parsknęła.

– Jak grzebień może walnąć, kiedy jest wkopany w ziemię? Nie może! Zwyczajnie spadłam. Ćwiczyłam piruet w skoku i mi nie wyszło. Od tego ten siniak. Bo uderzyłam się o słupek.

– I leżałaś dwa dni? Mając kłopoty z oddychaniem? Bóle?

– Wcale nie. Coën rozmasował mnie i zaraz wsadził znowu na grzebień. Tak trzeba, wiesz? Inaczej złapiesz lęk.

– Co?

– Złapiesz lęk – powtórzyła dumnie Ciri i odgarnęła z czoła popielatą grzywkę. – Nie wiesz? Nawet gdy ci się coś stanie, to trzeba zaraz znowu na przyrząd, bo inaczej będziesz się bać, a jak się będziesz bać, to guzik ci wyjdzie ćwiczenie. Rezygnować nie wolno. Geralt tak powiedział.

– Muszę zapamiętać tę maksymę – wycedziła czarodziejka. – Jak również to, że pochodzi ona właśnie od Geralta. To niezła recepta na życie, tylko nie jestem pewna, czy skutkuje w każdych okolicznościach. Ale dość łatwo realizować ją cudzym kosztem. Tak więc rezygnować nie wolno? Choćby walono cię i tłuczono na tysiąc sposobów, ty masz wstać i ćwiczyć dalej?

– No pewnie. Wiedźmin nie boi się niczego.

– Doprawdy? A ty, Ciri? Niczego się nie boisz? Odpowiedz szczerze.

Dziewczynka odwróciła głowę, przygryzła wargę.

– A nie powiesz nikomu?

– Nie powiem.

– Najbardziej to się boję dwóch wahadeł. Dwóch na raz. I wiatraka, ale tylko wtedy, gdy jest puszczony na szybko. I jeszcze jest długa waga, na nią to ja ciągle jeszcze muszę z tą, no... z aseku... Asekurancją. Lambert mówi, że jestem ciućmok i oferma, ale to wcale nieprawda. Geralt mi powiedział, że mam trochę inaczej ciężkość, bo jestem dziewczyną. Muszę po prostu więcej ćwiczyć, chyba że... Chciałam cię o coś spytać. Mogę?

– Możesz.

– Jeśli się znasz na magii i na zaklęciach... Jeśli umiesz czarować... Czy mogłabyś zrobić tak, żebym była chłopakiem?

– Nie – odrzekła Triss lodowatym tonem. – Nie mogłabym.

– Hmm... – zatroskała się wyraźnie mała wiedźminka. – A czy mogłabyś prznajmniej...

– Przynajmniej, co?

– Czy mogłabyś zrobić tak, żebym nie musiała... – Ciri oblała się rumieńcem. – Powiem ci na ucho.

– Mów – Triss pochyliła się. – Słucham.

Ciri, czerwieniejąc jeszcze bardziej, zbliżyła twarz do kasztanowych włosów czarodziejki.

Triss wyprostowała się gwałtownie, a oczy jej zapłonęły.

– Dziś? Teraz?

– Mhm.

– Jasna i pieprzona cholera! – wrzasnęła czarodziejka i kopnęła stołek tak, że z impetem wyrżnął o drzwi, strącając szczurzą skórę. – Zaraza, mór, franca i trąd! Ja chyba pozabijam tych przeklętych durniów!

•

– Uspokój się, Merigold – powiedział Lambert. – Podniecasz się niezdrowo i zupełnie bez powodu.

– Nie pouczaj mnie! I przestań zwracać się do mnie per „Merigold"! A najlepiej będzie, jeżeli w ogóle zamilkniesz. Nie mówię do ciebie. Vesemir, Geralt, czy któryś z was widział, jak potwornie skatowane jest to dziecko? Ona nie ma na ciele jednego zdrowego miejsca!

– Dziecinko – powiedział poważnie Vesemir. – Nie daj się ponosić emocjom. Ty wychowałaś się inaczej, przyglądałaś się innemu wychowaniu dzieci. Ciri pochodzi z Południa, tam dziewczynki i chłopców wychowuje się zupełnie jednakowo, bez żadnej różnicy, tak jak wśród elfów. Na kucyka wsadzano ją, gdy miała pięć lat, gdy miała osiem, jeździła już na polowania. Ćwiczono ją w użyciu łuku, oszczepu i miecza. Siniak to dla Ciri nie nowina...

– Nie opowiadajcie mi bzdur – uniosła się Triss. – Nie udawajcie głupich. To nie kucyk, to nie przejażdżka ani kulig. To Kaer Morhen! Na tych waszych wiatrakach i wahadłach, na waszej Mordowni połamało kości i poskręcało karki dziesiątki chłopców, twardych i zaprawionych włóczęgów, podobnych wam, zbieranych po drogach i wyciąganych z rynsztoków. Żylastych, nieźle doświadczonych krótkim życiem urwipołciów i hultajów. Jakie szanse ma Ciri? Nawet wychowana na Południu, nawet po elfiemu, nawet pod ręką takiej herod-baby, jak Lwica Calanthe, ta mała była i ciągle jest księżniczką. Delikatna skóra, drobna budowa, lekki kościec... To dziewczynka! Co wy chcecie z niej zrobić? Wiedźmina?

– Ta dziewczynka – odezwał się cicho i spokojnie Geralt – ta delikatna i drobna księżniczka przeżyła rzeź Cintry. Zdana tylko na siebie przekradała się przez kohorty Nilfgaardu. Zdołała umknąć przed grasującymi po wsiach maruderami, którzy grabili i mordowali wszystko, co żyło. Przetrwała dwa tygodnie w lasach Zarzecza, całkiem sama. Wędrowała przez miesiąc z grupą uciekinierów, harując ciężko na równi ze wszystkimi i na równi ze wszystkimi głodując. Prawie pół roku pracowała na roli i przy inwentarzu, przygarnięta przez chłopską rodzinę. Wierz mi, Triss, życie doświadczyło ją, zaprawiło i zahartowało nie gorzej niż podobnych nam hultajów, ściąganych do Kaer Morhen z gościńców. Ciri nie jest słabsza od podobnych nam, nie chcianych bękartów, podrzucanych wiedźminom w karczmach jak kocięta, w wiklinowych koszykach. A jej płeć? Jakie to ma znaczenie?

– Jeszcze pytasz? Jeszcze śmiesz o to pytać? – krzyknęła czarodziejka. – Jakie to ma znaczenie? A takie, że dziewczyna, nie będąc podobna wam, ma właśnie swoje dni! I wyjątkowo źle to znosi! A wy chcecie, by wypluwała płuca na Mordowni i na jakichś cholernych wiatrakach!

Choć rozzłoszczona, Triss doznała rozkosznej satysfakcji na widok zbaraniałych min młodych wiedźminów i obwisłej nagle żuchwy Vesemira.

– Nawet nie wiedzieliście – pokiwała głową ze spokojnym już, zatroskanym, łagodnym wyrzutem. – Opiekunowie od siedmiu boleści. Ona wstydzi się mówić wam o tym, bo nauczono ją, że o takiej przypadłości nie mówi się mężczyznom. I wstydzi się słabości, bólu, tego, że jest mniej sprawna. Czy którykolwiek z was o tym pomyślał? Zainteresował się tym? Czy spróbował domyślić się, co jej dolega? A może ona po raz pierwszy w życiu krwawiła tu u was, w Kaer Morhen? I płakała po nocach, nie znajdując u nikogo współczucia, pocieszenia, nawet zrozumienia? Czy któryś z was w ogóle o tym pomyślał?

– Przestań, Triss – jęknął cicho Geralt. – Wystarczy. Osiągnęłaś to, co chciałaś osiągnąć. A może i więcej, niż chciałaś.

– Cholera by to wzięła – zaklął Coën. – Na ładnych durniów wyszliśmy, nie ma co. Ech, Vesemir, że ty...

– Zamilcz – warknął stary wiedźmin. – Nic nie mów.

W sposób najmniej oczekiwany zachował się Eskel, który wstał, podszedł do czarodziejki, pochylając się nisko ujął jej dłoń i pocałował z szacunkiem. Szybko cofnęła rękę. Nie dlatego, by demonstrować złość i rozdrażnienie, ale by przerwać przyjemną, przenikającą na wskroś wibrację, wywołaną przez dotknięcie wiedźmina. Eskel emanował silnie. Silniej niż Geralt.

– Triss – powiedział, z zakłopotaniem trąc paskudną szramę na policzku. – Pomóż nam. Prosimy cię o to. Pomóż nam, Triss.

Czarodziejka spojrzała mu w oczy, zacisnęła usta.

– W czym? W czym mam wam pomóc, Eskel?

Eskel znowu potarł bliznę, spojrzał na Geralta. Białowłosy wiedźmin pochylił głowę, przysłonił oczy dłonią. Vesemir chrząknął głośno.

W tym momencie skrzypnęły drzwi, do halli weszła Ciri. Chrząkanie Vesemira zmieniło się w coś w rodzaju rzężącego, głośnego wdechu. Lambert otworzył usta. Triss stłumiła chichot.

Ciri, przystrzyżona i uczesana, szła ku nim drobniutkimi kroczkami, ostrożnie podtrzymując ciemnoniebieską sukienkę, skróconą i dopasowaną, ale noszącą jeszcze ślady wożenia w jukach. Na szyi dziewczynki lśnił drugi prezent od czarodziejki – czarna żmijka z lakierowanej skóry, z rubinowym oczkiem i złotą klamerką.

Ciri zatrzymała się przed Vesemirem. Nie bardzo wiedząc, co począć z rękami, zasadziła kciuki za pasek.

– Nie mogę dzisiaj trenować – wyrecytowała wolno i dobitnie, w zupełnej ciszy – albowiem jestem... Jestem... Spojrzała na czarodziejkę. Triss mrugnęła do niej, krzywiąc się jak zadowolony z psoty urwis, poruszyła ustami, podpowiadając wyuczoną kwestię.

– Niedysponowana! – dokończyła Ciri głośno i dumnie, zadzierając nos niemal po powałę.

Vesemir zachrząkał znowu. Ale Eskel, kochany Eskel, nie stracił głowy, jeszcze raz zachował się tak, jak należało.

– Oczywiście – powiedział swobodnie, uśmiechając się. – To zrozumiałe i oczywiste, że zawiesimy ćwiczenia do czasu ustania niedyspozycji. Lekcje teoretyczne również skrócimy, a gdybyś czuła się źle, to i te odłożymy. Gdybyś potrzebowała medykamentów lub...

– Ja się tym zajmę – wtrąciła Triss, równie swobodnie.

– Aha... – Ciri dopiero teraz zarumieniła się lekko, spojrzała na starego wiedźmina. – Wuju Vesemirze, poprosiłam Triss... To znaczy panią Merigold, aby... Albowiem... No, żeby tu z nami została. Dłużej. Długo. Ale Triss powiedziała, że ty musisz na to wyrazić zgodę albowiem. Wuju Vesemirze! Zgódź się!

– Zgadzam się... – wycharczał Vesemir. – Oczywiście, że się zgadzam...

– Bardzo się cieszymy – Geralt dopiero teraz odjął dłoń od czoła. – Jest nam ogromnie miło, Triss.

Czarodziejka leciutko kiwnęła głową w jego stronę i niewinnie strzepnęła rzęsami, nawijając na palec kasztanowy lok. Geralt miał twarz jak z kamienia.

– Bardzo ładnie i uprzejmie postąpiłaś, Ciri – powiedział – proponując pani Merigold dłuższą gościnę w Kaer Morhen. Jestem z ciebie dumny.

Ciri pokraśniała, uśmiechnęła się szeroko. Czarodziejka dała jej kolejny umówiony znak.

– A teraz – powiedziała dziewczynka, jeszcze wyżej zadzierając nos – zostawiam was samych, bo pewnie chcecie omówić z Triss różne ważne sprawy. Pani Merigold, wuju Vesemirze, panowie... Żegnam. Na razie.

Dygnęła wdzięcznie, po czym wyszła z halli, wolno i dostojnie stąpając po schodach.

– Cholera – przerwał ciszę Lambert. – Pomyśleć, że nie wierzyłem, że to naprawdę księżniczka.

– Pojęliście, gamonie? – Vesemir rozejrzał się dookoła. – Jeżeli rano założy sukienkę... To żeby mi żadnych ćwiczeń... Rozumiecie?

Eskel i Coën obdarzyli starca spojrzeniami całkowicie wypranymi z szacunku. Lambert parsknął otwarcie. Geralt patrzył na czarodziejkę, a czarodziejka uśmiechała się.

– Dziękuję ci – powiedział. – Dziękuję ci, Triss.

•

– Warunki? – zaniepokoił się wyraźnie Eskel. – Triss, przecież przyrzekliśmy już, że złagodzimy trening Ciri. Jakie jeszcze warunki chcesz nam stawiać?

– No, może warunki to niezbyt ładne określenie. Nazwijmy to więc radami. Udzielę wam trzech rad, a wy się do tych rad zastosujecie. Jeśli, oczywista, zależy wam na tym, bym tu pozostała i pomogła wam w wychowaniu małej.

– Słuchamy – rzekł Geralt. – Mów, Triss.

– Przede wszystkim – zaczęła, uśmiechając się złośliwie – należy urozmaicić jadłospis Ciri. A zwłaszcza ograniczyć w nim sekretne grzybki i tajemną zieleninę.

Geralt i Coën panowali nad twarzami znakomicie. Lambert i Eskel trochę gorzej. Vesemir w ogóle nie panował. Cóż, pomyślała, patrząc na jego śmiesznie zakłopotaną minę, za jego czasów świat był lepszy. To obłuda była przywarą, której należało się wstydzić. Szczerość wstydu nie przynosiła.

– Mniej wywarów z objętych tajemnicą ziół – ciągnęła, starając się nie chichotać – a więcej mleka. Macie tu kozy. Dojenie to żadna sztuka, zobaczysz, Lambert, nauczysz się w mig.

– Triss – zaczął Geralt – posłuchaj...

– Nie, to ty posłuchaj. Nie poddawaliście Ciri gwałtownej mutacji, nie dotykaliście hormonów, nie próbowaliście eliksirów i Traw. I to się wam chwali. To było rozsądne, odpowiedzialne, ludzkie. Nie skrzywdziliście jej truciznami, więc tym bardziej nie wolno wam jej teraz okaleczać.

– O czym ty mówisz?

– Grzybki, których sekretu tak strzeżecie – wyjaśniła – faktycznie utrzymują dziewczynę w świetnej kondycji i wzmacniają mięśnie. Zioła zapewniają idealną przemianę materii i przyspieszają rozwój. Wszystko razem, wspomagane morderczym treningiem, powoduje jednak pewne zmiany w budowie ciała. W tkance tłuszczowej. To jest kobieta. Jeśli nie kaleczyliście jej hormonalnie, nie kaleczcie fizycznie. Może mieć kiedyś żal do was, że tak bezwzględnie pozbawiliście ją kobiecych... atrybutów. Pojmujecie, o czym mówię?

– A jakże – mruknął Lambert, bezczelnie wpatrując się w biust Triss, napinający materiał sukni. Eskel chrząknął i spiorunował młodego wiedźmina oczami.

– W tej chwili – spytał wolno Geralt, również prześlizgując się wzrokiem po tym i owym – nie stwierdziłaś w niej niczego nieodwracalnego, mam nadzieję?

– Nie – uśmiechnęła się. – Na szczęście nie. Rozwija się zdrowo i normalnie, zbudowana jest jak młoda driada, przyjemnie popatrzeć. Ale zachowajcie umiar w stosowaniu przyspieszaczy, proszę was o to.

– Zachowamy – przyrzekł Vesemir. – Dziękujemy za przestrogę, dziecinko. Co jeszcze? Mówiłaś o trzech... radach.

– Owszem. Oto druga: nie wolno dopuścić, aby Ciri tu zdziczała. Musi mieć kontakt ze światem. Z rówieśnikami. Musi otrzymać przyzwoite wykształcenie i przygotowanie do normalnego życia. Na razie niech sobie macha mieczem. Wiedźminki bez mutacji i tak z niej nie zrobicie, ale wiedźmiński trening jej nie zaszkodzi. Czasy są trudne i niebezpieczne, będzie umiała się bronić, gdyby musiała. Jak elfka. Ale nie możecie pogrzebać jej tu żywcem, na tym odludziu. Musi wejść w normalne życie.

– Jej normalne życie spłonęło razem z Cintrą – mruknął Geralt. – Ale cóż, Triss, jak zwykle masz rację. Już pomyśleliśmy o tym. Gdy nadejdzie wiosna, zawiozę ją do szkoły świątynnej. Do Nenneke, do Ellander.

– To bardzo dobry pomysł i mądra decyzja. Nenneke to wyjątkowa kobieta, a chram bogini Melitele to wyjątkowe miejsce. Bezpieczne, pewne, gwarantujące właściwą dla dziewczynki edukację. Ciri już wie?

– Wie. Awanturowała się przez kilka dni, ale wreszcie przyjęła do wiadomości. W tej chwili nawet niecierpliwie wygląda wiosny, podnieca ją perspektywa wyprawy do Temerii. Jest ciekawa świata.

– Jak ja w jej wieku – uśmiechnęła się Triss. – A to porównanie niebezpiecznie zbliża nas do trzeciej rady. Najważniejszej. I wy wiecie jakiej. Nie róbcie głupich min. Jestem czarodziejką, zapomnieliście? Nie wiem, ile czasu wam zabrało rozpoznanie magicznych zdolności Ciri. Ja potrzebowałam na to mniej niż pół godziny. Po tym czasie wiedziałam już, kim, raczej czym, ta dziewczyna jest.

– A czym jest?

– Źródłem.

– Niemożliwe!

– Możliwe. Nawet pewne. Ciri jest Źródłem, ma zdolności medialne. Co więcej, są to zdolności bardzo, bardzo niepokojące. I wy, kochani wiedźmini, dobrze o tym wiecie. Wy te zdolności zauważyliście, was one też zaniepokoiły. Tylko i wyłącznie dlatego ściągnęliście mnie do Kaer Morhen, prawda? Mam rację? Tylko i wyłącznie dlatego?

– Tak – potwierdził po chwili milczenia Vesemir. Triss dyskretnie odetchnęła z ulgą. Przez moment obawiała się, że tym, który potwierdzi, będzie Geralt.

•

Nazajutrz spadł pierwszy śnieg, z początku drobny, ale wkrótce przeszedł w zamieć. Padał całą noc, a rankiem mury Kaer Morhen utonęły w zaspach. O bieganiu na Mordowni nie mogło być mowy, tym bardziej że Ciri wciąż nie czuła się najlepiej. Triss podejrzewała, że wiedźmińskie „przyspieszacze" mogły być przyczyną zaburzeń menstruacji. Pewności jednak mieć nie mogła, o specyfikach tych nie wiedziała praktycznie nic, a Ciri była ponad wszelką wątpliwość jedyną dziewczynką na świecie, której takowe dawano. Wiedźminom nie powiedziała o swych podejrzeniach. Nie chciała ich martwić ani denerwować, wolała zastosować własne sposoby. Napoiła

Ciri eliksirami, zawiązała jej na talii pod sukienką sznureczek aktywnych jaspisów i zabroniła wysiłków, w szczególności zaś dzikiego ugániania się z mieczem za szczurami.

Ciri nudziła się, szwendała sennie po zamczysku, wreszcie, z braku innej rozrywki, dołączyła do Coëna sprzątającego w stajni, oporządzającego konie i reperującego uprząż.

Geralt, ku wściekłości czarodziejki, przepadł gdzieś i pojawił się dopiero pod wieczór, dźwigając ustrzelonego koziołka. Triss pomogła mu oprawić zdobycz. Choć potwornie brzydziła się zapachem mięsa i krwi, chciała być blisko wiedźmina. Blisko. Jak najbliżej. Rosło w niej zimne, zawzięte zdecydowanie. Nie miała ochoty dłużej spać sama.

– Triss! – wrzasnęła nagle Ciri, zbiegając z tupotem po schodach. – Czy mogę dzisiaj u ciebie spać? Triss, tak cię proszę, zgódź się! Proszę cię, Triss!

Śnieg padał i padał. Rozjaśniło się, dopiero gdy nastał Midinváerne, Dzień Zimowego Przesilenia.

Na trzeci dzień zmarły wszystkie dzieci, kromie jednego, otroka lat zaledwie dziesięciu. Ten, dotąd miotany gwałtownym obłąkaniem, wpadł był nagle w głębokie odurzenie. Oczy jego miały wzrok szklany, chwytał bez ustanku rękami nakrycie albo wodził niemi w powietrzu, jak gdyby pióra chciał łapać. Oddech stał się głośny i chrapliwy, pot zimny, klejki i smrodliwy wystąpił na skórę. Tedy znowu mu eliksir podano do żył i atak się powtórzył. Tym razem nastąpił krwotok z nosa, a kaszel przeszedł w womit, po którym otrok całkiem był zwątlał i stał się bezwładny.

Symptomata nie wolniały przez dwa dni kolejne. Skóra dziecięcia, dotąd oblana potem, stała się sucha i rozpalona, puls utracił swoją pełność i twardość, był jednakowoż pomiernie mocny, raczej powolny niźli prędki. Ani raz jeden się już nie ocknął, ani nie zakrzyczał więcej.

Wreszcie nadszedł dzień siódmy. Otrok ocucił się jakoby ze snu i otworzył oczy, a oczy jego były jako te u żmii...

Carla Demetia Crest, *Próba Traw i inne tajne wiedźmińskie praktyki, własnymi oczyma oglądane*, manuskrypt do wyłącznego wglądu Kapituły Czarodziejów

Rozdział trzeci

– Wasze obawy były nieuzasadnione, najzupełniej bezpodstawne – skrzywiła się Triss, opierając łokcie o stół. – Minęły czasy, gdy czarodzieje polowali na Źródła i magicznie uzdolnione dzieci, gdy przemocą lub podstępem wydzierali je rodzicom czy opiekunom. Naprawdę sądziliście, że mogłabym chcieć odebrać wam Ciri?

Lambert parsknął, odwrócił głowę. Eskel i Vesemir spojrzeli na Geralta, ale Geralt milczał. Patrzył w bok, bezustannie bawiąc się swym srebrnym wiedźmińskim medalionem, przedstawiającym głowę wilka z wyszczerzonymi kłami. Triss wiedziała, że medalion reagował na magię. W taką noc, jak Midinváerne, kiedy od magii aż wibrowało powietrze, medaliony wiedźminów musiały drgać bezustannie, musiały drażnić i niepokoić.

– Nie, dziecinko – powiedział wreszcie Vesemir. – Wiemy, że nie zrobiłabyś tego. Ale przecież wiemy i to, że musisz donieść o niej Kapitule. Wiemy nie od dziś, na każdym czarodzieju i czarodziejce ciąży taki obowiązek. Nie odbieracie już uzdolnionych dzieci rodzicom i opiekunom. Obserwujecie takie dzieci, by później, we właściwym momencie, zafascynować je magią, nakłonić...

– Bez obaw – przerwała zimno. – Nie powiem o Ciri nikomu. Kapitule też nie. Czemu tak na mnie spoglądacie?

– Dziwi nas łatwość, z jaką deklarujesz nam dochowanie sekretu – rzekł spokojnie Eskel. – Wybacz, Triss, nie chciałem cię urazić, ale co się stało z waszą legendarną lojalnością wobec Rady i Kapituły?

– Wiele się stało. Wojna zmieniła wiele. A bitwa o Sodden jeszcze więcej. Nie chcę was zanudzać polityką, a pewne problemy i sprawy są, wybaczcie, objęte tajemnicą, której nie wolno mi zdradzić. A co do lojalności... Jestem lojalna. Ale możecie mi wierzyć, w tej sprawie mogę być lojalna zarówno wobec Kapituły, jak i was.

– Taka podwójna lojalność – Geralt po raz pierwszy tego wieczora spojrzał jej w oczy – to diabelnie trudna rzecz. Rzadko komu się to udaje, Triss.

Czarodziejka spojrzała na Ciri. Dziewczynka siedziała wraz z Coënem na niedźwiedziej skórze w odległym końcu halli, oboje zajęci grą w łapki. Gra robiła się monotonna, albowiem obydwoje byli niewiarygodnie szybcy – żadne w żaden sposób nie mogło trafić drugiego. Najwyraźniej im to jednak nie przeszkadzało i nie psuło zabawy.

– Geralt – powiedziała. – Gdy odnalazłeś Ciri tam, nad Jarugą, zabrałeś ją ze sobą. Przywiozłeś do Kaer Morhen, ukryłeś przed światem, nie chcesz, by nawet bliscy temu dziecku ludzie wiedzieli, że ono żyje. Zrobiłeś to, bo coś, o czym nie wiem, przekonało cię, że przeznaczenie istnieje, że włada nami, że prowadzi nas we wszystkim, co robimy. Ja też tak uważam, zawsze tak uważałam. Jeżeli przeznaczenie zechce, by Ciri została czarodziejką, to ona nią zostanie. Kapituła ani Rada nie musi o niej wiedzieć, nie musi jej obserwować ani namawiać. Dochowując wam sekretu, wcale nie zdradzę Kapituły. Ale, jak sami wiecie, jest tu pewien szkopuł.

– Żeby to jeden – westchnął Vesemir. – Mów, dziecinko.

– Dziewczyna ma zdolności magiczne, a tego nie można zaniedbać. To zbyt niebezpieczne.

– Pod jakim względem?

– Niekontrolowane zdolności są groźne. Dla Źródła i dla otoczenia. Otoczeniu Źródło może zagrozić na wiele sposobów. Sobie tylko na jeden. Jest nim choroba umysłowa. Najczęściej katatonia.

– Do kroćset diabłów – powiedział po długiej chwili milczenia Lambert. – Przysłuchuję się wam i myślę, że ktoś tu już zbzikował, i tylko patrzeć, jak zagrozi otoczeniu. Przeznaczenie, źródła, czary, cuda, niewidy... Czy ty nie przesadzasz, Merigold? Czy to jest pierwszy dzieciak, którego przywieziono do Warowni? Geralt nie znalazł żadnego przeznaczenia, znalazł kolejne bezdomne i osierocone dziecko. Nauczymy to dziecko miecza i wypuścimy w świat, jak inne. Owszem, zgadza się, jeszcze nigdy dotąd nie trenowaliśmy w Kaer Morhen dziewczyny. Mieliśmy z Ciri problemy, robiliśmy błędy, dobrze, że je nam wytknęłaś. Ale bez przesady. Ona nie jest aż tak oryginalna, by padać na kolana i wznosić oczy ku niebu. Mało krąży po świecie bab wojowniczek? Gwarantuję ci, Merigold, Ciri wyjdzie stąd sprawna i zdrowa, silna i umiejąca dać sobie radę w życiu. I ręczę, bez katatonii czy innej padaczki. Chyba że wmówisz jej podobną chorobę.

– Vesemir – Triss obróciła się na krześle. – Każ mu zamilknąć, bo przeszkadza.

– Wymądrzasz się – rzekł spokojnie Lambert – a nie o wszystkim jeszcze wiesz. Spójrz.

Wyciągnął rękę w kierunku paleniska, dziwacznie składając palce. W kominie zahuczało i zawyło, płomień buchnął gwałtownie, żar zajaśniał, sypnął iskrami. Geralt, Vesemir i Eskel spojrzeli z niepokojem na Ciri, ale dziewczynka nie zwróciła uwagi na spektakularny fajerwerk.

Triss skrzyżowała ręce na piersi, spojrzała na Lamberta wyzywająco.

– Znak Aard – stwierdziła spokojnie. – Chciałeś mi zaimponować? Za pomocą takiego samego gestu, wzmocnionego koncentracją, wysiłkiem woli i zaklęciem, mogę za chwilę wyrzucić polana przez komin, tak wysoko, że będziesz myślał, że to gwiazdy.

– Ty możesz – przyznał. – Ale Ciri nie. Nie jest w stanie złożyć Znaku Aard. Ani jakiegokolwiek innego. Próbowała setki razy i nic. A sama wiesz, że do naszych Znaków wystarcza minimum zdolności. A zatem Ciri nie ma nawet minimum. Jest absolutnie normalnym dzieckiem. Nie ma najmniejszych zdolności magicznych, jest wręcz antytalentem. A ty nam tu opowiadasz o Źródle, próbujesz straszyć...

– Źródło – wyjaśniła zimno – nie kontroluje swych umiejętności, nie panuje nad nimi. Jest medium, czymś w rodzaju przekaźnika. Bezwiednie kontaktuje się z energią, bezwiednie ją przetwarza. A gdy usiłuje to kontrolować, gdy wysila się, jak przy próbach składania Znaków, nic nie wychodzi. I nic nie wyjdzie nie tylko przy setkach, ale i przy tysiącach prób. To typowe dla Źródła. Ale pewnego dnia przychodzi moment, gdy Źródło nie wysila się, nie wytęża, myśli o niebieskich migdałach lub o kiełbasie z kapustą, gra w kości, zabawia się z kimś w łóżku, dłubie w nosie... i nagle coś się dzieje. Na przykład, dom staje w płomieniach. Niekiedy pół miasta staje w płomieniach.

– Przesadzasz, Merigold.

– Lambert – Geralt puścił medalion, położył dłonie na stole. – Po pierwsze, nie zwracaj się do Triss per „Merigold", wielokrotnie prosiła cię, byś tego nie robił. Po drugie, Triss nie przesadza. Ja na własne oczy widziałem w akcji mamuśkę Ciri, królewnę Pavettę. Powiadam wam, było na co popatrzeć. Nie wiem, czy była Źródłem, ale nikt jej nie podejrzewał o zdolności, dopóki o mały włos nie obróciła w perzynę królewskiego burgu w Cintrze.

– Należy więc przyjąć – rzekł Eskel, zapalając świece w kolejnym lichtarzu – że Ciri jednak może być obciążona genetycznie.

– Nie tylko może – powiedział Vesemir. – Ona jest obciążona. Z jednej strony, Lambert ma rację. Ciri nie jest zdolna składać Znaków. Z drugiej strony... Wszyscy widzieliśmy...

Zamilkł, spojrzał na Ciri, która radosnym piskiem kwitowała właśnie zdobycie przewagi w grze w łapki. Triss widziała uśmieszek na twarzy Coëna i nie miała wątpliwości, że pozwolił jej wygrać.

– A właśnie – powiedziała drwiąco. – Wszyscy widzieliście. Co widzieliście? W jakich okolicznościach to zobaczyliście? Nie wydaje się wam, chłopcy, że nadszedł czas na bardziej szczere zwierzenia? Do diabła, powtarzam, dochowam sekretu. Macie moje słowo.

Lambert spojrzał na Geralta, Geralt przyzwalająco skinął głową. Młodszy wiedźmin wstał, zdjął z wysokiej półki dużą, czworokątną kryształową karafę i mniejszy flakonik. Przelał zawartość flakonika do karafy, wstrząsnął nią kilkakrotnie, nalał przejrzystego płynu do stojących na stole pucharów.

– Napij się z nami, Triss.

– Czyżby prawda była aż tak straszna – zadrwiła – że na trzeźwo nie da się o niej mówić? Że trzeba się urżnąć, by móc jej wysłuchać?

– Nie wymądrzaj się. Łyknij. Łatwiej zrozumiesz.

– A co to jest?

– Biała mewa.

– Co?

– Lekki środek – uśmiechnął się Eskel – na miłe sny.

– Psiakrew! Wiedźmiński halucynogen? To od tego tak wam świecą oczy wieczorami!

– Biała mewa jest bardzo łagodna. To czarna jest halucynogenna.

– Jeżeli w tym płynie jest magia, mnie nie wolno tego wziąć do ust!

– Wyłącznie naturalne składniki – uspokoił ją Geralt, ale minę, jak zauważyła, miał nietęgą. Najwyraźniej bał się pytań o skład eliksiru. – I rozcieńczone dużą ilością wody. Nie proponowalibyśmy ci czegoś, co mogłoby zaszkodzić.

Musujący płyn o dziwnym smaku uderzył zimnem w przełyk, rozlał się ciepłem po ciele. Czarodziejka przesunęła językiem po dziąsłach i podniebieniu. Nie umiała rozpoznać żadnego składnika.

– Daliście Ciri napić się tej... mewy – domyśliła się. – I wówczas...

– To był przypadek – przerwał jej szybko Geralt. – Pierwszego wieczora, zaraz po przyjeździe... Była spragniona, mewa stała na stole. Zanim zdążyliśmy zareagować, wypiła duszkiem. I wpadła w trans.

– Najedliśmy się strachu – przyznał Vesemir i westchnął. – Oj, najedliśmy, dziecinko. Po samo gardło.

– Zaczęła mówić nieswoim głosem – stwierdziła spokojnie czarodziejka, patrząc w oczy wiedźminów, błyszczące w świetle świec. – Zaczęła mówić o rzeczach i sprawach, których nie mogła znać. Zaczęła... prorokować. Prawda? Co mówiła?

– Głupstwa – powiedział oschle Lambert. – Pozbawione sensu brednie.

– Nie wątpię – spojrzała na niego – że świetnie się z tobą wówczas porozumiała. Brednie to twoja specjalność, przekonuję się o tym, ilekroć otworzysz usta. Uczyń mi więc łaskę i nie otwieraj ich przez czas jakiś. Dobrze?

– Tym razem – rzekł poważnie Eskel, trąc bliznę na policzku – Lambert ma słuszność, Triss. Wtedy, po wypiciu mewy, Ciri faktycznie mówiła tak, że nic z tego nie dało się zrozumieć. Wtedy, za pierwszym razem, to był bełkot. Dopiero po...

Urwał. Triss pokręciła głową.

– Dopiero za drugim razem zaczęła mówić z sensem – domyśliła się. – A więc był i drugi raz. Również po narkotyku wypitym wskutek waszej nieuwagi?

– Triss – uniósł głowę Geralt. – Nie czas na dowcipne złośliwości. Nas to nie bawi. Nas to martwi i niepokoi. Tak, był i drugi, był i trzeci raz. Ciri dość pechowo upadła przy ćwiczeniu. Straciła przytomność. Gdy ją odzyskała, była znowu w transie. I znowu bredziła. Znowu to nie był jej głos. I znowu to było niezrozumiałe. Ale ja już słyszałem podobne głosy, podobny sposób mówienia. Tak mówią te biedne, chore, obłąkane kobiety, zwane wyroczniami. Rozumiesz, co mam na myśli?

– W pełni. To był drugi raz. Przejdź do trzeciego.

Geralt wytarł przedramieniem czoło, nagle sperlone potem.

– Ciri często budzi się w nocy – podjął. – Z krzykiem. Przeszła wiele. Ona nie chce o tym mówić, ale niewątpliwie widziała w Cintrze i w Angrenie rzeczy, których dziecko oglądać nie powinno. Obawiam się nawet, że... ktoś ją skrzywdził. To wraca w snach... Zwykle łatwo ją uspokoić, usypia bez kłopotów... Ale pewnego razu po przebudzeniu... ponownie była w transie. Mówiła znowu obcym, nieprzyjemnym... Złym głosem. Mówiła wyraźnie i z sensem. Prorokowała. Wieszczyła. I wywieszczyła nam...

– Co? Co, Geralt?

– Śmierć – powiedział łagodnie Vesemir. – Śmierć, dziecinko.

Triss spojrzała na Ciri, piskliwie zarzucającą Coënowi oszustwo w grze. Coën objął ją, wybuchnął śmiechem. Czarodziejka pojęła nagle, że nigdy, nigdy dotąd nie słyszała, by któryś z wiedźminów się śmiał.

– Komu? – spytała krótko, wciąż patrząc na Coëna.

– Jemu – powiedział Vesemir.

– I mnie – dodał Geralt. I uśmiechnął się.

– Po przebudzeniu...

– Niczego nie pamiętała. A my nie zadawaliśmy pytań.

– Słusznie. Co do tego proroctwa... Było konkretne? Szczegółowe?

– Nie – Geralt spojrzał jej prosto w oczy. – Zagmatwane. Nie pytaj o to, Triss. Nas nie martwi treść wieszczb i majaczeń Ciri, ale to, co się z nią dzieje. Nie o siebie się boimy, lecz...

– Uważaj – ostrzegł Vesemir. – Nie mów o tym przy niej.

Coën zbliżył się do stołu, niosąc dziewczynkę na barana.

– Życz wszystkim dobrej nocy, Ciri – powiedział. – Życz dobrej nocy tym nocnym puszczykom. My idziemy spać. Północ blisko. Za chwilę skończy się Midinváerne. Od jutra z każdym dniem wiosna bliżej!

– Pić mi się chce – Ciri zsunęła się z jego pleców, sięgnęła po puchar Eskela. Wiedźmin zręcznie odsunął naczynie z zasięgu jej rąk, chwycił dzban z wodą. Triss uniosła się szybko.

– Proszę – podała dziewczynce swój w połowie pełny

kielich, ściskając jednocześnie znacząco ramię Geralta i patrząc w oczy Vesemira. – Pij.

– Triss – szepnął Eskel, patrząc na Ciri pijącą łapczywie. – Co ty robisz najlepszego? Przecież to...

– Ani słowa, proszę.

Nie czekali długo na efekt. Ciri wyprężyła się nagle, krzyknęła cicho, uśmiechnęła szerokim szczęśliwym uśmiechem. Zacisnęła powieki, rozpostarła ręce. Zaśmiała się, zakręciła w piruecie, zapląsała na paluszkach. Lambert błyskawicznym ruchem usunął zydel stojący na drodze, Coën stanął między tańczącą a paleniskiem komina. Triss zerwała się, wyszarpnęła zza dekoltu amulet, oprawny w srebro szafir na cienkim łańcuszku. Mocno ścisnęła go w pięści.

– Dziecinko... – jęknął Vesemir. – Co ty wyprawiasz?

– Wiem, co robię – powiedziała ostro. – Dziewczyna wpadła w trans, a ja nawiążę z nią kontakt psychiczny. Wejdę w nią. Mówiłam wam, ona jest czymś w rodzaju magicznego przekaźnika, muszę wiedzieć, co przekazuje, jak i skąd czerpie aurę, jak ją przetwarza. Dziś jest Midinvaerne, korzystna noc dla takiego przedsięwzięcia...

– Nie podoba mi się to – zmarszczył się Geralt. – Absolutnie mi się to nie podoba.

– Gdyby któraś z nas dostała epilepsji – czarodziejka zlekceważyła jego słowa – wiecie, jak postąpić. Patyk w zęby, przytrzymać, odczekać. Głowy do góry, chłopcy. Robiłam to nie raz.

Ciri przestała pląsać, osunęła się na klęczki, wyciągnęła ręce, oparła głowę o kolana. Triss przycisnęła do skroni ciepły już amulet, wyszeptała formułę zaklęcia. Zamknęła oczy, skupiła wolę i wysłała impuls.

Morze zaszumiało, fale z hukiem uderzyły o skalisty brzeg, wysokimi gejzerami eksplodowały wśród głazów. Machnęła skrzydłami, łowiąc słony wiatr. Nieopisanie szczęśliwa spikowała w dół, dogoniła stado towarzyszek, zaczepiła pazurkami o grzbiety fal, wzbiła się znowu w niebo, roniąc krople, szybowała, miotana wichrem szumiącym w lotkach i sterówkach. Siła sugestii, pomyślała trzeźwo. To tylko siła sugestii. Mewa!

Triiiss! Triiss!

Ciri? Gdzie jesteś?

Triiss!

Krzyk mew ścichł. Czarodziejka wciąż czuła na twarzy mokre rozbryzgi grzywaczy, ale pod nią nie było już morza. A właściwie było – ale było to morze traw, bezkresna, sięgająca horyzontu równina. Triss z przerażeniem skonstatowała, że to, co widzi, to panorama roztaczająca się ze szczytu Wzgórza pod Sodden. Ale to nie było Wzgórze. To nie mogło być Wzgórze.

Niebo pociemniało nagle, dookoła zakłębiło się od cieni. Widziała długi szereg niewyraźnych postaci, wolno schodzących po pochyłości. Słyszała szepty nakładające się na siebie, zmieszane w niepokojący, niezrozumiały chór.

Ciri stała obok, odwrócona plecami. Wiatr rozwiewał jej popielate włosy.

Mgliste, niewyraźne postacie wciąż przechodziły obok, nie kończącym się, długim szeregiem. Mijając ją, odwracały głowy. Triss stłumiła krzyk, patrząc na obojętne, spokojne twarze, na niewidzące, martwe oczy. Większości twarzy nie znała, nie rozpoznawała. Ale niektóre tak.

Koral. Vanielle. Yoël. Raby Axel...

– Dlaczego mnie tu przywiodłaś? – szepnęła. – Dlaczego?

Ciri odwróciła się. Uniosła rękę, a czarodziejka zobaczyła strużkę krwi ściekającą linią życia do wnętrza dłoni, na przegub.

– To róża – powiedziała spokojnie dziewczynka. – Róża z Shaerrawedd. Ukłułam się. To nic. To tylko krew. Krew elfów...

Niebo pociemniało jeszcze bardziej, a po chwili rozbłysło ostrym, oślepiającym światłem błyskawicy. Wszystko zamarło w ciszy i bezruchu. Triss zrobiła krok, chcąc przekonać się, czy będzie w stanie to uczynić. Zatrzymała się obok Ciri i zobaczyła, że obie stoją na krawędzi bezdennej przepaści, w której kłębi się czerwonawy, jak gdyby podświetlony dym. Blask kolejnej bezgłośnej błyskawicy ujawnił nagle wiodące w głąb otchłani długie marmurowe schody.

– Tak trzeba – powiedziała drżącym głosem Ciri. – Nie ma innej drogi. Tylko ta. Schodami w dół. Tak trzeba, bo... Va'esse deireádh aep eigean...

– Mów – szepnęła czarodziejka. – Mów, dziecko.

– Dziecko Starszej Krwi... Feainnewedd... Luned aep Hen Ichaer... Deithwen... Biały Płomień... Nie, nie... Nie!

– Ciri!

– Czarny rycerz... z piórami na hełmie... Co on mi zrobił? Co się wtedy stało? Bałam się... Wciąż się boję. To się nie skończyło, to nigdy się nie skończy. Lwiątko musi umrzeć... Racja stanu... Nie... Nie...

– Ciri!

– Nie! – dziewczynka wyprężyła się, zacisnęła powieki. – Nie, nie, nie chcę! Nie dotykaj mnie!

Twarz Ciri zmieniła się raptownie, stężała, głos stał się metaliczny, zimny i złowrogi, dźwięczała w nim zła, okrutna drwina.

– Przyszłaś za nią aż tutaj, Triss Merigold? Aż tutaj? Zaszłaś za daleko, Czternasta. Ostrzegałem cię.

– Kim jesteś? – Triss wzdrygnęła się. Ale panowała nad głosem.

– Dowiesz się, gdy nadejdzie czas.

– Dowiem się zaraz!

Czarodziejka uniosła ręce, rozpostarła je gwałtownie, wkładając wszystkie siły w Czar Identyfikacji. Magiczna kurtyna pękła, ale za nią była druga... Trzecia... Czwarta...

Triss z jękiem osunęła się na kolana. A rzeczywistość pękała dalej, otwierały się kolejne drzwi, długi, nie kończący się szereg prowadzący w nicość. W pustkę.

– Pomyliłaś się, Czternasta – zadrwił metaliczny, nieludzki głos. – Pomyliłaś niebo z gwiazdami odbitymi nocą na powierzchni stawu.

– Nie dotykaj... Nie dotykaj tego dziecka!

– To nie jest dziecko.

Usta Ciri poruszały się, ale Triss widziała, że oczy dziewczynki są martwe, zeszklone, nieprzytomne.

– To nie jest dziecko – powtórzył głos. – To jest Płomień, Biały Płomień, od którego zajmie się i spłonie świat. To jest Starsza Krew, Hen Ichaer. Krew elfów. Ziarno, które nie wykiełkuje, lecz wybuchnie płomieniem. Krew, która będzie skalana... Gdy nadejdzie Tedd Deireádh, Czas Końca. Va'esse deireádh aep eigean!

– Wieszczysz śmierć? – krzyknęła Triss. – Czy tylko to umiesz, wieszczyć śmierć? Wszystkim? Im, jej... Mnie?

– Tobie? Ty już umarłaś, Czternasta. Wszystko już w tobie umarło.

– Na moc sfer – jęknęła czarodziejka, mobilizując resztki sił i wodząc dłonią w powietrzu. – Na wodę, ogień, ziemię i powietrze, zaklinam cię. Zaklinam cię na myśl, na sen i na śmierć, na to, co było, na to, co jest, i na to, co nadejdzie. Zaklinam cię. Kim jesteś? Mów!

Ciri odwróciła głowę. Wizja prowadzących w głąb otchłani schodów znikła, rozpłynęła się, w jej miejscu zjawiło się szare ołowiane morze, spienione, zbałwanione łamiącymi się grzebieniami fal. W ciszę znowu wdarł się krzyk mew.

– Leć – powiedział głos ustami dziewczynki. – Już czas. Wracaj, skąd przybyłaś, Czternasta ze Wzgórza. Leć na skrzydłach mewy i posłuchaj krzyku innych mew. Posłuchaj uważnie!

– Zaklinam cię...

– Nie możesz. Leć, mewo!

I nagle znowu było świszczące wichrem, mokre i słone powietrze, i był lot, lot bez końca i początku. Mewy krzyczały dziko. Krzyczały i rozkazywały.

Triss?

Ciri?

Zapomnij o nim! Nie torturuj go! Zapomnij! Zapomnij, Triss!

Zapomnij!

Triss! Triss! Triiiiss!!!

– Triss!

Otworzyła oczy, miotnęła głową na poduszce, poruszyła odrętwiałymi rękoma.

– Geralt?

– Jestem przy tobie. Jak się czujesz?

Rozejrzała się. Była w swojej komnacie, leżała na łóżku. Na najlepszym łóżku w całym Kaer Morhen.

– Co z Ciri?

– Śpi.

– Jak długo...

– Za długo – przerwał. Nakrył ją kołdrą, objął. Gdy się pochylił, medalion z głową wilka zakołysał się tuż nad jej twarzą. – To, co zrobiłaś, to nie był najlepszy pomysł, Triss.

– Wszystko jest w porządku – zadrżała w jego objęciach. Nieprawda, pomyślała. Nic nie jest w porządku. Odwróciła twarz tak, by medalion jej nie dotykał. Teorii o właściwościach wiedźmińskich amuletów było wiele, ale żadna nie zalecała czarodziejom dotykania ich podczas dni i nocy Przesileń.

– Czy... Czy mówiłyśmy coś w transie?

– Ty nic. Cały czas byłaś nieprzytomna. Ciri... Tuż przed przebudzeniem... Powiedziała... „Va'esse deireádh aep eigean".

– Zna Starszą Mowę?

– Nie na tyle, by wypowiedzieć pełne zdanie.

– Zdanie znaczące: „Coś się kończy" – czarodziejka przetarła twarz dłonią. – Geralt, to poważna sprawa. Dziewczyna jest niebywale silnym medium. Nie wiem, z czym i z kim się kontaktuje, ale sądzę, że nie ma dla niej granic kontaktu. Coś chce nią owładnąć. Coś... co jest dla mnie za potężne. Boję się o nią. Kolejny trans... może się skończyć chorobą psychiczną. Ja nad tym nie panuję, nie umiem zapanować, nie potrafię... Gdyby to było konieczne, nie potrafiłabym zablokować, stłumić jej zdolności, nie zdołałabym, gdyby nie było innego wyjścia, permanentnie ich zgasić. Musisz skorzystać z pomocy... innej czarodziejki. Zdolniejszej. Bardziej doświadczonej. Wiesz, o kim mówię.

– Wiem – odwrócił głowę, zacisnął usta.

– Nie opieraj się. Nie broń. Domyślam się, dlaczego nie zwróciłeś się do niej, lecz do mnie. Zwalcz ambicję, pokonaj żal i zawziętość. To nie ma sensu, zadręczysz się. I ryzykujesz zdrowie i życie Ciri. To, co najprawdopodobniej stanie się z nią w kolejnym transie, może być gorsze od Próby Traw. Zwróć się o pomoc do Yennefer, Geralt.

– A ty, Triss?

– Co, ja? – przełknęła z trudem. – Ja się nie liczę. Zawiodłam cię. Zawiodłam cię... we wszystkim. Byłam... byłam twoim błędem. Niczym więcej.

– Błędy – powiedział z wysiłkiem – też się dla mnie liczą. Nie wykreślam ich ani z życia, ani z pamięci. I nigdy nie winię za nie innych. Liczysz się dla mnie, Triss, i zawsze będziesz liczyć. Nigdy nie sprawiłaś mi zawodu. Nigdy. Wierz mi.

Milczała długo.

– Zostanę do wiosny – oznajmiła wreszcie, walcząc z drżeniem głosu. – Będę przy Ciri... Będę czuwać. Dzień i noc. Będę przy niej w dzień i w nocy. A wiosną... Wiosną zabierzemy ją do świątyni Melitele w Ellander. To, co chce nad nią zapanować, w świątyni może nie będzie miało do niej przystępu. A ty wówczas zwrócisz się o pomoc do Yennefer.

– Dobrze, Triss. Dziękuję ci.

– Geralt?

– Słucham.

– Ciri powiedziała coś jeszcze, prawda? Coś, co tylko ty słyszałeś. Powiedz mi, co to było.

– Nie – zaprotestował, a głos mu drgnął. – Nie, Triss.

– Proszę cię.

– Ona nie mówiła do mnie.

– Wiem. Mówiła do mnie. Powiedz, proszę.

– Już po przebudzeniu... Gdy ją podniosłem... Wyszeptała: „Zapomnij o nim. Nie torturuj go."

– Nie będę – powiedziała cicho. – Ale zapomnieć nie mogę. Wybacz mi.

– To ja ciebie powinienem prosić o wybaczenie. I nie tylko ciebie.

– Aż tak ją kochasz – stwierdziła, nie zapytała.

– Aż tak – przyznał półgłosem po długiej chwili milczenia.

– Geralt.

– Słucham, Triss.

– Bądź przy mnie dziś w nocy.

– Triss...

– Tylko bądź.

– Dobrze.

•

Wkrótce po Midinváerne śnieg przestał padać. Nastał mróz.

Triss była przy Ciri w dzień i w nocy. Czuwała. Roztaczała opiekę. Widzialną i niewidzialną.

Dziewczynka prawie co noc budziła się z krzykiem. Majaczyła, trzymając się za policzek, płakała z bólu. Czarodziejka uspokajała ją zaklęciami i eliksirami, usypiała, tuląc i kołysząc w ramionach. A potem sama długo nie mogła zasnąć, myśląc o tym, co Ciri mówiła przez sen i po przebudzeniu. I czuła rosnący strach. Va'esse deireádh aep eigean... Coś się kończy...

Tak było przez dziesięć dni i nocy. I wreszcie przeszło. Skończyło się, znikło bez śladu. Ciri uspokoiła się, spała spokojnie, bez majaczeń, bez snów.

Ale Triss czuwała nieustannie. Nie odstępowała dziewczynki na krok. Roztaczała opiekę. Widzialną i niewidzialną.

•

– Szybciej, Ciri! Wykrok, atak, odskok! Półpiruet, cios, odskok! Równoważ, równoważ lewą ręką, bo spadniesz z grzebienia! I potłuczesz sobie... kobiece atrybuty!

– Co?

– Nic. Nie jesteś zmęczona? Jeśli chcesz, odpoczniemy.

– Nie, Lambert! Mogę jeszcze. Nie jestem taka słaba, nie myśl sobie. Może spróbuję skakać przez co drugi słupek?

– Ani mi się waż! Upadniesz, a wtedy Merigold urwie mi... głowę.

– Nie upadnę!

– Powiedziałem raz, powtarzał nie będę. Bez popisów! Pewnie na nogach! I oddech, Ciri, oddech! Sapiesz jak zdychający mamut!

– Nieprawda!

– Nie piszcz. Ćwicz! Atak, odskok! Parada! Półpiruet! Parada, pełny piruet! Pewniej na słupkach, do cholery! Nie chwiej się! Wykrok, cios! Szybciej! Półpiruet! Skacz i tnij! Tak jest! Bardzo dobrze!

– Naprawdę? Naprawdę było dobrze, Lambert?

– Kto tak powiedział?

– Ty! Przed chwilą!

– Musiałem się przejęzyczyć. Atak! Półpiruet! Odskok! I jeszcze raz! Ciri, a gdzie była parada? Ile razy mam powtarzać? Po odskoku zawsze ma następować parada, wyrzut klingi chroniący głowę i kark! Zawsze!

– Nawet wtedy, gdy walczę tylko z jednym przeciwnikiem?

– Nigdy nie wiesz, z czym walczysz. Nigdy nie wiesz, co jest z tyłu, za tobą. Musisz się zawsze zasłaniać. Praca nóg i miecz! To ma być odruch. Odruch, rozumiesz? Nie wolno ci o tym zapominać. Zapomnisz w prawdziwej walce i już po tobie. Jeszcze raz! No! Właśnie tak! Widzisz, jak ładnie cię ustawia taka parada? Możesz z niej wyprowadzić każde uderzenie. Możesz z niej ciąć w tył, jeśli będziesz musiała. No, pokaż piruet i cios w tył.

– Haaa!

– Bardzo ładnie. Wiesz już, w czym rzecz? Dotarło do ciebie?

– Nie jestem głupia!

– Jesteś dziewczyną. Dziewczyny rozumu nie mają.

– Ech, Lambert, gdyby to Triss usłyszała!

– Gdyby babcia miała wąsy, toby została wojewodą. No, wystarczy. Zejdź. Odpoczniemy.

– Nie jestem zmęczona!

– Ale ja jestem. Powiedziałem, odpoczynek. Zejdź z grzebienia.

– Saltem?

– A jak byś chciała? Jak kura z grzędy? Jazda, skacz. Nie bój się, ubezpieczam cię.

– Haaaa!

– Ładnie. Jak na dziewczynę, bardzo ładnie. Możesz już zdjąć opaskę z oczu.

•

– Triss, może już dosyć na dzisiaj? Co? Może weźmiemy sanki i pojeżdżamy z górki? Słońce świeci, śnieg skrzy się, aż oczy bolą! Piękna pogoda!

– Nie wychylaj się, bo wypadniesz z okna.

– Chodźmy na sanki, Triss!

– Zaproponuj mi to w Starszej Mowie. Na tym zakończymy lekcję. Odejdź od okna, wróć do stołu... Ciri, ile razy mam prosić? Odłóż ten miecz, przestań nim wywijać.

– To mój nowy miecz! Prawdziwy, wiedźmiński! Zrobiony ze stali, która spadła z nieba! Naprawdę! Geralt tak powiedział, a on nie kłamie nigdy, przecież wiesz!

– O, tak. Wiem.

– Muszę się do tego miecza wprawiać. Wuj Vesemir dopasował go akurat do mojej wagi, wzrostu i długości ręki. Mam układać do niego dłoń i nadgarstek!

– Układaj sobie na zdrowie, ale na podwórku. Nie tu. No, słucham. Zdaje się, że chciałaś mi zaproponować pójście na sanki. W Starszej Mowie. Zaproponuj więc.

– Hmmm... Jak będą „sanki"?

– Sledd jako przedmiot. Aesledde, jako czynność.

– Aha... Już wiem. Va'en aesledde, ell'ea?

– Nie kończ pytania w ten sposób, to niegrzeczna forma. Pytanie tworzy się intonacją.

– Ale dzieci z Wysp...

– Nie uczysz się żargonu ze Skellige, lecz klasycznej Starszej Mowy.

– A po co ja się właściwie tej Mowy uczę, co?

– Po to, by ją poznać. Tego, czego się nie zna, wypada się uczyć. Ten, kto nie zna języków, jest kaleką.

– Wszyscy i tak mówią tylko wspólnym!

– Fakt. Ale niektórzy nie tylko. Zaręczam ci, Ciri, że lepiej zaliczać się do niektórych niż do wszystkich. No, słucham. Pełnym zdaniem: „Pogodę mamy dziś piękną, pójdźmy zatem na sanki."

– Elaine... Hmmm... Elaine tedd a'taeghane, a va'en aesledde?

– Bardzo dobrze.

– Ha! No to chodźmy na sanki.

– Pójdziemy. Ale pozwól mi dokończyć makijażu.

– A dla kogo ty się tak malujesz, hę?

– Dla siebie. Kobieta podkreśla urodę dla własnego samopoczucia.

– Hmmm... Wiesz, co? Ja też coś marnie się czuję. Nie śmiej się, Triss!

– Chodź tu. Siadaj mi na kolana. Odłóż miecz, prosiłam! Dziękuję. Teraz weź ten duży pędzelek, popudruj twarz. Nie tyle, dziewczyno, nie tyle! Spójrz w zwierciadło. Widzisz, jaka jesteś ładna?

– Nie widzę żadnej różnicy. Umaluję sobie oczy, dobrze? Z czego się śmiejesz? Ty zawsze malujesz sobie oczy. Ja też chcę!

– Dobrze. Masz, pocieniuj sobie tym powieki. Ciri, nie zamykaj obojga oczu, nic nie widzisz, mażesz się po całej buzi. Weź odrobinkę i tylko muśnij powieki. Muśnij, mówiłam! Pozwól, trochę rozetrę. Zamknij oczy. A teraz otwórz.

– Ooooo!

– Jest różnica? Odrobina cienia nie zaszkodzi nawet tak ładnym oczom jak twoje. Elfki wiedziały, co robią, wymyślając cienie do powiek.

– Elfki?

– Nie wiedziałaś? Makijaż to wynalazek elfek. Wiele pożytecznych rzeczy przejęliśmy od Starszego Ludu. Cholernie mało dając w zamian. Teraz weź kredkę, obrysuj cieniutko górną powiekę, przy samych rzęsach. Ciri, co ty robisz?

– Nie śmiej się! Powieka mi drży! To dlatego!

– Rozchyl lekko usta, przestanie drgać. Widzisz? Gotowe.

– Oooo!

– Chodź, pójdziemy teraz, by naszą urodą wprawić wiedźminów w osłupienie. Trudno o przyjemniejszy widok. A potem weźmiemy sanki i rozmażemy sobie makijaż w głębokich zaspach.

– I umalujemy się znowu!

– Nie. Każemy Lambertowi napalić w łaźni i wykąpiemy się.

– Znowu? Lambert mówił, że zużywamy za dużo opału na te kąpiele.

– Lambert cáen me a'báeth aep arse.

– Co? Tego nie zrozumiałam...

– Z czasem opanujesz również idiomy. Do wiosny mamy jeszcze dużo czasu na naukę. A teraz... Va'en aesledde, me elaine luned!

•

– To, na tej rycinie... Nie, psiajucha, nie na tej... Na tej. To jest, jak już wiesz, ghul. Posłuchajmy, Ciri, czego nauczyłaś się o ghulu... Ej, spójrz no na mnie! Co ty, u diabła starego, masz na powiekach?

– Lepsze samopoczucie!

– Co? A, mniejsza z tym. No, słucham.

– Hmm... Ghul, wuju Vesemirze, to potwór, który pożera trupy. Napotkać go można na cmentarzyskach, w okolicach kurhanów, wszędzie, gdzie grzebie się zmarłych. W nek... nekropoliach. Na pobojowiskach, na polach bitew...

– Niebezpieczny jest więc tylko dla nieboszczyków, tak?

– Nie, nie tylko. Żywych ghul również napada. Jeśli jest głodny lub gdy wpadnie w szał. Jeśli na przykład jest bitwa... Dużo poległych ludzi...

– Co ci jest, Ciri?

– Nic...

– Ciri, posłuchaj. Zapomnij o tamtym. Tamto już nie wróci.

– Ja widziałam... W Sodden i na Zarzeczu... Całe pola... Leżeli tam, gryzły ich wilki i zdziczałe psy. Dziobały ich ptaki... Na pewno były tam i ghule...

– Dlatego uczysz się teraz o ghulach, Ciri. To, co znane, przestaje być koszmarem. To, z czym umie się walczyć, nie jest już aż tak groźne. Jak walczy się z ghulem, Ciri?

– Srebrnym mieczem. Ghul jest wrażliwy na srebro.

– Na co jeszcze?

– Na ostre światło. I na ogień.

– A zatem można z nim walczyć za pomocą światła i ognia?

– Można, ale to niebezpieczne. Wiedźmin nie używa światła ani ognia, bo to przeszkadza widzieć. Każde światło powoduje cienie, a cienie utrudniają orientację. Trzeba zawsze walczyć w ciemności, przy świetle księżyca albo gwiazd.

– Bardzo słusznie. Dobrze zapamiętałaś, jesteś pojętną dziewczynką. A teraz spójrz tu, na tę rycinę.

– Eeeueeeuuueee...

– Cóż, faktycznie nie jest to piękny skur... stwór. To graveir. Graveir to odmiana ghula. Jest do ghula bardzo podobny, ale znacznie większy. Różnią go też, jak widzisz, te trzy kościste grzebienie na czaszce. Resztę ma jak każdy trupojad. Zwróć uwagę. Pazury krótkie i tępe, przystosowane do rozgrzebywania mogił, do rycia w ziemi. Mocne zęby, którymi druzgocze kości i długi, cienki ozór, służący do wylizywania z nich szpiku uległego rozkładowi. Taki dobrze zaśmierdziały szpik to dla graveira przysmak... Co ci jest?

– Nnnnic.

– Cała jesteś blada. I zielona. Za mało jesz. Śniadanie jadłaś?

– Thaaaak. Jhaaadłam.

– O czym to ja... Aha. Byłbym zapomniał. Zapamiętaj, bo to ważne. Graveiry, tak jak i ghule i jak inne potwory z tej grupy, nie mają własnej niszy ekologicznej. Są reliktami okresu przenikania sfer. Zabijając je, nie narusza się układów i powiązań, jakie panują w przyrodzie, w naszej obecnej sferze. W naszej obecnej sferze te potwory są obce i nie ma tu dla nich miejsca. Czy rozumiesz to, Ciri?

– Rozumiem, wuju Vesemirze. Geralt mi to wyjaśnił. Wszystko wiem. Nisza ekologiczna to...

– Dobrze, dobrze. Ja wiem, co to jest, jeśli Geralt ci to objaśnił, to nie musisz mi już tego recytować. Wróćmy do graveira. Graveiry występują dość rzadko, na szczęście, bo są to cholernie niebezpieczne sukinsyny. Najmniejsze skaleczenie w walce z graveirem oznacza zakażenie jadem trupim. Którym eliksirem leczy się zakażenie jadem trupim, Ciri?

– „Wilgą”.

– Prawidłowo. Ale lepiej unikać zakażenia. Dlatego walcząc z graveirem nie wolno zbliżyć się do drania. Walczy się zawsze z dystansu, a cios zadaje się z doskoku.

– Hmm... A w które miejsce najlepiej go ciachnąć?

– Teraz przejdziemy właśnie do tego. Spójrz...

•

– Jeszcze raz, Ciri. Przećwiczymy to wolniutko, tak byś mogła opanować każdy ruch. Zobacz, atakuję cię tercją, składam się jak do sztychu... Dlaczego się cofasz?

– Bo wiem, że to finta! Możesz pójść w szeroki sinister albo uderzyć górną kwartą. A ja się cofnę i sparuję kontrwypadem!

– Czyżby? A jeśli zrobię tak?

– Auuu!!! Miało być wolniutko! Co zrobiłam źle? Powiedz, Coën!

– Nic. Jestem po prostu wyższy i silniejszy.

– To nieuczciwe!

– Nie ma czegoś takiego jak uczciwa walka. W walce wykorzystuje się każdą przewagę i każdą sposobność, jaka się nadarza. Cofając się, dałaś mi możliwość włożenia w cios większej siły. Zamiast się cofać, należało zastosować półpiruet w lewo i spróbować ciąć mnie z dołu, kwartą dexter, pod brodę, w policzek albo w gardło.

– Akurat byś mi pozwolił! Zrobisz odwrotny piruet i sięgniesz mnie w lewą stronę szyi, zanim zdążę złożyć paradę! Skąd mam wiedzieć, co zrobisz?

– Musisz wiedzieć. I wiesz.

– Akurat!

– Ciri. To, co robimy, to walka. Jestem twoim przeciwnikiem. Chcę i muszę cię pokonać, bo tu idzie o moje życie. Jestem od ciebie wyższy i silniejszy, będę więc szukał okazji do ciosów, którymi zbiję i przełamię twoją paradę, tak jak to przed chwilą widziałaś. Po co mi piruet? Jestem już w sinistrze, zobacz. Cóż prostszego, jak uderzyć sekundą, pod pachę, na wnętrze ramienia? Jeśli rozetnę ci tętnicę, umrzesz w ciągu kilku minut. Broń się!

– Haaaa!!!

– Bardzo dobrze. Piękna, szybka parada. Widzisz, jak

przydaje się gimnastykowanie przegubu? A teraz uważaj – wielu szermierzy popełnia błąd w statycznej paradzie, zamiera na sekundę, a wtedy można ich zaskoczyć, uderzyć – tak!

– Haa!!!

– Pięknie! Ale odskakuj, natychmiast odskakuj, wchodź w piruet! Mogę mieć sztylet w lewym ręku! Dobrze! Bardzo dobrze! A teraz, Ciri? Co zrobię teraz?

– Skąd mam wiedzieć?

– Obserwuj moje stopy! Jak mam rozłożony ciężar ciała? Co mogę zrobić z takiego ustawienia?

– Wszystko!

– Wiruj więc, wiruj, zmuś mnie do rozwinięcia! Broń się! Dobrze! Nie patrz na mój miecz, mieczem mogę cię zmylić! Broń się! Dobrze! I jeszcze raz! Dobrze! I jeszcze!

– Auuuu!!!

– Niedobrze.

– Uff... Co zrobiłam źle?

– Nic. Jestem po prostu szybszy. Zdejmij ochraniacze. Usiądźmy na chwilę, odpocznijmy. Musisz być zmęczona, biegałaś na Szlaku cały ranek.

– Nie jestem zmęczona. Jestem głodna.

– Cholera, ja też. A dzisiaj dyżur Lamberta, on nie umie gotować niczego prócz klusek... Żeby chociaż umiał je dobrze gotować...

– Coën?

– Aha?

– Ciągle jestem za mało szybka...

– Jesteś bardzo szybka.

– Czy będę kiedyś tak szybka jak ty?

– Wątpię.

– Hmm... No tak. A czy ty... Kto jest najlepszym szermierzem na świecie?

– Nie mam pojęcia.

– Nigdy nie znałeś takiego?

– Znałem wielu, którzy się za takich uważali.

– Ha! Kim byli? Jak się nazywali? Co potrafili?

– Wolnego, wolnego, dziewczyno. Nie znam odpowiedzi na te pytania. Czy to takie ważne?

– Pewnie, że ważne! Chciałabym wiedzieć... kim tacy szermierze są. I gdzie tacy są.

– Gdzie są, to ja wiem.

– Ha! Więc gdzie?

– Na cmentarzach.

•

– Uważaj, Ciri. Teraz podwiesimy trzecie wahadło, z dwoma dajesz już sobie radę. Kroki będziesz wykonywać tak samo jak przy dwóch, zrobisz tylko jeden unik więcej. Gotowa?

– Tak.

– Skoncentruj się. Odpręż. Wdech, wydech. Atakuj!

– Uch! Auuuuu... Psiakrew!

– Nie klnij, proszę. Mocno oberwałaś?

– Nie, tylko mnie zawadziło... Co zrobiłam źle?

– Biegłaś w zbyt równym rytmie, zbyt przyspieszyłaś drugi półpiruet, a zwód zrobiłaś za szeroko. W rezultacie wniosło cię wprost pod wahadło.

– Och, Geralt, tam zupełnie nie ma miejsca na unik i obrót! Za blisko siebie wiszą!

– Jest mnóstwo miejsca, gwarantuję. Ale odstępy są tak pomyślane, by wymusić ruch arytmiczny. To jest walka, Ciri, nie balet. W walce nie wolno poruszać się w rytmie. Ruchem musisz dekoncentrować przeciwnika, mylić go, zakłócać jego reakcje. Gotowa do następnej próby?

– Gotowa. Rozbujaj te cholerne bale.

– Nie klnij. Odpręż się. Atakuj!

– Ha! Ha! No i jak? Jak, Geralt? Nawet mnie nie musnęło!

– Ty również nawet nie musnęłaś mieczem drugiego worka. Powtarzam, to walka, nie balet, nie akrobacja... Co tam mamroczesz?

– Nic.

– Odpręż się. Popraw bandaż na przegubie. Nie zaciskaj tak dłoni na rękojeści, to dekoncentruje, zakłóca równowagę. Oddychaj spokojnie. Gotowa?

– Tak.

– Jazda!

– Uuuuch!!! A żeby cię... Geralt, tego się nie da zrobić! Jest za mało miejsca na zwód i zmianę nogi. A gdy uderzam z obu nóg, bez zwodu...

– Widziałem, co się dzieje, gdy uderzasz bez zwodu. Boli cię?

– Nie. Nie bardzo...

– Usiądź tu przy mnie. Odpocznij.

– Nie jestem zmęczona. Geralt, ja tego trzeciego wahadła nie przeskoczę, choćbym odpoczywała przez dziesięć lat. Szybciej nie mogę...

– I nie musisz. Jesteś wystarczająco szybka.

– Powiedz mi więc, jak to zrobić? Jednocześnie półpiruet, unik i uderzenie?

– To bardzo proste. Nie uważałaś. Mówiłem, zanim zaczęłaś – konieczny jest jeden unik więcej. Unik. Dodatkowy półpiruet jest zbędny. Za drugim razem robiłaś wszystko dobrze i przeszłaś przez wszystkie wahadła.

– Ale nie trafiłam worka, bo... Geralt, bez półpiruetu nie mogę uderzyć, bo się wytracam, nie mam tego, no, jak to się nazywa...

– Impetu. To prawda. Nabierz więc impetu i energii. Ale nie poprzez piruet i zmianę nogi, bo na to nie wystarczy ci czasu. Uderz wahadło mieczem.

– Wahadło? Mam uderzać worki!

– To walka, Ciri. Worki naśladują wrażliwe miejsca twego przeciwnika, w nie musisz trafiać. Wahadeł, które imitują broń przeciwnika, musisz unikać, musisz uchylać się przed nimi. Gdy wahadło cię dotknie, zostałaś zraniona. W prawdziwej walce mogłabyś nie móc już wstać. Wahadło nie może cię dotknąć. Ale ty możesz uderzyć wahadło... Czemu spuszczasz nos na kwintę?

– Ja... Ja nie dam rady sparować wahadła mieczem. Jestem za słaba... Zawsze będę słaba! Bo jestem dziewczyną!

– Chodź tu do mnie, dziewczyno. Wytrzyj nosek. I posłuchaj uważnie. Żaden mocarz tego świata, żaden waligóra ani osiłek nie zdoła sparować ciosu zadanego ogonem oszluzga, kleszczami gigaskorpiona lub pazurami gryfa. A taki właśnie oręż imitują wahadła. I nie próbuj nawet parować. Nie odbijasz wahadła, lecz odbijasz siebie od niego. Przejmujesz jego energię, potrzebną ci do zadania ciosu. Wystarczy lekkie, ale bardzo szybkie odbicie i natychmiastowy, równie szybki cios z odwrotnego półobrotu. Przejmujesz impet przez odbicie się. Jasne?

– Mhm.

– Szybkość, Ciri, nie siła. Siła jest niezbędna drwalowi, który zwala siekierą drzewa w puszczy. Dlatego i owszem, dziewczyny rzadko bywają drwalami. Pojęłaś, w czym rzecz?

– Mhm. Rozhuśtaj wahadła.

– Odpocznij przedtem.

– Nie jestem zmęczona.

– Wiesz już jak? Te same kroki, zwód...

– Wiem.

– Atakuj!

– Haaa! Ha!!! Haaaaa!!! Mam cię! Dostałam cię, gryfie! Geraaaalt! Widziałeś?

– Nie krzycz. Kontroluj oddech.

– Zrobiłam to! Naprawdę zrobiłam! Udało mi się! Pochwal mnie, Geralt!

– Brawo, Ciri. Brawo, dziewczyno.

•

W połowie lutego śnieg znikł, zlizany ciepłym wiatrem, który powiał z południa, od przełęczy.

•

O tym, co dzieje się na świecie, wiedźmini nie chcieli wiedzieć.

Triss konsekwentnie i z uporem kierowała w stronę polityki długie rozmowy, które wiedli wieczorami w ciemnej halli, rozświetlanej wybuchami ognia z wielkiego paleniska. Reakcje wiedźminów były zawsze takie same. Geralt milczał, przykładając dłoń do czoła. Vesemir kiwał głową, niekiedy wtrącając komentarze, z których nie wynikało nic ponad to, że za „jego czasów" wszystko było lepsze, logiczniejsze, uczciwsze i zdrowsze. Eskel pozorował grzeczność, nie skąpił uśmiechów i kontaktu oczu, zdarzało mu się nawet z rzadka zainteresować jakimś mało ważnym zagadnieniem lub sprawą. Coën otwarcie ziewał i patrzył w powałę, a Lambert nie krył lekceważenia.

Nie chcieli wiedzieć o niczym, nie obchodziły ich dylematy, które spędzały z powiek sen królom, czarodziejom, władykom i wodzom, problemy, od których trzęsły się i huczały rady, kręgi i tingi. Nie istniało dla nich nic, co działo się za tonącymi w śniegach przełęczami, za Gwenllech niosącą kawały kry w ołowianym nurcie. Istniało dla nich tylko Kaer Morhen, samotne, zagubione wśród dzikich gór.

Tego wieczora Triss była rozdrażniona i niespokojna – być może sprawił to wiatr wyjący wśród murów zamczyska. Tego wieczora wszyscy byli dziwnie podnieceni – wiedźmini, wyjąwszy Geralta, stali się niecodziennie rozmowni. Rzecz jasna, mówili wyłącznie o jednym – o wiośnie. O zbliżającym się wyjeździe na szlak. O tym, co szlak im przyniesie – o wampirach, wyvernach, leszych, lykantropach i bazyliszkach.

Tym razem to Triss zaczęła ziewać i patrzeć w sufit. Tym razem to ona milczała, do czasu, gdy Eskel zwrócił się do niej z pytaniem. Z pytaniem, którego oczekiwała.

– A jak naprawdę jest na Południu, nad Jarugą? Warto kierować się w tamte strony? Nie chcielibyśmy wpakować się w sam środek jakiejś awantury.

– Co nazywasz awanturą?

– No, wiesz... – zająknął się. – Ciągle nam opowiadasz o możliwości nowej wojny... O ciągłych walkach na pograniczu, o rebeliach na zajętych przez Nilfgaard ziemiach. Wspominałaś, że mówi się o tym, że Nilfgaardczycy mogą ponownie przekroczyć Jarugę...

– A, co tam – powiedział Lambert. – Tłuką się, rżną, siekają nawzajem bez ustanku, od setek lat. Nie ma się czym przejmować. Ja już zdecydowałem, ruszam właśnie na dalekie Południe, do Sodden, Mahakamu i Angrenu. Wiadomo, że tam, którędy szły wojska, zawsze mnożą się straszydła. W takich miejscach zawsze najlepiej się zarabiało.

– Fakt – potwierdził Coën. – Okolice się wyludniają, po wsiach same baby, które nie umieją sobie radzić... Kupa dzieci bez domu i opieki, szwendających się dookoła... Łatwy łup przyciąga potwory.

– A panowie baronowie – dodał Eskel – panowie komesi i starostowie mają głowy zaprzątnięte wojną, nie starcza im czasu, by chronić poddanych. Muszą wynajmować nas. To wszystko prawda. Ale z tego, co Triss nam opowiadała przez całe wieczory wynika, że konflikt z Nilfgaardem to poważniejsza sprawa, nie jakaś tam lokalna wojenka. Czy tak, Triss?

– Nawet jeżeli – powiedziała zjadliwie czarodziejka – to chyba wam to na rękę? Poważna, krwawa wojna sprawi, że będzie więcej wyludnionych wsi, więcej owdowiałych bab, wręcz zatrzęsienie osieroconych dzieci...

– Nie rozumiem twego sarkazmu – Geralt odjął dłoń od czoła. – Naprawdę nie rozumiem, Triss.

– Ani ja, dziecinko – uniósł głowę Vesemir. – O co ci chodzi? O te wdowy i dzieci? Lambert i Coën gadają niefrasobliwie, jak to młodziki, ale przecież nie słowa są ważne. Przecież oni...

– ...oni tych dzieci bronią – przerwała gniewnie. – Tak, wiem o tym. Przed wilkołakiem, który w ciągu roku zabija dwoje lub troje, podczas gdy nilfgaardzki podjazd może w ciągu godziny wyrżnąć i spalić całą osadę. Tak, wy bronicie sierot. Ja natomiast walczę o to, by sierot było jak najmniej. Walczę z przyczynami, nie ze skutkami. Dlatego jestem w radzie Foltesta z Temerii, zasiadam tam razem z Fercartem i Keirą Metz. Radzimy, jak nie dopuścić do wojny, a gdyby do niej doszło, jak się obronić. Bo wojna wisi nad nami jak sęp, nieustannie. Dla was to awantura. Dla mnie to gra, stawką w której jest przetrwanie. Jestem w tę grę zaangażowana, dlatego wasza obojętność i niefrasobliwość boli mnie i obraża.

Geralt wyprostował się, spojrzał na nią.

– Jesteśmy wiedźminami, Triss. Czy nie rozumiesz tego?

– Co tu jest do rozumienia? – czarodziejka potrząsnęła kasztanową grzywą. – Wszystko jest jasne i klarowne. Wybraliście określony stosunek do otaczającego was świata. To, że za moment ten świat może zacząć walić się w gruzy, mieści się w tym wyborze. W moim się nie mieści. To nas różni.

– Nie jestem pewien, czy tylko to.

– Świat wali się w gruzy – powtórzyła. – Można się temu bezczynnie przyglądać. Można temu przeciwdziałać.

– Jak? – uśmiechnął się drwiąco. – Emocjami?

Nie odpowiedziała, odwróciła twarz w stronę ognia huczącego w kominie.

– Świat wali się w gruzy – powtórzył Coën, kiwając głową w udanej zadumie. – Ileż razy ja już to słyszałem.

– Ja też – wykrzywił się Lambert. – I nie dziwota, bo to ostatnio popularne powiedzonko. Tak mówią królowie, gdy okazuje się, że do królowania niezbędna jest jednak odrobina rozumu. Tak mawiają kupcy, gdy chciwość i głupota doprowadzają ich do bankructwa. Tak mówią czarodzieje, gdy zaczynają tracić wpływ na politykę lub źródła dochodów. A adresat wypowiedzi powinien zaraz po niej oczekiwać jakiejś propozycji. Skróć więc wstęp, Triss, i złóż nam propozycję.

– Nigdy nie bawiły mnie utarczki słowne – czarodziejka zmierzyła go zimnym spojrzeniem – ani elokwentne popisy służące temu, by drwić z rozmówcy. Nie zamierzam uczestniczyć w czymś podobnym. O co mi chodzi, wiecie aż za dobrze. Chcecie chować głowy w piasek, wasza sprawa. Ale tobie, Geralt, dziwię się mocno.

– Triss – białowłosy wiedźmin znowu spojrzał jej prosto w oczy. – Czego ty ode mnie oczekujesz? Aktywnego udziału w walce o ocalenie walącego się w gruzy świata? Mam zaciągnąć się do wojska i powstrzymać Nilfgaard? Powinienem, gdyby doszło do kolejnej bitwy o Sodden, stanąć z tobą na Wzgórzu, ramię w ramię, i bić się o wolność?

– Byłabym dumna – rzekła cicho, opuszczając głowę. – Byłabym dumna i szczęśliwa, mogąc walczyć u twojego boku.

– Wierzę. Ale ja nie jestem na to dość szlachetny. I nie dość mężny. Ja nie nadaję się na żołnierza i bohatera. Dojmujący strach przed bólem, przed kalectwem lub śmiercią nie jest jedynym powodem. Nie można zmusić żołnierza, by przestał się bać, ale można go wyposażyć w motywację, która pomoże mu przełamać strach. A ja takiej motywacji nie mam. Nie mogę mieć. Jestem wiedźminem. Sztucznie stworzonym mutantem. Zabijam potwory. Za pieniądze. Bronię dzieci, gdy rodzice mi zapłacą. Jeśli zapłacą mi nilfgaardzcy rodzice, będę bronił nilfgaardzkich dzieci. A jeśli nawet świat legnie w gruzach, co nie wydaje mi się prawdopodobnym, będę zabijał potwory na gruzach świata dopóty, dopóki jakiś potwór mnie nie zabije. To jest mój los, moja motywacja, moje życie i mój stosunek do świata. I nie ja go wybrałem. Zrobiono to za mnie.

– Jesteś rozgoryczony – stwierdziła, nerwowo szarpiąc pasemko włosów. – Albo udajesz rozgoryczonego. Zapominasz, że cię znam, nie odgrywaj przede mną nieczułego mutanta, pozbawionego serca, skrupułów i własnej woli. A przyczyny rozgoryczenia odgaduję i rozumiem je. Przepowiednia Ciri, prawda?

– Nie, nieprawda – odpowiedział chłodno. – Widzę, że jednak mało mnie znasz. Boję się śmierci jak każdy, ale z myślą o niej oswoiłem się już bardzo dawno temu, nie mam złudzeń. To nie jest użalanie się nad losem, Triss, to zwykła chłodna kalkulacja. Statystyka. Jeszcze żaden wiedźmin nie zmarł ze starości, w łóżku, dyktując testament. Żaden. Ciri nie zaskoczyła mnie ani nie nastraszyła. Wiem, że umrę w jakiejś śmierdzącej padliną jamie, rozszarpany przez gryfa, lamię lub mantikorę. Ale na wojnie nie chcę umierać, bo to nie jest moja wojna.

– Dziwię ci się – odrzekła ostro. – Dziwię się, że tak mówisz, dziwię się twojemu brakowi motywacji, jak zechciałeś uczenie określić lekceważący dystans i obojętność. Ty byłeś w Sodden, w Angrenie i na Zarzeczu. Wiesz, co stało się z Cintrą, wiesz, co spotkało królową Calanthe i kilkanaście tysięcy tamtejszych ludzi. Wiesz, przez jakie piekło przeszła Ciri, wiesz, dlaczego ona krzyczy po nocach. Ja również to wiem, bo ja też tam byłam. Ja również boję się bólu i śmierci, dzisiaj boję się jeszcze bardziej, niż wtedy, mam po temu powody. Co do motywacji, to wtedy wydawało mi się, że mam jej równie mało co ty. Miały mnie, czarodziejkę, obchodzić losy Sodden, Brugge, Cintry czy innych królestw? Kłopoty mniej lub bardziej udolnych władców? Interesy kupców i baronów? Byłam czarodziejką, też mogłam powiedzieć, że to nie moja wojna, że mogę na gruzach świata mieszać eliksiry dla Nilfgaardczyków. Ale stanęłam wtedy na Wzgórzu, obok Vilgefortza, obok Artauda Terranovy, obok Fercarta, obok Enid Findabair i Filippy Eilhart, obok twojej Yennefer. Obok tych, których już nie ma – Koral, Yoëla, Vanielle... Był taki moment, że zapomniałam ze strachu wszystkich zaklęć oprócz jednego, za pomocą którego mogłam teleportować się z tamtego strasznego miejsca do domu, do mojej maleńkiej wieżyczki w Mariborze. Była taka chwila, że rzygałam z przerażenia, a Yennefer i Koral podtrzymywały mnie za kark i włosy...

– Przestań. Przestań, proszę.

– Nie, Geralt. Nie przestanę. Przecież chcesz wiedzieć, co się stało tam, na Wzgórzu. Posłuchaj więc – był huk i płomień, były świetliste groty i rozrywające się kule ognia, był wrzask i łoskot, a ja nagle znalazłam się na ziemi, na jakiejś kupie zwęglonych, dymiących szmat, i nagle zrozumiałam, że ta kupa szmat to jest Yoël, a to obok, to coś okropnego, ten kadłub bez rąk i nóg, który tak makabrycznie krzyczy, to jest Koral. I myślałam, że krew, w której leżę, jest krwią Koral. Ale to była moja własna. I wtedy zobaczyłam, co mi zrobiono, i zaczęłam wyć, wyć jak bity pies, jak krzywdzone dziecko... Zostaw mnie! Nie obawiaj się, nie rozpłaczę się. Nie jestem już dziewczynką z wieżyczki w Mariborze. Psiakrew, ja jestem Triss Merigold, Czternasta Poległa spod Sodden. Pod obeliskiem na Wzgórzu jest czternaście grobów, ale tylko trzynaście ciał. Zdumiewa cię, że mogło dojść do takiej pomyłki? Nie domyślasz się? Większość zwłok była w trudnych do rozpoznania kawałkach, nikt tego nie segregował. Żywych też trudno było się doliczyć. Z tych, którzy dobrze mnie znali, przy życiu została tylko Yennefer, a Yennefer była niewidoma. Inni znali mnie przelotnie, zawsze rozpoznawali po moich pięknych włosach. A ja ich, cholera jasna, już nie miałam!

Geralt objął ją mocniej. Już nie próbowała go odpychać.

– Nie pożałowano nam najsilniejszych czarów – podjęła głucho – zaklęć, eliksirów, amuletów i artefaktów. Niczego nie mogło zabraknąć dla okaleczonych bohaterów ze Wzgórza. Wyleczono nas, połatano, przywrócono dawny wygląd, oddano włosy i wzrok. Prawie nie widać... śladów. Ale ja już nigdy nie założę wydekoltowanej sukni, Geralt. Nigdy.

Wiedźmini milczeli. Milczała również Ciri, która bezszelestnie wśliznęła się do halli i zatrzymała w progu, kurcząc ramiona i splatając ręce na piersi.

– Dlatego – powiedziała po chwili czarodziejka – nie mów mi o motywacji. Zanim stanęliśmy na tym Wzgórzu, ci z Kapituły powiedzieli nam po prostu: „Tak trzeba". Czyja to była wojna? Czego myśmy tam bronili? Ziemi? Granic? Ludzi i ich chałup? Interesów królów? Wpływów i dochodów czarodziejów? Ładu przed Chaosem? Nie wiem. Ale broniliśmy, bo tak było trzeba. I jeśli zajdzie konieczność, stanę na Wzgórzu jeszcze raz. Bo gdybym tego nie zrobiła, to znaczyłoby, że tamto było niepotrzebne i nadaremne.

– Ja stanę obok ciebie! – krzyknęła cienko Ciri. – Zobaczysz, że stanę! Zapłacą mi ci Nilfgaardczycy za moją babkę, za wszystko... Ja nie zapomniałam!

– Bądź cicho – warknął Lambert. – Nie wtrącaj się do rozmów dorosłych...

– Akurat! – tupnęła dziewczynka, a w jej oczach rozgorzał zielony ogień. – Myślicie, że po co ja się uczę walczyć mieczem? Chcę go zabić, jego, tego czarnego rycerza z Cintry, tego ze skrzydłami na hełmie, za to, co mi zrobił, za to, że się bałam! I zabiję go! Dlatego się uczę!

– A zatem przestaniesz się uczyć – powiedział Geralt głosem zimniejszym niż mury Kaer Morhen. – Dopóki nie pojmiesz, czym jest miecz i czemu ma on służyć w dłoni wiedźmina, nie weźmiesz go do ręki. Nie uczysz się, by zabijać i być zabitą. Nie uczysz się zabijać ze strachu i nienawiści, ale by móc ratować życie. Własne i innych.

Dziewczynka zagryzła wargi, drżąc z podniecenia i złości.

– Zrozumiałaś?

Ciri raptowanie poderwała głowę.

– Nie.

– Nie zrozumiesz więc tego nigdy. Wyjdź.

– Geralt, ja...

– Wyjdź.

Ciri zakręciła się na pięcie, przez chwilę stała niezdecydowanie, jak gdyby czekając. Czekając na coś, co nie mogło nastąpić. Potem szybko pobiegła po schodach. Usłyszeli, jak huknęły drzwi.

– Za ostro, Wilku – powiedział Vesemir. – O wiele za ostro. I nie należało tego robić w obecności Triss. Więź emocjonalna...

– Nie mów mi o emocjach. Mam dość gadania o emocjach!

– A dlaczego? – czarodziejka uśmiechnęła się drwiąco i zimno. – Dlaczego, Geralt? Ciri jest normalna. Odczuwa normalnie, przyjmuje emocje naturalnie, bierze je takimi, jakimi w istocie są. Ty, rzecz jasna, nie rozumiesz tego i dziwisz się. Zaskakuje cię to i drażni. To, że ktoś może odczuwać normalną miłość, normalną nienawiść, normalny strach, ból i żal, normalną radość i normalny smutek. Że właśnie chłód, dystans i obojętność uważa za nienormalne. O tak, Geralt, ciebie to drażni, drażni do tego stopnia, że zaczynasz myśleć o podziemiach Kaer Morhen, o Laboratorium, o zakurzonych butlach, pełnych mutagennych trucizn...

– Triss! – krzyknął Vesemir, patrząc na zbielałą nagle twarz Geralta. Ale czarodziejka nie dała sobie przerwać, mówiła coraz szybciej, coraz głośniej.

– Kogo ty chcesz oszukać, Geralt? Mnie? Ją? A może siebie samego? Może nie chcesz dopuścić do siebie prawdy, prawdy, którą zna każdy oprócz ciebie? Może nie chcesz zaakceptować faktu, że w tobie emocji i ludzkich uczuć nie zabiły eliksiry i Trawy! Ty je w sobie zabiłeś! Ty sam! Ale nie waż się zabijać ich w tym dziecku!

– Milcz! – krzyknął, zrywając się z krzesła. – Milcz, Merigold!

Odwrócił się, bezbronnie opuścił ręce.

– Przepraszam – powiedział cicho. – Wybacz mi, Triss.

Szybko ruszył ku schodom, ale czarodziejka zerwała się błyskawicznie, przypadła do niego, objęła.

– Nie wyjdziesz sam – szepnęła. – Nie pozwolę, byś był sam. Nie w tej chwili.

•

Od razu wiedzieli, dokąd pobiegła – wieczorem spadł drobny, mokry śnieg, zasłał podwórzec cienkim, nieskazitelnie białym kobiercem. Na nim zobaczyli ślady stóp.

Ciri stała na samym szczycie zrujnowanego muru, nieruchoma jak posążek. Miecz trzymała powyżej prawego barku, z jelcem na wysokości oka. Palce lewej dłoni lekko dotykały głowicy.

Na ich widok dziewczynka skoczyła, zawirowała w piruecie, lądując miękko w identycznej, lecz odwróconej, zwierciadlanej pozycji.

– Ciri – powiedział wiedźmin. – Zejdź, proszę.

Wydawało się, że nie słyszy. Nie poruszyła się, nie drgnęła nawet. Triss widziała jednak, jak odblask księżyca, rzucony przez klingę na jej twarz zalśnił srebrzyście na smugach łez.

– Nikt mi nie odbierze miecza! – krzyknęła. – Nikt! Nawet ty!

– Zejdź – powtórzył Geralt.

Wyzywająco potrząsnęła głową, w następnej sekundzie skoczyła znowu. Luźna cegła z chrobotem osunęła się spod jej stopy. Ciri zachwiała się, usiłowała złapać równowagę. Nie zdołała.

Wiedźmin skoczył.

Triss uniosła dłoń, otwierając usta do formuły lewitacji. Wiedziała, że nie zdąży. Wiedziała, że Geralt również nie zdąży. To nie było możliwe.

Geralt zdążył.

Przygięło go do ziemi, rzuciło na kolana i na bok. Upadł. Ale nie wypuścił Ciri.

Czarodziejka zbliżyła się wolno. Słyszała, jak dziewczynka szepce i pociąga nosem. Geralt też szeptał. Nie rozróżniała słów. Ale rozumiała ich znaczenie.

Ciepły wiatr zawył w szczelinach muru. Wiedźmin uniósł głowę.

– Wiosna – powiedział cicho.

– Tak – potwierdziła, przełknąwszy ślinę. – Na przełęczach leży jeszcze śnieg, ale w dolinach... W dolinach już jest wiosna. Wyjeżdżamy, Geralt? Ty, ja i Ciri?

– Tak. Najwyższy czas.

W górze rzeki zobaczyliśmy ich miasta, tak delikatne, jakby utkane z porannej mgły, z której się wyłaniały. Wydawało się nam, że znikną za chwilę, że ulecą z wiatrem, który marszczył powierzchnię wody. Były tam pałacyki, białe jak kwiaty nenufaru. Były wieżyczki, zdające się być uplecione z bluszczu, były mosty, zwiewne jak płaczące wierzby. I były inne rzeczy, dla których nie znajdowaliśmy imion i nazw. A mieliśmy już przecież imiona i nazwy dla wszystkiego, co w tym nowym, odrodzonym świecie widziały nasze oczy. Nagle, gdzieś w odległych zakątkach pamięci, odnajdywaliśmy nazwy dla smoków i gryfów, dla syren i nimf, dla sylfid i driad. Dla białych jednorożców, które o zmierzchu piły z rzeki, schylając ku wodzie swe smukłe głowy. Wszystkiemu nadawaliśmy nazwy. I wszystko stawało się bliskie, znane, nasze.

Oprócz nich. Oni, choć tak do nas podobni, byli obcy, tak bardzo obcy, że długo nie umieliśmy dla obcości tej znaleźć imienia.

Hen Gedymdeith, *Elfy i ludzie*

Dobry elf, to martwy elf.

Marszałek Milan Raupenneck

Rozdział czwarty

Nieszczęście postąpiło zgodnie z odwiecznym zwyczajem nieszczęść i jastrzębi – wisiało nad nimi czas jakiś, ale wyczekało z atakiem do sposobnego momentu. Do czasu, gdy oddalili się od nielicznych osad położonych nad Gwenllech i Górną Buiną, ominęli Ard Carraigh i zagłębili w bezludny, pocięty wąwozami przedsionek puszczy. Jak atakujący jastrząb, nieszczęście nie chybiło celu. Bezbłędnie spadło na ofiarę, a ofiarą stała się Triss.

Początkowo wyglądało to paskudnie, ale niezbyt groźnie, przypominało zwykły rozstrój żołądka. Geralt i Ciri dyskretnie starali się nie zwracać uwagi na wymuszane przez dolegliwość czarodziejki przymusowe postoje. Triss, blada jak śmierć, sperlona potem i boleśnie wykrzywiona, próbowała kontynuować jazdę jeszcze przez kilka godzin, ale około południa, po spędzeniu w przydrożnych zaroślach nienormalnie długiego czasu, nie była już w stanie dosiąść konia. Ciri chciała jej pomóc, ale dało to kiepski efekt – czarodziejka nie zdołała utrzymać się grzywy, omsknęła po boku wierzchowca i zwaliła na ziemię.

Podnieśli ją, ułożyli na płaszczu. Geralt bez słowa odtroczył juki, odszukał szkatułkę z magicznymi eliksirami, otworzył ją i zaklął. Wszystkie flakoniki były identyczne, a tajemnicze znaki na pieczęciach nic mu nie mówiły.

– Który, Triss?

– Żaden – jęknęła, trzymając się oburącz za brzuch. – Ja nie mogę... Nie mogę tego brać.

– Co? Dlaczego?

– Jestem uczulona...

– Ty? Czarodziejka?

– Mam alergię! – załkała z bezsilnej złości i rozpaczliwego gniewu. – Zawsze miałam! Nie toleruję eliksirów! Leczę nimi innych, siebie mogę leczyć wyłącznie amuletami!

– A gdzie masz amulet?

– Nie wiem – zgrzytnęła zębami. – Musiałam zostawić w Kaer Morhen. Albo zgubić...

– Cholera. Co tu robić? Może rzuć na siebie zaklęcie?

– Próbowałam. To właśnie jest skutek. Przez te skurcze nie mogę się skoncentrować...

– Nie płacz.

– Łatwo ci mówić!

Wiedźmin wstał, ściągnął własne juki z grzbietu Płotki i zaczął w nich grzebać. Triss zwinęła się w kłębek, paroksyzm bólu skurczył jej twarz, wykrzywił usta.

– Ciri...

– Co, Triss?

– Ty czujesz się dobrze? Żadnych... sensacji?

Dziewczynka przecząco pokręciła głową.

– Może to zatrucie? Co ja jadłam? Wszyscy przecież jedliśmy to samo... Geralt! Myjcie ręce. Dopilnuj, by Ciri myła ręce...

– Leż spokojnie. Wypij to.

– Co to jest?

– Zwykłe zioła uśmierzające. Magii w tym tyle, co kot napłakał, zaszkodzić ci nie powinno. A skurcze złagodzi.

– Geralt, skurcze... to nic. Ale jeżeli dostanę gorączki... To może być... czerwonka. Albo paratyfus.

– Nie masz immunitetu?

Triss nie odpowiedziała, odwróciła głowę, zagryzła wargi, skuliła się jeszcze bardziej. Wiedźmin nie kontynuował indagacji.

Pozwoliwszy jej nieco odpocząć, wciągnęli czarodziejkę na siodło Płotki. Geralt usiadł za nią, podtrzymywał oburącz, a Ciri jadąc bok w bok dzierżyła wodze, ciągnąc jednocześnie wałacha Triss. Nie ujechali nawet mili. Czarodziejka leciała przez ręce, nie utrzymywała się na łęku. Nagle zaczęła dygotać w konwulsyjnych dreszczach, momentalnie zapłonęła gorączką. Nieżyt żołądka nasilił się. Geralt łudził się nadzieją, że to skutek alergicznej reakcji na śladową magię w jego wiedźmińskim eliksirze. Łudził się. Ale nie wierzył.

•

– Oj, panie – powiedział setnik. – Nie trafiliście w dobry czas. Widzi mi się, że gorzej trafić nie mogliście.

Setnik miał rację, Geralt nie mógł ani zaprzeczyć, ani polemizować.

Strzegąca mostu strażnica, w której zwykle przebywało trzech żołnierzy, stajenny, mytnik i co najwyżej kilku przejezdnych, tym razem roiła się od ludzi. Wiedźmin naliczył ponad trzydziestu lekkozbrojnych w barwach Kaedwen i dobre pół setki tarczowników, obozujących dookoła niskiej palisady. Większość wylegiwała się przy ogniskach, zgodnie ze starą żołnierską zasadą głoszącą, że śpi się, kiedy można, a wstaje się, gdy budzą. Za otwartymi na oścież wrotami widać było krzątaninę – wewnątrz strażnicy też pełno było ludzi i koni. Na szczycie przekrzywionej wieżyczki obserwacyjnej pełniło wartę dwóch żołdaków z kuszami gotowymi do strzału. Na rozjeżdżonym, zrytym kopytami przedmościu stało sześć chłopskich wozów i dwa kupieckie furgony, w zagrodzie zaś, smutno pochylając łby nad zagnojonym błotem, tkwiło kilkanaście odjarzmionych wołów.

– Napad był. Na strażnicę. Wczoraj w nocy – setnik uprzedził pytanie. – Ledwieśmy zdążyli z odsieczą, inaczej znaleźlibyśmy tu jeno spaloną ziemię.

– Kto był napastnikiem? Rozbójnicy? Maruderzy?

Żołdak pokręcił głową, splunął, popatrzył na Ciri i skurczoną w siodle Triss.

– Wejdźcie w gródek – powiedział – bo za chwilę czarodziejka zleci z kulbaki. Mamy tam już paru rannych, jedna więcej większej różnicy nie uczyni.

Na podwórzu, w otwartej, zadaszonej kleci, leżało kilku ludzi w zakrwawionych bandażach. Nieco dalej, między ścianą częstokołu a drewnianą studnią z żurawiem, Geralt dostrzegł sześć nieruchomych ciał nakrytych workowym płótnem, spod którego wystawały jedynie stopy w brudnych, zniszczonych butach.

– Złóżcie czarodziejkę tam, przy rannych – żołdak wskazał na kleć. – Ha, panie wiedźmin, to pech prawdziwy, że chora. Paru naszych oberwało w bitce, nie pogardzilibyśmy magiczną pomocą. Jednemu, jakeśmy strzałę wyciągali, ostał w trzewiach grot, skapieje nam chłopina do rana, jak nic skapieje... A czarodziejka, która mogłaby go zratować, sama rzuca się w gorączce, od nas pomocy wygląda. W zły czas, jak się rzekło, w zły czas...

Urwał widząc, że wiedźmin nie odrywa wzroku od nakrytych płótnem ciał.

– Dwóch z tutejszej stróży, dwóch naszych i dwóch... tamtych – powiedział, ściągając skraj zesztywniałej tkaniny. – Zobaczcie, jeśli chcecie.

– Ciri, odejdź.

– Też chcę zobaczyć! – dziewczynka wychyliła się zza niego, patrząc na trupy z otwartymi ustami.

– Odejdź, proszę. Zajmij się Triss.

Ciri fuknęła niechętnie, ale usłuchała. Geralt podszedł bliżej.

– Elfy – stwierdził, nie kryjąc zdumienia.

– Elfy – potwierdził żołnierz. – Scoia'tael.

– Kto?

– Scoia'tael – powtórzył żołdak. – Leśne bandy.

– Dziwna nazwa. To znaczy, jeśli się nie mylę, „Wiewiórki"?

– Tak, panie. Właśnie Wiewiórki. Tak się sami zowią w elfim języku. Jedni mówią, że dlatego, że czasem ogony wiewiórcze noszą u kołpaków i czapek. Inni zaś, że to przez to, że w boru mieszkają, orzeszkami się karmią. Utrapienie z nimi coraz większe, powiadam wam.

Geralt pokręcił głową. Żołnierz nakrył zwłoki płótnem, wytarł ręce o kaftan.

– Chodźcie – powiedział. – Nie ma co tu stać, powiodę was do komendanta. Chorą zajmie się nasz dziesiętnik, jeśli potrafi. Umie przypalać i zszywać rany, nastawiać kości, to może i leki potrafi bełtać, kto go wie, to łebski chłop, góral. Chodźcie, panie wiedźmin.

W chacie mytnika, zadymionej i ciemnej, trwała właśnie ożywiona, hałaśliwa dyskusja. Krótko ostrzyżony rycerz w kolczudze i żółtej tunice pokrzykiwał na dwóch kupców i włodarza, czemu z dość obojętną i ponurą miną przyglądał się mytnik z zabandażowaną głową.

– Powiedziałem, nie! – rycerz walnął pięścią w rozklekotany stół i wyprostował się, poprawiając ryngraf na piersi. – Dopokąd nie wrócą podjazdy, nie ruszycie mi się stąd! Nie będziecie plątać się po gościńcach!

– Mus mi we dwa dni w Daevon być! – rozdarł się włodarz, podsuwając pod oczy rycerza krótki nakarbowany kij z wypalonym znakiem. – Powód wiodę! Jeśli się spóźnię, komornik głowę mi urwie! Poskarżę się u wojewody!

– A poskarż, poskarż – zadrwił rycerz. – A radzę, wymość sobie pierwej portki słomą, bo wojewoda tęgo potrafi kopnąć. Ale na razie ja tu rozkazuję, bo wojewoda daleko, a twój komornik łajno dla mnie. O, Unist! Kogo to prowadzisz, setniku? Jeszcze jeden kupiec?

– Nie – odpowiedział setnik z ociąganiem. – To wiedźmin, panie. Jego miano jest Geralt z Rivii.

Ku zaskoczeniu Geralta rycerz uśmiechnął się szeroko, podszedł i wyciągnął rękę do powitania.

– Geralt z Rivii – powtórzył, wciąż uśmiechnięty. – Słyszałem o was, i to z nie byle jakich ust. Co was tu sprowadza?

Geralt wyjaśnił, co go sprowadza. Rycerz przestał się uśmiechać.

– Nie trafiliście w dobrą porę. Ani okolicę. Mamy tu wojnę, panie wiedźminie. Po lasach kluczy banda Scoia'-

tael, nie dalej jak wczoraj ścięliśmy się z nimi. Czekam tu na posiłki i zaczynamy obławę.

– Wojujecie z elfami?

– Nie tylko z elfami. Cóż to, wy, wiedźmin, nie słyszeliście o Wiewiórkach?

– Nie. Nie słyszałem.

– Gdzie tedy bytowaliście ostatnie dwa lata? Za morzami? Bo tu u nas, w Kaedwen, Scoia'tael zadbali o to, by było o nich głośno, tak, postarali się o to nieźle. Pierwsze bandy pojawiły się, ledwo wybuchła wojna z Nilfgaardem. Skorzystały, przeklęte nieludy, z naszych trudności. Myśmy bili się na południu, a oni na tyłach zaczęli wojnę podjazdową. Liczyli na to, że Nilfgaard nas zmiażdży, zaczęli krzyczeć o końcu ludzkiego panowania, o powrocie dawnych porządków. Ludzi do morza! Takie ich hasło, pod takim mordują, palą i grabią!

– To wasza wina i wasze nynie zmartwienie – odezwał się ponuro włodarz, uderzając po udzie naciętym kijem, oznaką swej funkcji. – Wasze, wielmożów i pasowanych. Wyście to nieludzi gnębili, żyć im nie dawali, to i macie teraz. A my tędy zawsze powody wodziliśmy i nikt nam nie zawadzał. Wojsko nam potrzebne nie było.

– Co prawda, to prawda – powiedział jeden z milczących do tej pory, siedzących na ławie kupców. – Nie groźniejsze są Wiewiórki od zbójców, którzy grasowali tu po drogach. A za kogo elfy wzięły się najpierw? Właśnie za zbójców.

– A co mi za różnica, kto mnie strzałą zza krzaka przeszyje, zbój czy elf? – rzekł nagle mytnik z zabandażowaną głową. – Strzecha, gdy mi ją wśród nocy nad głową zapalą, jednako gorzeje, co jej za różnica, czyja ręka trzymała żagiew. Powiadacie, panie kupiec, że nie gorsi Scoia'tael od zbójców? Łeż powiadacie. Zbójcom szło o łup, elfom o ludzką krew. Dukaty nie każdy ma, a krew w żyłach każdy. Powiadacie, że to wielmożnych zmartwienie, panie włodarz? Jeszcze większa to łeż. A drwale, wystrzelani na wyrębie, smolarze, posieczeni na Bukach, chłopi z podpalonych siół, czym oni zawinili nieludziom? Żyli, pracowali razem, po sąsiedzku, a naraz strzała w plecy... A ja? W życiu żadnego nieluda nie ukrzywdziłem, a spójrzcie, łeb wyszczerbiony krasnoludzkim kordem. A gdyby nie wojacy, na których szczekacie, leżałbym już pod łokciem darni...

– Właśnie! – rycerz w żółtej tunice ponownie gruchnął pięścią w stół. – Chronimy waszą parszywą skórę, mości włodarzu, przed tymi, jak chcieliście, zgnębionymi elfami, którym, jak twierdzicie, nie dawaliśmy żyć. A ja wam co innego powiem – za bardzo ich rozzuchwaliliśmy. Tolerowaliśmy ich, traktowaliśmy jak ludzi, jak równych, a oni teraz zadają nam cios w plecy. Nilfgaard im płaci za to, głowę dam, a dzikie elfy z gór zaopatrują w broń. Ale prawdziwe oparcie mają w tych, co ciągle żyją pośród nas – w elfach, półelfach, krasnoludach, gnomach i niziołkach. To ci ich kryją, karmią, dostarczają ochotników...

– Nie wszyscy – odezwał się drugi z kupców, szczupły, z delikatną twarzą o szlachetnych, iście niekupieckich rysach. – Większość nieludzi potępia Wiewiórki, panie rycerzu, i nie chce mieć z nimi niczego wspólnego. Większość jest lojalna, a płaci niekiedy za tę lojalność wysoką cenę. Przypomnijcie sobie burgrabię z Ban Ard. Był półelfem, a nawoływał do pokoju i współpracy. Zginął od skrytobójczej strzały.

– Wystrzelonej zapewne przez sąsiada, niziołka lub krasnoluda, który też udawał lojalnego – zakpił rycerz. – Według mnie żaden z nich nie jest lojalny! Każdy z nich... Ejże! A tyś kto?

Geralt obejrzał się. Tuż za jego plecami stała Ciri, darząc wszystkich szmaragdowym spojrzeniem swych ogromnych oczu. Jeżeli szło o umiejętność bezszelestnego poruszania się, rzeczywiście zrobiła znaczne postępy.

– Ona jest ze mną – wyjaśnił.

– Hmmm... – rycerz zmierzył Ciri wzrokiem, po czym odwrócił się znowu w stronę kupca o szlachetnej twarzy, ewidentnie widząc w nim najpoważniejszego partnera do dyskusji. – Tak, panie, nie mówcie mi o lojalnych nieludziach. Wszyscy oni są naszymi wrogami, przy czym jedni lepiej, a drudzy gorzej udają, że nie są. Niziołki, krasnoludy i gnomy żyły wśród nas od stuleci, wydawałoby się w jakiej takiej zgodzie. A wystarczyło, by elfy podniosły głowy, a ci inni też złapali za broń i poszli w lasy. Powiadam wam, błędem było tolerowanie wolnych elfów i driad, ich puszcz i górskich enklaw. Mało im tego było, teraz wrzeszczą: „To nasz świat, precz stąd, przybłędy". Na bogów, pokażemy im, kto pójdzie precz, po kim tu ni słychu, ni duchu nie zostanie. Przetrzepaliśmy skórę Nilfgaardczykom, a teraz weźmiemy się za bandy.

– Niełatwo dopaść elfa w lesie – odezwał się wiedźmin. – Nie szedłbym też za gnomem czy krasnoludem w góry. Jak liczne są te oddziały?

– Bandy – poprawił rycerz. – Bandy, panie wiedźminie. Liczą do dwudziestu głów, niekiedy więcej. Oni taką zgraję nazywają „komando". To słowo z języka gnomów. A w tym, że dopaść ich niełatwo, prawiście, widać, żeście fachowiec. Uganianie się za nimi po lasach i komyszach nie ma sensu. Jedyny sposób to odciąć ich od zaplecza, odizolować, zagłodzić. Wziąć mocno za kark tych nieludzi, którzy im pomagają. Tych z miast i osiedli, z wiosek, z farm...

– Problem w tym – rzekł kupiec o szlachetnych rysach – że wciąż nie wiadomo, kto z nieludzi im pomaga, a kto nie.

– Trzeba więc wziąć za kark wszystkich!

– Aha – kupiec uśmiechnął się. – Rozumiem. Już to gdzieś słyszałem. Za kark wszystkich i do kopalni, do ogrodzonych obozów, do kamieniołomów. Wszystkich. Niewinnych też. Kobiety, dzieci. Czy tak?

Rycerz poderwał głowę, trzasnął dłonią o rękojeść miecza.

– Właśnie tak, nie inaczej! – powiedział ostro. – Dzieci wam żal, a samiście jak dziecko na tym świecie, mój panie. Zawieszenie broni z Nilfgaardem to rzecz krucha niby skorupka jajka, nie dziś, to jutro wojna może zacząć się na nowo, a na wojnie różnie bywa. Gdyby nas pobili, to jak myślicie, co się stanie? Powiem wam – wyjdą wtedy elfie komanda z lasów, wyjdą w sile i liczbie, a ci lojalni natychmiast do nich dołączą. Te wasze lojalne krasnoludy, wasze przyjazne niziołki, będą, myślicie, o pokoju wówczas mówić, o pojednaniu? Nie, panie. One flaki z nas będą wypruwać, ich to rękoma Nilfgaard rozprawi się z nami. I potopią nas w morzu, tak jak obiecują. Nie, panie, nie wolno się z nimi cackać. Albo oni, albo my. Trzeciej drogi nie ma!

Drzwi chaty skrzypnęły, stanął w nich żołdak w zakrwawionym fartuchu.

– Wybaczcie, że przeszkadzam – chrząknął. – Któren z waszmościów przywiózł tu ową chorą niewiastę?

– Ja – rzekł wiedźmin. – Co się stało?

– Pozwólcie ze mną.

Wyszli na podwórze.

– Źle z nią, panie – powiedział żołnierz, wskazując Triss. – Dałem ci jej gorzałki z pieprzem i saletrą, ale nie pomogło. Nie bardzo...

Geralt nie skomentował, bo i nie było czego komentować. Czarodziejka, zgięta i skurczona, składała właśnie niezaprzeczalne świadectwo, że gorzałka z pieprzem i saletrą to nie to, co jej żołądek mógłby tolerować.

– To może jakaś zaraza być – zmarszczył się żołdak. – Albo ta, jak jej tam... Zynteria. Gdyby się to tak po ludziach rozlazło...

– To czarodziejka – zaprotestował wiedźmin. – Czarodziejki nie chorują...

– W samej rzeczy – wtrącił cynicznie rycerz, który wyszedł za nimi. – Wasza, jak widzę, wręcz tryska zdrowiem. Panie Geralt, posłuchajcie mnie. Niewieście potrzebna jest pomoc, a my takowej udzielić nie możemy. Nie mogę też, zrozumcie, ryzykować epidemii wśród wojska.

– Rozumiem. Odjadę natychmiast. Nie mam wyboru, muszę zawrócić w stronę Daevon lub Ard Carraigh.

– Nie ujedziecie daleko. Podjazdy mają rozkaz zatrzymywać wszystkich. Poza tym to niebezpieczne. Scoia'tael uszli właśnie w tamtym kierunku.

– Poradzę sobie.

– Po tym, co o was słyszałem – wykrzywił wargi rycerz – nie wątpię, że sobie poradzilibyście. Ale zważcie, nie jesteście sami. Macie na karku ciężko chorą i tego smarkacza...

Ciri, próbująca właśnie oczyścić o szczebel drabiny umazany łajnem but, uniosła głowę. Rycerz chrząknął i spuścił wzrok. Geralt uśmiechnął się lekko. Przez ostatnie dwa lata Ciri prawie zapomniała o swym pochodzeniu i prawie całkowicie wyzbyła się książęcych manier i póz, ale jej spojrzenie, gdy chciała, bardzo przypominało spojrzenie jej babki. Tak bardzo, że królowa Calanthe byłaby zapewne dumna z wnuczki.

– Taak, o czym to ja... – zająknął się rycerz, w zakłopotaniu szarpiąc pas. – Panie Geralt, wiem, co wam trzeba uczynić. Jedźcie za rzekę, na południe. Doścignijcie karawanę, która idzie szlakiem. Noc za pasem, karawana ani chybi na popas stanie, dopędzicie ją przed świtem.

– Co to za karawana?

– Nie wiem – rycerz wzruszył ramionami. – Ale to nie kupcy ani zwykły powód. Za duży porządek, wozy jednakowe, zakryte... Ani chybi komornicy królewscy. Przepuściłem ich przez most, bo idą szlakiem na południe, pewnie ku brodom na Likseli.

– Hmmm... – zastanowił się wiedźmin, patrząc na Triss. – To by mi było po drodze. Ale czy znajdę tam pomoc?

– Może tak – powiedział zimno rycerz. – A może nie. Ale tu nie znajdziecie jej z pewnością.

•

Nie usłyszeli go ani nie dostrzegli, gdy podjeżdżał, pogrążeni w rozmowie, siedzący dookoła ogniska, prześwietlającego trupio żółtym światłem płachty ustawionych w krąg wozów. Geralt poderwał lekko klacz i zmusił ją do głośnego rżenia. Chciał uprzedzić biwakującą karawanę, chciał złagodzić zaskoczenie i zapobiec nerwowym ruchom. Z doświadczenia wiedział, że mechanizmy spustowe kusz nie lubiły nerwowych ruchów.

Obozujący zerwali się, pomimo ostrzeżenia wykonując liczne nerwowe ruchy. Większość, zobaczył to od razu, była krasnoludami. To go nieco uspokoiło – krasnoludy, choć niezmiernie popędliwe, zwykły w takich sytuacjach najpierw pytać, a dopiero potem strzelać z kusz.

– Kto? – krzyknął chrapliwie jeden z krasnoludów, szybkim, energicznym ruchem wyważając topór wbity w leżący obok ogniska pniak. – Kto idzie?

– Przyjaciel – wiedźmin zsiadł z konia.

– Ciekawe, czyj – warknął krasnolud. – Zbliż się. Ręce trzymaj tak, byśmy je widzieli.

Geralt zbliżył się, trzymając ręce tak, by mógł je dokładnie widzieć nawet ktoś dotknięty zapaleniem spojówek lub kurzą ślepotą.

– Bliżej.

Usłuchał. Krasnolud opuścił topór, przekrzywił lekko głowę.

– Albo mnie wzrok myli – powiedział – albo to wiedźmin, zwany Geraltem z Rivii. Albo ktoś cholernie do Geralta podobny.

Ogień strzelił nagle płomieniem, buchnął złotą jasnością, wyłonił z mroku twarze i postacie.

– Yarpen Zigrin – stwierdził Geralt, zaskoczony. – Nikt inny, a Yarpen Zigrin we własnej brodatej osobie!

– Ha! – krasnolud zawinął toporem, jakby była to łozowa witka. Ostrze warknęło w powietrzu i wcięło się w pień z głuchym stukiem. – Alarm odwołany! To faktycznie przyjaciel!

Pozostali odprężyli się wyraźnie, Geraltowi wydało się, że słyszy głębokie, pełne ulgi wydechy. Krasnolud podszedł, wyciągnął rękę. Jego uścisk mógł śmiało pójść w zawody z żelaznymi obcęgami.

– Witaj, charakterniku – powiedział. – Skądkolwiek przychodzisz i dokądkolwiek idziesz, witaj. Chłopaki! Sami tu! Pamiętasz moich chłopaków, wiedźminie? To jest Yannick Brass, ten to Xavier Moran, a to Paulie Dahlberg i jego brat Regan.

Geralt nie przypominał sobie żadnego, wszyscy zresztą wyglądali jednakowo, brodaci, krępi, prawie kwadratowi w swych grubych, pikowanych kubrakach.

– Było was sześciu – uścisnął po kolei podawane mu twarde, sękate prawice. – Jeśli pamiętam.

– Masz dobrą pamięć – zaśmiał się Yarpen Zigrin. – Była nas szóstka, a jakże. Ale Lucas Corto ożenił się, osiadł w Mahakamie i odpadł od kompanii, pacan głupi. Jakoś nie trafił się nikt godny na jego miejsce, jak do tej pory. A szkoda, szóstka to liczba w sam raz, nie za dużo, nie za mało. Czy to cielaka zjeść, czy beczułkę wychlać, nie ma to jak sześciu...

– Jak widzę – Geralt ruchem głowy wskazał resztę grupy stojącą niezdecydowanie obok wozów – jest was tu dostatecznie wielu, by dać radę trzem cielakom, że o drobiu nie wspomnę. Cóż to za kamraterią komenderujesz, Yarpen?

– Nie ja tu komenderuję. Pozwól, przedstawię cię. Wybaczcie, panie Wenck, żem tego od razu nie uczynił, ale ja i moje chłopaki znamy Geralta z Rivii nie od dzisiaj, mamy za sobą nieco wspólnych wspomnień. Geralt, to jest pan komisarz Vilfrid Wenck, w służbie króla Henselta z Ard Carraigh, miłościwie panującego władcy Kaedwen.

Vilfrid Wenck był wysoki, wyższy od Geralta, a krasnoluda przewyższał dwukrotnie. Ubrany był w zwykły prosty strój, jaki nosili włodarze, komornicy lub gońcy konni, ale w jego ruchach była ostrość, sztywność i pewność, którą wiedźmin znał i umiał rozpoznać bezbłędnie, nawet w nocy, nawet w skąpym świetle ogniska. Tak poruszali się ludzie przyzwyczajeni do kolczugi i obciążającego pas oręża. Wenck był zawodowym żołnierzem, Geralt gotów był pójść o zakład o każdą sumę. Uścisnął podaną mu dłoń, skłonił się lekko.

– Siadajmy – Yarpen Zigrin wskazał na pień, w którym wciąż tkwił jego potężny topór. – Mów, cóż to porabiasz w tych okolicach, Geralt?

– Szukam pomocy. Podróżuję samotrzeć, z niewiastą i podrostkiem. Niewiasta jest chora. Poważnie. Dogoniłem was, by prosić o pomoc.

– Psiakrew, medyka tu nie mamy – krasnolud splunął na płonące polana. – Gdzie ich zostawiłeś?

– Pół stajania stąd, przy gościńcu.

– Wskażesz drogę. Hej, wy tam! Trzech do koni, siodłać luzaki! Geralt, czy twoja chora niewiasta utrzyma się w kulbace?

– Nie bardzo. Właśnie dlatego musiałem ją zostawić.

– Burkę wziąć, płachtę i dwie żerdzie z wozu! Żywo!

Vilfrid Wenck, skrzyżowawszy ręce na piersi, chrząknął głośno.

– Jesteśmy na szlaku – powiedział ostro Yarpen Zigrin, nie patrząc na niego. – Na szlaku nie odmawia się pomocy.

•

– Cholera – Yarpen odjął dłoń od czoła Triss. – Rozpalona jak piec. Nie podoba mi się to. A jeśli to dur albo czerwonka?

– To nie może być dur ani czerwonka – zełgał z przekonaniem Geralt, otulając chorą derkami. – Czarodzieje są uodpornieni na te choroby. To zatrucie pokarmowe, nic zaraźliwego.

– Hmm... No, dobra. Idę pokopać w torbach. Miałem kiedyś dobry lek na sraczkę, może jeszcze trochę zostało.

– Ciri – mruknął wiedźmin, podając dziewczynce odtroczony od konia kożuch. – Idź spać, lecisz z nóg. Nie, nie na wóz. Na wozie położymy Triss. Ty połóż się obok ogniska.

– Nie – zaprotestowała cicho, patrząc za oddalającym się krasnoludem. – Położę się przy niej. Gdy zobaczą, że mnie od niej odsuwasz, nie uwierzą ci. Będą myśleli, że to zaraźliwe, i wypędzą nas, tak jak ci ze strażnicy.

– Geralt? – jęknęła nagle czarodziejka. – Gdzie... jesteśmy?

– Wśród przyjaciół.

– Jestem tu – powiedziała Ciri, głaszcząc ją po kasztanowych włosach. – Jestem przy tobie. Nic się nie bój. Czujesz, jak tu ciepło? Ognisko się pali, a krasnolud zaraz przyniesie lekarstwo na... Na żołądek.

– Geralt – załkała Triss, usiłując wyplątać się spod koców. – Żadnych... żadnych magicznych eliksirów, pamiętaj...

– Pamiętam. Leż spokojnie.

– Ja muszę... Oooch...

Wiedźmin schylił się bez słowa, uniósł czarodziejkę razem z kokonem otulających ją derek i pomaszerował w las, w ciemność. Ciri westchnęła.

Odwróciła się, słysząc ciężkie stąpania. Zza wozu wyszedł krasnolud, dzierżąc pod pachą spore zawiniątko. Płomień ogniska lśnił na ostrzu topora zasadzonego za pas, połyskiwały też guzy ciężkiego skórzanego kubraka.

– Gdzie chora? – burknął. – Na miotle uleciała?

Ciri wskazała w mrok.

– Jasne – kiwnął głową. – Znam ten ból i paskudną przypadłość. Gdy byłem młodszy, zjadałem wszystko, co udało mi się znaleźć lub obezwładnić, więc strułem się nie raz i nie dwa. Kto to jest, ta czarodziejka?

– Triss Merigold.

– Nie znam, nie słyszałem. Rzadko się zresztą zadaję z Bractwem. No, ale wypada się przedstawić. Mnie zwą Yarpen Zigrin. A ciebie jak zwą, gąsko?

– Inaczej – warknęła Ciri, a oczy jej błysnęły.

Krasnolud zarechotał, wyszczerzył zęby.

– Ach – ukłonił się przesadnie. – Wybaczenia proszę. Nie rozpoznałem w mroku. Toż to żadna gąska, a szlachetna panna. Padam do nóżek. Jak panna ma na imię, jeśli to nie tajemnica?

– To nie tajemnica. Jestem Ciri.

– Ciri. Aha. A kim panna jest?

– A to – Ciri dumnie zadarła nosek – to już jest tajemnica.

Yarpen parsknął ponownie.

– Jęzorek cięty jak osa u panny, jak osa. Niechaj mi panna raczy wybaczyć. Przyniosłem medykament i trochę jedzenia. Czy panna przyjmie, czy też odprawi starego gbura, Yarpena Zigrina?

– Przepraszam... – Ciri zreflektowała się, pochyliła głowę. – Triss naprawdę potrzebna jest pomoc, panie... Zigrin. Jest bardzo chora. Dziękuję za lekarstwo.

– Nie ma za co – krasnolud znowu wyszczerzył zęby, przyjaźnie klepnął ją po ramieniu. – Chodź, Ciri, pomożesz mi. Medykament trzeba przygotować. Nakręcimy gałek wedle receptury mojej babki. Tym gałkom nie oprze się żadna usadowiona we flakach zaraza.

Rozwinął zawiniątko, wydobył coś na kształt bryły torfu i mały gliniany garnuszek. Ciri zbliżyła się, zaciekawiona.

– Trzeba ci wiedzieć, miła Ciri – rzekł Yarpen – że moja babka znała się na leczeniu jak nikt. Niestety, uważała, że źródłem większości chorób jest nieróbstwo, zaś nieróbstwo najskuteczniej leczy się kijem. Względem mnie i mojego rodzeństwa stosowała taki lek głównie zapobiegawczo. Lała nas przy byle okazji albo i bez okazji. Wyjątkowa to była jędza. A raz, gdy ni z tego, ni z owego dała mi pajdkę chleba ze smalcem i cukrem, to tak mnie tym zaskoczyła, że z wrażenia upuściłem tę pajdkę, smalcem w dół. No a babka sprała mnie, stara wstrętna rura. A potem dała mi drugą pajdkę, tyle że już bez cukru.

– Moja babka – Ciri ze zrozumieniem pokiwała głową – też mnie raz sprała. Rózgą.

– Rózgą? – zaśmiał się krasnolud. – Moja wygrzmociła mnie raz trzonkiem od kilofa. No, ale dość wspomnień, trzeba kręcić gałki. Masz, rwij to i ugniataj w kulki.

– Co to jest? Lepi się i maże... Eueeuee... A jak śmierdzi!

– To spleśniały chleb ze śruty. Doskonały lek. Ugniataj kulki. Mniejsze, mniejsze, to dla czarodziejki, nie dla krowy. Daj jedną. Dobra. Teraz obturlamy kulkę w medykamencie.

– Eueeeueeee!

– Zaśmiardło? – krasnolud zbliżył perkaty nos do glinianego garnuszka. – Niemożliwe. Miażdżony czosnek z gorzką solą zaśmiardnąć nie ma prawa, choćby stał sto lat.

– Obrzydliwość, eueuee. Triss tego nie zje!

– Zastosujemy metodę mojej babki. Ty zaciśniesz jej nos, a ja będę wpychał gałki.

– Yarpen – syknął Geralt, wyłaniając się nagle z ciemności z czarodziejką na rękach. – Uważaj, żebym ja tobie czegoś nie wepchnął.

– To jest lekarstwo! – oburzył się krasnolud. – To pomaga! Pleśń, czosnek...

– Tak – jęknęła słabo Triss z głębi swego kokonu. – To prawda... Geralt, to mi rzeczywiście powinno pomóc...

– Widzisz? – Yarpen szturchnął Ciri łokciem, zadzierając dumnie brodę i wskazując Triss łykającą gałki z miną męczenniczki. – Mądra czarownica. Wie, co dobre.

– Co mówisz, Triss? – wiedźmin pochylił się. – Aha, rozumiem. Yarpen, masz może arcydzięgiel? Albo szafran?

– Poszukam, popytam. Przyniosłem wam wodę i trochę jedzenia...

– Dziękuję. Ale one obie potrzebują przede wszystkim odpoczynku. Ciri, kładź się.

– Zrobię jeszcze kompres dla Triss...

– Sam zrobię. Yarpen, chciałbym pogadać.

– Chodź do ogniska. Odszpuntujemy antałek...

– Chcę pogadać z tobą. Na większym audytorium mi nie zależy. Wprost przeciwnie.

– Jasne. Słucham.

– Co to za konwój?

Krasnolud uniósł na niego swe małe przenikliwe oczy.

– Królewska służba – powiedział wolno i dobitnie.

– Tego się domyśliłem – wiedźmin wytrzymał spojrzenie. – Yarpen, ja nie pytam ze zdrożnej ciekawości.

– Wiem. O co ci chodzi, wiem również. Ale to jest transport o znaczeniu... hmmm... Specjalnym.

– A cóż takiego transportujecie?

– Solone ryby – powiedział swobodnie Yarpen, po czym łgał dalej i nawet nie drgnęła mu powieka. – Paszę, narzędzia, uprząż, różne takie duperele dla wojska. Wenck jest kwatermistrzem armii królewskiej.

– Taki z niego kwatermistrz, jak ze mnie druid – uśmiechnął się Geralt. – Ale to wasza sprawa, nie zwykłem wtykać nosa w cudze tajemnice. Widziałeś jednak, w jakim stanie jest Triss. Pozwól nam się dołączyć, Yarpen, pozwól położyć ją na jednym z wozów. Na kilka dni. Nie pytam, dokąd zmierzacie, bo przecież ten szlak wiedzie jak strzelił na południe, rozwidla się dopiero za Likselą, a do Likseli jest dziesięć dni drogi. Przez ten czas gorączka spadnie i Triss zdoła jechać wierzchem, a jeśli nawet nie, to zatrzymam się w grodzie za rzeką. Zrozum, dziesięć dni na wozie, porządnie nakryta, ciepła strawa... Proszę cię.

– Nie ja tu komenderuję, lecz Wenck.

– Nie wierzę, byś nie miał wpływu na niego. Nie w konwoju złożonym głównie z krasnoludów. To oczywiste, że musi liczyć się z tobą.

– Kim ta Triss jest dla ciebie?

– A jakie to ma znaczenie? W tej sytuacji?

– W tej sytuacji żadnego. Pytałem wiedziony zdrożną ciekawością, by móc później puścić plotkę po oberżach. Ale swoją drogą, to ty masz potężne ciągoty do czarodziejek, Geralt.

Wiedźmin uśmiechnął się smutno.

– A dziewczyna? – Yarpen wskazał ruchem głowy Ciri wiercącą się pod kożuchem. – Twoja?

– Moja – odpowiedział bez namysłu. – Moja, Zigrin.

•

Świt był szary, mokry, pachnący nocnym deszczem i poranną mgłą. Ciri miała wrażenie, że spała tylko kilka chwil, że obudzono ją, ledwo zdążyła złożyć głowę na piętrzących się na wozie workach.

Geralt układał właśnie obok niej Triss, przyniesioną z kolejnej przymusowej wyprawy do lasu. Pledy, którymi czarodziejka była owinięta, skrzyły się od rosy. Geralt miał podkrążone oczy. Ciri wiedziała, że nawet ich nie zmrużył – Triss gorączkowała przez całą noc, cierpiała bardzo.

– Obudziłem cię? Przepraszam. Śpij, Ciri. Jeszcze wcześnie.

– Co z Triss? Jak się czuje?

– Lepiej – zajęczała czarodziejka. – Lepiej, ale... Geralt, posłuchaj... Chciałam ci...

– Tak? – wiedźmin pochylił się, ale Triss już spała. Wyprostował się, przeciągnął.

– Geralt – szepnęła Ciri. – Pozwolą nam... pojechać na wozie?

– Zobaczymy – zagryzł wargi. – Dopóki możesz, śpij. Odpoczywaj.

Zeskoczył z wozu. Ciri słyszała odgłosy świadczące o zwijaniu obozu – tupanie koni, brzęk uprzęży, skrzyp dyszli, szczęk orczyków, rozmowy i przekleństwa. A potem, blisko, chrapliwy głos Yarpena Zigrina i spokojny wysokiego mężczyzny, zwanego Wenckiem. I zimny głos Geralta. Uniosła się, ostrożnie wyjrzała zza płachty.

– Nie mam w tej sprawie kategorycznych zakazów – oświadczył Wenck.

– Świetnie – poweselał krasnolud. – Sprawę mamy tedy załatwioną?

Komisarz uniósł lekko dłoń, dając znak, że jeszcze nie skończył. Milczał jakiś czas. Geralt i Yarpen czekali cierpliwie.

– Niemniej – rzekł wreszcie Wenck – odpowiadam głową za to, by ten transport dotarł do miejsca przeznaczenia.

Umilkł znowu. Tym razem nikt się nie wtrącił. Nie ulegało kwestii, że rozmawiając z komisarzem należało przywyknąć do długich przerw między zdaniami.

– Aby dotarł bezpiecznie – dokończył po chwili. – I w oznaczonym terminie. A opieka nad chorą może zwolnić tempo marszu.

– Wyprzedzamy marszrutę – upewnił go Yarpen, odczekawszy nieco. – Z czasem jesteśmy do przodu, panie Wenck, nie zawalimy terminu. A jeżeli chodzi o bezpieczeństwo... Wydaje mi się, że wiedźmin w kompanii nie zaszkodzi. Szlak wiedzie lasami, aż do samej Likseli na prawo i lewo dzika puszcza. A po puszczy, jak wieść niesie, krążą różne niedobre stworzenia.

– Istotnie – przytaknął komisarz. Patrząc wiedźminowi prosto w oczy, zdawał się ważyć każde słowo. – Pewne niedobre stworzenia, podjudzane przez inne niedobre stworzenia, można ostatnio napotkać w kaedweńskich lasach. Mogą one zagrozić naszemu bezpieczeństwu. Król Henselt, wiedząc o tym, wyposażył mnie w prawo zaciągania ochotników do zbrojnej eskorty. Panie Geralt? To rozwiązałoby wasz problem.

Wiedźmin milczał długo, dłużej niż trwała cała przemowa Wencka, gęsto przeplatana międzyzdaniowymi pauzami.

– Nie – powiedział wreszcie. – Nie, panie Wenck. Postawmy sprawę jasno. Gotów jestem odwdzięczyć się za pomoc udzieloną pani Merigold, ale nie w takiej formie. Mogę oporządzać konie, nosić wodę i drwa, nawet gotować. Ale nie wstąpię do królewskiej służby w charakterze najemnego żołdaka. Proszę nie liczyć na mój miecz. Nie mam zamiaru zabijać owych, jak się zechcieliście wyrazić, niedobrych stworzeń na rozkaz innych stworzeń, których wcale za lepsze nie uważam.

Ciri usłyszała, jak Yarpen Zigrin syknął głośno i zakaszlał w zwinięty kułak. Wenck patrzył na wiedźmina spokojnie.

– Rozumiem – oświadczył sucho. – Lubię jasne sytuacje. Dobrze więc. Panie Zigrin, proszę zadbać, by nie spadło tempo marszu. Co do was, panie Geralt... Wiem, że okażecie się przydatni i pomocni w sposób, jaki uznacie za stosowny. Uwłaczałoby i wam, i mnie, gdybym waszą przydatność traktował jako zapłatę za pomoc udzieloną cierpiącej. Czy lepiej się dzisiaj czuje?

Wiedźmin potwierdził skinieniem głowy, jak wydało się Ciri, nieco głębszym i uprzejmiejszym niż zwykłe skinienie. Wenck nie zmienił wyrazu twarzy.

– Cieszy mnie to – powiedział po zwykłej pauzie. – Biorąc panią Merigold na wóz mego konwoju przejmuję odpowiedzialność za jej zdrowie, wygodę i bezpieczeństwo. Panie Zigrin, proszę wydać rozkaz wymarszu.

– Panie Wenck.

– Słucham, panie Geralt.

– Dziękuję.

Komisarz skinął głową. Jak wydało się Ciri, nieco głębiej i uprzejmiej, niż wymagała tego zwykła zdawkowa uprzejmość.

Yarpen Zigrin przebiegł wzdłuż kolumny, wydając gromkie rozkazy i polecenia, po czym wgramolił się na kozioł, wrzasnął i smagnął konie lejcami. Wóz szarpnął i zaturkotał po leśnej drodze. Wstrząs obudził Triss, ale Ciri uspokoiła ją, zmieniła kompres na czole. Turkotanie działało usypiająco. Czarodziejka wkrótce zasnęła, Ciri również zapadła w drzemkę.

Gdy obudziła się, słońce było już wysoko. Wyjrzała zza beczek i pakunków. Wóz, na którym jechała, był na czele konwoju. Następnym powoził krasnolud z czerwoną chustką okręconą wokół szyi. Z rozmów, jakie krasnoludy wiodły między sobą, Ciri wiedziała, że nazywa się Paulie Dahlberg. Obok niego siedział jego brat Regan. Widziała również Wencka jadącego konno w asyście dwóch komorników.

Płotka, klacz Geralta, przytroczona do wozu, powitała

ją cichym rżeniem. Nie widziała nigdzie swego kasztana i bułanka Triss. Zapewne były z tyłu, razem z luzakami konwoju.

Geralt siedział na koźle obok Yarpena. Rozmawiali cicho, popijając piwo z ustawionego między nimi antałka. Ciri nadstawiła uszu, ale rychło znudziła się – dyskurs dotyczył polityki, a głównie planów i zamiarów króla Henselta i jakichś służb specjalnych i specjalnych zadań, polegających na sekretnej pomocy dla zagrożonego wojną sąsiada, króla Demawenda z Aedirn. Geralt wyraził zaciekawienie, w jakiż to sposób pięć wozów solonych ryb będzie w stanie zwiększyć obronność Aedirn. Yarpen, nie zwracając uwagi na dźwięczącą w głosie wiedźmina drwinę, wyjaśnił, że niektóre gatunki ryb są tak cenne, że kilka wozów wystarczy na opłacenie rocznego żołdu chorągwi pancernej, a każda nowa chorągiew pancerna to już jest znaczna pomoc. Geralt zdziwił się, dlaczego ta pomoc musi być aż tak sekretna, na co krasnolud zareplikował, że na tym właśnie sekret polega.

Triss rzuciła się przez sen, strąciła kompres i zagadała niewyraźnie. Zażądała od niejakiego Kevyna, by ów trzymał ręce przy sobie, a zaraz potem oświadczyła, że przeznaczenia nie da się uniknąć. Stwierdziwszy wreszcie, że wszyscy, absolutnie wszyscy są w jakimś stopniu mutantami, usnęła spokojnie.

Ciri również poczuła senność, ale oprzytomnił ją gromki rechot Yarpena, który właśnie przypominał Geraltowi dawne przygody. Chodziło o łowy na złotego smoka, który miast dać się złowić, porachował łowcom kości, a szewca, zwanego Kozojedem, po prostu zjadł. Ciri zaczęła słuchać z większym zainteresowaniem.

Geralt zapytał o losy Rębaczy, ale Yarpen tych losów nie znał. Yarpen z kolei zaciekawił się kobietą o imieniu Yennefer, a Geralt zrobił się dziwnie małomówny. Krasnolud popił piwa i jął żalić się, że owa Yennefer wciąż żywi do niego urazę, choć od tamtych czasów minęło ładnych parę lat.

– Natknąłem się na nią na jarmarku w Gors Velen – opowiadał. – Ledwie mnie dostrzegła, parsknęła jak kocica i straszliwie obraziła moją nieboszczkę mamę. Wziąłem czym prędzej nogi za pas, a ona krzyknęła w ślad, że jeszcze mnie kiedyś dopadnie i sprawi, że mi trawa z dupy wyrośnie.

Ciri zachichotała, wyobrażając sobie Yarpena z trawą. Geralt burknął coś o kobietach i ich impulsywnych charakterach, krasnolud zaś uznał to za nader łagodne określenie złośliwości, zawziętości i mściwości. Wiedźmin tematu nie podjął, a Ciri znów zapadła w drzemkę.

Tym razem obudziły ją podniesione głosy. Dokładniej, głos Yarpena, który wręcz krzyczał.

– A tak! A żebyś wiedział! Tak postanowiłem!

– Ciszej – rzekł spokojnie wiedźmin. – Na wozie leży chora kobieta. Zrozum, ja nie krytykuję twoich decyzji ani postanowień...

– Nie, oczywiście – przerwał z przekąsem krasnolud. – Ty tylko znacząco się uśmiechasz.

– Yarpen, ja cię po przyjacielsku ostrzegam. Takich, którzy siedzą okrakiem na palisadzie, obie strony nienawidzą, w najlepszym zaś wypadku traktują nieufnie.

– Ja nie siedzę okrakiem. Deklaruję się jednoznacznie po jednej ze stron.

– Dla strony tej zaś zawsze pozostaniesz krasnoludem. Kimś innym. Obcym. A dla strony przeciwnej...

Urwał.

– No! – warknął Yarpen, odwracając się. – No, zaczynaj, na co czekasz? Powiedz, żem jest zdrajca i pies na ludzkiej smyczy, gotowy za garść srebra i michę podłej strawy dać się poszczuć na pobratymców, którzy powstali i walczą o wolność. No, dalej, wypluj to z siebie. Nie lubię niedomówień.

– Nie, Yarpen – powiedział cicho Geralt. – Nie. Nie będę niczego z siebie wypluwał.

– Ach, nie będziesz? – krasnolud smagnął konie. – Nie chce ci się? Wolisz patrzeć i uśmiechać się? Do mnie ani słowa, tak? Ale Wenckowi mogłeś to powiedzieć! „Proszę nie liczyć na mój miecz". Ach, jak wyniośle, szlachetnie i dumnie! Do psiej rzyci z twoją wyniosłością! I z twoją pieprzoną dumą!

– Chciałem być po prostu uczciwy. Nie chcę wplątywać się w ten konflikt. Chcę zachować neutralność.

– Nie da się! – wrzasnął Yarpen. – Nie da się jej zachować, rozumiesz? Nie, ty niczego nie rozumiesz. Ach, zjeżdżaj z mojego wozu, wsiądź na konia. Zejdź mi z oczu, neutralny pyszałku. Denerwujesz mnie.

Geralt odwrócił się. Ciri wstrzymała oddech w oczekiwaniu. Ale wiedźmin nie powiedział ani słowa. Wstał i zeskoczył z wozu, szybko, miękko, zwinnie. Yarpen odczekał, aż odtroczy klacz od drabinki, po czym znowu smagnął konie, warcząc w brodę jakieś niezrozumiałe, ale przerażające swym brzmieniem słowa.

Wstała, by również zeskoczyć, odnaleźć kasztana. Krasnolud obrócił się, zmierzył ją niechętnym spojrzeniem.

– Z tobą też tylko utrapienie, pannico – prychnął gniewnie. – Potrzebne nam tu damy i dzieweczki, cholera, nawet wysikać się z kozła nie mogę, muszę zaprzęg zatrzymywać i w krzaki łazić!

Ciri oparła pięści o biodra, potrząsnęła popielatą grzywką i zadarła nos.

– Tak? – zapiała, rozzłoszczona. – Piwa mniej pijcie, panie Zigrin, to się wam będzie rzadziej chciało!

– Łajno ci do mego piwa, smarkulo!

– Nie wrzeszczcie, Triss dopiero co zasnęła!

– To mój wóz! Będę wrzeszczał, jeśli taka moja wola!

– Pień!

– Co? Ach, ty bezczelna kozo!

– Pień!!!

– Ja ci zaraz pokażę pień... O, psiakrew! Tpprrr!!!

Krasnolud odchylił się mocno, ściągnął lejce w ostatniej chwili, w momencie, gdy dwójka koni już zabierała się do przestąpienia tarasującego drogę pniaka. Yarpen wstał na koźle, bluźniąc po ludzku i po krasnoludzku, gwiżdżąc i rycząc wstrzymywał zaprzęg. Krasnoludy i ludzie, zeskoczywszy z wozów podbiegli, pomogli sprowadzić konie na wolną drogę, ciągnąc za uździenice i szory.

– Przydrzemało się, co, Yarpen? – warknął, podchodząc, Paulie Dahlberg. – Cholera, gdybyś na to najechał, poszłaby oś, koła w diabły by potrzaskały. Co ty, u licha...

– Spieprzaj, Paulie! – ryknął Yarpen Zigrin i ze złością chlasnął lejcami po końskich zadach.

– Mieliście szczęście – rzekła słodziutko Ciri, pakując się na kozioł obok krasnoluda. – Lepiej, jak sami widzicie, mieć na wozie wiedźminkę niż jechać samemu. W samą porę was ostrzegłam. A gdybyście akurat sikali z kozła i najechali na ten pień, no, no. Strach pomyśleć, co by się wam wtedy mogło stać...

– Będziesz ty cicho?

– Już nic nie mówię. Ani słóweczka.

Wytrzymała niecałą minutę.

– Panie Zigrin?

– Nie jestem żaden pan – krasnolud szturchnął ją łokciem, wyszczerzył zęby. – Jestem Yarpen. Jasne? Powozimy wspólnie zaprzęgiem, no nie?

– Jasne. Mogę potrzymać lejce?

– Jasne. Zaraz, nie tak. Nałóż na palec wskazujący, przyciśnij kciukiem, o, w ten sposób. Lewy tak samo. Nie szarp, nie ściągaj za mocno.

– Tak dobrze?

– Dobrze.

– Yarpen?

– Hę?

– Co to znaczy „zachować neutralność"?

– Być obojętnym – mruknął niechętnie. – Nie pozwalaj lejcom zwisać. Lewy bardziej do siebie!

– Jak to, obojętnym? Obojętnym na co?

Krasnolud wychylił się mocno i splunął pod wóz.

– Gdyby Scoia'tael napadli nas, twój Geralt zamierza stać i spokojnie przyglądać się, jak podrzynają nam gardła. Ty prawdopodobnie będziesz stać obok niego, bo będzie to lekcja poglądowa. Temat zajęć: zachowanie się wiedźmina wobec konfliktu rozumnych ras.

– Nie rozumiem.

– Temu akurat nie dziwię się ani trochę.

– Czy dlatego się z nim kłóciłeś i złościłeś się? Kto to są właściwie ci Scoia'tael? Te... Wiewiórki?

– Ciri – Yarpen gwałtownie poczochrał brodę. – To nie są sprawy na rozum małych niedorosłych dziewczynek.

– Oho, teraz na mnie się złościsz. Wcale nie jestem mała. Słyszałam, co o Wiewiórkach mówili żołnierze w strażnicy. Widziałam... Widziałam dwa zabite elfy. A rycerz mówił, że oni... też zabijają. I że są wśród nich nie tylko elfy. Krasnoludy też są.

– Wiem – rzekł sucho Yarpen.

– A ty też jesteś krasnolud.

– To kwestii nie ulega.

– Dlaczego więc boisz się Wiewiórek? Podobno walczą tylko z ludźmi.

– To nie jest takie proste – zasępił się. – Niestety.

Ciri milczała długo, gryząc dolną wargę i marszcząc nos.

– Już wiem – powiedziała nagle. – Wiewiórki walczą o wolność. A ty, choć krasnolud, jesteś służba specjalnie sekretna u króla Henselta na ludzkiej smyczy.

Yarpen parsknął, otarł nos rękawem i wychylił się z kozła, sprawdzając, czy Wenck nie podjechał zbyt blisko. Ale komisarz był daleko, zajęty rozmową z Geraltem.

– Słuch to ty masz, dziewczyno, jak świstak – uśmiechnął się szeroko. – Jesteś też nieco za bystra jak na kogoś, komu przeznaczone jest rodzić dzieci, warzyć jadło i prząść. Wydaje ci się, że wiesz wszystko? To dlatego, że jesteś smarkata. Nie rób głupich min. Miny nie przydadzą ci dorosłości, a sprawiają, że robisz się jeszcze brzydsza niż normalnie. Zręcznie, przyznaję, pojęłaś Scoia'tael, spodobały ci się hasełka. Wiesz, dlaczego ich tak dobrze rozumiesz? Bo Scoia'tael to też jest smarkateria. To gówniarze, którzy nie rozumieją, że ich podpuszczono, że ktoś wykorzystuje ich szczeniacką głupotę, karmiąc sloganami o wolności.

– Ale przecież oni naprawdę walczą o wolność – Ciri uniosła głowę, spojrzała na krasnoluda szeroko otwartymi zielonymi oczyma. – Tak jak driady w lesie Brokilon. Zabijają ludzi, bo ludzie... niektórzy ludzie ich krzywdzą. Bo to kiedyś był wasz kraj, krasnoludów i elfów, i tych... niziołków, gnomów i innych... A teraz są tu ludzie, więc elfy...

– Elfy! – parsknął Yarpen. – Jeżeli chodzi o ścisłość, one akurat są tu takimi samymi przybłędami jak i wy, ludzie, choć przybyły na swoich białych okrętach dobre tysiąc lat przed wami. Teraz to na wyprzódki pchają się z przyjaźnią, teraz to jesteśmy bracia, teraz to zęby szczerzą, gadają: „my, pobratymcy", „my, Starsze Ludy". A dawniej, kur... Hm, hm... Dawniej to świszczały nam ich strzały koło uszu, gdyśmy...

– To pierwsze na świecie były krasnoludy?

– Gnomy, jeśli idzie o ścisłość. I jeśli idzie o tę część świata. Bo świat jest niewyobrażalnie wielki, Ciri.

– Wiem. Widziałam mapę...

– Nie mogłaś widzieć. Nikt jeszcze nie narysował takiej mapy i wątpię, by prędko to nastąpiło. Nikt nie wie, co jest tam, za Ognistymi Górami i Wielkim Morzem. Nawet elfy, chociaż te chwalą się, że wszystko wiedzą. Gówno wiedzą, powiadam ci.

– Hmm... Ale teraz... Ludzi jest przecież dużo więcej niż... Niż was.

– Bo mnożycie się jak króliki – zgrzytnął zębami krasnolud. – Nic, tylko byście się chędożyli, w kółko, bez wyboru, z kim popadło i gdzie popadło. A waszym kobietom wystarczy byle siąść na męskich portkach, by im brzuch urósł... Czegoś tak pokraśniała, myślałby kto: maczek polny? Chciałaś rozumieć, tak czy nie? To i masz szczerą prawdę i wierną historię świata, którym włada ten, kto sprawniej rozłupuje innym czaszki i w szybszym tempie nadmuchuje baby. A z wami, ludźmi, trudno konkurować, zarówno w mordowaniu, jak i w chędożeniu...

– Yarpen – rzekł zimno Geralt, podjeżdżając do nich na Płotce. – Powściągnij się nieco, jeśli łaska, w doborze słów. A ty, Ciri, przestań zabawiać się w woźnicę, zajrzyj do Triss, sprawdź, czy się nie obudziła i czy czegoś nie potrzebuje.

– Obudziłam się już dawno – odezwała się słabym głosem czarodziejka z głębi wozu. – Ale nie chciałam... przerywać tej ciekawej konwersacji. Nie przeszkadzaj, Geralt. Chciałabym... dowiedzieć się czegoś więcej o wpływie chędożenia na rozwój społeczeństw.

•

– Czy mogę zagrzać trochę wody? Triss chce się umyć.

– Grzej – zgodził się Yarpen Zigrin. – Xavier, zdejmij rożen z ognia, nasz zajączek ma już dość. Daj kociołek, Ciri. O żeż ty, pełny po brzegi! Sama przytaszczyłaś ze strumienia taki ciężar?

– Jestem silna.

Starszy z braci Dahlbergów parsknął śmiechem.

– Nie sądź wedle pozorów, Paulie – powiedział poważnie Yarpen, sprawnie rozdzielając upieczonego szaraka na porcje. – Tu się nie ma z czego śmiać. Szczuplaczek to, ale ja widzę, że krzepka i wytrzymała z niej dziewusia. Ona jest jak skórzany pasek: niby cienki, a w rękach nie rozerwiesz. A jakbyś się na nim powiesił, to też wytrzyma.

Nikt się nie zaśmiał. Ciri przykucnęła obok rozwalonych wokół ogniska krasnoludów. Tym razem Yarpen Zigrin i czwórka jego „chłopaków" rozpaliła na biwaku własne ognisko, bo zającem, którego ustrzelił Xavier Moran, nie zamierzali się dzielić. Dla nich samych jadła starczyło na jedno, góra dwa kłapnięcia szczęk.

– Dorzućcie do ognia – rzekł Yarpen, oblizując palce. – Woda szybciej się zagrzeje.

– Z tą wodą to głupota – zawyrokował Regan Dahlberg, wypluwszy kość. – Mycie może choremu tylko zaszkodzić. Zdrowemu zresztą też. Pamiętacie starego Schradera? Żona mu się raz kazała umyć i Schraderowi zmarło się wkrótce po tym.

– Bo go wściekły pies pokąsał.

– Jakby się nie umył, toby go pies nie pokąsał.

– Ja też myślę – odezwała się Ciri, sprawdzając palcem temperaturę wody w kociołku – że to przesada myć się codziennie. Ale Triss prosi, a raz się nawet popłakała... Więc Geralt i ja...

– Wiemy – kiwnął głową starszy Dahlberg. – Ale że wiedźmin... Z podziwu wyjść nie mogę. Hej, Zigrin, gdybyś ty miał babę, myłbyś ją i czesał? Nosiłbyś ją na rękach w krzaki, gdyby musiała...

– Zamknij się, Paulie – przerwał mu Yarpen. – Nie mów nic na wiedźmina, bo to porządny chłop.

– Albo to ja mówię co? Dziwię się tylko...

– Triss – wtrąciła zadziornie Ciri – wcale nie jest jego babą.

– Tym mocniej się dziwię.

– Tym większy z ciebie bałwan, znaczy się – podsumował Yarpen. – Ciri, odlej trochę wody na wrzątek, naparzymy czarodziejce jeszcze szafranu z makownikiem. Dzisiaj chyba było jej już lepiej, hę?

– Chyba – mruknął Yannick Brass. – Musieliśmy zatrzymywać dla niej konwój tylko sześć razy. Ja wiem, że nie lza było odmówić pomocy na szlaku, kiep ten, kto myśli inaczej. A kto by odmówił, ten arcykiep byłby i podły skurwiel. Ale za długo my w tych lasach tkwimy, za długo, powiadam wam. Kusimy los, cholera, zanadto my los kusimy, chłopaki. Tu nie jest bezpiecznie. Scoia'tael...

– Wypluj to słowo, Yannick.

– Tfu, tfu. Yarpen, mnie bitka niestraszna, a krew nie pierwszyzna, ale... Gdyby przyszło bić się ze swoimi... Psiamać! Dlaczego to na nas wypadło? Ten zasrany ładunek powinna konwojować zasrana secina konnych, nie my! Niech diabli porwą tych mądrali z Ard Carraigh, niech ich...

– Zamknij się, powiedziałem. Dawaj lepiej garnek z kaszą. Zajączkiem, taka jego mać, zakąsiliśmy, a teraz trzeba coś zjeść. Ciri, zjesz z nami?

– No pewnie.

Przez dłuższą chwilę słychać było wyłącznie mlaskanie, ciamkanie i chrobot zderzających się w garnku drewnianych łyżek.

– Zaraza – powiedział Paulie Dahlberg i beknął przeciągle. – Jeszcze bym coś zjadł.

– Ja też – oznajmiła Ciri i również beknęła, zachwycona bezpretensjonalnymi manierami krasnoludów.

– Byle nie kaszy – rzekł Xavier Moran. – W gębie mi już rosną te jagły. Solone mięso też mi obrzydło.

– To się trawy nażryj, jak masz taki delikatny smak.

– Albo brzozę okoruj zębami. Bobry tak robią i żyją.

– Bobra tobym zjadł.

– A ja rybę – rozmarzył się Paulie, z trzaskiem rozgryzając dobyty zza pazuchy suchar. – Na rybę mam chętkę, mówię wam.

– To nałapmy ryb.

– Gdzie? – warknął Yannick Brass. – W krzakach?

– W strumieniu.

– Też mi strumień. Na drugi brzeg naszczać można. Jaka tam może być ryba?

– Są tam ryby – Ciri oblizała łyżkę i wsunęła ją do cholewki. – Widziałam, gdy chodziłam po wodę. Ale to są jakieś chore ryby. Mają wysypkę. Czarne i czerwone plamy...

– Pstrągi! – ryknął Paulie, plując okruchami suchara. – Ano, chłopaki, w dyrdy do strumienia! Regan! Ściągaj portki! Zrobimy sak z twoich portek.

– Dlaczego z moich?

– Ściągaj, migiem, bo ci po karku nakładę, gówniarzu! Mówiła matka, że masz mnie słuchać?

– Pospieszcie się, jeśli chcecie rybaczyć, bo zmierzch tuż-tuż – powiedział Yarpen. – Ciri, woda się zagrzała? Zostaw, zostaw, poparzysz się i usmolisz kotłem. Wiem, że jesteś silna, ale pozwól, ja zaniosę.

Geralt czekał już na nich, z daleka dostrzegli jego białe włosy między rozchylonymi płachtami wozu. Krasnolud przelał wodę do cebrzyka.

– Potrzebujesz pomocy, wiedźminie?

– Nie, dziękuję, Yarpen. Ciri mi pomoże.

Triss nie miała już wysokiej gorączki, ale była potwornie osłabiona. Geralt i Ciri nabrali już wprawy w rozbieraniu jej i myciu, nauczyli się też hamować jej ambitne, ale niewykonalne na razie zapędy do samodzielności. Szło im nad wyraz sprawnie – on trzymał czarodziejkę w ramionach, ona myła i wycierała. Jedno tylko zaczynało Ciri dziwić i drażnić – Triss za mocno, jej zdaniem, tuliła się do Geralta. Tym razem próbowała go nawet całować.

Geralt ruchem głowy wskazał juki czarodziejki. Ciri pojęła w lot, bo to również należało do rytuału – Triss zawsze domagała się, by ją czesać. Odnalazła grzebień, uklękła obok. Triss, pochylając głowę w jej stronę, objęła wiedźmina. Zdaniem Ciri, zdecydowanie zbyt mocno.

– Och, Geralt – załkała. – Tak mi żal... Tak bardzo żałuję, że to, co było między nami...

– Triss, proszę cię.

– ...to powinno stać się... teraz. Gdy wyzdrowieję... Byłoby zupełnie inaczej... Mogłabym... Mogłabym nawet...

– Triss.

– Zazdroszczę Yennefer... Zazdroszczę jej ciebie...

– Ciri, wyjdź.

– Ale...

– Wyjdź, proszę.

Zeskoczyła z wozu, wpadając prosto na Yarpena, który czekał oparty o koło, gryząc w zamyśleniu długie źdźbło trawy. Krasnolud objął ją ramieniem. Nie musiał przy tym schylać się jak Geralt. Nie był od niej wcale wyższy.

– Nigdy nie popełnij podobnej pomyłki, mała wiedźminko – mruknął, pokazując oczami wóz. – Jeśli ktoś objawi ci współczucie, sympatię i poświęcenie, jeśli zadziwi cię prawością charakteru, ceń to, ale nie pomyl tego z... czymś innym.

– Nieładnie jest podsłuchiwać.

– Wiem. I niebezpiecznie. Ledwo zdążyłem odskoczyć, gdy wylałaś mydliny z cebra. Chodź, zobaczymy, ileż to pstrągów wpadło w portki Regana.

– Yarpen?

– Hę?

– Lubię cię.

– Ja ciebie też, kozo.

– Ale ty jesteś krasnolud. A ja nie.

– A co to ma... Aha. Scoia'tael. Chodzi ci o Wiewiórki, tak? Nie daje ci to spokoju, co?

Ciri wyzwoliła się spod ciężkiego ramienia.

– Tobie też nie daje – powiedziała. – I innym też nie. Przecież widzę.

Krasnolud milczał.

– Yarpen?

– Słucham.

– Kto ma słuszność? Wiewiórki czy wy? Geralt chce być... neutralny. Ty służysz królowi Henseltowi, choć jesteś krasnoludem. A rycerz w strażnicy krzyczał, że wszyscy są naszymi wrogami i że wszystkich trzeba... Wszystkich. Nawet dzieci. Dlaczego, Yarpen? Kto ma słuszność?

– Nie wiem – powiedział krasnolud z wysiłkiem. – Nie pojadłem wszystkich rozumów. Robię to, co uważam za dobre. Wiewiórki złapały za broń, poszły do lasu. Ludzi do morza, krzyczą, nie wiedząc, że nawet to chwytne hasełko podpowiedzieli im nilfgaardzcy emisariusze. Nie rozumiejąc, że to hasełko nie jest skierowane do nich, ale właśnie do ludzi, że ma wzbudzić ludzką nienawiść, nie zapał bitewny młodych elfów. Ja to zrozumiałem, dlatego to, co robią Scoia'tael, uważam za zbrodniczą głupotę. Cóż, może za kilka lat okrzykną mnie za to zdrajcą i zaprzedańcem, a ich będą nazywać bohaterami... Nasza historia, historia naszego świata, zna takie przypadki.

Zamilkł, potarmosił brodę. Ciri też milczała.

– Elirena... – mruknął nagle. – Jeśli Elirena była bohaterką, jeśli to, co zrobiła, nazywa się bohaterstwem, to trudno, niech mnie nazywają zdrajcą i tchórzem. Bo ja, Yarpen Zigrin, tchórz, zdrajca i renegat, twierdzę, że nie powinniśmy się nawzajem zabijać. Twierdzę, że musimy żyć. Żyć tak, by później nie musieć nikogo prosić o wybaczenie. Bohaterska Elirena... Ona musiała. Wybaczcie mi, błagała, wybaczcie. Do stu diabłów! Lepiej zginąć niż żyć ze świadomością, że zrobiło się coś, co wymaga wybaczenia.

Znowu zamilkł. Ciri nie zadawała pytań cisnących się jej na wargi. Instynktownie czuła, że nie powinna.

– Musimy żyć obok siebie – podjął Yarpen. – My i wy, ludzie. Bo po prostu nie mamy innego wyjścia. Od dwustu lat o tym wiemy, a od ponad stu pracujemy na to. Chcesz wiedzieć, dlaczego wstąpiłem na służbę do Henselta, dlaczego podjąłem taką decyzję? Nie mogę pozwolić, by praca ta poszła na marne. Sto lat z hakiem próbowaliśmy ułożyć się z ludźmi. Niziołki, gnomy, my, nawet elfy, bo nie mówię o rusałkach, nimfach czy sylfidach, to zawsze były dzikuski, nawet wówczas, gdy was w ogóle tu nie było. Do stu diabłów, trwało to sto lat, ale udało nam się jakoś ułożyć to wspólne życie, życie obok siebie, razem, udało nam się po części przekonać ludzi, że różnimy się od siebie bardzo mało...

– My się w ogóle nie różnimy, Yarpen.

Krasnolud obrócił się gwałtownie.

– Wcale się nie różnimy – powtórzyła Ciri. – Przecież ty myślisz i czujesz tak jak Geralt. I jak... jak ja. Jemy to samo, z jednego kociołka. Pomagasz Triss i ja też. Ty miałeś babkę i ja miałam babkę... Moją babkę zabili Nilfgaardczycy. W Cintrze.

– A moją ludzie – powiedział z wysiłkiem krasnolud. – W Brugge. W czasie pogromu.

•

– Jeźdźcy! – zawołał jeden z ludzi Wencka jadący w straży przedniej. – Jeźdźcy od czoła!

Komisarz podkłusował do wozu Yarpena, Geralt zbliżył się z drugiej strony.

– Do tyłu, Ciri – powiedział ostro. – Złaź z kozła i do tyłu. Bądź przy Triss.

– Stamtąd niczego nie widać!

– Nie dyskutuj! – warknął Yarpen. – Jazda do tyłu, ale już! I podaj mi nadziak. Leży pod kożuchem.

– To? – Ciri uniosła ciężki, paskudnie wyglądający przedmiot, przypominający młotek z ostrym, lekko zakrzywionym hakiem na drugim końcu obucha.

– To – potwierdził krasnolud. Wsunął trzonek nadziaka do cholewy, a topór ułożył na kolanach. Wenck, pozornie spokojny, patrzył na gościniec, przysłaniając oczy dłonią.

– Lekka jazda z Ban Gleán – ocenił po chwili. – Tak zwana Bura Chorągiew, poznaję po płaszczach i bobrzych kołpakach. Proszę zachować spokój. Czujność również. Płaszcze i bobrze kołpaki dość łatwo zmieniają właścicieli.

Jeźdźcy zbliżali się szybko. Było ich około dziesięciu. Ciri widziała, jak na wozie za nimi Paulie Dahlberg kładzie na kolanach dwie napięte kusze, a Regan nakrywa je opończą. Cichcem wylazła spod płachty, kryjąc się jednakowoż za szerokimi plecami Yarpena. Triss spróbowała unieść się, zaklęła, opadła na posłanie.

– Stój! – krzyknął pierwszy z konnych, niewątpliwie dowódca. – Ktoście są? Skąd i dokąd jadą?

– A kto pyta? – Wenck spokojnie wyprostował się w siodle. – I jakim czołem?

– Wojsko króla Henselta, mości ciekawski! Pyta dziesiętnik Zyvik, a nie zwykł on pytań powtarzać! Odpowiadać tedy, a żywo! Ktoście są?

– Służba kwatermistrzowska królewskiej armii.

– Każdy może tak rzec! Nie widzę tu nikogo w królewskich barwach!

– Zbliż się, dziesiętniku, i przyjrzyj uważnie temu pierścieniowi.

– Co wy mi tu pierścieniami błyskacie? – wykrzywił się żołdak. – Co to ja wszystkie pierścienie znam, czy jak? Taki pierścień każdy może mieć. Też mi ważny znak!

Yarpen Zigrin wstał na koźle, podniósł topór i szybkim ruchem podsunął go żołnierzowi pod nos.

– A taki znak – warknął – znasz? Powąchaj i zapamiętaj zapach.

Dziesiętnik szarpnął wodze, obrócił konia.

– Straszyć mnie będziecie? – ryknął. – Mnie? Ja w królewskiej służbie jestem!

– I my też – rzekł cicho Wenck. – I to zapewne dłużej niż ty. Nie ciskaj się, żołnierzu, dobrze ci radzę.

– Ja straż tu pełnię! Skąd mam wiedzieć, coście za jedni?

– Widziałeś pierścień – wycedził komisarz. – A jeśli znaku na klejnocie nie poznałeś, to zastanawiam się, coś ty za jeden. Na proporcu Burej Chorągwi jest takie samo godło, powinneś więc je znać.

Żołnierz zmitygował się wyraźnie, na co zapewne w równej mierze miały wpływ spokojne słowa Wencka, jak i ponure, zawzięte gęby wychylającej się z furgonów eskorty.

– Hmm... – powiedział, przesuwając kołpak w stronę lewego ucha. – Dobrze. Ale jeśliście zaprawdę ci, za których się podajecie, nie będziecie, tuszę, mieć nic przeciw, jeśli spojrzę, cóż to na wozach wieziecie.

– Będziemy – zmarszczył brwi Wenck. – I to nawet bardzo. Nic ci do naszego ładunku, dziesiętniku. Nie pojmuję zresztą, czego chciałbyś w nim szukać.

– Nie pojmujecie – pokiwał głową żołnierz, opuszczając rękę w stronę rękojeści miecza. – Tedy powiem wam, panie. Handel ludźmi zakazany jest, a nie brakuje łotrów, co sprzedają niewolnych Nilfgaardowi. Jeśli ludzi w dybach na wozach znajdę, nie wmówicie mi, żeście u króla w służbie. Choćbyście i tuzin pierścieni pokazali.

– Dobrze – rzekł sucho Wenck. – Jeśli o niewolników chodzi, szukaj. Na to pozwalam.

Żołdak podjechał stępa do środkowego furgonu, przechylił się na kulbace, uniósł płachtę.

– Co jest w tych beczkach?

– A co ma być? Niewolnicy? – zadrwił Yannick Brass, rozparty na koźle.

– Pytam, co? Odpowiedzcie tedy!

– Solone ryby.

– A w skrzyniach owych? – wojak podjechał do następnego wozu, kopnął w burtę.

– Podkowy – odburknął Paulie Dahlberg. – A tam, w tyle, to są bawole skóry.

– Widzę – machnął ręką dziesiętnik, cmoknął na konia, podjechał na czoło, zajrzał do wozu Yarpena.

– A co to za niewiasta tam leży?

Triss Merigold uśmiechnęła się słabo, uniosła na łokciu, wykonując dłonią krótki, zawiły gest.

– Kto, ja? – spytała cichutko. – Przecież ty mnie wcale nie widzisz.

Żołnierz zamrugał nerwowo, wzdrygnął się lekko.

– Solone ryby – powiedział z przekonaniem, opuszczając płachtę. – W porządku. A ten dzieciak?

– Suszone grzyby – powiedziała Ciri, patrząc na niego bezczelnie. Żołnierz zamilkł, zamarł z otwartymi ustami.

– Że jak? – spytał po chwili, marszcząc czoło. – Co?

– Zakończyłeś kontrolę, wojaku? – zainteresował się chłodno Wenck, podjeżdżając z drugiej strony furgonu. Żołnierz z wysiłkiem oderwał wzrok od zielonych oczu Ciri.

– Zakończyłem. Jedźcie, niech bogowie prowadzą. Ale miejcie baczenie. Dwa dni temu nazad Scoia'tael wyrżnęli w pień patrol konny przy Borsuczym Jarze. To było silne, liczne komando. Prawda, Borsuczy Jar daleko stąd, ale elf idzie lasem szybciej od wiatru. Dano nam rozkaz obławę zamykać, ale złowisz to elfa? To właśnie jakby wiatr chcieć łowić...

– Dobrze już, nie ciekawiśmy – przerwał opryskliwie komisarz. – Czas nagli, przed nami droga daleka.

– Bywajcie tedy. Hej, za mną!

– Słyszałeś, Geralt? – warknął Yarpen Zigrin, patrząc w ślad za odjeżdżającym patrolem. – Są cholerne Wiewióry w okolicy. Czułem to. Cały czas mam mrówki na plecach, jakby mi już ktoś z łuku prosto w krzyże mierzył. Nie, psiakrew, nie możemy tak jak do tej pory jechać na oślep, pogwizdując, drzemiąc i popierdując sennie. Musimy wiedzieć, co przed nami. Posłuchaj, mam pomysł.

•

Ciri ostro poderwała kasztana, poszła od razu w galop, nisko pochylając się w siodle. Geralt, pogrążony w rozmowie z Wenckiem, wyprostował się nagle.

– Nie wariuj! – zawołał. – Bez szaleństw, dziewczyno! Chcesz kark skręcić? I nie odjeżdżaj za daleko...

Więcej nie usłyszała, zbyt ostro wyrywała do przodu. Robiła to celowo, nie miała ochoty wysłuchiwać codziennych pouczeń. Nie za szybko, nie za ostro, Ciri! *Pah-pah.* Nie oddalaj się! *Pah-pah-pah.* Bądź ostrożna! *Pah-pah!* Zupełnie jakbym była dzieckiem, pomyślała. A ja mam prawie trzynaście lat, szybkiego kasztanka i ostry miecz na plecach. I nie boję się niczego!

I jest wiosna!

– Hej, uważaj, tyłek sobie odparzysz!

Yarpen Zigrin. Jeszcze jeden mądrala. *Pah-pah!*

Dalej, dalej, w galop, po wyboistej drodze, przez zieloniutkie trawy i krzaczki, przez srebrne kałuże, przez złoty wilgotny piach, przez pierzaste paprocie. Spłoszony daniel zmyka w las, świeci w podskokach czarno-białą latarnią zadu. Z drzew wzbijają się ptaki – kolorowe sójki i żołny, czarne wrzaskliwe sroki o śmiesznych ogonach. Pryska spod kopyt woda w kałużach i rozpadlinach.

Dalej, jeszcze dalej! Koń, który zbyt długo dreptał niemrawo za wozem, niesie radośnie i szybko, szczęśliwy pędem, biegnie płynnie, mięśnie grają między udami, wilgotna grzywa chlaszcze po twarzy. Koń wyciąga szyję, Ciri oddaje wodze. Dalej, koniku, nie czuj wędzidła ni munsztuka, dalej, w cwał, w cwał, ostro, ostro! Wiosna!

Zwolniła, obejrzała się. No, nareszcie sama. Nareszcie daleko. Nikt już nie skarci, nie upomni, nie zwróci uwagi, nie zagrozi, że skończą się te przejażdżki. Nareszcie sama, wolna, swobodna i niezależna.

Wolniej. Lekki kłus. W końcu to nie przejażdżka dla samej rozrywki, ma się też pewne obowiązki. W końcu jest się teraz konnym podjazdem, patrolem, strażą przednią. Ha, myśli Ciri, rozglądając się, bezpieczeństwo całego konwoju zależy teraz ode mnie. Wszyscy niecierpliwie czekają, aż wrócę i zamelduję: droga wolna i przejezdna, nikogo nie widziałam, nie ma śladów ani kół, ani kopyt. Zamelduję, a wówczas chudy pan Wenck o zimnych błękitnych oczach kiwnie poważnie głową, Yarpen Zigrin wyszczerzy żółte końskie zęby, Paulie Dahlberg krzyknie: „Dobra jest, mała!", a Geralt uśmiechnie się leciutko. Uśmiechnie się, chociaż ostatnio uśmiecha się tak rzadko.

Ciri rozgląda się, notuje w pamięci. Dwie powalone brzózki – żaden problem. Kupa gałęzi – nic, wozy przejdą. Wymyta deszczem rozpadlina – mała przeszkoda, koła pierwszego wozu rozjadą ją, następne pójdą koleinami. Wielka polana – dobre miejsce na popas...

Ślady? Jakie tu mogą być ślady. Nikogo tu nie ma. Jest las. Są ptaki wrzeszczące wśród świeżych zielonych listków. Brudnorudy lis przebiega bez pośpiechu przez drogę... I wszystko pachnie wiosną.

Szlak łamie się w połowie wzgórza, ginie w piaszczystym wąwozie, wchodzi pod krzywe sosenki, czepiające się zbocza. Ciri porzuca drogę, wspina na stromiznę, chcąc z wysokości rozejrzeć się po okolicy. I by móc dotknąć mokrych, pachnących liści...

Zsiadła, zarzuciła wodze na sęk, wolno przeszła się wśród porastających górkę jałowców. Po drugiej stronie wzgórza widniała otwarta przestrzeń, ziejąca w gęstwie lasu jak wygryziona dziura – zapewne ślad po pożarze, który szalał tu bardzo dawno temu, bo nigdzie nie czerniło się pogorzelisko, wszędzie było zielono od niskich brzózek i jodełek. Szlak, jak okiem sięgnąć, wydawał się wolny i przejezdny.

I bezpieczny.

Czego oni się boją, pomyślała. Scoia'tael? A czego się tu bać? Ja się nie boję elfów. Niczego im nie zrobiłam.

Elfy. Wiewiórki. Scoia'tael.

Zanim Geralt rozkazał jej odejść, Ciri zdążyła przyjrzeć się trupom w strażnicy. Zapamiętała zwłaszcza jednego – z twarzą zasłoniętą zlepionymi zbrązowiałą krwią włosami, z szyją nienaturalnie skręconą i wygiętą. Ściągnięta w stężałym, upiornym grymasie górna warga odsłaniała zęby, bardzo białe i bardzo drobne, nieludzkie. Zapamiętała buty elfa, zniszczone i wytarte, długie do kolan, u dołu sznurowane, u góry zapinane na liczne kute klamerki.

Elfy, które zabijają ludzi, które same giną w walce. Geralt mówi, że trzeba zachować neutralność... A Yarpen, że trzeba postępować tak, by nie musieć prosić o wybaczenie...

Kopnęła kretowisko, w zamyśleniu grzebała obcasem w piasku.

Kto i komu, komu i co powinien wybaczać?

Wiewiórki zabijają ludzi. A Nilfgaard im za to płaci. Posługuje się nimi. Podżega. Nilfgaard.

Ciri nie zapomniała, choć bardzo chciała zapomnieć. O tym, co wydarzyło się w Cintrze. O tułaczce, rozpaczy, strachu, głodzie i bólu. O marazmie i otępieniu, które przyszły później, dużo później, gdy odnaleźli ją i przygarnęli druidzi z Zarzecza. Pamiętała to jak przez mgłę, a chciała przestać pamiętać.

Ale to wracało. Wracało w myślach, w snach. Cintra. Tętent koni i dzikie krzyki, trupy, pożar... I czarny rycerz w skrzydlatym hełmie... A później... Chaty na Zarzeczu... Osmalony komin wśród zgliszcz... Obok, przy nie tkniętej studni, czarny kot liżący straszną oparzelinę na boku. Studnia... Żuraw... Wiadro...

Wiadro pełne krwi.

Ciri przetarła twarz, spojrzała na dłoń, zaskoczona. Dłoń była mokra. Dziewczynka pociągnęła nosem, otarła łzy rękawem.

Neutralność? Obojętność? Chciało jej się krzyczeć. Wiedźmin patrzący obojętnie? Nie! Wiedźmin ma bronić ludzi. Przed leszym, wampirem, wilkołakiem. I nie tylko. Ma ich bronić przed każdym złem. A ja na Zarzeczu widziałam, co to jest zło.

Wiedźmin ma bronić i ratować. Bronić mężczyzn, by nie wieszano ich za ręce na drzewach, nie wbijano na pale. Bronić jasnowłosych dziewczyn, by nie rozkrzyżowywano ich między wbitymi w ziemię kołkami. Bronić dzieci, by ich nie zarzynano i nie wrzucano do studni. Na obronę zasługuje nawet kot poparzony w podpalonej stodole. Dlatego ja zostanę wiedźminką, dlatego mam miecz, by bronić takich, jak ci z Sodden i Zarzecza, bo oni mieczy nie mają, nie znają kroków, półobrotów, uników i piruetów, nikt ich nie nauczył, jak walczyć, są bezbronni i bezsilni wobec wilkołaka i nilfgaardzkiego marudera. Mnie uczą walki. Bym mogła bronić bezbronnych. I będę to robić. Zawsze. Nigdy nie będę neutralna. Nigdy nie będę obojętna.

Nigdy!

Nie wiedziała, co ją ostrzegło – czy była to nagła cisza padająca na las jak zimny cień, czy też ruch złowiony kątem oka. Ale zareagowała błyskawicznie, odruchowo – odruchem nabytym i wyuczonym w borach Zarzecza, wtedy, gdy uchodząc z Cintry, ścigała się ze śmiercią. Padła na ziemię, wczołgała pod krzak jałowca i zamarła w bezruchu. Byle tylko koń nie zarżał, pomyślała.

Na przeciwległym zboczu wąwozu coś poruszyło się znowu, dostrzegła sylwetkę majaczącą, rozmazującą się wśród listowia. Elf ostrożnie wyjrzał z zarośli. Odrzuciwszy z głowy kaptur, rozglądał się przez chwilę, nasłuchiwał, potem bezszelestnie i szybko ruszył granią. W ślad za nim wychynęło z gęstwy jeszcze dwóch. A potem ruszyli następni. Wielu. Długim rzędem, gęsiego. Około połowy było konno – ci jechali powoli, wyprostowani w siodłach, sprężeni, czujni. Przez chwilę widziała wszystkich wyraźnie i dokładnie, gdy w zupełnej ciszy przesuwali się na tle nieba, w jasnej wyrwie w ścianie drzew, nim znikli, roztopili się w rozmigotanym cieniu kniei. Znikli bez szmeru i szelestu, jak duchy. Nie tupnął ani nie prychnął żaden koń, nie trzasnęła gałązka pod stopą ani podkową. Nie brzęknęła broń, którą byli obwieszeni.

Znikli, ale Ciri nie poruszyła się, leżała przypłaszczona do ziemi pod jałowcem, starając się oddychać jak najciszej. Wiedziała, że może ją zdradzić spłoszony ptak lub zwierz, a ptaka lub zwierza mógł spłoszyć każdy szmer i każdy ruch – nawet najmniejszy, najostrożniejszy. Wstała dopiero wtedy, gdy las uspokoił się zupełnie, a wśród drzew, między którymi znikły elfy, zajazgotały sroki.

Wstała po to tylko, by znaleźć się w silnym uchwycie ramion. Czarna skórzana rękawica spadła na jej usta, stłumiła krzyk przestrachu.

– Bądź cicho.

– Geralt?

– Cicho, mówiłem.

– Widziałeś?

– Widziałem.

– To oni... – szepnęła. – Scoia'tael. Tak?

– Tak. Szybko, do koni. Patrz pod nogi.

Ostrożnie i cicho zjechali ze wzgórza, ale nie wrócili na trakt, zostali w gęstwinie. Geralt rozglądał się czujnie, nie pozwolił jej na samodzielną jazdę, nie oddał wodzy kasztana, prowadził go sam.

– Ciri – powiedział nagle. – Ani słowa o tym, cośmy widzieli. Ani Yarpenowi, ani Wenckowi. Nikomu. Rozumiesz?

– Nie – burknęła, opuszczając głowę. – Nie rozumiem. Dlaczego mam milczeć? Przecież trzeba ich ostrzec. Za kim my jesteśmy, Geralt? Przeciw komu? Kto jest naszym przyjacielem, a kto wrogiem?

– Jutro odłączymy się od konwoju – powiedział po chwili milczenia. – Triss jest już prawie zdrowa. Pożegnamy się i pojedziemy naszą własną drogą. Będziemy mieli nasze własne problemy, własne zmartwienia i własne trudności. Wtedy, mam nadzieję, przestaniesz wreszcie próbować dzielić mieszkańców naszego świata na przyjaciół i wrogów.

– Mamy być... neutralni? Obojętni, tak? A jeśli napadną...

– Nie napadną.

– A jeśli...

– Posłuchaj mnie – odwrócił się ku niej. – Jak sądzisz, dlaczego transport o tak dużym znaczeniu, ładunek złota i srebra, sekretna pomoc króla Henselta dla Aedirn, eskortowany jest przez krasnoludów, a nie przez ludzi? Ja już wczoraj widziałem elfa, który obserwował nas z drzewa. Słyszałem, jak przeszli w nocy obok obozu. Scoia'tael nie zaatakują krasnoludów, Ciri.

– Ale są tu – mruknęła. – Są. Kręcą się, otaczają nas...

– Ja wiem, dlaczego oni tu są. Pokażę ci.

Raptownie obrócił konia, rzucił jej wodze. Trąciła kasztana piętami, ruszyła szybciej, ale gestem rozkazał jej zostać z tyłu. Przecięli szlak, wjechali znowu w knieję. Wiedźmin prowadził, Ciri jechała śladem. Obydwoje milczeli. Długo.

– Spójrz – Geralt wstrzymał konia. – Spójrz, Ciri.

– Co to jest? – westchnęła.

– Shaerrawedd.

Przed nimi, jak daleko pozwalał widzieć las, piętrzyły się gładko ociosane bloki granitu i marmuru o stępionych, zaokrąglonych przez wichry krawędziach, ozdobione wzorami wyługowanymi przez deszcze, spękane, potrzaskane przez mrozy, porozsadzane korzeniami drzew. Wśród pni błyskały bielą złamane kolumny, arkady, resztki fryzów oplecione bluszczem, otulone grubą warstwą zielonego mchu.

– Tu był... zamek?

– Pałac. Elfy nie budowały zamków. Zsiądź. Konie nie poradzą sobie wśród gruzów.

– Kto zniszczył to wszystko? Ludzie?

– Nie. Oni. Zanim odeszli.

– Dlaczego to zrobili?

– Wiedzieli, że już tu nie wrócą. To było po drugim starciu między nimi a ludźmi, ponad dwieście lat temu. Przedtem wycofując się zostawiali miasta nie tknięte. Ludzie budowali na elfich fundamentach. Tak powstały Novigrad, Oxenfurt, Wyzima, Tretogor, Maribor, Cidaris. I Cintra.

– Cintra też?

Potwierdził skinieniem głowy, nie odrywając wzroku od ruin.

– Odeszli stąd – szepnęła Ciri – ale teraz wracają. Dlaczego?

– Żeby popatrzeć.

– Na co?

Bez słowa położył jej dłoń na ramieniu, popchnął lekko przed sobą. Zeskoczyli z marmurowych schodów, zeszli niżej, przytrzymując się sprężystych leszczyn, kępami przebijających się z każdej wyrwy, z każdej szczeliny w omszałych, spękanych płytach.

– Tu było centrum pałacu. Jego serce. Fontanna.

– Tu? – zdziwiła się, patrząc na zbity gąszcz olch i białe pnie brzóz wśród niekształtnych brył i bloków. – Tutaj? Tutaj nic nie ma.

– Chodź.

Strumień zasilający fontannę musiał często zmieniać koryto, cierpliwie i nieustannie podmywał marmurowe bloki i alabastrowe płyty, te zaś osuwały się, tworząc tamy, znów kierując nurt w inną stronę. W rezultacie cały teren pocięty był płytkimi jarami. Gdzieniegdzie woda spływała kaskadami po resztkach budowli, omywając je z liści, piachu i ściółki – w tych miejscach marmur, terakota i mozaika wciąż tryskały kolorem i świeżością, jak gdyby leżały tu od trzech dni, a nie dwóch stuleci.

Geralt przeskoczył strumień, wszedł pomiędzy resztki kolumn. Ciri podążyła za nim. Zeskoczyli ze zrujnowanych schodów, schylając głowy weszli pod nie tknięty łuk arkady, na wpół zagrzebanej w wale ziemnym. Wiedźmin zatrzymał się, wskazał ręką. Ciri westchnęła głośno.

Z barwnego od potłuczonej terakoty rumowiska wyrastał wielki krzak róż, obsypany dziesiątkami przepięknych białoliliowych kwiatów. Na płatkach połyskiwały krople rosy, błyszczące jak srebro. Krzak oplatał pędami dużą płytę z białego kamienia. A z płyty spoglądała na nich smutna urodziwa twarz, której delikatnych i szlachetnych rysów nie zdołały zamazać i rozmyć ulewy i śniegi. Twarz, której nie zdołały zeszpecić dłuta grabieżców wydłubujących z płaskorzeźby złote ornamenty, mozaikę i szlachetne kamienie.

– Aelirenn – powiedział Geralt po długim milczeniu.

– Jest piękna – szepnęła Ciri, chwytając go za rękę. Wiedźmin jakby tego nie zauważył. Patrzył na rzeźbę i był daleko, daleko, w innym świecie i czasie.

– Aelirenn – powtórzył po chwili. – Przez krasnoludów i ludzi nazywana Elireną. Poprowadziła ich do walki dwieście lat temu. Starszyzna elfów była temu przeciwna. Wiedzieli, że nie mają szans. Że mogą nie podnieść się już po klęsce. Chcieli ratować swój lud, chcieli przetrwać. Postanowili zniszczyć miasta, wycofać się w niedostępne, dzikie góry... i czekać. Elfy są długowieczne, Ciri. Według naszej miary czasu, prawie nieśmiertelne. Ludzie wydawali się im czymś, co przeminie jak susza, jak sroga zima, jak plaga szarańczy, po których przychodzi deszcz, wiosna, nowy urodzaj. Chcieli przeczekać. Przetrwać. Postanowili zniszczyć miasta i pałace. W tym i ich dumę – piękne Shaerrawedd. Chcieli przetrwać, ale Elirena... Elirena poderwała młodzież. Porwali za broń i poszli za nią na ostatni rozpaczliwy bój. I zmasakrowano ich. Bezlitośnie zmasakrowano.

Ciri milczała, wpatrzona w piękne i martwe oblicze.

– Ginęli z jej imieniem na ustach – podjął cicho wiedźmin. – Powtarzając jej wezwanie, jej krzyk, ginęli za Shaerrawedd. Bo Shaerrawedd było symbolem. Ginęli za kamień i marmur... i za Aelirenn. Tak jak im obiecała, ginęli godnie, bohatersko, z honorem. Ocalili honor, ale zgubili, skazali na zagładę własną rasę. Własny lud. Pamiętasz, co mówił ci Yarpen? Kto panuje nad światem, a kto wymiera? Wyjaśnił ci to grubiańsko, ale prawdziwie. Elfy są długowieczne, ale wyłącznie ich młodzież jest płodna, tylko młodzież może mieć potomstwo. A prawie cała elfia młodzież poszła wówczas za Elireną. Za Aelirenn, za Białą Różą z Shaerrawedd. Stoimy wśród ruin jej pałacu, przy fontannie, której plusku słuchała wieczorami. A to... to były jej kwiaty.

Ciri milczała. Geralt przyciągnął ją do siebie, objął.

– Czy teraz wiesz, dlaczego Scoia'tael byli tu, czy wiesz, na co chcieli popatrzeć? I czy rozumiesz, że nie wolno dopuścić, by elfia i krasnoludzka młodzież ponownie dała się zmasakrować? Czy rozumiesz, że ani mnie, ani tobie nie wolno przyłożyć ręki do tej masakry? Te róże kwitną cały rok. Powinny zdziczeć, a są piękniejsze niż róże z pielęgnowanych ogrodów. Do Shaerrawedd, Ciri, wciąż przychodzą elfy. Różne elfy. Te zapalczywe i głupie, dla których symbolem jest spękany kamień. I te rozumne, dla których symbolem są te nieśmiertelne, wiecznie odradzające się kwiaty. Elfy, które rozumieją, że jeśli wyrwie się ten krzak i wypali ziemię, róże z Shaerrawedd nie rozkwitną już nigdy. Czy rozumiesz to?

Kiwnęła głową.

– Czy rozumiesz teraz, czym jest neutralność, która tak cię porusza? Być neutralnym to nie znaczy być obojętnym i nieczułym. Nie trzeba zabijać w sobie uczuć. Wystarczy zabić w sobie nienawiść. Czy zrozumiałaś?

– Tak – szepnęła. – Teraz zrozumiałam. Geralt, ja... chciałabym wziąć jedną... Jedną z tych róż. Na pamiątkę. Czy mogę?

– Weź – powiedział po chwili wahania. – Weź, aby pamiętać. Chodźmy już. Wracajmy do konwoju.

Ciri wpięła różę pod sznurowania kubraczka. Nagle krzyknęła cicho, uniosła rękę. Strużka krwi spłynęła jej z palca do wnętrza dłoni.

– Ukłułaś się?

– Yarpen... – szepnęła dziewczynka, patrząc na krew, wypełniającą linię życia. – Wenck... Paulie...

– Co?

– Triss! – krzyknęła przenikliwie nieswoim głosem, wzdrygnęła się silnie, przetarła twarz przedramieniem. – Prędko, Geralt! Musimy... na pomoc! W konie, Geralt!

– Ciri! Co z tobą?

– Oni umierają!

•

Galopowała z uchem prawie przytulonym do szyi konia, popędzała wierzchowca krzykiem i uderzeniami pięt. Piach leśnej drogi pryskał spod kopyt. Z oddali usłyszała wrzask, poczuła dym.

Z przeciwka, tarasując szlak, pędziła ku niej dwójka koni wlokących za sobą uprząż, lejce i ułamany dyszel. Ciri nie wstrzymała kasztana, przemknęła obok w pełnym pędzie, płatki piany musnęły jej twarz. Z tyłu usłyszała rżenie Płotki i klątwy Geralta, który musiał wyhamować.

Wypadła za zakręt drogi, na dużą polanę.

Karawana płonęła. Z zarośli jak ogniste ptaki leciały ku wozom zapalone strzały, dziurawiąc płachty, wbijając się w deski. Scoia'tael, hałłakując i wrzeszcząc, rzucili się do ataku.

Ciri, nie zważając na dobiegające z tyłu krzyki Geralta, skierowała konia prosto na dwa pierwsze, wysforowane do przodu wozy. Jeden był przewrócony na bok, stał przy nim Yarpen Zigrin, z toporem w jednym ręku, z kuszą w drugim. U jego stóp, nieruchoma i bezwładna, w niebieskiej, zadartej do połowy ud sukience leżała...

– Triiiiiiss!!! – Ciri wyprostowała się w kulbace, walnęła konia piętami. Scoia'tael zwrócili się w jej stronę, koło uszu dziewczynki zawyły strzały. Zaszamotała głową, nie zwalniając galopu. Słyszała krzyk Geralta rozkazującego jej uciekać w las. Nie miała zamiaru usłuchać. Schyliła się, pomknęła wprost na szyjących do niej łuczników. Poczuła nagle przenikliwy zapach białej róży przypiętej do kubraczka.

– Triiiiiiss!!!

Elfy uskoczyły przed rozpędzonym koniem. Jednego zawadziła lekko strzemieniem. Usłyszała ostry świst, rumak targnął się, zakwiczał, rzucił w bok. Ciri zobaczyła strzałę wbitą głęboko poniżej kłębu, tuż przy jej udzie. Wyrwała stopy ze strzemion, poderwała się, przykucnęła w siodle, odbiła mocno i skoczyła.

Spadła miękko na pudło przewróconego furgonu, zabalansowała rękami i skoczyła znowu, lądując na ugiętych nogach obok Yarpena, ryczącego i wywijającego toporem. Obok, na drugim wozie, walczył Paulie Dahlberg, a Regan, odchylony w tył, wparty nogami w deskę, z trudem utrzymywał zaprzęg. Konie rżały dziko, tupały, szarpały dyszlem w strachu przed ogniem pożerającym płachtę.

Rzuciła się ku Triss leżącej wśród rozsypanych beczek i skrzyń, chwyciła ją za ubranie i zaczęła wlec w stronę przewróconego wozu. Czarodziejka jęczała, trzymając się za głowę nad uchem. Tuż obok Ciri załomotały nagle kopyta, zachrapały konie – dwóch elfów, wywijając mieczami, spychało ku niej ciskającego się wściekle Yarpena. Krasnolud wirował jak fryga, zwinnie odbijał toporem spadające na niego ciosy. Ciri słyszała klątwy, stęknięcia i jękliwy szczęk metalu.

Od płonącego konwoju odłączył się następny zaprzęg, gnał w ich stronę, wlokąc za sobą dym i płomień, siejąc zapalonymi szmatami. Woźnica zwisał bezwładnie z kozła, obok stał Yannick Brass, z trudem utrzymując równowagę. Jedną ręką dzierżył lejce, drugą odcinał się dwóm elfom galopującym po obu stronach furgonu. Trzeci Scoia'tael, równając się w pędzie z końmi zaprzęgu, pakował im w boki strzałę za strzałą.

– Skacz! – ryknął Yarpen, przekrzykując zgiełk. – Skacz, Yannick!

Ciri zobaczyła, jak do rozpędzonego wozu dopada w galopie Geralt, jak krótkim, oszczędnym cięciem miecza zmiata z siodła jednego elfa, a Wenck, doskakując z przeciwnej strony, rąbie drugiego, tego, który strzelał do koni. Yannick rzucił lejce i zeskoczył – wprost pod konia trzeciego Scoia'tael. Elf stanął w strzemionach i ciął go mieczem. Krasnolud upadł. W tym momencie płonący wóz wwalił się między walczących, roztrącił ich i rozproszył. Ciri w ostatniej chwili zdążyła odciągnąć Triss spod kopyt rozszalałych koni. Orczyca wyłamała się z trzaskiem, furgon podskoczył, zgubił koło i wywrócił się, rozsiewając dookoła ładunek i tlące się deski.

Ciri dowlokła czarodziejkę pod przewrócony wóz Yarpena. Pomógł jej w tym Paulie Dahlberg, który nagle znalazł się obok, a obydwoje osłonił Geralt, wpychając Płotkę pomiędzy nich a szarżujących Scoia'tael. Wokół wozu zakotłowało się, Ciri słyszała szczęk kling, krzyki, chrap koni, stuk kopyt. Yarpen, Wenck i Geralt, otoczeni przez elfów ze wszystkich stron, walczyli jak oszalałe diabły.

Walczących roztrącił nagle zaprzęg Regana mocującego się na koźle z pękatym niziołkiem w kabacie z rysiego futra. Niziołek siedział na Reganie i usiłował zakłuć go długim nożem.

Yarpen zręcznie wskoczył na wóz, złapał niziołka za kark i wykopał go za burtę. Regan wrzasnął przeszywająco, chwycił lejce, smagnął konie. Zaprzęg szarpnął, wóz potoczył się, błyskawicznie nabrał pędu.

– Kołem, Regan! – zaryczał Yarpen. – Kołem! Dookoła!

Wóz wykręcił i ponownie runął na elfów, roztrącając ich. Jeden przyskoczył, chwycił prawego lejcowego za uździenicę, ale nie zdołał go utrzymać, pęd wrzucił go pod kopyta i koła. Ciri usłyszała makabryczny krzyk.

Drugi elf, galopując obok, ciął mieczem na odlew. Yarpen uchylił się, brzeszczot zadzwonił o podtrzymującą płachtę obręcz, pęd przeniósł elfa do przodu. Krasnolud zgarbił się nagle, ostro machnął ręką. Scoia'tael wrzasnął i wyprężył się w siodle, runął na ziemię. Między jego łopatkami tkwił nadziak.

– No, chodźcie, skurwysyny!!! – ryczał Yarpen, młynkując toporem. – Który jeszcze? Goń w koło, Regan! W koło!

Regan, potrząsając zakrwawioną czupryną, kuląc się na koźle wśród świstu strzał, wył jak potępieniec i bezlitośnie smagał konie. Zaprzęg mknął po ciasnym kręgu, tworząc ruchomą, buchającą płomieniem i dymem zaporę wokół przewróconego wozu, pod który Ciri zawlokła półprzytomną, potłuczoną czarodziejkę.

Niedaleko nich tańczył koń Wencka, myszaty ogier. Wenck garbił się, Ciri widziała białe pióra strzały sterczącej mu z boku. Pomimo rany zręcznie odrąbywał się dwóm pieszym elfom atakującym go z obu stron. Na oczach Ciri druga strzała ugodziła go w plecy. Komisarz runął piersią na kark konia, ale utrzymał się w siodle. Paulie Dahlberg skoczył mu na odsiecz.

Ciri została sama.

Sięgnęła po miecz. Klinga, która podczas treningów wyskakiwała zza pleców jak błyskawica, teraz za nic nie dawała się wyciągnąć, opierała się, grzęzła w pochwie jak w smole. Wśród wrzącego dookoła wiru, wśród ruchów tak szybkich, że aż rozmazujących się w oczach, jej miecz zdawał się nienaturalnie i obco powolny, wydawało się, że miną wieki, zanim wysunie się całkowicie. Ziemia trzęsła się i dygotała. Ciri nagle zorientowała się, że to nie ziemia. Że to jej własne kolana.

Paulie Dahlberg, szachując toporem napierającego na niego elfa, wlókł po ziemi rannego Wencka. Obok wozu przemknęła Płotka, na elfa wpadł Geralt. Gdzieś zgubił opaskę, białe włosy powiewały w pędzie. Szczęknęły miecze.

Drugi Scoia'tael, pieszy, wyskoczył zza wozu. Paulie porzucił Wencka, wyprostował się, zawinął toporem. I zamarł.

Przed nim stał krasnolud w czapce ozdobionej wiewiórczym ogonem, z czarną brodą zaplecioną w dwa warkocze. Paulie zawahał się.

Czarnobrody nie wahał się ani sekundy. Uderzył oburącz. Ostrze topora warknęło i spadło, wcięło się w obojczyk z ohydnym chrupnięciem. Paulie upadł bez jęku, momentalnie, wyglądało to tak, jakby siła ciosu złamała pod nim oba kolana.

Ciri wrzasnęła.

Yarpen Zigrin zeskoczył z wozu. Czarnobrody krasnolud zawirował, ciął. Yarpen uniknął ciosu zwinnym półobrotowym unikiem, stęknął i straszliwie uderzył z dołu, rozrąbując czarną brodę, krtań, żuchwę i twarz – aż po nos. Scoia'tael wygiął się i runął na wznak, brocząc krwią, młócąc rękami i drąc obcasami ziemię.

– Geraaaalt! – wrzasnęła Ciri, czując za sobą ruch. Czując za sobą śmierć.

Był tylko niewyraźny, złowiony w obrocie kształt, ruch i błysk, ale dziewczynka zareagowała błyskawicznie, ukośną paradą i zwodem, których nauczono ją w Kaer Morhen. Wychwyciła cios, ale stała zbyt niepewnie, była zbyt wychylona w bok, by odebrać impet. Siła uderzenia cisnęła nią o pudło wozu. Miecz wyśliznął się z dłoni.

Stojąca przed nią piękna długonoga elfka w wysokich butach skrzywiła się okrutnie, uniosła miecz, potrząsając włosami, rozsypanymi spod odrzuconego kaptura. Miecz błysnął oślepiająco, błysnęły bransolety na przegubach Wiewiórki.

Ciri nie była w stanie się poruszyć.

Ale miecz nie spadł, nie uderzył. Bo elfka nie patrzyła na nią, lecz na białą różę przypiętą do kubraczka.

– Aelirenn! – krzyknęła Wiewiórka głośno, jak gdyby krzykiem tym chciała przełamać wahanie. Ale nie zdążyła. Geralt, odpychając Ciri, szeroko chlasnął ją mieczem przez pierś. Krew bryznęła na twarz i ubranie dziewczynki, czerwone plamki upstrzyły białe płatki róży.

– Aelirenn... – zajęczała rozdzierająco elfka, osuwając się na klęczki. Zanim upadła na twarz, zdążyła krzyknąć jeszcze raz. Głośno, przeciągle, rozpaczliwie.

– Shaerraweeeeedd!!!

•

Rzeczywistość wróciła równie nagle, jak nagle znikła. Poprzez wypełniający uszy jednostajny, głuchy szum Ciri zaczęła słyszeć głosy. Poprzez rozmigotaną i mokrą kurtynę łez zaczęła widzieć żywych i zabitych.

– Ciri – szepnął klęczący przy niej Geralt. – Ocknij się.

– Bitwa... – jęknęła, siadając. – Geralt, co...

– Już po wszystkim. Dzięki wojsku z Ban Gleán, które przyszło nam z pomocą.

– Nie byłeś... – szepnęła, zamykając oczy. – Nie byłeś neutralny...

– Nie byłem. Ale ty żyjesz. Triss żyje.

– Co z nią?

– Uderzyła się w głowę, wypadając z wozu, który Yarpen usiłował ocalić. Ale już jest sprawna. Leczy rannych.

Ciri rozejrzała się. Wśród dymu dopalających się furgonów migały sylwetki zbrojnych. A dookoła leżały skrzynie i beczki. Część z nich była rozbita, a zawartość rozsypana. Były to zwykłe, szare polne kamienie. Popatrzyła na nie ze zdumieniem.

– Pomoc dla Demawenda z Aedirn – zgrzytnął zębami stojący obok Yarpen Zigrin. – Pomoc sekretna i niezwykle ważna. Konwój o specjalnym znaczeniu!

– To była pułapka?

Krasnolud odwrócił się, spojrzał na nią, na Geralta. Potem znów popatrzył na wysypujące się z beczek kamienie, splunął.

– Tak – potwierdził. – Pułapka.

– Na Wiewiórki?

– Nie.

Zabitych ułożono równym szeregiem. Leżeli obok siebie nie rozdzieleni – elfy, ludzie i krasnoludy. Był wśród nich Yannick Brass. Była ciemnowłosa elfka w wysokich butach. I krasnolud z czarną, błyszczącą od skrzepłej krwi brodą, zaplecioną w warkoczyki. A obok nich...

– Paulie! – szlochał Regan Dahlberg, trzymając głowę brata na kolanach. – Paulie! Dlaczego?

Milczeli. Wszyscy. Nawet ci, którzy wiedzieli, dlaczego. Regan obrócił ku nim skrzywioną, mokrą od łez twarz.

– Co ja matce powiem? – zajęczał. – Co ja jej powiem?

Milczeli.

Niedaleko, otoczony żołnierzami w czarno-złotych barwach Kaedwen, leżał Wenck. Oddychał ciężko, a każdy wydech wypychał mu na wargi krwawe bańki. Obok klęczała Triss, nad nimi stał rycerz w lśniącej zbroi.

– No i co? – spytał rycerz. – Pani czarodziejko? Przeżyje?

– Zrobiłam, co mogłam – Triss wstała, zacisnęła usta. – Ale...

– Co?

– Używali tego – pokazała mu strzałę o dziwnym grocie, uderzyła nią w stojącą obok beczkę. Czubek strzały rozdzielił się, rozpękł na cztery kolczaste, haczykowate igły. Rycerz zaklął.

– Fredegard... – odezwał się z wysiłkiem Wenck. – Fredegard, słuchaj...

– Nie wolno ci mówić! – rzekła ostro Triss. – Ani ruszać się! Zaklęcie ledwo trzyma!

– Fredegard – powtórzył komisarz. Krwawa bańka na jego wargach pękła, na jej miejscu natychmiast utworzyła się druga. – Myliliśmy się... Wszyscy się mylili. To nie Yarpen... Niesłusznie posądzaliśmy... Ręczę za niego. Yarpen nie zdradził... Nie zdra...

– Milcz! – krzyknął rycerz. – Milcz, Vilfrid! Hej, żywo, dajcie tu nosze! Nosze!

– Już nie trzeba – powiedziała głucho czarodziejka, patrząc na wargi Wencka, na których już nie tworzyły się bańki. Ciri odwróciła się, przycisnęła twarz do boku Geralta.

Fredegard wyprostował się. Yarpen Zigrin nie patrzył na niego. Patrzył na zabitych. Na Regana Dahlberga wciąż klęczącego nad bratem.

– To było konieczne, panie Zigrin – powiedział rycerz. – To jest wojna. Był rozkaz. Musieliśmy mieć pewność...

Yarpen milczał. Rycerz spuścił wzrok.

– Wybaczcie – szepnął.

Krasnolud wolno obrócił głowę, spojrzał na niego. Na Geralta. Na Ciri. Na wszystkich. Ludzi.

– Co wyście z nami zrobili? – spytał z goryczą. – Co wyście zrobili z nami? Co zrobiliście... z nas?

Nikt mu nie odpowiedział.

Oczy długonogiej elfki były zeszklone i matowe. Na jej wykrzywionych wargach zastygł krzyk.

Geralt objął Ciri. Wolnym ruchem odpiął od jej kubraczka białą, upstrzoną ciemnymi plamkami różę, bez słowa rzucił kwiat na ciało Wiewiórki.

– Żegnaj – szepnęła Ciri. – Żegnaj, Różo z Shaerrawedd. Żegnaj i...

– I wybacz nam – dokończył wiedźmin.

Włóczą się po kraju, natrętni i bezczelni, sami mianujący się złego tropicielami, wilkołaków pogromcami i upiorów tępicielami, łatwowiernym wydzierając zapłatę, po którym to niecnym zarobku ruszają dalej, by w najbliższym miejscu podobnego szalbierstwa domierzyli. Najłatwiejszy przystęp znajdują oni do chaty uczciwego, prostego i nieświadomego włościanina, który wszelkie nieszczęścia i złe przypadki łacno przypisuje czarom, nienaturalnym stworom i potworom, działaniu płanetnika albo złego ducha. Miast do bogów się modlić, miast do świątyni bogatą zanieść ofiarę, prostak taki podłemu wiedźminowi gotów oddać grosz ostatni, wierząc, iż wiedźmin, ów odmieniec bezbożny, zdoła dolę jego odwrócić i nieszczęściom zapobiec.

Anonim, *Monstrum, albo wiedźmina opisanie*

Nie mam nic przeciwko wiedźminom. Niech sobie polują na wampiry. Byleby tylko płacili podatki.

Radowid III Śmiały, król Redanii

Pragniesz sprawiedliwości, wynajmij wiedźmina.

Grafitti na murze Katedry Prawa Uniwersytetu w Oxenfurcie

Rozdział piąty

– Mówiłeś coś?

Chłopczyk pociągnął nosem i odsunął z czoła za dużą aksamitną czapeczkę z bażancim piórkiem, zawadiacko zwisającym z boku.

– Jesteś rycerzem? – powtórzył pytanie, patrząc na Geralta ślepkami niebieskimi jak farbka.

– Nie – odpowiedział wiedźmin, zdziwiony, że mu się chce odpowiadać. – Nie jestem.

– Ale masz miecz! Mój tatuś jest rycerzem króla Foltesta. Też ma miecz. Większy niż twój!

Geralt oparł łokcie o reling i splunął do wody wirującej za rufą szkuty.

– Nosisz na plecach – nie rezygnował smarkacz. Czapeczka ponownie obsunęła mu się na oczy.

– Co?

– Miecz. Na plecach. Dlaczego masz na plecach miecz?

– Bo wiosło mi ukradli.

Smarkacz rozdziawił się, każąc podziwiać imponujące szczerby po mlecznych zębach.

– Odsuń się od burty – powiedział wiedźmin. – I zamknij usta, bo ci much nawpada.

Chłopiec otworzył usta jeszcze szerzej.

– Siwy, a głupi! – warknęła matka smarkacza, dostatnio odziana szlachcianka, odciągając latorośl za bobrowy kołnierz płaszczyka. – Chodź tu, Everett! Tyle razy ci mówiłam, byś nie spoufalał się z pospólstwem!

Geralt westchnął, patrząc na zarysy wysp i kęp wyłaniające się z porannej mgły. Szkuta, niezgrabna jak żółw, wlokła się we właściwym dla niej, to jest żółwim tempie, dyktowanym leniwym nurtem Delty. Pasażerowie, w większości kupcy i wieśniacy, drzemali na bagażach. Wiedźmin ponownie rozwinął zwój, wrócił do listu Ciri.

...śpię w dużej sali, która nazywa się Dormitorium, a łóżko mam ogromnie duże, powiadam Ci. Jestem u Średnich Dziewcząt, dwanaście nas jest, ale ja się najwięcej przyjaźnię z Eurneid, Katje i Iolą Drugą. Dzisiaj natomiast Jadłam Rosół a najgorzej że niekiedy trzeba Pościć i wstawać bardzo wczesnym Świtem. Wcześniej niż w Kaer Morhen. Resztę napiszę jutro albowiem zaraz będziemy miały Modły. W Kaer Morhen nikt nigdy się nie modlił, ciekawe, czemu tutaj trzeba. Pewnie dlatego, że to Świątynia.

Geralt. Matka Nenneke przeczytała i kazała nie pisać Głupstw i wyraźnie bez błędów. I czego się uczę i że czuję się dobrze i jestem zdrowa. Czuję się dobrze i jestem zdrowa niestety Głodna, ale Wkrutce Obiad. I kazała jeszcze Matka Nenneke napisać, że modlitwa jeszcze nikomu nie zaszkodziła, ani mnie ani tobie też z całą pewnością.

Geralt, ponownie mam wolny czas, napiszę więc, że się uczę. Czytać i pisać poprawne Runy. Historia. Natura. Poezja i Proza. Ładnie się wysławiać we Wspólnym Języku i w Starszej Mowie. Najlepsza jestem w Starszej Mowie, umiem też pisać Starsze Runy. Napiszę Ci coś, to sam zobaczysz. Elaine blath, Feainnewedd. To znaczyło: Piękny kwiatuszek, dziecko Słońca. Widzisz sam, że umiem. I jeszcze

Teraz mogę znowu pisać, albowiem znalazłam nowe pióro albowiem tamto stare złamało się. Matka Nenneke przeczytała i chwaliła mnie, że poprawnie. I że jestem posłuszna kazała napisać i żebyś się nie martwił. Nie martw się, Geralt.

Znów mam czas, więc napiszę, co się przydarzyło. Jak karmiłyśmy indyczki, ja, Iola i Katje, to wielki Jeden Indyk na nas napadł, szyję miał czerwoną i był Okropny Straszny. Najpierw napadł na Iolę a później na mnie chciał napaść, ale ja się nie bałam, bo on był i tak mniejszy i wolniejszy niż Wahadło. Zrobiłam zwód i piruet i walnęłam go dwa razy rózgą, aż Umknął. Matka Nenneke nie pozwala mi tu nosić Mojego Miecza, szkoda, albowiem bym temu Indykowi pokazała, czego się nauczyłam w Kaer Morhen. Ja już wiem, że poprawnie Starszymi Runami należy pisać Caer a'Muirehen i że to znaczy Warownia Starego Morza. To pewnie dlatego tam wszędzie są Muszle i Ślimaki oraz Ryby odciśnięte w kamieniach. A Cintra poprawnie pisze się Xin'trea. Zaś moje imię pochodzi od Zireael, albowiem to znaczy Jaskółka, a to znaczy, że...

– Czytacie sobie?

Uniósł głowę.

– Czytam. A co? Stało się coś? Ktoś coś zauważył?

– Nie, nic – odrzekł szyper, wycierając ręce o skórzany kabat. – Spokój na wodzie. Ale mgła jest, a my już blisko Żurawiej Kępy...

– Wiem. Płynę tędy już szósty raz, Pluskolec, nie licząc powrotów. Zdążyłem poznać szlak. Mam oczy otwarte, nie obawiaj się.

Szyper kiwnął głową, odszedł w stronę dziobu, przestępując piętrzące się wszędzie paki i tobołki podróżnych. Ściśnięte na śródokręciu konie parskały i łomotały podkowami o deski pokładu. Byli na środku nurtu, wśród gęstej mgły. Szkuta orała dziobem połacie nenufarów, rozgarniała kępy. Geralt wrócił do lektury.

...to znaczy, że mam elfie imię. A przecież nie jestem elfką. Geralt, tutaj u nas też się mówi o Wiewiórkach. Czasem nawet wojsko przyjeżdża i wypytuje i mówi, że ran-

nych elfów nie wolno leczyć. Ja nie pisnęłam nikomu ani słóweczka o tym, co było wiosną, nie bój się. I o tym, żeby ćwiczyć, też pamiętam, nie myśl sobie. Chodzę do parku i trenuję, gdy mam czas. Ale nie zawsze albowiem muszę też pracować w kuchni albo w sadzie, jak wszystkie dziewczęta. I nauki też mamy okropnie dużo. Ale to nic, będę się uczyć. Ty przecież też uczyłeś się w Świątyni, mówiła mi o tym Matka Nenneke. I powiedziała jeszcze, że machać mieczem może byle dureń a wiedźminka musi być mądra.

Geralt, obiecałeś, że przyjedziesz. Przyjedź.

Twoja Ciri

PS Przyjedź, przyjedź.

PS II. Matka Nenneke kazała napisać na koniec Chwała Wielkiej Melitele, niech jej błogosławieństwo i przychylność zawsze będą z Tobą. I żeby Ci się nic nie stało.

Ciri

Pojechałbym do Ellander, pomyślał, chowając list. Ale to niebezpieczne. Mógłbym naprowadzić ich na ślad... Z tymi listami też trzeba skończyć. Nenneke korzysta z poczty kapłańskiej, ale jednak... Cholera, to zbyt ryzykowne.

– Hmmm... Hmm...

– Co znowu, Pluskolec? Żurawią Kępę już minęliśmy.

– I chwalić bogów, bez wypadku – westchnął szyper. – Ha, panie Geralt, znowu spokojny będzie rejs, widzę. Mgła tylko patrzeć, jak się podniesie, a gdy słońce wyjrzy, to już po strachu. Potworzysko przy słońcu się nie pokaże.

– Wcale się tym nie zmartwię.

– Ja myślę – uśmiechnął się krzywo Pluskolec. – Kompania płaci wam od rejsu. Czy się co wydarzy, czy nie, grosz i tak w kabzę wpada?

– Pytasz, jak byś nie wiedział. Co to, zawiść przez ciebie przemawia? Że zarabiam stojąc oparty o burtę i obserwując czajki? A tobie za co płacą? Za to samo. Za to, że jesteś na pokładzie. Gdy wszystko idzie gładko, to nie masz nic do roboty, szwendasz się od dziobu do rufy, szczerzysz zęby do pasażerek lub próbujesz naciągnąć kupców na wódkę. Mnie też wynajęto, bym był na pokładzie. Na wszelki wypadek. Bezpieczny przewóz, bo wiedźmin w eskorcie. Koszt wiedźmina wliczony w cenę przewozu, prawda?

– Ano, pewnie, że prawda – westchnął szyper. – Kompania nie straci. Znam ich dobrze. Pływam dla nich po Delcie piąty rok, od Piany do Novigradu, od Novigradu do Piany. No, to do pracy, panie wiedźmin. Wy opierajcie się o burtę, ja idę się przejść od dziobu do rufy.

Mgła zrzedła nieco. Geralt wyjął z torby drugi list, który otrzymał niedawno od dziwnego posłańca. Czytał ten list już około trzydziestu razy. List pachniał bzem i agrestem.

Miły przyjacielu...

Wiedźmin zaklął z cicha, patrząc na ostre, równe, kanciaste, rysowane energicznymi pociągnięciami pióra runy, bezbłędnie oddające nastrój piszącej. Ponownie poczuł ogromną ochotę, by podjąć próbę ugryzienia się ze złości w tyłek. Gdy przed miesiącem pisał do czarodziejki, przez dwie noce z rzędu zastanawiał się, jak zacząć. Wreszcie zdecydował się na „Miła przyjaciółko". I teraz miał za swoje.

Miły przyjacielu, ogromnie uradował mnie Twój niespodziewany list, otrzymany niecałe trzy lata po naszym ostatnim spotkaniu. Radość moja była tym większa, że o Twoim nagłym i gwałtownym zgonie krążyły różne plotki. Dobrze, że zdecydowałeś się zdementować je, pisząc do mnie, dobrze też, że czynisz to tak rychło. Z Twego listu wynika, że wiodłeś życie spokojne, rozkosznie nudne i wyprane z wszelkich ewenementów. W dzisiejszych czasach takie życie to prawdziwy przywilej, drogi przyjacielu, cieszę się, że udało Ci się go dostąpić.

Wzruszyła mnie nagła troska o moje zdrowie, jaką raczyłeś przejawić, drogi przyjacielu. Spieszę z wieścią, że i owszem, czuję się już dobrze, okres niedyspozycji mam już za sobą, uporałam się z kłopotami, opisem których nie chcę Cię nudzić.

Martwi mnie bardzo i niepokoi to, że niespodziewany prezent, jaki otrzymałeś od Losu, przysparza Ci zmar-

twień. W przypuszczeniu, że wymaga to fachowej pomocy, masz absolutną słuszność. Choć opis trudności – co zrozumiałe – jest enigmatyczny, jestem pewna, że znam Źródło problemu. I zgadzam się z poglądem, że absolutnie konieczna jest pomoc jeszcze jednej czarodziejki. Czuję się zaszczycona tym, że jestem drugą, do której się zwracasz. Czymże zasłużyłam na tak wysoką pozycję na liście?

Bądź spokojny, miły przyjacielu, a jeżeli nosiłeś się z zamiarem suplikowania o pomoc u dodatkowych czarodziejek, zaniechaj tego, bo nie ma potrzeby. Wyruszam nie zwlekając, jadę wprost do miejsca, które wskazałeś w zawoalowany, ale zrozumiały dla mnie sposób. Rzecz jasna, wyruszam w pełnej tajemnicy i przy zachowaniu środków ostrożności. Na miejscu zorientuję się w naturze kłopotu i zrobię, co będzie w mej mocy, aby uspokoić bijące źródło. Postaram się przy tym nie wypaść gorzej niż inne panie, do których zanosiłeś, zanosisz lub zwykłeś zanosić supliki. Jestem wszak Twą miłą przyjaciółką. Zbyt zależy mi na Twej cennej przyjaźni, bym mogła Cię zawieść, drogi przyjacielu.

Jeśli w ciągu najbliższych kilku lat zapragnąłbyś napisać do mnie, nie wahaj się ani chwili. Listom Twoim jestem niezmiennie rada.

Twoja przyjaciółka Yennefer

List pachniał bzem i agrestem.

Geralt zaklął.

Z zadumy wyrwało go nagłe poruszenie na pokładzie i kołysanie szkuty, sygnalizujące zmianę kursu. Część pasażerów obległa prawą burtę. Szyper Pluskolec wywrzaskiwał z dziobu komendy, szkuta powoli i opornie skręcała w stronę temerskiego brzegu, schodziła z farwateru, ustępując miejsca dwóm wyłaniającym się z mgły okrętom. Wiedźmin spojrzał ciekawie.

Jako pierwszy płynął wielki, długi na co najmniej siedemdziesiąt sążni trójmasztowy galeas, powiewający amarantową flagą ze srebrnym orłem. Za nim, rytmicznie pracując czterdziestoma wiosłami, sunęła mniejsza, smukła galera, ozdobiona znakiem złoto-czerwonej krokwi w czarnym polu.

– Uch, ależ smoki wielgachne – powiedział Pluskolec, stając obok wiedźmina. – Ależ rzekę orzą, aż fala idzie.

– Ciekawe – mruknął Geralt. – Galeas płynie pod redańską banderą, a galera jest z Aedirn.

– Z Aedirn, a jakże – potwierdził szyper. – I nosi wimple namiestnika z Hagge. Ale zważcie, oba statki mają ostrodenne kadłuby, blisko dwa sążnie zanurzenia. Znaczy to, że do samego Hagge nie płyną, bo nie przeszłyby przez porohy i mielizny w górze rzeki. Płyną do Piany albo do Białego Mostu. A spójrzcie, na pokładach mrowie wojska. To nie kupcy. To wojenne korabie, panie Geralt.

– Na galeasie podróżuje ktoś ważny. Rozpięli namiot na pokładzie.

– Ano, tak nynie wielmoże podróżują – kiwnął głową Pluskolec, dłubiąc w zębach odłupaną od burty drzazgą. – Rzeką bezpieczniej. Po lasach grasują elfie komanda, nie wiedzieć, zza którego drzewa smyknie strzała. A na wodzie nie ma strachu. Elf, jak ten kot, wody nie lubi. W chaszczach woli siedzieć...

– To musi być ktoś naprawdę ważny. Namiot jest bogaty.

– Ano, może to być. Kto wie, może sam król Vizimir rzekę zaszczycił? Różny naród teraz podróżuje... A jeśli my już przy tym, prosiliście w Pianie, bym ucha nadstawiał, czy się ktoś wami nie ciekawi, czy ktoś o was nie wypytuje. Otóż tamta łamaga, widzicie go?

– Nie pokazuj palcem, Pluskolec. Co to za jeden?

– A bo ja wiem? Sami spytajcie, przecie idzie ku nam. Baczcie, jak to się chwieje! A woda by lustro, zaraza, gdyby trochę powełniło, pewnie na czworakach by lazł, niezguła.

„Niezgułą" okazał się niewysoki, chudy mężczyzna w trudnym do określenia wieku, ubrany w wełniany obszerny i niezbyt czysty płaszcz, spięty kolistą mosiężną broszą. Przetyczkę od broszy, widać zgubioną, zastępował krzywy gwóźdź ze sklepaną główką. Mężczyzna podszedł, chrząknął, zmrużył krótkowzroczne oczy.

– Hmm... Czy mam przyjemność z Geraltem z Rivii, wiedźminem?

– Tak, mości panie. Macie.

– Pozwólcie, że się przedstawię. Jestem Linus Pitt, magister bakałarz, wykładowca historii naturalnej w Akademii Oxenfurckiej.

– Niezmiernie mi miło.

– Hmm... Powiedziano mi, że ochraniasz waszmość przewóz na zlecenie Kompanii Malatiusa i Grocka. Jakoby przed niebezpieczeństwem napaści jakiegoś monstrum. Zastanawia mnie, o jakież to monstrum może chodzić?

– Sam się nad tym zastanawiam – wiedźmin oparł się o burtę, patrząc na majaczące we mgle ciemne zarysy nadrzecznych łęgów na temerskim brzegu. – I dochodzę do wniosku, że wynajęto mnie raczej na wypadek ataku komanda Scoia'tael, które podobno grasuje w okolicy. Podróżuję bowiem między Pianą a Novigradem po raz szósty, a żagnica nie pokazała się ani razu...

– Żagnica? To jakaś ludowa nazwa. Wolałbym, byście posługiwali się nazewnictwem naukowym. Hmm... Żagnica... Doprawdy nie wiem, który gatunek macie na myśli...

– Mam na myśli kostropate potworzysko, długie na dwa sążnie, przypominające obrośnięty glonami pniak, mające dziesięć łap i szczęki jak piły.

– Opis pozostawia wiele do życzenia pod względem naukowej ścisłości. Czyżby szło o któryś z gatunków z rodziny *Hyphydridae*?

– Nie wykluczam tego – westchnął Geralt. – Żagnica, z tego, co o niej wiem, pochodzi z wyjątkowo parszywej rodziny, żadna nazwa nie jest dla tej rodziny krzywdząca. Rzecz w tym, mości bakałarzu, że podobno któryś z członków tego niesympatycznego rodu zaatakował dwa tygodnie temu szkutę Kompanii. Tu, w Delcie, niedaleko miejsca, w którym się właśnie znajdujemy.

– Kto tak twierdzi – zaśmiał się skrzekliwie Linus Pitt – ten jest nieukiem albo kłamcą. Nic podobnego zdarzyć się nie mogło. Znam bardzo dobrze faunę Delty. Rodzina *Hyphydridae* w ogóle tu nie występuje. Ani inny aż do tego stopnia niebezpieczny, drapieżny gatunek. Znaczne zasolenie i nietypowy skład chemiczny wody, zwłaszcza w czasie przypływu...

– W czasie przypływu – przerwał Geralt – gdy fala

pływowa przejdzie przez kanały Novigradu, w Delcie w ogóle nie ma wody w ścisłym znaczeniu tego słowa. Jest ciecz składająca się z odchodów, mydlin, oleju i zdechłych szczurów.

– Niestety, niestety – zasmucił się magister bakałarz. – Degradacja środowiska... Nie uwierzycie, ale z ponad dwóch tysięcy gatunków ryb, które żyły w tej rzece jeszcze pięćdziesiąt lat temu, zostało nie więcej niż dziewięćset. To doprawdy przykre.

Obaj oparli się o reling i w milczeniu patrzyli na zieloną mętną toń. Przypływ już się zaczynał, bo woda śmierdziała coraz silniej. Pojawiły się pierwsze zdechłe szczury.

– Wyginął ze szczętem głowacz białopłetwy – przerwał milczenie Linus Pitt. – Zniknął kefal, wężogłów, kitara, wiun pasiasty, brzanka, kiełb długowąsy, zębacz królewski...

W odległości około dziesięciu sążni od burty woda zakotłowała się. Przez moment obaj widzieli ponad dwudziestofuntowy okaz królewskiego zębacza, który połknął zdechłego szczura i zniknął w głębinie, machnąwszy wdzięcznie płetwą ogonową.

– Co to było? – wzdrygnął się magister.

– Nie wiem – Geralt spojrzał w niebo. – Może pingwin?

Uczony rzucił na niego okiem, zaciął wargi.

– Z pewnością nie była to jednak wasza legendarna żagnica! Mówiono mi, że wiedźmini dysponują znaczną wiedzą o niektórych rzadkich gatunkach. A wy nie dość, że powtarzacie plotki i bajędy, to jeszcze próbujecie drwić ze mnie w prostacki sposób... Czy wy mnie w ogóle słuchacie?

– Mgła się nie podniesie – rzekł cicho Geralt.

– Hę?

– Wiatr wciąż słaby. Gdy wpłyniemy w odnogi, między ostrowy, będzie jeszcze słabszy. Będzie mglisto aż do samego Novigradu.

– Ja nie płynę do Novigradu, wysiadam w Oxenfurcie – oznajmił sucho Pitt.– – A mgła? Nie jest aż tak gęsta, by uniemożliwiła nawigację, jak myślicie?

Chłopczyk w czapeczce z piórkiem przebiegł obok nich,

wychylił się mocno, próbując patykiem złowić obijającego się o burtę szczura. Geralt podszedł, wyrwał mu patyk.

– Zmykaj stąd. Nie zbliżaj się do burt!

– Maaaamaaaa!

– Everett! Chodź tu natychmiast!

Magister bakałarz wyprostował się, popatrzył na wiedźmina przenikliwie.

– Wy, zdaje się, prawdziwie wierzycie, że coś nam zagraża?

– Panie Pitt – rzekł Geralt najspokojniej jak umiał. – Dwa tygodnie temu coś ściągnęło dwoje ludzi z pokładu jednej ze szkut Kompanii. We mgle. Nie wiem, co to było. Może była to wasza hyfydra, czy jak jej tam. Może był to kiełb długowąsy. Ale ja myślę, że to była żagnica.

Uczony wydął wargi.

– Przypuszczenia – oświadczył – winny opierać się na solidnych naukowych podstawach, nie na pogłoskach i plotkach. Mówiłem wam, hyfydra, którą uparcie nazywacie żagnicą, nie występuje w wodach Delty. Została wytępiona dobre pół wieku temu, nawiasem mówiąc wskutek działalności wam podobnych, gotowych natychmiast zabijać wszystko, co nieładnie wygląda, bez namysłu, bez badań, bez obserwacji, bez zastanawiania się nad niszą ekologiczną.

Geralt miał przez chwilę ochotę szczerze powiedzieć, gdzie ma żagnicę i jej niszę, ale rozmyślił się.

– Panie bakałarzu – rzekł spokojnie. – Jedną ze ściągniętych z pokładu osób była młoda dziewczyna w ciąży. Chciała schłodzić w wodzie spuchnięte stopy. Teoretycznie jej dziecko mogłoby kiedyś zostać rektorem waszej uczelni. Co powiecie na takie podejście do ekologii?

– To jest podejście nienaukowe, emocjonalne i subiektywne. Natura rządzi się własnymi prawami i choć są to prawa okrutne i bezwzględne, nie ma co ich poprawiać. To walka o byt! – magister przechylił się przez reling i splunął do wody. – A tępienia gatunków, nawet drapieżnych, nie można niczym usprawiedliwić. Co na to powiecie?

– Powiem, że niebezpiecznie się tak wychylać. W okolicy może być żagnica. Chcecie sprawdzić na własnej skórze, w jaki sposób żagnica walczy o byt?

Linus Pitt puścił reling, odskoczył gwałtownie. Pobladł lekko, ale natychmiast odzyskał kontenans, ponownie wydął wargi.

– Zapewne wiele wiecie o owych fantastycznych żagnicach, panie wiedźminie?

– Bez wątpienia mniej niż wy. Może więc skorzystamy z okazji? Oświećcie mnie nieco, panie bakałarzu, wyłóżcie trochę wiedzy o drapieżnikach wodnych. Chętnie posłucham, podróż mniej się będzie dłużyła.

– Drwicie ze mnie?

– Pod żadnym pozorem. Naprawdę chciałbym uzupełnić luki w wykształceniu.

– Hmmm... Jeśli naprawdę... Czemu nie. Posłuchajcie zatem. Rodzina *Hyphydridae*, należąca do rzędu *Amphipoda*, czyli Obunogów, obejmuje cztery znane nauce gatunki. Dwa z nich żyją wyłącznie w wodach tropikalnych. W naszym klimacie spotyka się natomiast, obecnie bardzo rzadko, niewielką *Hyphydra longicauda*, oraz osiągającą nieco większe rozmiary *Hyphydra marginata*. Biotopem obu gatunków są wody stojące lub wolno płynące. Są to rzeczywiście gatunki drapieżne, preferujące jako pokarm stworzenia ciepłokrwiste... Macie coś do dodania?

– Chwilowo nie. Słucham z zapartym tchem.

– Tak, hmm... W księgach znaleźć też można wzmianki o podgatunku *Pseudohyphydra*, żyjącym w bagnistych wodach Angrenu. Jednak ostatnio uczony Bumbler z Aldersbergu dowiódł, że jest to całkowicie odrębny gatunek z rodziny *Mordidae*, czyli Zagryźców. Żywi się wyłącznie rybami i małymi płazami. Został nazwany *Ichtyovorax bumbleri*.

– Ma potwór szczęście – uśmiechnął się wiedźmin. – Już po raz trzeci został nazwany.

– Jak to?

– Stwór, o którym mówicie, to żyrytwa, w Starszej Mowie nosząca nazwę cinerea. A jeśli uczony Bumbler twierdzi, że żywi się wyłącznie rybami, to wnoszę, że nigdy nie kąpał się w jeziorku, w którym żyrytwy bytują. Ale pod jednym względem Bumbler ma rację: z żagnicą cinerea ma tyle wspólnego, co ja z lisem. Obaj lubimy jeść kaczuszki.

– Jaka cinerea? – żachnął się bakałarz. – Cinerea to stwór mityczny! Doprawdy rozczarowuje mnie wasza niewiedza. Zaiste, zaskoczony jestem...

– Wiem – przerwał Geralt. – Bardzo tracę przy bliższym poznaniu. Niemniej pozwolę sobie na kilka dalszych poprawek do waszych teorii, panie Pitt. Otóż żagnice zawsze żyły w Delcie i żyją nadal. Owszem, był taki czas, gdy wydawało się, że wyginęły. Żywiły się bowiem tymi małymi fokami...

– Karłowatymi morświnami rzecznymi – poprawił magister. – Nie bądźcie ignorantem. Nie mylcie fok z...

– ...żywiły się morświnami, a morświny wytrzebiono, bo przypominały foki. Dostarczały foczego futra i tłuszczu. Później zaś w górze rzeki pokopano kanały, pobudowano tamy i przegrody. Prąd osłabł, Delta zamuliła się i zarosła. A żagnica uległa mutacji. Przystosowała się.

– Hę?

– Ludzie odbudowali jej łańcuch pokarmowy. Dostarczyli ciepłokrwistych stworzeń na miejsce morświnów. Zaczęto wozić przez Deltę owce, bydło, nierogaciznę. Żagnice w mig nauczyły się, że każda płynąca po Delcie szkuta, barka, tratwa lub komięga to jeden wielki półmisek z żarciem.

– A mutacja? Mówiliście o mutacji!

– To płynne łajno – Geralt wskazał na zieloną wodę – zdaje się żagnicy odpowiadać. Wzmaga wzrost. Cholera potrafi podobno być tak wielka, że bez wysiłku ściąga krowę z tratwy. Ściągnięcie z pokładu człowieka to dla niej fraszka. Zwłaszcza z pokładów tych kryp, które Kompania wykorzystuje do transportu pasażerów. Sami widzicie, jak to głęboko siedzi w wodzie.

Bakałarz szybko cofnął się od burty, najdalej, jak mógł, jak pozwalały wózki i bagaże.

– Słyszałem plusk! – sapnął, wpatrując się w mgłę między kępami. – Panie wiedźminie! Słyszałem...

– Spokojnie. Oprócz plusku słychać też skrzyp wioseł w dulkach. To celnicy z redańskiego brzegu. Zobaczycie, zaraz tu będą i zrobią zamieszanie, jakiego nie zdołałyby zrobić trzy, a nawet cztery żagnice.

Pluskolec przebiegł obok. Zaklął plugawie, bo chłopczyk w czapeczce z piórkiem zaplątał mu się pod nogi. Pasażerowie i kupcy, wielce zdenerwowani, przeglądali swe mienie i usiłowali ukryć przemyt.

Za małą chwilę o burtę stuknęła duża łódź, a na pokład szkuty wskoczyło czterech ruchliwych, rozgniewanych i bardzo hałaśliwych osobników. Otoczyli szypra kołem, pokrzyczeli groźnie, usilnie próbując nadać swym osobom i funkcjom pozory ważności, po czym z entuzjazmem rzucili się na bagaż i dobytek podróżnych.

– Kontrolują jeszcze przed lądowaniem! – poskarżył się Pluskolec, podchodząc do wiedźmina i magistra. – To bezprawie jest, no nie? Przecieżeśmy jeszcze nie na redańskiej ziemi. Redania jest na prawym brzegu, pół mili stąd!

– Nie – zaprzeczył bakałarz. – Granica między Redanią a Temerią przebiega środkiem nurtu Pontaru.

– A jak tu, kurwa, nurt wymierzyć? Tu jest Delta! Kępy, łachy i ostrowy ciągiem zmieniają położenie, farwater jest co dnia inny! Skaranie boskie! Hej! Gówniarzu! Zostaw ten bosak, bo ci rzyć posiniaczę! Wielmożna pani! Pilnujcież dzieciaka! Skaranie boskie!

– Everett! Zostaw to, bo się ubrudzisz!

– Co jest w tym kufrze? – wrzeszczeli celnicy. – Hej, rozwiązać mi ten tobół! Czyj ten wózek? Waluta jest? Waluta, pytam? Temerski albo nilfgaardzki pieniądz?

– Tak oto wygląda wojna celna – skomentował rozgardiasz Linus Pitt, robiąc mądrą minę. – Vizimir wymógł na Novigradzie wprowadzenie prawa składu. Foltest z Temerii odpowiedział retorsyjnym, bezwzględnym prawem składu w Wyzimie i Gors Velen. Mocno ugodził tym redańskich kupców, więc Vizimir zaostrzył cła na temerskie wyroby. Chroni redańską gospodarkę. Temeria zalewana jest tanimi towarami pochodzącymi z nilfgaardzkich manufaktur. Dlatego celnicy są tacy gorliwi. Gdyby nilfgaardzkie towary w nadmiarze przedostały się przez granicę, gospodarka Redanii mogłaby runąć. Redania prawie nie ma manufaktur, a rzemieślnicy nie wytrzymaliby konkurencji.

– Krótko mówiąc – uśmiechnął się Geralt – Nilfgaard powoli zdobywa towarem i złotem to, czego nie zdobył orężem. Temeria nie broni się? Foltest nie wprowadził blokady południowych granic?

– Jakim sposobem? Towar idzie przez Mahakam, przez Brugge, przez Verden, przez porty w Cidaris. Dla kupców liczy się zaś wyłącznie zysk, nie polityka. Gdyby król Foltest zablokował granice, gildie kupieckie podniosłyby straszne larum...

– Waluta jest? – warknął, podchodząc do nich, celnik o przekrwionych oczach i zarośniętej gębie. – Coś do oclenia?

– Jestem uczonym!

– Bądźcie sobie nawet księciem! Pytam, co wwozicie?

– Zostaw ich, Boratek – rzekł przywódca grupy, wysoki i barczysty celnik z długim czarnym wąsem. – Wiedźmina nie poznajesz? Witaj, Geralt. To twój znajomy? Uczony? A więc do Oxenfurtu, panie? I bez bagażu?

– W rzeczy samej. Do Oxenfurtu. I bez bagażu.

Celnik wyciągnął z rękawa wielką chustkę, wytarł czoło, wąsy i szyję.

– I jak dzisiaj, Geralt? – spytał. – Potwór nie objawił się?

– Nie. A ty, Olsen, widziałeś coś może?

– Ja nie mam czasu się rozglądać. Ja pracuję.

– Mój tatuś – oświadczył Everett, podkradłszy się bezszelestnie – jest rycerzem króla Foltesta! I ma jeszcze większe wąsy!

– Zjeżdżaj, pętaku – powiedział do niego Olsen, po czym westchnął ciężko. – Masz może trochę wódki, Geralt?

– Nie.

– Ale ja mam – zaskoczył wszystkich uczony mąż z Akademii, wyciągając z sakwy płaski bukłak.

– A ja mam zakąskę – pochwalił się Pluskolec, wyłaniając się jak spod ziemi. – Wędzone miętusy!

– A mój tatuś...

– Zjeżdżaj, gówniarzu.

Usiedli na zwojach lin w cieniu jednego ze stojących na śródokręciu wozów, kolejno pociągając z bukłaka i pożerając miętusy. Olsen musiał ich na chwilę opuścić, bo wybuchła awantura. Krasnoludzki kupiec z Mahakamu żądał niższego wymiaru cła, próbując wmówić celnikom, że wwożone futra nie są futrami srebrnych lisów, lecz wyjątkowo wielkich kotów. Matka wścibskiego i wszędobylskiego Everetta nie chciała natomiast w ogóle poddać się kontroli, piskliwie powołując się na rangę męża i przywileje szlacheckie.

Statek wolno sunął szerokim przesmykiem wśród zakrzaczonych ostrowów, wlokąc przy burtach warkocze zgarnianych nenufarów, grążeli i rdestnic. Wśród trzcin groźnie buczały bąki i pogwizdywały żółwie. Czaple, stojąc na jednej nodze, ze stoickim spokojem patrzyły w wodę, wiedząc, że nie ma się co gorączkować – ryba prędzej czy później sama podpłynie.

– I co, panie Geralt? – odezwał się Pluskolec, wylizując miętusią skórę. – Jeszcze jeden spokojny rejs? Wiecie, co wam rzeknę? Ten potwór głupi nie jest. On wie, żeście się na niego zasadzili. U nas, we wiosce, była, uważacie, rzeczka, w niej żyła wydra, onaż zakradała się na podwórko, kury dusiła. A taka była cwana, że nie przylazła nigdy, jeśli doma był ojciec albo ja z braćmi. Przyłaziła jeno wtedy, gdy ostawał dziadunio, samiuteńki jeden. A dziadunio nasz, uważacie, na rozumie trochę słabował i nogi mu paralusz odjął. Wydra, psia jej mać, jakby wiedziała o tym. No to pewnego razu nasz tatko...

– Dziesięć procent ad valorem! – rozdarł się ze śródokręcia krasnoludzki kupiec, wywijając skórą lisa. – Tyle się należy i więcej ni miedziaka nie zapłacę!

– To wam skunfiskuję wszystko! – ryknął gniewnie Olsen. – I straży novigradzkiej doniosę, a wtenczas do ciupy pójdziecie, razem z tym waszym Walorem! Boratek, inkasuj co do grosza! Hej, zostawiliście coś dla mnie? Nie wyżłopaliście do dna?

– Siadaj, Olsen – Geralt zrobił mu miejsce na linach. – Nerwową masz pracę, jak widzę.

– Ach, mam już tego wyżej uszu – westchnął celnik, po czym łyknął z bukłaka, wytarł wąsy. – Rzucam to w zarazę, wracam do Aedirn. Ja jestem prawy Vengerberczyk, pociągnąłem do Redanii za siostrą i szurzym, ale nynie wracam. Wiesz, Geralt, zamiaruję zaciągnąć się do wojska. Podobnież król Demawend ogłosił zaciąg do wojsk specjalnych. Pół roku szkolenia w obozie, a potem już leci żołd, trzy razy więcej, niźli tu dostaję, nawet jeśli wliczyć łapówki. Przesolone te miętusy.

– Słyszałem o tym specjalnym wojsku – potwierdził Pluskolec. – To na Wiewiórki szykowane, bo z elfimi komandami leguralne wojsko nie daje rady. Najchętniej, jakem słyszał, zaciągają tam półelfów. Ale ten obóz, gdzie ich wojowania uczą, to podobnież istne piekło. Stamtąd pół na pół wychodzą, jedni po żołd, drudzy na żalnik, nogami do przodu.

– Tak trza – rzekł celnik. – Wojsko specjalne, szyper, to nie byle szysz. To nie zasrani tarczownicy, co to im starczy pokazać, którym końcem oszczep kole. Wojsko specjalne musi się umieć bić, że hej!

– Takiś to wojownik srogi, Olsen? A Wiewiórków się nie bojasz? Że ci rzyć szypami nadzieją?

– O wa! Też wiem, jak łuk naciągnąć. Wojowałem już z Nilfgaardem, to co mi tam elfy.

– Powiadają – wzdrygnął się Pluskolec – że jak im kto żywcem w ręce wpadnie, owym Scoia'tael... To lepiej by mu było się nie rodzić. Okrutnie zamęczą.

– Ech, zamknąłbyś gębę, szyper. Pleciesz by baba. Wojna to wojna. Raz ty wroga, wtóry raz wróg ciebie rypnie w zad. Nasi złapanych elfów też nie głaszczą, nie bój się.

– Taktyka terroru – Linus Pitt wyrzucił za burtę głowę i kręgosłup miętusa. – Przemoc rodzi przemoc. Nienawiść wrosła w serca... i zatruła krew pobratymczą...

– Czego? – skrzywił się Olsen. – Mówcież po ludzku!

– Ciężkie czasy nastały.

– Jużci, prawda – przytaknął Pluskolec. – Ani chybi będzie wielka wojna. Krucy co dnia gęsto po niebie latają, ścierwo widać już im pachnie. A wieszczka Itlina koniec świata przepowiedziała. Białe Światło nastanie, zasię potem Białe Zimno. Albo na odwyrtkę, zapomniałem, jak to szło. A ludziska powiadają, że były też widome znaki na niebie...

– Ty na farwater patrz, szyper, miast w niebo, bo się na mielizny wpieprzy ten twój korab. Ha, jużeśmy na wysokości Oxenfurtu. Spójrzcie jeno, już Baryłę widać!

Mgła przerzedziła się wyraźnie, tak że mogli widzieć kępy i łęgi prawego brzegu i wznoszący się nad nimi fragment akweduktu.

– To jest, moi panowie, eksperymentalna oczyszczalnia ścieków – pochwalił się magister bakałarz, odmawiając kolejki. – To wielki sukces nauki, wielkie osiągnięcie Akademii. Wyremontowaliśmy dawny elfi akwedukt, kanały i osadnik, neutralizujemy już ścieki całego uniwersytetu, miasteczka, okolicznych wsi i farm. To, co nazywacie Baryłą, to jest właśnie osadnik. Ogromny sukces nauki...

– Głowy w dół, głowy w dół – ostrzegł Olsen, kryjąc się za nadburciem. – Łońskiego roku, jak toto wybuchło, gówno doleciało aż do Żurawiej Kępy.

Szkuta wpłynęła pomiędzy wyspy, przysadzista wieża osadnika i akwedukt zniknęły we mgle. Wszyscy odetchnęli z ulgą.

– Nie płyniesz wprost oxenfurcką odnogą, Pluskolec? – spytał Olsen.

– Wpierw zawijam do Grabowej Buchty. Po handlarzy ryb i kupców z temerskiej strony.

– Hmm... – celnik podrapał się w szyję. – Do Buchty... Słuchaj no, Geralt, nie masz ty przypadkiem jakichś zatargów z Temerczykami?

– A co? Ktoś o mnie wypytywał?

– Zgadłeś. Jak widzisz, pamiętam o twej prośbie, by baczyć na takich, co się tobą ciekawią. Otóż, wystaw sobie, dopytywała się o ciebie temerska Straż. Donieśli mi o tym tamtejsi celnicy, z którymi mam sztamę. Coś tu śmierdzi, Geralt.

– Woda? – przestraszył się Linus Pitt, oglądając się płochliwie na akwedukt i ogromny sukces nauki.

– Ten gówniarz? – Pluskolec wskazał na Everetta, wciąż kręcącego się w pobliżu.

– Ja nie o tym – skrzywił się celnik. – Posłuchaj, Geralt, temerscy celnicy powiadali, że owa Straż zadawała dziwne pytania. Oni wiedzą, że pływasz na szkutach Malatiusa i Grocka. Pytali... czy pływasz samojeden. Czy nie wozisz ze sobą... Do diabła, tylko się nie śmiej! Szło im o jakąś niedorosłą pannicę, którą jakoby widywano w twoim towarzystwie.

Pluskolec zarechotał. Linus Pitt spojrzał na wiedźmina wzrokiem pełnym niechęci, takim, jakim należy spoglądać na białowłosych mężczyzn, którymi prawo interesuje się z tytułu skłonności do niedorosłych pannic.

– Dlatego też – odchrząknął Olsen – temerscy celnicy mniemali, że to najrychlej prywatka. Osobiste porachunki, w które ktoś wciąga Straż. Tak jakby... No, rodzina panienki albo narzeczony. Celnicy podpytali więc ostrożnie, kto za tym stoi. I dowiedzieli się. Otóż szlachcic to jest, podobnież, wyszczekany jak kanclerz, niebiedny i nieskąpy, każący się nazywać... Rience, czy jakoś tak. Na lewym policzku ma kraśną plamę, jakby oparzelinę. Znasz takiego?

Geralt wstał.

– Pluskolec – powiedział. – Schodzę z pokładu w Grabowej Buchcie.

– Jakże to? A co z potworem?

– To wasze zmartwienie.

– Względem zmartwienia – przerwał Olsen – to spójrz no na prawą burtę, Geralt. O wilku mowa.

Zza wyspy, z podnoszącej się szybko mgły, wyłonił się barkas, na którego maszcie leniwie powiewał czarny proporzec usiany srebrnymi liliami. Załogę stanowiło kilku ludzi w szpiczastych czapkach temerskiej Straży.

Geralt szybko sięgnął do torby, wydobył oba listy – ten od Ciri i ten od Yennefer. Szybko podarł je na drobne strzępy i wyrzucił do rzeki. Celnik obserwował go w milczeniu.

– Co ty wyrabiasz, można wiedzieć?

– Nie można. Pluskolec, zaopiekuj się moim koniem.

– Ty chcesz... – zmarszczył się Olsen. – Ty zamierzasz...

– To moja rzecz, co zamierzam. Nie mieszaj się do tego, bo będzie incydent. Płyną pod temerską flagą.

– Chędożę ich flagę – celnik przesunął kord w bardziej

dostępne miejsce na pasie, przetarł rękawem emaliowany ryngraf ze znakiem orła na czerwonym polu. – Jeśli ja jestem na pokładzie i czynię kontrol, to tu jest Redania. Nie pozwolę...

– Olsen – przerwał wiedźmin, chwytając go za rękaw. – Nie wtrącaj się, proszę. Tego z poparzoną twarzą nie ma na barkasie. A ja muszę wiedzieć, kim on jest i czego chce. Muszę się z nim zobaczyć.

– Pozwolisz, by cię w dyby wzięli? Nie bądź durny! Jeśli to osobiste porachunki, zemsta na prywatne zlecenie, to zaraz za ostrowiem, na Odmęcie, polecisz za burtę z kotwicą u szyi. Zobaczysz się, ale z rakami na dnie!

– To jest temerska Straż, nie bandyci.

– Tak? A spójrz tylko na ich gęby! Ja zresztą zaraz będę wiedział, kim oni po prawdzie są. Zobaczysz.

Barkas, zbliżywszy się szybko, dobił do burty szkuty. Jeden ze Strażników rzucił linę, drugi zaczepił bosak o reling.

– Jam jest szyprem! – Pluskolec zagrodził drogę trzem wskakującym na pokład osobnikom. – To statek Kompanii Malatiusa i Grocka! Czego tu...

Jeden z osobników, krępy i łysy, bezceremonialnie odepchnął go ramieniem, grubym jak konar dębu.

– Niejaki Gerald, zwany Geraldem z Rivii! – zagrzmiał, mierząc szypra wzrokiem. – Jest takowy na pokładzie?

– Nie ma.

– To ja – wiedźmin przestąpił toboły i paki, zbliżył się. – To ja jestem Geralt, zwany Geraltem. O co chodzi?

– W imieniu prawa jesteście aresztowani – łysy powiódł wzrokiem po tłumie podróżnych. – Gdzie dziewczyna?

– Jestem sam.

– Łżesz!

– Zaraz, zaraz – Olsen wyłonił się zza pleców wiedźmina, położył mu rękę na ramieniu. – Spokojnie, bez krzyków. Spóźniliście się, Temerczycy. On już jest aresztowany i też w imieniu prawa. Jam go capnął. Za przemyt. Wedle rozkazu zabieram go do kordegardy w Oxenfurcie.

– Że jak? – zmarszczył się łysy. – A dziewczyna?

– Nie ma tu i nie było nijakiej dziewczyny.

Strażnicy popatrzyli na siebie w niezdecydowanym milczeniu. Olsen uśmiechnął się szeroko, podkręcił czarny wąs.

– Wiecie, co uczynimy? – parsknął. – Płyńcie z nami do Oxenfurtu, Temerczycy. My i wy ludzie prości, jakże się nam wyznać w prawie? A komendant oxenfurckiej kordegardy to człek niegłupi i bywały, on nas rozsądzi. Przecież znacie naszego komendanta, nie? Bo on waszego, z Buchty, zna świetnie. Wyłożycie mu waszą sprawę... Pokażecie nakaz i pieczęcie... Bo wszakże macie nakaz z pieczęciami jak trzeba, hę?

Łysy milczał, patrząc na celnika ponuro.

– Nie mam czasu ni ochoty do Oxenfurtu! – wrzasnął nagle. – Zabieram ptaszka na nasz brzeg i tyle! Stran, Vitek! Jazda, przepatrzeć mi szkutę! Znaleźć mi dziewuchę, migiem!

– Zaraz, pomaleńku – Olsen nie przejął się wrzaskiem, cedził słowa powoli i dobitnie. – Jesteście po redańskiej stronie Delty, Temerczycy. Nie macie aby czego do oclenia? Albo jakiejś kuntrabandy? Zaraz sprawdzimy. Poszukamy. A jeśli coś znajdziemy, to jednak będziecie musieli na chwilę pofatygować się do Oxenfurtu. A my, jeśli chcemy, zawsze coś znajdziemy. Chłopy! Do mnie!

– Mój tatuś – zapiał nagle Everett, zjawiając się przy łysym nie wiedzieć skąd – jest rycerzem! Ma jeszcze większy nóż!

Łysy błyskawicznie chwycił go za bobrowy kołnierz, poderwał z pokładu, strącając czapeczkę z piórkiem. Otoczywszy go w pasie ramieniem, przyłożył chłopcu kordelas do gardła.

– Cofnąć się! – ryknął. – Cofnąć się, bo szyję urżnę smarkaczowi!

– Evereeeett! – zawyła szlachcianka.

– Ciekawe metody – rzekł wolno wiedźmin – stosuje temerska Straż. Zaiste, tak ciekawe, że wierzyć się nie chce, że to naprawdę Straż.

– Zamknij gębę! – wrzasnął łysy, potrząsając kwiczącym jak prosię Everettem. – Stran, Vitek, bierzcie go! W pęta i na barkas! A wy, cofnąć się! Gdzie jest dziewczyna, pytam? Dawać mi ją, bo jak nie, to zarżnę gówniarza!

– A zarżnij – wycedził Olsen, dając znak swym celnikom i dobywając korda. – Co to on, mój, czy jak? A jak go już zarżniesz, to sobie pogadamy.

– Nie wtrącaj się! – Geralt rzucił miecz na pokład, powstrzymał gestem celników i żeglarzy Pluskolca. – Jestem wasz, panie łże-strażniku. Puść dzieciaka.

– Na barkas! – łysy, nie puszczając Everetta, cofnął się ku burcie, uchwycił liny. – Vitek, wiąż go! A wy wszyscy do tyłu! Jeśli któryś się ruszy, szczeniak zdechnie!

– Zwariowałeś, Geralt? – warknął Olsen.

– Nie wtrącaj się!

– Everreeeett!!!

Temerski barkas zakołysał się nagle, odskoczył od szkuty. Woda eksplodowała z głośnym pluskiem, wystrzeliły z niej dwie długie, zielone, kostropate łapy, najeżone kolcami jak odnóża modliszki. Łapy chwyciły Strażnika z bosakiem i w mgnieniu oka wciągnęły go pod wodę. Łysy zawył dziko, puścił Everetta, uczepił się lin zwisających z burty barkasu. Everett chlupnął w wodę, która już zdążyła poczerwienieć. Wszyscy – ci na szkucie i ci na barkasie – zaczęli wrzeszczeć jak opętani.

Geralt wyszarpnął się dwóm próbującym go wiązać Strażnikom. Jednego trzasnął pięścią w podbródek i wyrzucił za burtę. Drugi zamachnął się na niego żelaznym hakiem, ale zmiękł i oklapł w uścisku Olsena, z kordem celnika wbitym po rękojeść pod żebra.

Wiedźmin przesadził niski reling. Zanim gęsta od wodorostów woda zamknęła się nad jego głową, usłyszał jeszcze krzyk Linusa Pitta, wykładowcy historii naturalnej w Akademii Oxenfurckiej.

– Co to jest? Co to za gatunek? Takich zwierząt nie ma!

Wynurzył się tuż przy temerskim barkasie, cudem unikając pchnięcia ościeniem, którym chciał go dziabnąć jeden z ludzi łysego. Strażnik nie zdążył uderzyć ponownie, plusnął w wodę ze strzałą w gardle. Geralt, chwytając upuszczony oścień, odbił się nogami od burty, zanurkował w kłębiący się wir, z rozmachem dźgnął coś, mając nadzieję, że to nie Everett.

– To niemożliwe! – słyszał wrzaski bakałarza. – Takie

zwierzę istnieć nie może! A przynajmniej istnieć nie powinno!

Z tym ostatnim stwierdzeniem zgadzam się w pełni, pomyślał wiedźmin, dziobiąc ościeniem twardy, najeżony wyrostkami pancerz żagnicy. Trup temerskiego strażnika podrygiwał bezwładnie w sierpowatych szczękach potwora, smużył krwią. Żagnica machnęła ostro płaskim ogonem, zanurkowała ku dnu, wzbijając chmury mułu.

Usłyszał cienki krzyk. Everett, kotłując wodę jak mały piesek, uchwycił się nóg łysego, usiłującego wspiąć się na barkas po zwisających z burty linach. Liny puściły, obaj, Strażnik i chłopiec, z bulgotem zniknęli pod powierzchnią. Geralt rzucił się w ich stronę, zanurkował. To, że prawie natychmiast trafił palcami na bobrowy kołnierz chłopczyka, było absolutnym przypadkiem. Wyrwał Everetta z matni wodorostów, wypłynął na wznak, młócąc nogami dopłynął do szkuty.

– Tutaj, panie Geralt! Tutaj! – słyszał zagłuszające się wzajemnie ryki i wrzaski. – Dawaj go! Lina! Łap linę! Zaraaazaaaa!!! Lina! Geraaaalt! Bosakiem, bosakiem! Moje dzieckooooo!!!

Ktoś wyszarpnął chłopca z jego uścisku, powlókł w górę. W tym samym momencie ktoś złapał go od tyłu, walnął w potylicę, nakrył sobą i wepchnął pod wodę. Geralt wypuścił oścień, obrócił się, ucapił napastnika za pas. Drugą ręką chciał chwycić za włosy, ale nic z tego nie wyszło. To był ten łysy.

Wynurzyli się obaj, tylko na chwilę. Temerski barkas oddalił się już nieco od szkuty, Geralt i łysy, spleceni w uścisku, byli pośrodku. Łysy chwycił go za gardło, wiedźmin wbił mu kciuk w oko. Strażnik wrzasnął, puścił go, odpłynął. Geralt nie mógł odpłynąć – coś trzymało go za nogę i ciągnęło w dół, w głębię. Obok, niby korek, wyprysnęło na powierzchnię przepołowione ciało. Wiedział już, co go trzyma, zbędna mu była informacja Linusa Pitta, drącego się z pokładu szkuty.

– To stawonóg! Rząd *Amphipoda*! Gromada Wielkoszczęki!

Geralt wściekle zamłócił rękami po wodzie, usiłując wyszarpnąć nogę z kleszczy żagnicy, ciągnących go ku kłapiącym miarowo szczękom. Magister bakałarz znowu miał rację. Szczęki nie były małe.

– Łap linę! – ryczał Olsen. – Linę łap!

Nad uchem wiedźmina świsnął rzucony oścień, z trzaskiem wbijając się w wynurzony, obrośnięty glonami pancerz potwora. Geralt chwycił trzonek, naparł nań, odepchnął się z mocą, podkurczył wolną nogę i z rozmachem kopnął żagnicę. Wyrwał się z kolczastych łap, zostawiając w nich but, sporo spodni i niemało skóry. W powietrzu zaświszczały dalsze ościenie i harpuny, w większości chybiając. Żagnica stuliła łapy, machnęła ogonem, z gracją zanurkowała w zieloną toń.

Geralt chwycił linę, która spadła mu wprost na twarz. Bosak, boleśnie raniąc bok, zahaczył go za pas. Poczuł szarpnięcie, pojechał w górę, pochwycony wieloma rękami przetoczył się przez reling i runął na deski pokładu, ociekając wodą, szlamem, zielskiem i krwią. Obok tłoczyli się pasażerowie, załoga szkuty i celnicy. Krasnolud od lisich futer i Olsen strzelali z łuków, wychyleni za nadburcie. Everett, mokry i zielony od glonów, szczękał zębami w objęciach matki, łkał i wyjaśniał wszystkim, że nie chciał.

– Panie Geralt! – wrzeszczał mu nad uchem Pluskolec. – Żyjecie aby?

– Psiakrew... – wiedźmin wypluł wodorosty. – Za stary już na to wszystko jestem... Za stary...

Obok krasnolud spuścił cięciwę, a Olsen ryknął radośnie.

– Prosto w kałdun! Ua-ha-ha! Piękny strzał, panie kuśnierz! Hej, Boratek, oddaj mu pieniądze! Zasłużył tym strzałem na ulgę celną!

– Stójcie... – wycharczał wiedźmin, nadaremnie usiłując wstać. – Nie pozabijajcie wszystkich, do diabła! Muszę mieć któregoś żywcem!

– Zostawiliśmy jednego – zapewnił celnik. – Tego łysonia, co się ze mną przekomarzał. Resztę wystrzelaliśmy. A łysoń, o, tam pływa. Zaraz go wyłowim. Dawajcie bosaki!

– Odkrycie! Wielkie odkrycie! – krzyczał Linus Pitt, podskakując przy burcie. – Całkiem nowy, nie znany nauce gatunek! Absolutny unikat! Ach, jakże jestem wam wdzięczny, panie wiedźminie! Gatunek ten będzie od dziś figurował w księgach jako... Jako *Geraltia maxiliosa pitti*!

– Panie bakałarzu – wystękał Geralt. – Jeśli naprawdę chcecie okazać mi wdzięczność... To niechaj ta cholera nazywa się *Everetia*.

– Też pięknie – zgodził się uczony. – Ach, cóż za odkrycie! Cóż za unikalny, wspaniały okaz! Zapewne jedyny żyjący w Delcie...

– Nie – powiedział nagle ponuro Pluskolec. – Nie jedyny. Patrzcie!

Przylegający do niedalekiej wysepki dywan grążeli drgnął, zakołysał się gwałtownie. Zobaczyli falę, a potem wielkie, podłużne, przypominające przegniły pień cielsko, szybko przebierające licznymi odnóżami i kłapiące szczękami. Łysy obejrzał się, zawył przeraźliwie i popłynął, burząc wodę rękami i nogami.

– Cóż za okaz, cóż za okaz – notował prędko Pitt, przejęty do granic. – Chwytne odnóża głowowe, cztery pary szczękonóżek... Silny wachlarz ogonowy... Ostre kleszcze...

Łysy obejrzał się ponownie, zawył jeszcze przeraźliwiej. A *Everetia maxiliosa pitti* wyciągnęła chwytne odnóża głowowe i silniej machnęła wachlarzem ogonowym. Łysy zakotłował wodę w rozpaczliwej i beznadziejnej próbie ucieczki.

– Niech mu woda lekką będzie – powiedział Olsen. Ale czapki nie zdjął.

– Mój tatuś – zaszczękał zębami Everett – umie pływać szybciej niż ten pan!

– Zabierzcie stąd dzieciaka – warknął wiedźmin.

Potwór rozwarł kleszcze, kłapnął szczękami. Linus Pitt zbladł i odwrócił się.

Łysy wrzasnął krótko, zachłysnął się i zniknął pod powierzchnią. Woda zatętniła ciemną czerwienią.

– Zaraza – Geralt usiadł ciężko na pokładzie. – Za stary już na to jestem... Wybitnie za stary...

•

Co tu dużo mówić – Jaskier wprost uwielbiał miasteczko Oxenfurt.

Teren uniwersytetu otoczony był pierścieniem muru,

zaś dookoła muru był drugi pierścień – wielki, gwarny, zdyszany, ruchliwy i hałaśliwy pierścień miasteczka. Drewnianego, kolorowego miasteczka Oxenfurt o ciasnych uliczkach i szpiczastych dachach. Miasteczka Oxenfurt, które żyło z Akademii, z żaków, wykładowców, uczonych, badaczy i ich gości, które żyło z nauki i wiedzy, z tego, co towarzyszy procesowi poznania. Z odpadków i odprysków teorii w miasteczku Oxenfurt rodziły się bowiem praktyka, interes i zysk.

Poeta jechał wolno błotnistą, zatłoczoną uliczką, mijając warsztaty, pracownie, kramy, sklepy i sklepiki, w których dzięki Akademii wytwarzano i sprzedawano dziesiątki tysięcy wyrobów i wspaniałości, niedostępnych w innych zakątkach świata, których wyprodukowanie było w innych zakątkach świata uważane za niemożliwe lub niecelowe. Mijał gospody, oberże, stragany, budki, lady i przenośne ruszty, od których płynął smakowity zapach wymyślnych, nieznanych w innych zakątkach świata potraw, przyrządzonych na nieznane gdzie indziej sposoby, z dodatkami i przyprawami, których gdzie indziej nie znano i nie używano. To był Oxenfurt, barwne, wesołe, gwarne i pachnące miasteczko cudów, w jakie sprytni i pełni inicjatywy ludzie potrafili zmieniać suchą i bezużyteczną teorię, wyławianą po trochu z uniwersytetu. Było to też miasteczko rozrywek, wiecznego festynu, stałego święta i nieustającego birbanctwa. Uliczki dniem i nocą rozbrzmiewały muzyką, śpiewem, brzękiem kielichów i stukiem kufli, wiadomo bowiem, że nic nie wzmaga pragnienia tak, jak proces przyswajania wiedzy. Pomimo iż zarządzenie rektora zabraniało studentom i bakałarzom picia i hulania przed zapadnięciem zmroku, w Oxenfurcie pito i hulano całą dobę, na okrągło, wiadomo bowiem, że jeśli coś może wzmóc pragnienie jeszcze silniej niż proces przyswajania wiedzy, to tym czymś jest pełna lub częściowa prohibicja.

Jaskier cmoknął na swego skarogniadego wałacha, pojechał dalej, przebijając się przez wędrujący uliczkami tłum. Przekupnie, kramarze i wędrowni wydrwigrosze hałaśliwie reklamowali towary i usługi, potęgując panujący dookoła rozgardiasz.

– Kalmary! Pieczone kalmary!

– Maść na krosty! Tylko u mnie! Niezawodna, cudowna maść!

– Koty, łowne, czarodziejskie koty! Posłuchajcie tylko, dobrzy ludzie, jak miauczą!

– Amulety! Eliksiry! Miłosne filtry, lubczyki i gwarantowane afrodyzjaki! Od jednej szczypty nawet nieboszczyk wigoru nabierze! Komu, komu?

– Zęby wyrywam, prawie bez bólu! Tanio, tanio!

– Co to jest tanio? – zainteresował się Jaskier, gryząc nabitego na patyk kalmara, twardego jak zelówka.

– Dwa halerze za godzinę!

Poeta wzdrygnął się, szturchnął wałacha piętą. Obejrzał się ukradkiem. Dwaj osobnicy, idący jego tropem od ratusza, zatrzymali się przy balwierni i udawali, że interesują ich ceny usług balwierza, wypisane kredą na desce. Jaskier nie dał się oszukać. Wiedział, co naprawdę ich interesuje.

Pojechał dalej. Minął wielki budynek zamtuza „Pod Pączkiem Róży", gdzie, jak wiedział, oferowano wyrafinowane, nieznane lub niepopularne w innych zakątkach świata usługi. Z chęcią, by wstąpić na godzinkę, jego rozsądek walczył czas jakiś z jego charakterem. Rozsądek zatriumfował. Jaskier westchnął i ruszył w kierunku Uniwersytetu, starając się nie patrzeć w stronę szynków, z których dobiegały odgłosy wesołej zabawy.

Tak, co tu dużo mówić – trubadur kochał miasteczko Oxenfurt.

Obejrzał się ponownie. Dwaj osobnicy nie skorzystali z usług balwierza, choć bezwzględnie powinni byli to uczynić. Obecnie stali przy sklepiku z instrumentami muzycznymi, udając zainteresowanie glinianymi okarynami. Sprzedawca wyłaził ze skóry, zachwalał towar, licząc na zarobek. Jaskier wiedział, że nie ma na co liczyć.

Skierował konia ku Bramie Filozofów, głównym wrotom Akademii. Szybko załatwił formalności, polegające na wpisaniu się do księgi gości i oddaniu wałacha do stajni.

Za Bramą Filozofów powitał go inny świat. Teren uczelni był wyłączony ze zwykłej miejskiej zabudowy, nie był, jak miasteczko, placem zaciętego boju o każdy sążeń powierzchni. Wszystko było tu niemal tak, jak zostawiły to elfy. Szerokie, wysypane kolorowym żwirkiem aleje między zgrabnymi, cieszącymi oko pałacykami, ażurowe parkany, murki, żywopłoty, kanały, mostki, klomby i zielone parki tylko w niewielu miejscach przytłoczone zostały jakiś wielkim surowym gmaszyskiem, dobudowanym w późniejszych, poelfich czasach. Wszędzie było czysto, spokojnie i dostojnie – zakazana była tu wszelka forma handlu i płatnej usługi, nie wspominając o rozrywkach czy uciechach ciała.

Alejkami parku przechadzali się żacy, zaczytani w księgach i pergaminach. Inni, siedzący na ławeczkach, trawnikach i klombach, przepowiadali sobie zadane lekcje, dyskutowali lub dyskretnie grali w cetno i licho, w „kozła", w „kupę" lub w inne wymagające inteligencji gry. Dostojnie i godnie spacerowali tu też profesorowie pogrążeni w rozmowach i dysputach. Kręcili się młodsi bakałarze ze wzrokiem wlepionym w tyłki studentek. Jaskier z radością stwierdził, że od jego czasów nic się w Akademii nie zmieniło.

Powiał wiatr od Delty, niosąc nikły zapach morza i nieco silniejszy smród siarkowodoru z kierunku imponującego gmachu Katedry Alchemii, górującego nad kanałem. Wśród krzewów przylegającego do studenckich dormitoriów parku poćwierkiwały szarożółte dzwońce, a na topoli siedział orangutan, zbiegły zapewne ze zwierzyńca przy Katedrze Historii Naturalnej.

Nie tracąc czasu, poeta szybko pomaszerował labiryntem alejek i żywopłotów. Znał teren uniwersytetu jak własną kieszeń, i nie dziwota – studiował tu cztery lata, potem zaś przez rok wykładał w Katedrze Truwerstwa i Poezji. Posadę wykładowcy zaproponowano mu, gdy zdał końcowe egzaminy z celującym wynikiem, wprawiając w osłupienie profesorów, u których w czasie studiów zapracował sobie na opinię lenia, hulaki i idioty. Później zaś, gdy po kilku latach wałęsania się po kraju z lutnią jego sława jako minstrela sięgnęła daleko i szeroko, Akademia zaczęła usilnie zabiegać o jego wizyty i gościnne wykłady.

Jaskier z rzadka dawał się uprosić, albowiem zamiłowanie do włóczęgi stale walczyło w nim z upodobaniem do wygody, luksusu i stałego dochodu. Jak również, jasna rzecz, z sympatią do miasteczka Oxenfurt.

Obejrzał się. Dwaj osobnicy, którzy nie nabyli okaryn, fujarek ani gęśli, kroczyli za nim w pewnym oddaleniu, z uwagą obserwując czubki drzew i fasady budynków.

Pogwizdując niefrasobliwie, poeta zmienił kierunek marszu i skierował się ku pałacykowi mieszczącemu Katedrę Medycyny i Zielarstwa. Alejka wiodąca ku Katedrze roiła się od studentek w charakterystycznych jasnozielonych szatach. Jaskier rozglądał się uważnie, szukając znajomych twarzy.

– Shani!

Młodziutka medyczka o ciemnorudych, przystrzyżonych tuż poniżej uszu włosach podniosła głowę znad atlasu anatomii, wstała z ławeczki.

– Jaskier! – uśmiechnęła się, mrużąc wesołe piwne oczy. – Kopę lat cię nie widziałam! Chodź, przedstawię cię przyjaciółkom. Uwielbiają twoje wiersze...

– Później – mruknął bard. – Spójrz dyskretnie, Shani. Widzisz tych dwóch?

– Szpicle – medyczka zmarszczyła zadarty nosek, parsknęła, nie po raz pierwszy wprawiając Jaskra w podziw nad łatwością, z jaką żacy rozpoznawali wywiadowców, szpiegów i konfidentów. Awersja żywiona przez studentów do tajnych służb była przysłowiowa, choć niezbyt racjonalna. Teren uniwersytetu był eksterytorialny i święty, a studenci i wykładowcy nietykalni – służby, choć węszyły, nie ośmielały się dokuczać i naprzykrzać akademikom.

– Idą za mną od rynku – rzekł Jaskier, udając, że obejmuje medyczkę i zaleca się. – Zrobisz coś dla mnie, Shani?

– Zależy co – dziewczyna szarpnęła zgrabnym karkiem jak spłoszona sarna. – Jeśli znowu wpakowałeś się w coś głupiego...

– Nie, nie – uspokoił ją szybko. – Chcę tylko przekazać wiadomość, a sam nie mogę z tym gównem, które przykleiło mi się do obcasów...

– Zawołać chłopców? Wystarczy, że krzyknę, a zaraz będziesz miał szpicli z głowy.

– Daj spokój. Chcesz, by wybuchły zamieszki? Awantura o getto ławkowe dla nieludzi ledwie się skończyła, a tobie już pilno do nowej? Poza tym brzydzę się przemocą. Poradzę sobie ze szpiegami. Ty zaś, jeśli możesz...

Zbliżył usta do włosów dziewczyny, szeptał przez chwilę. Oczy Shani rozszerzyły się.

– Wiedźmin? Prawdziwy wiedźmin?

– Ciszej, na bogów. Zrobisz to, Shani?

– Jasne – medyczka uśmiechnęła się ochoczo. – Choćby z samej ciekawości zobaczenia z bliska słynnego...

– Ciszej, prosiłem. Tylko pamiętaj, nikomu ani słowa.

– Tajemnica lekarska – Shani uśmiechnęła się jeszcze śliczniej, a Jaskier znowu nabrał ochoty, by wreszcie ułożyć balladę o dziewczętach takich jak ona – niezbyt ładnych, a pięknych, takich, które śniły się po nocach, podczas gdy te klasycznie urodziwe zapominało się po pięciu minutach.

– Dziękuję, Shani.

– Drobiazg, Jaskier. Do rychłego. Bywaj.

Obcałowawszy sobie należycie policzki, bard i medyczka ruszyli szparko w przeciwnych kierunkach – ona w stronę Katedry, on w kierunku Parku Myślicieli.

Minął nowoczesny ponury budynek Katedry Techniki, noszący wśród żaków nazwę „Deus ex machina", skręcił na Most Guildensterna. Nie uszedł daleko. Za zakrętem alejki, przy klombie z brązowym popiersiem Nicodemusa de Boot, pierwszego rektora Akademii, czekali obaj osobnicy. Zwyczajem wszystkich szpicli świata unikali patrzenia w oczy i jak wszyscy szpicle świata mieli pospolite i wyblakłe gęby, którym usilnie starali się nadać mądry wyraz, dzięki czemu przypominali umysłowo chore małpy.

– Pozdrowienia od Dijkstry – powiedział jeden ze szpiegów. – Idziemy.

– Nawzajem – odrzekł bezczelnie bard. – Idźcie.

Szpiedzy popatrzyli po sobie, po czym, nie ruszając się z miejsca, wbili oczy w plugawe słowo, które ktoś nabazgrał węglem na cokole rektorskiego popiersia. Jaskier westchnął.

– Tak myślałem – powiedział, poprawiając lutnię na

ramieniu. – Będę więc nieodwołalnie zmuszony udać się dokądś z szanownymi panami? Trudna rada. Chodźmy zatem. Wy przodem, ja z tyłu. W tym konkretnym przypadku niechaj wiek ustąpi urodzie honorowego miejsca w szyku.

•

Dijkstra, szef tajnych służb króla Vizimira Redańskiego, nie wyglądał na szpiega. Daleko odbiegał zwłaszcza od stereotypu, zgodnie z którym szpieg zawsze powinien być niski, chudy, szczurowaty, łyskający małymi przenikliwymi oczkami spod czarnego kaptura. Dijkstra, jak wiedział Jaskier, nigdy nie nosił kapturów i zdecydowanie przedkładał jasne kolory stroju. Mierzył blisko siedem stóp, a ważył prawdopodobnie niewiele mniej niż dwa centnary. Kiedy krzyżował przedramiona na piersi – a krzyżował z upodobaniem – wyglądało to tak, jak gdyby dwa kaszaloty uwaliły się na wielorybie. Jeżeli szło o rysy twarzy, kolor włosów i karnację, przypominał świeżo wyszorowanego wieprza. Jaskier znał bardzo mało osób, których aparycja byłaby równie myląca co aparycja Dijkstry. Bo ów wieprzowaty olbrzym, sprawiający wrażenie wiecznie sennego, rozlazłego matoła, dysponował niebywale żywym umysłem. I nielichym autorytetem. Popularne na dworze króla Vizimira powiedzonko głosiło, że jeśli Dijkstra twierdzi, że jest południe, a dookoła panują nieprzebite ciemności, należy zacząć niepokoić się o losy słońca.

Obecnie poeta miał jednak inne powody do niepokoju.

– Jaskier – rzekł sennie Dijkstra, krzyżując kaszaloty na wielorybie. – Ty pało zakuta. Ty głupku patentowany. Czy ty zawsze musisz popsuć wszystko, czego byś się tylko podjął? Czy choć jeden jedyny raz w życiu nie mógłbyś zrobić czegoś tak, jak należy? Wiadomym jest mi, że samodzielnie myśleć nie potrafisz. Wiadomym jest mi, że masz lat blisko czterdzieści, wyglądasz na blisko trzydzieści, wyobrażasz sobie, że masz nieco ponad dwadzieścia, a postępujesz tak, jakbyś miał niecałe dziesięć. Będąc świadomym powyższego, zwykle udzielam ci precyzyjnych wskazówek. Mówię ci, co masz zrobić, kiedy masz coś zrobić, i w jaki sposób. I regularnie odnoszę wrażenie, że mówiłem do ściany.

– Ja zaś – odpowiedział poeta, pozorując zuchwałość – regularnie mam wrażenie, że mówisz, by gimnastykować wargi i język. Przejdź zatem do konkretów, eliminując z wypowiedzi figury retoryczne i chybione krasomówstwo. O co ci tym razem chodzi?

Siedzieli przy dużym dębowym stole wśród zastawionych księgami i zawalonych rulonami pergaminu regałów, na najwyższym piętrze rektoratu, w dzierżawionych pomieszczeniach, które Dijkstra dowcipnie nazywał Katedrą Historii Najnowszej, a Jaskier Katedrą Szpiegostwa Porównawczego i Dywersji Stosowanej. Było ich, wliczając poetę, czworo – oprócz Dijkstry w rozmowie uczestniczyły jeszcze dwie osoby. Jedną z tych osób był, jak zwykle, Ori Reuven, sędziwy i wiecznie zakatarzony sekretarz szefa redańskich szpiegów. Druga osoba nie była osobą zwykłą.

– Dobrze wiesz, o co mi chodzi – odpowiedział zimno Dijkstra. – Ponieważ jednak udawanie idioty bawi cię najwyraźniej, nie będę ci zabawy psuł i wytłumaczę w przystępnych słowach. A może ty chciałabyś skorzystać z tego przywileju, Filippa?

Jaskier rzucił okiem na milczącą do tej pory, czwartą uczestniczącą w spotkaniu osobę. Filippa Eilhart musiała przybyć do Oxenfurtu niedawno, względnie zamierzała zaraz wyjechać, nie miała bowiem na sobie sukni i nie nosiła ani ulubionej biżuterii z czarnych agatów, ani ostrego makijażu. Nosiła krótką męską kurtkę, legginsy i wysokie buty – strój, który poeta nazywał „polowym". Ciemne włosy czarodziejki, zwykle rozpuszczone i noszone w malowniczym nieładzie, były sczesane do tyłu i związane tasiemką na karku.

– Szkoda czasu – powiedziała, unosząc regularne brwi. – Jaskier ma rację. Możemy darować sobie krasomówstwo i efekciarską elokwencję prowadzącą donikąd, podczas gdy sprawa, którą mamy załatwić, jest prosta i banalna.

– Och, tak – uśmiechnął się Dijkstra. – Banalna. Niebezpieczny nilfgaardzki agent, który mógłby już banalnie siedzieć w moim najgłębszym lochu w Tretogorze, banalnie zwiał, banalnie ostrzeżony i spłoszony banalną głupotą panów Jaskra i Geralta. Widziałem ludzi, którzy wędrowali na szafot za mniejsze banały. Dlaczego nie powiadomiłeś mnie o waszej zasadzce, Jaskier? Czy nie poleciłem, byś informował mnie o wszystkich zamiarach wiedźmina?

– Nic nie wiedziałem o planach Geralta – skłamał z przekonaniem Jaskier. – O tym, że wyprawił się do Temerii i Sodden, by szukać tego Rience'a, mówiłem ci przecież. Powiadomiłem cię również, że wrócił. Byłem pewien, że dał za wygraną. Rience dosłownie rozpłynął się w powietrzu, wiedźmin nie znalazł najmniejszego tropu, o tym, jeśli sobie przypominasz, mówiłem ci także...

– Łgałeś – stwierdził zimno szpieg. – Wiedźmin znalazł ślady Rience'a. W postaci trupów. Wtedy postanowił zmienić taktykę. Zamiast uganiać się za Rience'em, postanowił czekać, aż Rience znajdzie jego. Zaciągnął się na szkuty Kompanii Malatiusa i Grocka, jako eskorta. Zrobił to z rozmysłem. Wiedział, że Kompania szeroko to rozgłosi, a wówczas Rience dowie się i coś przedsięweźmie. I pan Rience przedsięwziął. Dziwny, nieuchwytny pan Rience. Bezczelny, pewny siebie pan Rience, któremu nawet nie chce się używać aliasów ani fałszywych imion. Pan Rience, który na milę śmierdzi dymem z nilfgaardzkiego komina. I czarodziejem renegatem. Prawda, Filippa?

Czarodziejka nie potwierdziła ani nie zaprzeczyła. Milczała, patrząc na Jaskra badawczo i przenikliwie. Poeta spuścił wzrok, chrząknął niepewnie. Nie lubił takich spojrzeń.

Jaskier dzielił atrakcyjne kobiety, w tej liczbie i czarodziejki, na przemiłe, miłe, niemiłe i bardzo niemiłe. Przemiłe na propozycję pójścia do łóżka reagowały radosną zgodą, miłe wesołym śmiechem. Niemiłe reagowały w sposób trudny do przewidzenia. Do bardzo niemiłych trubadur zaliczał zaś te, wobec których sama myśl o złożeniu propozycji wywoływała dziwne zimno na plecach i drżenie kolan.

Filippa Eilhart, choć bardzo atrakcyjna, była zdecydowanie bardzo niemiła.

Oprócz tego Filippa Eilhart była ważną osobą w Radzie Czarodziejów i zaufaną nadworną magiczką króla Vizimira. Była bardzo zdolną magiczką. Wieść głosiła, że była jedną z niewielu, które posiadły sztukę polimorfii. Wyglądała na trzydzieści lat. Prawdopodobnie miała nie mniej niż trzysta.

Dijkstra, splótłszy pulchne dłonie na brzuchu, kręcił młynka kciukami. Filippa nadal milczała. Ori Reuven kasłał, pociągał nosem i wiercił się, bezustannie poprawiając swą obszerną togę. Toga przypominała profesorską, ale nie wyglądała na otrzymaną od senatu. Wyglądała na znalezioną na wysypisku śmieci.

– Twój wiedźmin – warknął nagle szpieg – nie docenił jednak pana Rience'a. Zastawił zasadzkę, ale wykazując kompletny brak rozsądku założył, że Rience pofatyguje się do niego osobiście. Rience, zgodnie z planem wiedźmina, miał czuć się bezpieczny. Rience nie mógł nigdzie wywęszyć zasadzki, nigdzie nie mógł wypatrzeć czatujących na niego podkomendnych pana Dijkstry. Bo na polecenie wiedźmina pan Jaskier nie pisnął panu Dijkstrze o zaplanowanej pułapce. A stosownie do otrzymanych poleceń pan Jaskier obowiązany był to uczynić. Pan Jaskier miał w tej sprawie wyraźne, jednoznaczne rozkazy, które uznał za celowe zlekceważyć.

– Nie jestem twoim podwładnym – nadął się poeta. – I nie muszę stosować się do twoich poleceń i rozkazów. Pomagam ci czasem, ale robię to z własnej woli, z patriotycznego obowiązku, by nie pozostawać bezczynnym wobec nadchodzących zmian...

– Szpiegujesz dla wszystkich, którzy ci płacą – przerwał zimno Dijkstra. – Donosisz wszystkim, którzy mają na ciebie haki. A ja mam na ciebie parę niezłych haków, Jaskier. Więc się nie stawiaj.

– Nie ulęknę się szantażu!

– A może się założymy?

– Panowie – Filippa Eilhart uniosła dłoń. – Więcej powagi, jeśli mogę prosić. Nie odbijajmy od tematu.

– Słusznie – szpieg rozparł się w fotelu. – Posłuchaj, poeto. Co się stało, to się nie odstanie. Rience został ostrzeżony i powtórnie nabrać się nie da. Ale nie mogę dopuścić, by coś podobnego przydarzyło się w przyszłości. Dlatego chcę się zobaczyć z wiedźminem. Przyprowadź go do mnie. Przestań kluczyć po mieście i próbować gubić moich agentów. Idź prosto do Geralta i sprowadź go tu, do Katedry. Muszę z nim porozmawiać. Osobiście i bez świadków. Bez hałasu i rozgłosu, które powstałyby, gdybym wiedźmina aresztował. Przyprowadź go do mnie, Jaskier. To wszystko, czego od ciebie na razie wymagam.

– Geralt wyjechał – zełgał spokojnie bard. Dijkstra rzucił okiem na czarodziejkę. Jaskier sprężył się w oczekiwaniu sondującego mózg impulsu, ale niczego nie poczuł. Filippa patrzyła na niego, mrużąc oczy, ale nic nie wskazywało, by próbowała czarami sprawdzać prawdomówność.

– Zaczekam na jego powrót – westchnął Dijkstra, udając, że wierzy. – Sprawa, którą do niego mam, jest ważna, dokonam więc zmian w moim rozkładzie zajęć i zaczekam na wiedźmina. Gdy wróci, przyprowadź go. Im szybciej to nastąpi, tym lepiej. Dla wielu osób będzie lepiej.

– Mogą być trudności – skrzywił się Jaskier – z przekonaniem Geralta, by zechciał tu przyjść. On, wystaw sobie, żywi niewytłumaczalny wstręt do szpiegów. Choć zdaje się rozumieć, że to praca jak każda inna, brzydzi się tymi, którzy ją wykonują. Pobudki patriotyczne, zwykł mawiać, to jedno, ale do szpiegowskiego fachu zaciągają się wyłącznie skończeni łajdacy i ostatnie...

– Dosyć, dosyć – Dijkstra niedbale machnął ręką. – Bez frazesów, proszę, frazesy mnie nudzą. Są takie prostackie.

– Też tak uważam – parsknął trubadur. – Ale wiedźmin to prostoduszny, prostolinijny w sądach poczciwiec, gdzie mu tam do nas, światowców. On po prostu gardzi szpiegami i za nic nie zechce z tobą rozmawiać, a o tym, by zechciał pomagać tajnym służbom, i mowy być nie może. A haka na niego nie masz.

– Mylisz się – powiedział szpieg. – Mam. I to niejeden.

Ale na razie wystarczy mi ta rozróba na szkucie pod Grabową Buchtą. Wiesz, kim byli ci, którzy weszli na pokład? To nie byli ludzie Rience'a.

– Nic dla mnie nowego – rzekł swobodnie poeta. – Jestem pewien, że było to kilku łotrów, jakich nie brak w temerskiej Straży. Rience wypytywał o wiedźmina, prawdopodobnie za wieści o nim obiecywał ładne sumki. Było jasne, że bardzo mu na wiedźminie zależy. Kilku cwaniaczków spróbowało więc capnąć Geralta, zadołować go w jakiejś jamie, a potem sprzedać Rience'owi, dyktując warunki, wytargowawszy ile się da. Bo za samą informację dostaliby mało albo wręcz nic.

– Gratuluję domyślności. Rzecz jasna, wiedźminowi, nie tobie, ty byś nigdy na to nie wpadł. Ale afera jest bardziej złożona, niż ci się wydaje. Otóż moi konfratrzy, ludzie z tajnej służby króla Foltesta, też, jak się okazuje, interesują się panem Rience. Oni przejrzeli plan owych, jak się wyraziłeś, cwaniaczków. To oni weszli na szkutę, oni chcieli capnąć wiedźmina. Może jako przynętę na Rience'a, może w innym celu. Wiedźmin pod Grabową Buchtą ukatrupił temerskich agentów, Jaskier. Ich szef jest bardzo, bardzo zły. Mówisz, że Geralt wyjechał? Mam nadzieję, że nie do Temerii. Stamtąd może nie wrócić.

– I to jest ten twój hak?

– A jakże. Właśnie to. Mogę załagodzić sprawę z Temerczykami. Ale nie za darmo. Dokąd wyjechał wiedźmin, Jaskier?

– Do Novigradu – zełgał trubadur bez namysłu. – Pojechał szukać tam Rience'a.

– Błąd, błąd – uśmiechnął się szpieg, udając, że nie zauważył kłamstwa. – Widzisz, jednak szkoda, że nie pokonał wstrętu i nie skontaktował się ze mną. Zaoszczędziłbym mu fatygi. Rience'a nie ma w Novigradzie. Za to temerskich agentów jest tam bez liku. Prawdopodobnie czekają na wiedźmina. Oni już wpadli na to, co ja wiem od dawna. Na to mianowicie, że wiedźmin Geralt z Rivii, odpowiednio zapytany, może odpowiedzieć na mnóstwo pytań. Pytań, które zaczynają zadawać sobie tajne służby wszystkich Czterech Królestw. Układ jest prosty: wiedźmin przyjdzie tu, do Katedry, i odpowie na te pytania mnie. I będzie miał spokój. Uciszę Temerczyków i zapewnię mu bezpieczeństwo.

– O jakie pytania chodzi? Może ja mógłbym na nie odpowiedzieć?

– Nie rozśmieszaj mnie, Jaskier.

– A jednak – odezwała się nagle Filippa Eilhart – może mógłby? Może zaoszczędziłby nam czasu? Nie zapominaj, Dijkstra, że nasz poeta siedzi w tej aferze po uszy, a jego tu mamy, wiedźmina jeszcze nie. Gdzie jest dzieciak, z którym widziano Geralta w Kaedwen? Dziewczynka o szarych włosach i zielonych oczach? Ta, o którą Rience pytał cię wtedy w Temerii, gdy cię przydybał i torturował? Co, Jaskier? Co wiesz o tej dziewczynie? Gdzie wiedźmin ją ukrył? Dokąd pojechała Yennefer po otrzymaniu listu od Geralta? Gdzie ukrywa się Triss Merigold i jakie ma powody, by się ukrywać?

Dijkstra nie poruszył się, ale po jego krótkim spojrzeniu na czarodziejkę Jaskier zorientował się, że szpieg jest zaskoczony. Pytania, które zadała Filippa, najwyraźniej zostały zadane zbyt wcześnie. I niewłaściwej osobie. Pytania sprawiały wrażenie pochopnych i nieostrożnych. Problem polegał na tym, że Filippę Eilhart można było posądzić o wszystko – poza pochopnością i nieostrożnością.

– Przykro mi – powiedział wolno – ale na żadne z tych pytań nie znam odpowiedzi. Pomógłbym wam, gdybym potrafił. Ale nie potrafię.

Filippa patrzyła mu prosto w oczy.

– Jaskier – wycedziła. – Jeśli wiesz, gdzie przebywa ta dziewczynka, powiedz nam to. Zaręczam ci, że i mnie, i Dijkstrze chodzi wyłącznie o jej bezpieczeństwo. O bezpieczeństwo, które jest zagrożone.

– Nie wątpię – skłamał poeta – że właśnie o to wam chodzi. Ale ja naprawdę nie wiem, o czym mówicie. W życiu nie widziałem dzieciaka, który tak was interesuje. A Geralt...

– Geralt – przerwał Dijkstra – nie dopuścił cię do konfidencji, nie pisnął ci ani słówka, choć nie wątpię, że zarzucałeś go pytaniami. Ciekawe, czemu, jak myślisz, Jaskier? Czyżby ten prostoduszny i brzydzący się szpiegami prostaczek wyczuł, kim naprawdę jesteś? Daj mu spokój, Filippa, szkoda czasu. On gówno wie, nie daj się zwieść jego przemądrzałym minom i wieloznacznym uśmieszkom. On może nam pomóc wyłącznie w jeden sposób. Gdy wiedźmin wynurzy się z ukrycia, skontaktuje się z nim, z nikim innym. Uważa go, wystaw sobie, za przyjaciela.

Jaskier wolno uniósł głowę.

– Owszem – potwierdził. – Uważa mnie za takowego. I wystaw sobie, Dijkstra, że niebezpodstawnie. Przyjmij to nareszcie do wiadomości i wyciągnij wnioski. Wyciągnąłeś? No to teraz już możesz spróbować szantażu.

– No, no – uśmiechnął się szpieg. – Aleś czuły na tym punkcie. Ale bez dąsów, poeto. Żartowałem. Szantaż między nami kamratami? I mowy o tym być nie może. A twojemu wiedźminowi, wierzaj mi, nie życzę źle i nie myślę szkodzić. Kto wie, może się nawet z nim dogadam, ku obopólnej korzyści? Ale żeby do tego doprowadzić, muszę się z nim spotkać. Gdy się ujawni, przyprowadź go do mnie. Bardzo cię o to proszę, Jaskier. Bardzo cię proszę. Czy zrozumiałeś, jak bardzo?

Trubadur parsknął.

– Zrozumiałem, jak bardzo.

– Chciałbym wierzyć, że to prawda. No, a teraz idź już. Ori, odprowadź pana trubadura do wyjścia.

– Bywaj – Jaskier wstał. – Życzę powodzenia w pracy i w życiu osobistym. Uszanowanie, Filippa. Aha, Dijkstra! Agenci, którzy za mną łażą. Odwołaj ich.

– Oczywiście – zełgał szpieg. – Odwołam. Czyżbyś mi nie wierzył?

– Skądże – skłamał poeta. – Wierzę ci.

•

Jaskier zabawił na terenie Akademii aż do wieczora. Cały czas rozglądał się pilnie, ale nie zauważył śledzących go szpicli. I to właśnie najbardziej go niepokoiło.

W Katedrze Truwerstwa wysłuchał wykładu o poezji klasycznej. Następnie pospał słodko na seminarium o poezji nowoczesnej. Obudzili go znajomi bakałarze, z którymi udał się do Katedry Filozofii, by wziąć udział w długotrwałej burzliwej dyspucie na temat „Istota i pochodzenie życia". Zanim jeszcze się ściemniło, połowa dyskutantów była pijana w dym, a reszta szykowała się do rękoczynów, przekrzykując nawzajem i czyniąc trudny do opisania harmider. Wszystko to było poecie na rękę.

Wymknął się niepostrzeżenie na poddasze, wylazł lufcikiem, spuścił po rynnie na dach biblioteki, przeskoczył, omal nie łamiąc nóg, na dach prosektorium. Stamtąd dostał się do ogrodu przylegającego do muru. Wśród gęstych krzaków agrestu odnalazł dziurę, którą sam poszerzał jeszcze jako student. Za dziurą było już miasteczko Oxenfurt.

Wtopił się w tłum, potem szybko przemknął się bocznymi zaułkami, klucząc jak ścigany przez ogary zając. Gdy dotarł do wozowni, czekał, ukryty w cieniu, dobre pół godziny. Nie zauważywszy niczego podejrzanego, wlazł po drabinie na strzechę, przeskoczył na dach domu znajomego piwowara, Wolfganga Amadeusza Kozibrody. Czepiając się omszałych dachówek, dobrnął wreszcie do okienka właściwej mansardy. W izdebce za okienkiem paliła się oliwna lampka. Stojąc niepewnie na rynnie, Jaskier zastukał w ołowiane ramki. Okno nie było zamknięte, ustąpiło przy lekkim pchnięciu.

– Geralt! Hej, Geralt!

– Jaskier? Zaczekaj... Nie wchodź, proszę...

– Jak to, nie wchodź? Co to znaczy, nie wchodź? – poeta pchnął okno. – Nie jesteś sam, czy co? Czy może chędożysz akuratnie?

Nie doczekawszy się odpowiedzi i nie czekając na nią, wgramolił się na parapet, strącając leżące na nim jabłka i cebule.

– Geralt... – sapnął i natychmiast umilkł. A potem zaklął półgłosem, patrząc na jasnozielony strój medyczki leżący na podłodze. Otworzył usta ze zdumienia i zaklął jeszcze raz. Wszystkiego mógł się spodziewać. Ale tego nie.

– Shani... – pokręcił głową. – A niech mnie...

– Bez komentarzy, bardzo proszę – wiedźmin usiadł na łóżku. A Shani zakryła się, podciągając prześcieradło aż po zadarty nos.

– No, wejdźże – Geralt sięgnął po spodnie. – Skoro

włazisz oknem, to musi to być ważna sprawa. Bo jeśli to nie jest ważna sprawa, to zaraz cię tym oknem wyrzucę.

Jaskier zlazł z parapetu, strącając resztę cebul. Usiadł, przysunąwszy sobie nogą zydel. Wiedźmin podniósł z podłogi odzież Shani i własną. Minę miał nietęgą. Ubierał się w milczeniu. Medyczka, kryjąc się za jego plecami, mocowała się z koszulą. Poeta obserwował ją bezczelnie, w myśli szukając porównań i rymów do złotawego w świetle kaganka koloru jej skóry i kształtu malutkich piersi.

– O co chodzi, Jaskier? – wiedźmin zapiął klamry butów. – Gadaj.

– Pakuj się – odrzekł sucho. – Musisz pilnie wyjechać.

– Jak pilnie?

– Niezwykle pilnie.

– Shani... – Geralt chrząknął. – Shani powiedziała mi o szpiclach, którzy cię śledzili. Zgubiłeś ich, jak rozumiem?

– Niczego nie rozumiesz.

– Rience?

– Gorzej.

– W takim razie naprawdę nie rozumiem... Zaraz. Redańczycy? Tretogor? Dijkstra?

– Zgadłeś.

– To jeszcze nie powód...

– To już powód – przerwał Jaskier. – Im już nie chodzi o Rience'a, Geralt. Chodzi im o dziewczynkę i o Yennefer. Dijkstra chce wiedzieć, gdzie one są. Zmusi cię, byś mu to wyjawił. Teraz rozumiesz?

– Teraz tak. Wiejemy zatem. Trzeba będzie oknem?

– Bezwzględnie. Shani? Dasz sobie radę?

Medyczka obciągnęła na sobie szatę.

– To nie pierwsze okno w moim życiu.

– Byłem tego pewien – poeta spojrzał na nią uważnie, licząc, że zobaczy godny rymu i metafory rumieniec. Przeliczył się. Wesołość w piwnych oczach i bezczelny uśmiech były wszystkim, co zobaczył.

Na parapet bezszelestnie spłynęła wielka szara sowa. Shani krzyknęła cicho. Geralt sięgnął po miecz.

– Nie wygłupiaj się, Filippa – powiedział Jaskier.

Sowa znikła, w jej miejscu zjawiła się Filippa Eilhart,

niezgrabnie przykucnięta. Czarodziejka natychmiast wskoczyła do izby, wygładzając włosy i ubranie.

– Dobry wieczór – powiedziała zimno. – Przedstaw mnie, Jaskier.

– Geralt z Rivii. Shani z Medycyny. A ta sowa, która tak sprytnie leciała moim śladem, to wcale nie sowa. To Filippa Eilhart z Rady Czarodziejów, obecnie w służbie króla Vizimira, ozdoba dworu w Tretogorze. Szkoda, że mamy tu tylko jedno krzesło.

– Wystarczy w zupełności – czarodziejka rozsiadła się na zwolnionym przez trubadura zydlu, powiodła po obecnych powłóczystym spojrzeniem, nieco dłużej zatrzymując wzrok na Shani. Medyczka, ku zdumieniu Jaskra, zarumieniła się nagle.

– W zasadzie to, z czym przybywam, dotyczy wyłącznie Geralta z Rivii – zaczęła Filippa po krótkiej chwili. – Świadoma jestem jednak, że wypraszanie stąd kogokolwiek byłoby nietaktem, a zatem...

– Mogę wyjść – powiedziała niepewnie Shani.

– Nie możesz – mruknął Geralt. – Nikt nie może, dopóki sytuacja nie będzie jasna. Czy nie tak, pani Eilhart?

– Dla ciebie Filippa – uśmiechnęła się czarodziejka. – Odrzućmy konwenanse. I nikt nie musi stąd wychodzić, niczyje towarzystwo mi nie przeszkadza. Co najwyżej zaskakuje, ale cóż, życie to nieprzerwane pasmo niespodzianek... jak mawia jedna z moich znajomych... Jak mawia nasza wspólna znajoma, Geralt. Studiujesz medycynę, Shani? Który rok?

– Trzeci – burknęła dziewczyna.

– Ach – Filippa Eilhart nie patrzyła na nią, lecz na wiedźmina. – Siedemnaście lat, cóż za piękny wiek. Yennefer wiele by dała, by znowu tyle mieć. Jak sądzisz, Geralt? Zresztą zapytam ją o to przy sposobności.

Wiedźmin uśmiechnął się paskudnie.

– Nie wątpię, że zapytasz. Nie wątpię, że wzbogacisz pytanie komentarzem. Nie wątpię, że ubawi cię to setnie. A teraz przejdź do rzeczy, proszę.

– Słusznie – kiwnęła głową czarodziejka, poważniejąc. – Najwyższy czas. A czasu za dużo nie masz. Jaskier zapewne już zdążył ci przekazać, że Dijkstra nabrał nagle ochoty na spotkanie z tobą i na rozmowę mającą na celu ustalenie miejsca pobytu pewnego dziewczęcia. Dijkstra ma w tej sprawie rozkazy od króla Vizimira, sądzę więc, że będzie bardzo nalegał, byś mu owo miejsce wyjawił.

– Jasne. Dziękuję za ostrzeżenie. Jedno tylko dziwi mnie trochę. Mówisz, że Dijkstra dostał rozkazy od króla. A ty nie otrzymałaś żadnych? W radzie Vizimira zasiadasz wszakże na prominentnym miejscu.

– Owszem – czarodziejka nie przejęła się drwiną. – Zasiadam. I poważnie traktuję moje obowiązki, polegające na tym, by ustrzegać króla przed popełnianiem omyłek. Niekiedy, tak jak w tym konkretnym przypadku, nie wolno mi mówić królowi wprost, że popełnia błąd, i odradzać pochopne działanie. Po prostu muszę mu uniemożliwić popełnienie pomyłki. Rozumiesz mnie?

Wiedźmin potwierdził skinieniem głowy. Jaskier zastanawiał się, czy rzeczywiście rozumie. Wiedział bowiem, że Filippa łgała jak z nut.

– Widzę więc – powiedział wolno Geralt, dowodząc, że świetnie rozumie – że Rada Czarodziejów również interesuje się moją podopieczną. Czarodzieje pragną dowiedzieć się, gdzie moja podopieczna jest. I chcą jej dopaść, zanim zrobi to Vizimir lub ktokolwiek inny. Dlaczego, Filippa? Cóż takiego jest w mojej podopiecznej, czym wzbudza ona aż takie zainteresowanie?

Oczy czarodziejki zwęziły się.

– Nie wiesz? – syknęła. – Tak mało wiesz o twojej podopiecznej? Nie chciałabym wyciągać pochopnych wniosków, ale taka niewiedza zdaje się wskazywać, że twoje kwalifikacje jako opiekuna są żadne. Zaiste, dziwi mnie, że będąc aż tak nieświadomy i nie doinformowany zdecydowałeś się na opiekę. Mało tego – zdecydowałeś się odebrać prawo do opieki innym, tym, którzy mają zarówno kwalifikacje, jak i prawo. I przy tym wszystkim pytasz, dlaczego. Uważaj, Geralt, by arogancja cię nie zgubiła. Strzeż się. I strzeż tego dziecka, do licha! Strzeż dziewczyny jak źrenicy oka! A jeśli sam nie potrafisz, poproś o to innych!

Jaskier przez chwilę sądził, że wiedźmin napomknie o roli, której podjęła się Yennefer. Nie ryzykował niczego, a wybiłby Filippie argumenty. Ale Geralt milczał. Poeta domyślił się powodów. Filippa wiedziała o wszystkim. Filippa ostrzegała. A wiedźmin rozumiał ostrzeżenie.

Skupił się na obserwacji ich oczu i twarzy, zastanawiając się, czy coś aby nie łączyło tych dwojga w przeszłości. Jaskier wiedział, że podobne, dowodzące wzajemnej fascynacji pojedynki na słowa i półsłówka, toczone przez wiedźmina z czarodziejkami, nader często kończyły się w łóżku. Ale obserwacja, jak zwykle, nie dała nic. Na to, by dowiedzieć się, czy wiedźmina coś z kimś łączyło, był tylko jeden sposób – trzeba było w odpowiednim momencie wejść przez okno.

– Opieka – podjęła po chwili czarodziejka – to wzięcie na siebie odpowiedzialności za bezpieczeństwo istoty niezdolnej do samodzielnego zapewnienia sobie bezpieczeństwa. Jeżeli narazisz twoją podopieczną... Jeżeli spotka ją nieszczęście, odpowiedzialność spadnie na ciebie, Geralt. Tylko na ciebie.

– Wiem.

– Obawiam się, że wciąż za mało wiesz.

– A zatem oświeć mnie. Co powoduje, że nagle tyle osób chce uwolnić mnie od ciężaru odpowiedzialności, pragnie przejąć moje obowiązki i zaopiekować się moją wychowanką? Czego chce od Ciri Rada Czarodziejów? Czego chcą od niej Dijkstra i król Vizimir, czego chcą od niej Temerczycy? Czego chce od niej niejaki Rience, który w Sodden i Temerii zamordował już trzy osoby, które przed dwoma laty miały kontakt ze mną i z dziewczynką? Który omal nie zamordował Jaskra, próbując zdobyć o niej informacje? Kim jest ten Rience, Filippa?

– Nie wiem – powiedziała czarodziejka. – Nie wiem, kim jest ten Rience. Ale podobnie jak ty, bardzo chciałabym się dowiedzieć.

– Czy ten Rience – odezwała się niespodzianie Shani – ma na twarzy bliznę po poparzeniu trzeciego stopnia? Jeśli tak, to ja wiem, kim on jest. I wiem, gdzie on jest.

Wśród milczenia, które zapadło, o rynnę za oknem zastukały pierwsze krople deszczu.

Zabójstwo jest zawsze zabójstwem, bez względu na motywy i okoliczności. Przeto ci, którzy zabijają lub przygotowują zabójstwo, to przestępcy i zbrodniarze, bez względu na to, kim są: królami, książętami, marszałkami czy sędziami. Nikt z tych, którzy obmyślają i zadają przemoc, nie ma prawa uważać się za lepszego od zwykłego zbrodniarza. Bo wszelka przemoc z natury swojej nieuchronnie wiedzie do zbrodni.

Nicodemus de Boot,
Medytacje o życiu, szczęściu i pomyślności

Rozdział szósty

– Nie popełnijmy błędu – powiedział król Redanii, Vizimir, wsuwając upierścienione palce we włosy na skroni. – Nie stać nas na błąd ani na pomyłkę.

Zebrani milczeli. Demawend, władca Aedirn, siedział rozparty w fotelu, wpatrzony w kufel piwa ustawiony na brzuchu. Foltest, pan Temerii, Pontaru, Mahakamu i Sodden, a od niedawna senior protektor Brugge, demonstrował wszystkim swój szlachetny profil, odwracając głowę w stronę okna. Po przeciwnej stronie stołu zasiadał Henselt, król Kaedwen, biegając po uczestnikach narady małymi przenikliwymi oczami, błyszczącymi w brodatej jak u rozbójnika fizjonomii. Meve, królowa Lyrii, bawiła się w zadumie ogromnymi rubinami naszyjnika, od czasu do czasu krzywiąc piękne pełne wargi w wieloznacznym grymasie.

– Nie popełnijmy błędu – powtórzył Vizimir. – Bo błąd może nas zbyt drogo kosztować. Skorzystajmy z cudzych doświadczeń. Kiedy pięćset lat temu nasi przodkowie wylądowali na plażach, elfy też chowały głowy w piasek. Wydzieraliśmy im kraj po kawałeczku, a one cofały się, wciąż uważając, że to już ostatnia granica, że dalej nie pójdziemy. Bądźmy mądrzejsi! Bo teraz nasza kolej. Teraz my jesteśmy elfami. Nilfgaard stoi nad Jarugą, a ja tu słyszę: „Niech sobie stoi”. Słyszę: „Dalej nie pójdą”. Ale oni pójdą, przekonacie się. Powtarzam, nie popełnijmy błędu, który popełniły elfy!

O szybki w oknach znowu zastukały krople deszczu,

wiatr zawył upiornie. Królowa Meve uniosła głowę. Zdawało jej się, że słyszy krakanie kruków i wron. Ale był to tylko wiatr. Wiatr i deszcz.

– Nie porównuj nas z elfami – powiedział Henselt z Kaedwen. – Hańbisz nas takim porównaniem. Elfy nie umiały się bić, uchodziły przed naszymi przodkami, kryły się po górach i lasach. Elfy nie zafundowały naszym przodkom Sodden. A myśmy Nilfgaardczykom pokazali, co to znaczy zadrzeć z nami. Nie strasz nas Nilfgaardem, Vizimir, nie siej propagandy. Nilfgaard, powiadasz, stoi nad Jarugą? A ja mówię, że Nilfgaard siedzi za rzeką jak mysz pod miotłą. Bo pod Sodden przetrąciliśmy im kręgosłup! Złamaliśmy ich militarnie, ale przede wszystkim moralnie. Nie wiem, czy to prawda, że Emhyr var Emreis był wówczas przeciwny agresji na taką skalę, że atak na Cintrę to była robota jakiegoś wrogiego mu stronnictwa. Zakładam, że gdyby udało się nas pokonać, biłby brawo, rozdawałby przywileje i nadania. Ale po Sodden nagle się okazało, że był przeciw, a wszystkiemu winna jest samowola marszałków. I poleciały głowy. Szafoty spłynęły krwią. To są pewne informacje, żadne plotki. Osiem uroczystych egzekucji, dużo więcej skromniejszych kaźni. Kilka pozornie naturalnych, ale zagadkowych zgonów, sporo nagłych przejść w stan spoczynku. Mówię wam, Emhyr wpadł w szał i praktycznie wykończył własną kadrę dowódczą. Kto więc teraz poprowadzi ich armie? Setnicy?

– Nie, nie setnicy – rzekł zimno Demawend z Aedirn. – Zrobią to młodzi i zdolni oficerowie, którzy długo czekali na taką okazję, a których Emhyr szkoli od dawna. Ci, których starzy marszałkowie nie dopuszczali do dowodzenia, którym nie pozwalali awansować. Młodzi, zdolni dowódcy, o których już się słyszy. Ci, którzy zdławili powstania w Metinnie i Nazairze, którzy w krótkim czasie rozbili rebeliantów w Ebbing. Dowódcy, którzy doceniają rolę oskrzydlających manewrów, dalekich rajdów kawalerii, błyskawicznych przemarszów piechoty, desantów z morza. Stosujący taktykę druzgocących uderzeń na wybranych kierunkach, używający przy obleganiu twierdz nowoczesnej techniki zamiast niepewnej magii. Nie wolno ich nie doceniać. Oni rwą się, by przejść Jarugę i udowodnić, że nauczyli się czegoś na błędach starych marszałków.

– Jeśli się czegoś nauczyli – wzruszył ramionami Henselt – to nie przekroczą Jarugi. Ujście rzeki na granicy Cintry i Verden nadal kontroluje Ervyll i jego trzy twierdze: Nastrog, Rozrog i Bodrog. Tych twierdz nie da się zdobyć z marszu, żadna nowoczesna technika tu nie pomoże. Nasze skrzydło chroni też flota Ethaina z Cidaris, dzięki niej panujemy nad wybrzeżem. Także dzięki piratom ze Skellige. Jarl Crach an Craite, jak pamiętacie, nie podpisał z Nilfgaardem zawieszenia broni, regularnie ich kąsa, napada i pali nadmorskie osady i forty w Prowincjach. Nilfgaardczycy nadali mu przezwisko Tirth ys Muire, Dzik Morski. Straszą nim dzieci!

– Zastraszenie nilfgaardzkich dzieci – uśmiechnął się krzywo Vizimir – nie zapewni nam bezpieczeństwa.

– Nie – zgodził się Henselt. – Zapewni je nam coś innego. To, że nie panując nad ujściem rzeki i wybrzeżem, mając odsłoniętą flankę, Emhyr var Emreis nie będzie w stanie zapewnić zaopatrzenia oddziałom, które zechciałby przerzucić na prawy brzeg Jarugi. Jakie błyskawiczne przemarsze, jakie rajdy kawalerii? Śmiechu warte. W ciągu trzech dni po sforsowaniu rzeki armia utknie w miejscu. Połowa oblegnie twierdze, reszta rozlezie się, by grabić, szukać paszy i spyży. A gdy ich słynna kawaleria zje już większość własnych koni, zrobimy im drugie Sodden. Do diabła, chciałbym, by przekroczyli rzekę! Ale nie bójcie się, nie przekroczą.

– Załóżmy – powiedziała nagle Meve z Lyrii – że nie przekroczą Jarugi. Załóżmy, że Nilfgaard będzie po prostu czekał. Zastanówmy się jednak, komu to na rękę, nam czy im? Kto może sobie pozwolić na bezczynne czekanie, a kto nie?

– Właśnie! – podchwycił Vizimir. – Meve, jak zwykle, mówi mało, ale trafia w sedno. Emhyr ma czas, panowie, a my go nie mamy. Czy nie widzicie, co się dzieje? Nilfgaard trzy lata temu poruszył kamyk na zboczu góry i spokojnie czeka na lawinę. Po prostu czeka, a ze zbocza sypią się wciąż nowe kamyki. Bo ten pierwszy kamyczek wydawał się niektórym głazem, którego ruszyć nie sposób. A skoro okazało się, że wystarczy go trącić, by poleciał, znaleźli się inni, którym lawina po myśli. Od Gór Sinych po Bremervoord krążą po lasach elfie komanda, to już nie mała partyzantka, to wojna. Tylko patrzeć, jak ruszą do boju wolne elfy z Dol Blathanna. W Mahakamie burzą się krasnoludy, driady z Brokilonu robią się coraz zuchwalsze. To wojna, wojna na wielką skalę. Wojna wewnętrzna. Domowa. Nasza. A Nilfgaard czeka... Dla kogo czas pracuje, jak myślicie? W komandach Scoia'tael biją się elfy trzydziesto-, czterdziestoletnie. Ale one żyją po trzysta lat! One mają czas, my go nie mamy!

– Scoia'tael – przyznał Henselt – stali się istnym cierniem w tyłku. Paraliżują mi handel i transport, terroryzują farmerów... Z tym trzeba skończyć!

– Jeśli nieludzie chcą wojny, to będą ją mieli – wtrącił Foltest z Temerii. – Byłem zawsze rzecznikiem pojednania i koegzystencji, ale jeśli oni wolą próbę sił, to spróbujemy, kto silniejszy. Jestem gotów. W Temerii i Sodden podejmuję się wykończyć Wiewiórki w ciągu sześciu miesięcy. Te ziemie już raz spłynęły krwią elfów, wytoczoną przez naszych pradziadów. Uważam to za tragedię, ale wyjścia nie widzę, tragedia się powtórzy. Elfy trzeba spacyfikować.

– Twoje wojsko ruszy na elfy, jeśli dasz im rozkaz – kiwnął głową Demawend. – Ale czy ruszy na ludzi? Na chłopów, z których rekrutujesz piechotę? Na cechy? Na wolne miasta? Vizimir, mówiąc o Scoia'tael, opisał tylko jeden kamyk z lawiny. Tak, tak, panowie, nie wytrzeszczajcie na mnie oczu! Po wsiach i miasteczkach już się zaczyna gadać, że na podbitych przez Nilfgaard ziemiach chłopstwu, farmerom i rzemieślnikom żyje się lżej, swobodniej i bogaciej, że gildie kupieckie mają większe przywileje... Zalewają nas towary z nilfgaardzkich manufaktur. W Brugge i Verden ich moneta wypiera lokalną. Jeśli będziemy siedzieć bezczynnie, to zginiemy, skłóceni, zaplątani w konflikty, uwikłani w tłumienie rebelii i rozruchów, uzależniani powoli od nilfgaardzkiej potęgi ekonomicznej. Zginiemy, zadusimy się we własnym dusznym zaścianku, bo i to zrozumcie, że Nilfgaard zamyka nam drogę na Południe, a my musimy się rozwijać, musimy być ekspansywni, bo w przeciwnym razie dla naszych wnuków zabraknie tu miejsca!

Zebrani milczeli. Vizimir Redański odetchnął głęboko, chwycił jeden ze stojących na stole pucharów, pił długo. Milczenie przedłużało się, deszcz tłukł w okna, wicher wył i łomotał okiennicami.

– Wszystkie niepokoje, o których mowa – powiedział wreszcie Henselt – to robota Nilfgaardu. To emisariusze Emhyra podżegają nieludzi, szerzą propagandę i nawołują do rozruchów. To oni sypią złotem i obiecują przywileje cechom i gildiom, przyrzekają baronom i diukom wysokie stanowiska w prowincjach, które utworzą w miejscu naszych królestw. Nie wiem, jak u was, ale w Kaedwen namnożyło się ni z tego, ni z owego kapłanów, kaznodziejów, wróżbitów i innych zasranych mistyków, głoszących koniec świata...

– U mnie jest to samo – potwierdził Foltest. – Cholera, tyle lat był spokój. Od czasu gdy mój dziad pokazał kapłanom, gdzie jest ich miejsce, mocno przerzedziwszy ich szeregi, pozostali wzięli się za pożyteczne zajęcia. Studiowali księgi i wpajali dzieciakom wiedzę, leczyli chorych, troszczyli się o ubogich, kalekich i bezdomnych. Nie mieszali się do polityki. A teraz nagle pobudzili się i w świątyniach wywrzaskują brednie do motłochu, a motłoch słucha i nareszcie wie, czemu mu się tak źle powodzi. Toleruję to, bo jestem mniej porywczy niż mój dziad i mniej czuły na punkcie mego królewskiego autorytetu i godności. Co by to zresztą była za godność i co za autorytet, gdyby mógł je podważyć kwik jakiegoś pomylonego fanatyka. Ale moja cierpliwość się kończy. Ostatnio głównym tematem kazań jest Wybawiciel, który nadejdzie z Południa. Z Południa, uważacie? Zza Jarugi!

– Biały Płomień – mruknął Demawend. – Nastanie Białe Zimno, a po nim Białe Światło. A potem świat się odrodzi, za sprawą Białego Płomienia i Białej Królowej... Też to słyszałem. To trawestacja przepowiedni Ithlinne aep Aevenien, elfiej wyroczni. Kazałem złapać jednego klechę, który wykrzykiwał o tym na rynku w Vengerbergu, a kat przez dłuższy czas pytał go grzecznie, ileż to złota prorok wziął za to od Emhyra... Ale kaznodzieja tylko plótł o Białym Płomieniu i Białej Królowej... do samego końca.

– Ostrożnie, Demawend – skrzywił się Vizimir. – Nie produkuj męczenników, bo o to właśnie chodzi Emhyrowi. Łap nilfgaardzkich agentów, ale kapłanów ruszyć nie wolno, konsekwencje mogą być nieobliczalne. Oni wciąż mają wpływy i poważanie wśród ludu. Dość mamy kłopotów z Wiewiórkami, by ryzykować rozruchy w miastach lub wojny chłopskie.

– Do diabła! – prychnął Foltest. – Tego nie róbmy, tego nie ryzykujmy, tamtego nam nie wolno... Czy po to się zebraliśmy, by mówić o tym, czego nie możemy uczynić? Czy po to ściągnąłeś nas tu, do Hagge, Demawend, byśmy wypłakiwali się i użalali nad naszą słabością i niemocą? Zacznijmy wreszcie działać! Trzeba coś zrobić! Trzeba przerwać to, co się dzieje!

– Proponuję to od początku – Vizimir wyprostował się. – Proponuję właśnie działanie.

– Jakie?

– Co możemy zrobić?

Znowu zapadło milczenie. Wiatr szumiał, okiennice stukały o mur zamczyska.

– Dlaczego – odezwała się nagle Meve – wszyscy patrzycie na mnie?

– Zachwycamy się twoją urodą – zaburczał Henselt z głębi kufla.

– To też – przytaknął Vizimir. – Meve, wszyscy wiemy, że potrafisz znaleźć wyjście z każdej sytuacji. Masz kobiecą intuicję, jesteś mądrą niewiastą...

– Przestań mi kadzić – królowa Lyrii splotła dłonie na podołku, zapatrzyła się na pociemniałe arrasy ze scenami myśliwskimi. Ogary, wyciągnięte w skokach, zadzierały pyski ku bokom pierzchającego białego jednorożca. Nigdy w życiu nie widziałam żywego jednorożca, pomyślała Meve. Nigdy. I chyba już nigdy nie zobaczę.

– Sytuacja, którą mamy – powiedziała po chwili, odrywając wzrok od arrasu – przypomina mi takie długie zimowe wieczory na rivskim zamku. Coś wtedy zawsze wisiało w powietrzu. Mój mąż dumał nad tym, jakby się tu dobrać do kolejnej dwórki. Marszałek kombinował, jakby tu wszcząć wojnę, w której by zasłynął. Czarodziej wyobrażał sobie, że to on jest królem. Służbie nie chciało się usługiwać, błazen był smutny, ponury i przeraźliwie nudny, psy wyły z melancholii, a koty spały, bimbając na myszy łażące po stole. Wszyscy na coś czekali. Wszyscy patrzyli na mnie spode łba. A ja... Ja im wtedy... Pokazywałam. Pokazywałam wszystkim, co potrafię, tak że aż się mury trzęsły, a okoliczne niedźwiedzie budziły się w gawrach. I głupie myśli migiem ulatywały z głów. Nagle wszyscy wiedzieli, kto tu rządzi.

Nikt się nie odezwał. Wiatr zawył mocniej. Strażnicy na murach okrzykiwali się od niechcenia. Uderzenia kropel o szybki w ołowianych ramkach okien przeszły w obłędne staccato.

– Nilfgaard patrzy i czeka – ciągnęła wolno Meve, bawiąc się naszyjnikiem. – Nilfgaard obserwuje. Coś wisi w powietrzu, w wielu głowach rodzą się głupie myśli. A zatem pokażmy wszystkim, co potrafimy. Pokażmy, kto tu jest naprawdę królem. Potrząśnijmy murami pogrążonego w zimowym marazmie zamczyska!

– Wydusić Wiewiórki – rzekł szybko Henselt. – Rozpocząć wielką wspólną operację wojskową. Sprawić nieludziom krwawą łaźnię. Niech Pontar, Gwenllech i Buina popłyną krwią elfów od źródeł do ujść!

– Przytłamsić karną ekspedycją wolne elfy z Dol Blathanna – dodał, marszcząc czoło, Demawend. – Wprowadzić interwencyjne korpusy do Mahakamu. Pozwolić wreszcie Ervyllowi z Verden dobrać się do driad w Brokilonie. Tak, krwawa łaźnia! A tych, co przeżyją, do rezerwatów!

– Poszczuć Cracha an Craite na nilfgaardzkie wybrzeża – podchwycił Vizimir. – Wesprzeć go flotą Ethaina z Cidaris, niech wzniecą pożogę od Jarugi po Ebbing! Demonstracja siły...

– Mało – pokręcił głową Foltest. – To wszystko za mało. Trzeba... Wiem, czego trzeba.

– Mów więc!

– Cintra.

– Co?

– Odebrać Nilfgaardczykom Cintrę. Sforsujmy Jarugę, uderzmy pierwsi. Teraz, gdy się nie spodziewają. Wyrzućmy ich z powrotem za Marnadal.

– W jaki sposób? Dopiero co mówiliśmy, że dla wojsk Jaruga jest nie do przejścia...

– Dla Nilfgaardu. Ale my rzekę kontrolujemy. Mamy w garści ujście, drogi zaopatrzenia, mamy skrzydło chronione przez Skellige, Cidaris i twierdze w Verden. Dla Nilfgaardu przerzucenie przez rzekę czterdziestu, pięćdziesięciu tysięcy ludzi to znaczny wysiłek. My możemy przeprawić na lewy brzeg znacznie więcej. Nie rozdziawiaj gęby, Vizimir. Chciałeś czegoś, co przerwie wyczekiwanie? Czegoś spektakularnego? Czegoś, co znowu uczyni z nas prawdziwych królów? Tym czymś będzie Cintra. Cintra nas skonsoliduje, bo Cintra to symbol. Przypomnijcie sobie Sodden! Gdyby nie rzeź miasta i męczeńska śmierć Calanthe, nie byłoby wówczas takiego zwycięstwa. Siły były równe, nikt nie liczył, że ich tak zdruzgoczemy. Ale nasze wojska rzuciły się im do gardeł jak wilki, jak wściekłe psy, by mścić Lwicę z Cintry. A są i tacy, których zaciekłości nie zgasiła krew wytoczona na soddeńskim polu. Przypomnijcie sobie Cracha an Craite, Dzika z Morza!

– To prawda – pokiwał głową Demawend. – Crach poprzysiągł Nilfgaardowi krwawą zemstę. Za Eista Tuirseach, zabitego w Marnadalu. I za Calanthe. Gdybyśmy uderzyli na lewy brzeg, Crach wesprze nas całą siłą Skellige. Na bogów, to ma szanse powodzenia! Popieram Foltesta! Nie czekajmy, uderzmy pierwsi, wyzwólmy Cintrę, wypędźmy sukinsynów za przełęcze Amellu!

– Wolnego – warknął Henselt. – Nie spieszcie się tak, by targnąć lwa za wąsy, bo to nie jest jeszcze zdechły lew. To po pierwsze. Po drugie, jeśli uderzymy pierwsi, ustawimy się w pozycji agresorów. Złamiemy zawieszenie broni, które sami opatrzyliśmy pieczęciami. Nie poprze nas Niedamir i jego Liga, nie poprze nas Esterad Thyssen. Nie wiem, jak zachowa się Ethain z Cidaris. Agresywnej wojnie przeciwstawią się nasze cechy, kupiectwo, szlachta... A przede wszystkim czarodzieje. Nie zapominajcie o czarodziejach!

– Czarodzieje nie poprą ataku na lewy brzeg – stwierdził Vizimir. – Zawieszenie broni było dziełem Vilgefortza z Roggeveen. Wiadomo, że w jego planach zawieszenie miało stopniowo przerodzić się w trwały pokój. Vilgefortz nie poprze wojny. A Kapituła, możecie mi wierzyć, zrobi to, co zechce Vilgefortz. Po Sodden on jest pierwszy w Kapitule, niech inni magicy mówią, co chcą, tam pierwsze skrzypce gra Vilgefortz.

– Vilgefortz, Vilgefortz – żachnął się Foltest. – Za bardzo on nam urósł, ten magik. Zaczyna mnie drażnić liczenie się z planami Vilgefortza i Kapituły, planami, których zresztą nie znam i nie rozumiem. Ale jest i na to sposób, panowie. A gdyby to Nilfgaard dokonał agresji? Na przykład w Dol Angra? Na Aedirn i Lyrię? Moglibyśmy jakoś to załatwić... Zainscenizować... Jakaś maleńka prowokacja... Incydent graniczny, przez nich zawiniony? Dajmy na to, jakiś atak na pograniczny fort? Rzecz jasna, będziemy przygotowani, zareagujemy zdecydowanie i z siłą, przy pełnej akceptacji wszystkich, nawet Vilgefortza i całej reszty Kapituły Czarodziejskiej. I wtedy, gdy Emhyr var Emreis odwróci wzrok od Sodden i Zarzecza, o swój kraj upomną się Cintryjczycy. Emigranci i uciekinierzy, którzy organizują się w Brugge pod wodzą Vissegerda. Jest ich blisko osiem tysięcy ludzi pod bronią. Czy może być lepsze ostrze sulicy? Oni żyją nadzieją na odzyskanie kraju, z którego musieli uciekać. Palą się do walki. Są gotowi uderzyć na lewy brzeg. Czekają tylko na hasło.

– Na hasło – potwierdziła Meve – i na obietnicę, że się ich poprze. Bo z ośmioma tysiącami ludzi Emhyr poradzi sobie siłą granicznych garnizonów, nie będzie nawet musiał przerzucać posiłków. Vissegerd dobrze o tym wie, nie ruszy się, dopóki nie będzie miał pewności, że w ślad za nim na lewym brzegu wylądują twoje wojska, Foltest, wspierane przez korpusy redańskie. Ale przede wszystkim Vissegerd czeka na Lwiątko z Cintry. Podobno wnuczka królowej ocalała z rzezi. Ktoś ją rzekomo widział wśród uciekinierów, ale później dziecko tajemniczo znikło. Emigranci zawzięcie jej poszukują... Bo potrzebują na odzyskany tron Cintry kogoś z królewskiej krwi. Z krwi Calanthe.

– Bzdura – powiedział zimno Foltest. – Minęły ponad dwa lata. Jeśli dzieciak nie odnalazł się do tej pory, to znaczy, że nie żyje. O tej legendzie możemy zapomnieć. Nie ma już Calanthe, nie ma żadnego Lwiątka, nie ma królewskiej krwi, której należy się tron. Cintra... nie będzie już nigdy tym, czym była za życia Lwicy. Rzecz jasna, emigrantom Vissegerda tego mówić nie należy.

– Poślesz zatem cintryjskich partyzantów na śmierć? – zmrużyła oczy Meve. – W pierwszej linii? Nie mówiąc im, że Cintra może się odrodzić wyłącznie jako kraj wasalny, pod twoją zwierzchnością? Proponujesz nam wszystkim atak na Cintrę... dla siebie? Podporządkowałeś sobie Sodden i Brugge, ostrzysz zęby na Verden... I zapachniała ci Cintra, tak?

– Przyznaj się, Foltest – warknął Henselt. – Czy Meve ma rację? To dlatego podżegasz nas do tej awantury?

– Dajcie pokój – władca Temerii zmarszczył swe szlachetne oblicze, żachnął się gniewnie. – Nie róbcie ze mnie zdobywcy, któremu zamarzyło się imperium. O co wam chodzi? O Sodden i Brugge? Ekkehard z Sodden był przyrodnim bratem mojej matki. Dziwi was, że po jego śmierci Wolne Stany przyniosły koronę mnie, jego krewniakowi? Krew nie woda! A Venzlav z Brugge złożył mi hołd wasalny, ale bez przymusu! Zrobił to, by ochronić kraj! Bo w pogodny dzień widzi błyski nilfgaardzkich lanc na lewym brzegu Jarugi!

– My właśnie mówimy o lewym brzegu – wycedziła królowa Lyrii. – O brzegu, na który mamy uderzyć. A lewy brzeg to Cintra. Zniszczona, wypalona, zrujnowana, zdziesiątkowana, okupowana... ale ciągle Cintra. Cintryjczycy nie przyniosą ci korony, Foltest, ani nie złożą hołdu. Cintra nie zgodzi się być krajem wasalnym. Krew nie woda!

– Cintra, jeśli ją... Gdy ją wyzwolimy, powinna stać się naszym wspólnym protektoratem – rzekł Demawend z

Aedirn. – Cintra to ujście Jarugi, zbyt ważny punkt strategiczny, byśmy mogli pozwolić sobie na utratę kontroli nad nim.

– Musi to być kraj wolny – zaprotestował Vizimir. – Wolny, niezawisły i silny. Kraj, który będzie żelazną bramą, przedmurzem Północy, a nie pasem spalonej ziemi, na której nilfgaardzka konnica będzie mogła nabierać rozpędu!

– Czy taką Cintrę da się odbudować? Bez Calanthe?

– Nie podniecaj się Foltest – wydęła wargi Meve. – Mówiłam ci już, Cintryjczycy nigdy nie uznają protektoratu ani obcej krwi na tronie. Jeśli spróbujesz narzucić im siebie jako seniora, to sytuacja się odwróci. Vissegerd będzie znowu organizować oddziały do walki, tym razem jednak pod skrzydłami Emhyra. I pewnego dnia te oddziały rzucą się na nas, jako awangarda nilfgaardzkiego szturmu. Jako ostrze sulicy, jak się niedawno obrazowo wyraziłeś.

– Foltest wie o tym – parsknął Vizimir. – Dlatego tak usilnie poszukuje Lwiątka, wnuczki Calanthe. Nie rozumiecie? Krew nie woda, korona przez małżeństwo. Wystarczy, że odnajdzie dziewczynę i zmusi do zamążpójścia...

– Zwariowałeś? – zachłysnął się król Temerii. – Lwiątko nie żyje! Wcale nie poszukuję tej dziewczynki, ale gdybym... Nawet mi w głowie nie postała myśl, by ją do czegokolwiek zmuszać...

– Nie musiałbyś zmuszać – przerwała Meve, uśmiechając się wdzięcznie. – Wciąż jest z ciebie kawał przystojnego mężczyzny, krewniaku. A w Lwiątku płynie krew Calanthe. Bardzo gorąca krew. Znałam Cali, gdy była młoda. Kiedy zobaczyła chłopa, to tak przebierała nogami, że jakby chrustu podetkać, zajęłaby się żywym ogniem. Jej córka, Pavetta, matka Lwiątka, była kubek w kubek. To pewnie i Lwiątko daleko nie padło od jabłoni. Trochę zachodu, Foltest, a dziewczyna nie opierałaby się długo. Na to liczysz, przyznaj się?

– Pewnie, że na to liczy – zarechotał Demawend. – Ależ sprytny planik wykombinował sobie nasz król! Uderzymy na lewy brzeg, ale zanim się obejrzymy, nasz Foltest odnajdzie i zdobędzie dziewczęce serduszko, będzie miał młodziutką żonkę, którą posadzi na tronie Cintry, a tamtejszy lud będzie płakał z radości i popuszczał w gacie ze szczęścia. Będą mieli przecież swoją królową, krew z krwi i kość z kości Calanthe. Będą mieli królową... tyle że razem z królem. Królem Foltestem.

– Ależ wy brednie pleciecie! – wrzasnął Foltest, czerwieniejąc i blednąc na przemian. – Co wam do łbów strzeliło? W tym, co gadacie, nie ma odrobiny sensu!

– W tym jest mnóstwo sensu – powiedział sucho Vizimir. – Bo ja wiem, że tego dziecka ktoś bardzo usilnie poszukuje. Kto, Foltest?

– To oczywiste! Vissegerd i Cintryjczycy!

– Nie, to nie oni. A przynajmniej nie tylko. Ktoś jeszcze. Ktoś, kogo drogę znaczą trupy. Ktoś, kto nie cofa się przed szantażem, przekupstwem i torturami... Jeśli już przy tym jesteśmy, to czy jegomość o nazwisku Rience jest w służbie u któregoś z was? Ha, po minach widzę, że albo nie jest, albo nie przyznacie się, co na jedno wychodzi. Powtarzam: wnuczki Calanthe szukają, szukają w sposób, który zastanawia. Kto jej szuka, pytam?

– Do czarta! – Foltest gruchnął pięścią w stół. – To nie ja! Ani mi w głowie nie postało, by się żenić z jakimś dzieciakiem dla jakiegoś tam tronu! Przecież ja...

– Przecież ty od czterech lat żyjesz potajemnie z baronową La Valette – uśmiechnęła się znowu Meve. – Kochacie się jak dwa gołąbki, czekacie, by stary baron wreszcie wyciągnął kopyta. Co tak patrzysz? Wszyscy o tym wiemy. Za co, myślisz, płacimy szpiegom? Ale dla tronu Cintry, krewniaku, niejeden król gotów byłby poświęcić osobiste szczęście...

– Zaraz – Henselt podrapał się ze chrzęstem w brodę. – Niejeden król, mówicie. To dajcie na chwilę spokój Foltestowi. Są inni. Swego czasu Calanthe chciała wydać wnuczkę za syna Ervylla z Verden. Ervyllowi też może pachnieć Cintra. I nie tylko jemu...

– Hmm... – mruknął Vizimir. – To prawda. Ervyll ma trzech synów... A co powiedzieć o tu obecnych, również posiadających potomków płci męskiej? Hę? Meve? Czy ty aby nie mydlisz nam oczu?

– Mnie możecie wykluczyć – królowa Lyrii uśmiechnęła się jeszcze wdzięczniej. – Po świecie krążą, co prawda, dwie moje latorośle... Owoce rozkosznego zapomnienia... O ile ich do tej pory nie powieszono. Wątpię, by nagle zachciało się któremuś królować. Nie mieli do tego ani predyspozycji, ani inklinacji. Obaj byli głupsi nawet od ich ojca, niech mu ziemia lekką będzie. Kto znał mego nieboszczyka męża, ten wie, co to oznacza.

– Fakt – przytaknął król Redanii. – Ja go znałem. Synowie naprawdę są głupsi? Cholera, sądziłem, że głupszym nie można być... Wybacz, Meve...

– Drobiazg, Vizimir.

– Kto jeszcze ma synów?

– Ty, Henselt.

– Mój syn jest żonaty!

– A od czego jest trucizna? Dla tronu Cintry, jak ktoś tu mądrze powiedział, niejeden poświęciłby osobiste szczęście. Opłacałoby się!

– Wypraszam sobie takie insynuacje! I odczepcie się! Inni też mają synów!

– Niedamir z Hengfors ma dwóch. A sam jest wdowcem. Niestarym. Nie zapominajcie też o Esteradzie Thyssenie z Koviru.

– Wykluczyłbym ich – pokręcił głową Vizimir. – Liga z Hengfors i Kovir planują związki dynastyczne między sobą. Cintra i Południe ich nie interesują. Hmm... Ale Ervyll z Verden... Ten ma blisko.

– Jest ktoś, kto ma równie blisko – zauważył nagle Demawend.

– Kto?

– Emhyr var Emreis. Nie jest żonaty. I jest młodszy niż ty, Foltest.

– Psiakrew – zmarszczył czoło król Redanii. – Gdyby to była prawda... Emhyr wychędożyłby nas bez łoju! To jasne, lud i szlachta Cintry pójdą zawsze za krwią Calanthe. Wyobrażacie sobie, co by się stało, gdyby Emhyr dopadł Lwiątka? Cholera, tego nam jeszcze brakuje! Królowa Cintry i cesarzowa Nilfgaardu!

– Cesarzowa! – parsknął Henselt. – Doprawdy przesadzasz, Vizimir. Po co Emhyrowi dziewczynka, po diabła mu ożenek? Dla tronu Cintry? Emhyr już ma Cintrę! Podbił kraj i zrobił z niego nilfgaardzką Prowincję! Siedzi na tronie całą rzycią i jeszcze ma dość miejsca, by móc się wiercić!

– Po pierwsze – zauważył Foltest – Emhyr dzierży Cintrę prawem, a raczej bezprawiem agresora. Gdyby miał dziewczynę i ożenił się z nią, mógłby panować legalnie. Rozumiesz? Nilfgaard związany małżeństwem z krwią Calanthe to już nie Nilfgaard najeźdźca, na którego szczerzy zęby cała Północ. To Nilfgaard sąsiad, z którym trzeba się liczyć. Jak chciałbyś wypchnąć taki Nilfgaard za Marnadal, za przełęcze Amellu? Atakując królestwo, na tronie którego legalnie zasiada Lwiątko, wnuczka Lwicy z Cintry? Zaraza! Nie wiem, kto szuka tego dzieciaka. Ja go nie szukałem. Ale oświadczam wam, że teraz zacznę. Wciąż uważam, że dziewczynka nie żyje, ale nie wolno nam ryzykować. Okazuje się, że to zbyt ważna persona. Jeśli przeżyła, musimy ją odnaleźć!

– Czy od razu ustalimy, za kogo ją wydamy, gdy odnajdziemy? – wykrzywił się Henselt. – Takich spraw nie należałoby pozostawiać przypadkowi. Moglibyśmy, owszem, wręczyć ją bojowym partyzantom Vissegerda jako sztandar, przywiązaną do długiej tyczki, niech niosą ją przed frontem, atakując tamten brzeg. Ale jeśli odzyskana Cintra ma posłużyć nam wszystkim... Chyba wiecie, o co mi idzie? Jeśli zaatakujemy Nilfgaard i odbijemy Cintrę, można będzie posadzić Lwiątko na tronie. Ale Lwiątko może mieć tylko jednego męża. Takiego, który dopilnuje naszych interesów w ujściu Jarugi. Kto z obecnych na ochotnika?

– Ja nie – zadrwiła Meve. – Rezygnuję z przywileju.

– A ja nie wykluczałbym nieobecnych – rzekł poważnie Demawend. – Ani Ervylla, ani Niedamira, ani Thyssenidów. A taki Vissegerd, weźcie to pod rozwagę, może was zaskoczyć i zrobić niespodziewany użytek ze sztandaru przywiązanego do długiej tyczki. Słyszeliście o małżeństwach morganatycznych? Vissegerd jest stary i brzydki jak krowia kupa, ale napojone wywarami z absenty i damiany Lwiątko może się w nim niespodzianie zakochać! Czy król Vissegerd, panowie, mieści się w naszych planach?

– Nie – mruknął Foltest. – W moich się nie mieści.

– Hmm... – zawahał się Vizimir. – W moich też nie. Vissegerd jest narzędziem, nie partnerem, i taką, nie inną rolę ma odegrać w naszych planach ataku na Nilfgaard. Ponadto, jeśli tym, który tak zawzięcie poszukuje Lwiątka, jest jednak Emhyr var Emreis, ryzykować nie możemy.

– Absolutnie nie możemy – potwierdził Foltest. – Lwiątko nie może dostać się w ręce Emhyra. Nie może wpaść w niczyje... W niewłaściwe ręce... Żywe.

– Dzieciobójstwo? – skrzywiła się Meve. – Niełądne rozwiązanie, panowie królowie. Niegodne. I chyba niepotrzebnie drastyczne. Najpierw znajdźmy dziewczynę, bo jeszcze jej nie mamy. A gdy ją znajdziemy, dajcie ją mnie. Potrzymam ją ze dwa lata w jakimś kasztelu w górach, wydam za któregoś z moich rycerzy. Gdy ją znowu zobaczycie, będzie miała już dwójkę dzieci i o, taki brzuch.

– Czyli, jeśli dobrze rachuję, co najmniej troje ewentualnych późniejszych pretendentów i samozwańców? – pokiwał głową Vizimir. – Nie, Meve. To faktycznie niepiękne, ale Lwiątko, jeśli przeżyło, teraz musi umrzeć. Racja stanu. Panowie?

Deszcz tłukł o okna. Wśród wież zamczyska Hagge wył wicher.

Królowie milczeli.

•

– Vizimir, Foltest, Demawend, Henselt i Meve – powtórzył marszałek. – Spotkali się na tajnej naradzie w zamku Hagge nad Pontarem. Radzili potajemnie.

– Cóż za symbolika – powiedział, nie odwracając się, szczupły, czarnowłosy mężczyzna w łosiowym kaftanie, poznaczonym odciskami od zbroi i plamami rdzy. – Przecież to właśnie pod Hagge, niespełna czterdzieści lat temu, Virfuril pobił wojska Medella, umacniając swoją władzę w Dolinie Pontar i ustalając dzisiejsze granice między Aedirn i Temerią. A dziś, proszę, Demawend, syn Virfurila, zaprasza do Hagge Foltesta, syna Medella, do kompletu ściągając tam jeszcze Vizimira z Tretogoru, Henselta z Ard Carraigh i wesołą wdówkę Meve z Lyrii. Spotykają się i radzą potajemnie. Domyślasz się, nad czym radzą, Coehoorn?

– Domyślam – rzekł krótko marszałek. Nie powiedział ani słowa więcej. Wiedział, że odwrócony plecami mężczyzna nie znosi, by w jego obecności popisywać się elokwencją i komentować oczywiste fakty.

– Nie zaprosili Ethaina z Cidaris – mężczyzna w łosiowym kaftanie odwrócił się, założył ręce za plecy, przeszedł się wolno od okna do stołu i z powrotem – ani Ervylla z Verden. Nie zaprosili Esterada Thyssena ani Niedamira. To znaczy, że albo są bardzo pewni, albo bardzo niepewni. Nie zaprosili nikogo z Kapituły Czarodziejskiej. To interesujące. I znamienne. Coehoorn, postaraj się, aby czarodzieje dowiedzieli się o tej naradzie. Niech wiedzą, że ich monarchowie nie traktują ich jak równych sobie. Wydaje mi się, że czarodzieje z Kapituły mieli w tym względzie wątpliwości. Rozwiej im je.

– Rozkaz.

– Są jakieś nowe wieści od Rience'a?

– Żadnych.

Mężczyzna zatrzymał się przy oknie, stał tam długo, wpatrzony w moknące w deszczu wzgórza. Coehoorn czekał, niespokojnie zwierając i rozwierając dłoń zaciśniętą na głowicy miecza. Obawiał się, że będzie zmuszony do wysłuchania długiego monologu. Marszałek wiedział, że stojący przy oknie mężczyzna uważa taki monolog za rozmowę, a rozmawianie za zaszczyt i dowód zaufania. Wiedział o tym, ale nadal nie lubił wysłuchiwać monologów.

– Jak znajdujesz ten kraj, namiestniku? Udało ci się polubić twą nową Prowincję?

Drgnął, zaskoczony. Nie spodziewał się tego pytania. Ale nad odpowiedzią nie zastanawiał się długo. Nieszczerość i niezdecydowanie mogły go zbyt drogo kosztować.

– Nie, wasza wysokość. Nie polubiłem. Ten kraj jest taki... Ponury.

– Był niegdyś inny – odrzekł mężczyzna, nie odwracając się. – I będzie kiedyś inny. Zobaczysz. Zobaczysz jeszcze piękną, radosną Cintrę, Coehoorn. Obiecuję ci. Ale nie smuć się, nie będę cię tu długo trzymał. Kto inny obejmie namiestnictwo Prowincji. Ty będziesz mi potrzebny w Dol Angra. Wyruszysz natychmiast po zdławieniu rebelii. Potrzebny mi będzie w Dol Angra ktoś odpowiedzialny. Ktoś, kto nie da się sprowokować. Wesoła wdówka z Lyrii albo Demawend... Będą chcieli nas sprowokować. Weźmiesz w karby młodych oficerów. Ochłodzisz gorące głowy. Dacie się sprowokować wtedy, gdy wydam rozkaz. Nie wcześniej.

– Tak jest!

Z antyszambrów dobiegł szczęk broni i ostróg, podniesione głosy. Zapukano do drzwi. Mężczyzna w łosiowym kaftanie odwrócił się od okna, przyzwalająco kiwnął głową. Marszałek skłonił się lekko, wyszedł.

Mężczyzna wrócił do stołu, usiadł, schylił głowę nad mapami. Patrzył na nie długo, wreszcie oparł czoło na splecionych dłoniach. Ogromny brylant w jego pierścieniu zaskrzył się w świetle świec tysiącem ogni.

– Wasza wysokość? – Drzwi skrzypnęły lekko.

Mężczyzna nie zmienił pozycji. Ale marszałek zauważył, że dłonie mu drgnęły. Poznał to po błysku brylantu. Ostrożnie i cicho zamknął za sobą drzwi.

– Wieści, Coehoorn? Może od Rience'a?

– Nie, wasza wysokość. Ale dobre wieści. Rebelia w Prowincji stłumiona. Rozbiliśmy buntowników. Tylko niewielu zdołało zbiec do Verden. Pojmaliśmy przywódcę, diuka Windhalma z Attre.

– Dobrze – rzekł po chwili mężczyzna, nadal nie unosząc wspartej na dłoniach głowy. – Windhalm z Attre... Każ go ściąć. Nie... Nie ściąć. Stracić w inny sposób. Spektakularnie, długo i okrutnie. I publicznie, ma się rozumieć. Konieczny jest przykład grozy. Coś takiego, co odstraszy innych. Tylko proszę, Coehoorn, oszczędź mi szczegółów. W raportach nie musisz silić się na malownicze opisy. Nie znajduję w tym przyjemności.

Marszałek skinął głową, przełknął ślinę. On też nie

znajdował w tym przyjemności. Absolutnie żadnej przyjemności. Zamierzał przygotowanie i wykonanie kaźni zlecić specjalistom. Nie miał najmniejszego zamiaru pytać specjalistów o szczegóły. A tym bardziej być przy tym obecny.

– Będziesz obecny przy egzekucji – mężczyzna uniósł głowę, podniósł ze stołu list, złamał pieczęcie. – Oficjalnie. Jako namiestnik prowincji Cintra. Zastąpisz mnie. Ja nie mam zamiaru na to patrzeć. To rozkaz, Coehoorn.

– Tak jest! – marszałek nawet się nie starał ukryć zakłopotania i niezadowolenia. Przed mężczyzną, który wydał rozkaz, nie wolno było niczego ukrywać. I rzadko komu to się udawało.

Mężczyzna rzucił okiem na otwarty list, prawie natychmiast cisnął go w ogień, do kominka.

– Coehoorn.

– Tak, wasza wysokość?

– Nie będę czekał na raport Rience'a. Postaw na nogi magików, niech przygotują telekomunikację z punktem kontaktowym w Redanii. Niech przekażą mój ustny rozkaz, który ma natychmiast być skierowany do Rience'a. Treść rozkazu jest następująca: Rience ma się przestać cackać, ma przestać bawić się z wiedźminem. Bo to się może źle skończyć. Z wiedźminem bawić się nie wolno. Ja go znam, Coehoorn. On jest za sprytny, by naprowadzić Rience'a na ślad. Powtarzam, Rience ma natychmiast zorganizować zamach, ma natychmiast wyeliminować wiedźmina z gry. Zabić. A potem zniknąć, przyczaić się i czekać na rozkazy. A gdyby wcześniej wpadł na ślad czarodziejki, ma ją zostawić w spokoju. Yennefer nie może spaść włos z głowy. Zapamiętałeś, Coehoorn?

– Tak jest.

– Telekomunikacja ma być zaszyfrowana i solidnie zabezpieczona przed magicznym odczytaniem. Uprzedź o tym czarodziejów. Jeżeli sknocą, jeżeli osoby niepowołane dowiedzą się o treści tego rozkazu, obciążę ich odpowiedzialnością.

– Tak jest – marszałek chrząknął, wyprostował się.

– Co jeszcze, Coehoorn?

– Graf... Już tu jest, wasza wysokość. Przybył zgodnie z rozkazem.

– Już? – uśmiechnął się mężczyzna. – Podziwu godny pośpiech. Mam nadzieję, że nie zajeździł tego karosza, którego wszyscy mu tak zazdrościli. Niech wejdzie.

– Mam być obecny przy rozmowie, wasza wysokość?

– Oczywiście, że tak, namiestniku Cintry.

Wezwany z antyszambrów rycerz wszedł do komnaty energicznym, mocnym, gromkim krokiem, zgrzytając czarną zbroją. Zatrzymał się, wyprostował dumnie, odrzucił z ramienia mokry i ubłocony czarny płaszcz, położył dłoń na rękojeści potężnego miecza. Oparł o biodro czarny hełm ozdobiony skrzydłami drapieżnego ptaka. Coehoorn spojrzał na twarz rycerza. Znalazł na niej twardą wojacką dumę i zuchwałość. Nie znalazł niczego, co powinno się zobaczyć na twarzy człowieka, który ostatnie dwa lata spędził w wieży, w miejscu, z którego, jak wszystko wskazywało, wyjść mógł tylko na szafot. Marszałek uśmiechnął się pod wąsem. Wiedział, że pogarda śmierci i szaleńcza odwaga młodzików brała się wyłącznie z braku wyobraźni. Wiedział o tym doskonale. Sam kiedyś był takim młodzikiem.

Siedzący za stołem mężczyzna oparł podbródek na splecionych dłoniach, spojrzał na rycerza uważnie. Młodzik wyprężył się jak struna.

– Żeby wszystko było jasne – powiedział do niego mężczyzna zza stołu – wiedz, że błąd, który popełniłeś w tym mieście dwa lata temu, bynajmniej nie został ci wybaczony. Otrzymasz jeszcze jedną szansę. Dostaniesz jeszcze jeden rozkaz. Od tego, jak go wykonasz, zależała będzie moja decyzja co do twych dalszych losów.

Twarz młodego rycerza nie drgnęła nawet, nie drgnęło też ani jedno piórko na skrzydłach zdobiących oparty o biodro hełm.

– Nigdy nikogo nie oszukuję, nigdy nie daję nikomu złudnych nadziei – ciągnął mężczyzna. – Wiedz tedy, że na ocalenie karku od katowskiego topora możesz mieć niejakie widoki, jeśli, rzecz jasna, tym razem błędu nie popełnisz. Na pełne ułaskawienie szanse masz małe. Na moje wybaczenie i puszczenie w niepamięć... żadnych.

Młody rycerz w czarnej zbroi i tym razem nawet nie

drgnął, ale Coehoorn dostrzegł błysk jego oczu. Nie wierzy mu, pomyślał. Nie wierzy i łudzi się. Popełnia wielki błąd.

– Nakazuję pełną uwagę – podjął mężczyzna zza stołu. – Również tobie, Coehoorn. Bo ciebie również będą dotyczyły rozkazy, które za chwilę wydam. Za chwilę. Muszę bowiem zastanowić się nad ich treścią i brzmieniem.

Marszałek Menno Coehoorn, namiestnik Prowincji Cintra i przyszły głównodowodzący armią z Dol Angra, poderwał głowę, wyprężył się z ręką na głowicy miecza. Taką samą postawę przybrał rycerz w czarnej zbroi, z hełmem ozdobionym skrzydłami drapieżnego ptaka. Czekali obaj. W ciszy. Cierpliwie. Tak jak należało czekać na rozkazy, nad treścią i brzmieniem których zastanawiał się imperator Nilfgaardu, Emhyr var Emreis, Deithwen Addan yn Carn aep Morvudd, Biały Płomień Tańczący na Kurhanach Wrogów.

•

Ciri obudziła się.

Leżała, a raczej półsiedziała z głową wysoko opartą na kilku poduszkach. Okłady, które miała na czole, były już ciepłe i tylko lekko wilgotne. Zrzuciła je, nie mogąc znieść przykrego ciężaru i pieczenia skóry. Oddychała z trudem. Gardło miała wyschnięte, nos prawie całkowicie zablokowany skrzepami krwi. Ale eliksiry i zaklęcia podziałały – ból, który przed kilkoma godzinami ćmił wzrok i rozsadzał czaszkę, zniknął, ustąpił, zostało po nim tylko tępe pulsowanie i wrażenie ucisku w skroniach.

Ostrożnie dotknęła nosa wierzchem dłoni. Nie krwawiła już.

Ależ miałam dziwny sen, pomyślała. Pierwszy sen od tylu dni. Pierwszy, w którym się nie bałam. Pierwszy, który nie dotyczył mnie. Byłam... obserwatorem. Widziałam wszystko jak gdyby z góry, z wysoka... Jak gdybym była ptakiem... Nocnym ptakiem...

Sen, w którym widziałam Geralta.

W tym śnie była noc. I deszcz, który marszczył powierzchnię kanału, szumiał na gontach dachów, na strzechach szop, lśnił na deskach pomostów i kładek, na pokładach łodzi i barek... I był tam Geralt. Nie sam. Był z nim mężczyzna w śmiesznym kapeluszu z piórkiem, oklapłym od wilgoci. I szczupła dziewczyna w zielonym płaszczu z kapturem... Wszyscy troje wolno i ostrożnie szli po mokrym pomoście... A ja widziałam ich z góry. Jak gdybym była ptakiem. Nocnym ptakiem...

Geralt zatrzymał się. Daleko jeszcze, spytał. Nie, powiedziała szczupła dziewczyna, otrząsając z wody zielony płaszcz. Już prawie jesteśmy na miejscu... Hej, Jaskier, nie zostawaj w tyle, bo zgubisz się w tych zaułkach... A gdzie, u licha, jest Filippa? Przed chwilą ją widziałem, leciała wzdłuż kanału... Ależ parszywa pogoda... Idziemy. Prowadź, Shani. A tak między nami, to skąd ty znasz tego znachora? Co cię z nim łączy?

Sprzedaję mu czasem leki wyszabrowane z pracowni w uczelni. Co się tak gapisz? Ojczym z trudem opłaca moje czesne... Bywa, że potrzebuję grosza... A znachor, mając prawdziwe lekarstwa, leczy ludzi... A przynajmniej ich nie truje... No, chodźmy już.

Dziwny sen, pomyślała Ciri. Szkoda, że się obudziłam. Chciałabym zobaczyć, co będzie dalej... Chciałabym wiedzieć, co oni tam robią. Dokąd idą...

Z komnaty obok dobiegały głosy, głosy, które ją obudziły. Matka Nenneke mówiła szybko, była najwyraźniej podniecona, zdenerwowana i gniewna. Zawiodłaś moje zaufanie, mówiła. Nie powinnam była na to zezwolić. Mogłam się domyślić, że twoja antypatia do niej doprowadzi do nieszczęścia. Nie powinnam była pozwolić ci... Bo przecież cię znam. Jesteś bezwzględna, jesteś okrutna, a na domiar złego okazało się, że jesteś też nieodpowiedzialna i nieostrożna. Bezlitośnie katujesz to dziecko, zmuszasz do wysiłków, którym ona nie jest w stanie sprostać. Nie masz serca.

Naprawdę nie masz serca, Yennefer.

Ciri nadstawiła uszu, chcąc usłyszeć odpowiedź czarodziejki, jej zimny, twardy i dźwięczny głos. Chcąc usłyszeć, jak zareaguje, jak zadrwi z arcykapłanki, jak wyśmieje jej nadopiekuńczość. Jak powie to, co mówi zwykle

– że być czarodziejką to nie przelewki, że to nie zajęcie dla panienek wypalonych z porcelany, dla wydmuszek z cienkiego szkiełka. Ale Yennefer odpowiedziała cicho. Tak cicho, że dziewczynka nie była w stanie nie tylko zrozumieć, ale nawet rozróżnić poszczególnych słów.

Usnę, pomyślała, ostrożnie i delikatnie obmacując nos, wciąż tkliwy i obolały, zapchany zakrzepłą krwią. Wrócę do mojego snu. Zobaczę, co robi Geralt, tam, w nocy, w deszczu, nad kanałem...

Yennefer trzymała ją za rękę. Szły obie długim ciemnym korytarzem, między kamiennymi kolumnami, a może posągami, Ciri nie mogła rozeznać kształtów w gęstym mroku. Ale w ciemnościach ktoś był, ktoś krył się tam i obserwował je, gdy szły. Słyszała szepty, ciche jak szum wiatru.

Yennefer trzymała ją za rękę, szła szybko i pewnie, pełna zdecydowania, tak że Ciri ledwie mogła za nią nadążyć. Przed nimi otwierały się drzwi. Kolejno. Jedne po drugich. Nieskończenie wiele drzwi o gigantycznych, ciężkich skrzydłach otwierało się przed nimi bez szmeru.

Mrok gęstniał. Przed sobą Ciri zobaczyła kolejne wrota. Yennefer nie zwolniła kroku, ale Ciri wiedziała nagle, że te drzwi nie otworzą się same. I miała nagle przerażającą pewność, że tych drzwi otworzyć nie wolno. Że nie wolno jej przez nie przejść. Że za tymi drzwiami coś na nią czeka...

Zatrzymała się, spróbowała szarpnąć, ale ręka Yennefer była mocna i nieugięta, nieubłaganie wlokła ją do przodu. A Ciri zrozumiała wreszcie, że została zdradzona, oszukana, sprzedana. Że zawsze, od pierwszego spotkania, od początku, od pierwszego dnia była tylko marionetką, kukiełką na patyczku. Szarpnęła się mocniej, wydarła z uścisku. Mrok zafalował jak dym, szepty w ciemnościach ścichły raptownie. Czarodziejka postąpiła krok do przodu, zatrzymała się, odwróciła, spojrzała na nią.

Jeżeli się boisz, zawróć.

Nie wolno otworzyć tych drzwi. Ty o tym wiesz.

Wiem.

A jednak prowadzisz mnie tam.

Jeżeli się boisz, zawróć. Jeszcze jest czas, by zawrócić. Jeszcze nie jest za późno.

A ty?

Dla mnie jest.

Ciri obejrzała się. Pomimo wszechobecnego mroku widziała drzwi, które już minęły – długą, daleką perspektywę. I stamtąd, z daleka, z ciemności, usłyszała...

Stuk podków. Skrzyp czarnej zbroi. I szum skrzydeł drapieżnego ptaka. I głos. Cichy, wwiercający się w czaszkę głos...

Pomyliłaś się. Pomyliłaś niebo z gwiazdami odbitymi nocą na powierzchni stawu.

Obudziła się. Raptownie poderwała głowę, strącając okład, świeży, bo mokry i chłodny. Była zlana potem, w skroniach znowu dzwonił i pulsował tępy ból. Yennefer siedziała przy niej na łóżku. Głowę miała odwróconą, tak że Ciri nie widziała jej twarzy. Widziała tylko burzę czarnych włosów.

– Miałam sen... – szepnęła Ciri. – W tym śnie...

– Wiem – powiedziała czarodziejka dziwnym, nieswoim głosem. – Dlatego tu jestem. Jestem przy tobie.

Za oknem, w ciemnościach, deszcz szumiał na liściach drzew.

•

– Psiakrew – warknął Jaskier, strząsając wodę z namiękłego od deszczu ronda kapelusza. – To istna forteca, nie dom. Czego ten znachor się boi, że tak się obwarował?

Łódki i barki, przycumowane do nabrzeża, kołysały się leniwie na zmarszczonej od deszczu wodzie, zderzały się z cichym stukiem, skrzypiały, podzwaniały łańcuchami.

– To dzielnica portowa – wyjaśniła Shani. – Nie brak tu bandziorów i szumowin, lokalnych i przyjezdnych. Do Myhrmana chodzi sporo ludzi, przynoszą mu pieniądze... Wszyscy o tym wiedzą. Jak i o tym, że mieszka sam. No więc się zabezpieczył. Dziwicie mu się?

– Ani trochę – Geralt spojrzał na domostwo wzniesione na palach wbitych w dno kanału jakieś pięć sążni od nabrzeża. – Kombinuję, jak dostać się na ten ostrów, do tej nawodnej chatki. Chyba będzie trzeba cichcem wypożyczyć którąś z tych łódek...

– Nie ma potrzeby – powiedziała medyczka. – Tam jest zwodzony mostek.

– A jak przekonasz znachora, by go opuścił? Poza tym są tam jeszcze drzwi, a taranu ze sobą nie wzięliśmy...

– Zostawcie to mnie.

Wielka szara sowa bez szmeru wylądowała na poręczy pomostu, strzepnęła skrzydłami, nastroszyła się i zmieniła w Filippę Eilhart, również nastroszoną i zmokniętą.

– Co ja tu robię? – zamamrotała gniewnie czarodziejka. – Co ja tu z wami robię, cholera? Balansuję na mokrym drągu... I na krawędzi zdrady stanu. Jeżeli Dijkstra dowie się, że wam pomagałam... I do tego ta mżawka! Nie cierpię latać, gdy pada. Czy to tu? To jest dom Myhrmana?

– Tak – potwierdził Geralt. – Posłuchaj, Shani. Spróbujemy...

Skupili się ciasno, zaczęli szeptać, skryci w ciemnościach pod okapem trzcinowego dachu szopy. Z tawerny po przeciwległej stronie kanału padała na wodę smuga światła. Słychać było śpiewy, śmiechy i wrzaski. Na nabrzeże wytoczyło się trzech flisaków. Dwóch kłóciło się, szarpiąc i popychając nawzajem, bluzgając w kółko tymi samymi przekleństwami, do znudzenia. Trzeci, oparty o pal, sikał do kanału, gwiżdżąc przy tym fałszywie.

Dong, odezwała się metalicznie żelazna blacha uwiązana na rzemieniu do słupka przy pomoście. *Dong*.

Znachor Myhrman otworzył okienko, wyjrzał. Latarnia, którą trzymał w ręku, tylko go oślepiała, odstawił ją więc.

– Co za czort tam dzwoni po nocy? – ryknął wściekle. – Stuknij się w łeb pusty, zasrańcu, bindasie koślawy, gdy przyszła na cię chętka stukać! Won, poszli precz, moczymordy, ale już! Mam tu kuszę narychtowaną! Chce który mieć sześć cali bełtu w dupie?

– Panie Myhrman! To ja, Shani!

– Hę? – znachor wychylił się mocniej. – Panienka Shani? Teraz, po nocy? Jakże to tak?

– Opuśćcie mostek, panie Myhrman! Przyniosłam wam to, o co prosiliście!

– Akurat teraz, po ćmoku? Nie mogliście w dzień, panienko?

– W dzień za dużo tu oczu – szczupła sylwetka w zielonym płaszczu zamajaczyła na pomoście. – Jeśli się wyda, co dla was noszę, wyrzucą mnie z Akademii. Opuśćcie mostek, nie będę stać na deszczu, ciżemki mi przemokły!

– Nie samiście, panienko – zauważył podejrzliwie znachor. – Zwykle sami przychodzicie. Kto tam z wami jest?

– Druh, żak jako i ja. Sama miałam po nocy iść, do tej waszej zakazanej dzielnicy? Co to mi, cnota niemiła, czy jak? Wpuśćcie mnie wreszcie, u kaduka!

Mrucząc pod nosem, Myhrman zwolnił blokadę kołowrotu, mostek ze skrzypem opuścił się, stuknął o deski pomostu. Znachor podreptał do drzwi, odsunął zasuwy i rygle. Nie odkładając napiętej kuszy, wyjrzał ostrożnie.

Nie dostrzegł lecącej ku jego skroni pięści w czarnej, najeżonej srebrnymi ćwiekami rękawicy. Ale choć noc była ciemna, księżyc w nowiu, a niebo chmurne, zobaczył nagle dziesięć tysięcy oślepiająco jaskrawych gwiazd.

•

Toublanc Michelet jeszcze raz przeciągnął bruskiem po ostrzu miecza, sprawiając wrażenie, że wykonywana czynność pochłania go bez reszty.

– Mamy zatem zabić dla was jednego człowieka – odłożył brusek, wytarł głownię kawałkiem natłuszczonej króliczej skóry, krytycznie obejrzał ostrze. – Zwyczajnego, który łazi sobie samotnie po ulicach Oxenfurtu, nie ma ani gwardii, ani eskorty, ani ochroniarzy. Nie ma nawet pachołków. Żeby go dostać, nie będziem musieli wdzierać się do żadnego kasztelu, ratusza, zamczystego domu ani garnizonu... Czy tak, mości panie Rience? Właściwie was pojąłem?

Meżczyzna z twarzą zeszpeconą przez bliznę po oparzeniu przytaknął skinieniem głowy, mrużąc lekko ciemne wilgotne oczy o nieprzyjemnym wyrazie.

– Nadto – podjął Toublanc – po zabiciu tego typa wcale nie będziem zmuszeni taić się gdzieś przez najbliższe pół roku, bo nikt nie będzie nas ścigał ni tropił. Nikt nie poszczuje na nas opoli ani łowców nagród. Nie podpadniem pod rodową wróżdę ani zemstę. Inakszej mówiąc, panie Rience, mamy ukatrupić dla was zwyczajnego, pospolitego, nic nie znaczącego frajera?

Mężczyzna z blizną nie odpowiedział. Toublanc spojrzał na braci nieruchomo i sztywno siedzących na ławie. Rizzi, Flavius i Lodovico milczeli jak zwykle. W zespole, jaki tworzyli, oni zabijali, od gadania był Toublanc. Bo tylko Toublanc uczęszczał do szkółki świątynnej. Zabijał równie wprawnie jak bracia, ale nadto umiał czytać i pisać. I gadać.

– I żeby ubić takiego pospolitego frajera, panie Rience, nie wynajmujecie byle oprycha z portu, ale nas, braci Micheletów? Za sto novigradzkich koron?

– Taka jest wasza zwykła stawka – wycedził mężczyzna z blizną. – Prawda?

– Nieprawda – zaprzeczył zimno Toublanc. – Bo my nie jesteśmy od zabijania pospolitych frajerów. A jeżeli już... Panie Rience, frajer, którego chcecie widzieć trupem, będzie was kosztował dwieście. Dwieście nie oberżniętych, błyszczących koron z wybitą cechą novigradzkiej mennicy. Wiecie, dlaczego? Bo w tej sprawie jest haczyk, mości panie. Nie musicie nam mówić, jaki haczyk, obejdziem się. Ale zapłacicie zań. Dwieście, rzekłem. Przybijecie taką cenę, to już możecie waszego niedruga uważać za martwego. Nie zechcecie przybić, to poszukajcie kogo innego do tej roboty.

W śmierdzącej stęchlizną i skisłym winem piwnicy zapadła cisza. Po klepisku biegł karaluch, szybko przebierając odnóżami. Flavius Michelet rozdeptał go z trzaskiem, błyskawicznym ruchem nogi, prawie nie zmieniając pozycji i zupełnie nie zmieniając wyrazu twarzy.

– Zgoda – powiedział Rience. – Dostaniecie dwieście. Idziemy.

Toublanc Michelet, zawodowy morderca od czternastego roku życia, nawet drgnieniem powieki nie zdradził zaskoczenia. Nie liczył, że uda mu się wytargować więcej niż sto dwadzieścia, góra sto pięćdziesiąt. Nabrał nagle pewności, że zbyt nisko wycenił kryjący się w tej robocie haczyk.

•

Znachor Myhrman ocknął się na podłodze swej własnej izby. Leżał na wznak, spętany jak baran. Potylica bolała go wściekle, pamiętał, że padając wyrżnął głową o framugę drzwi. Bolała też skroń, w którą go walnięto. Nie mógł się poruszyć, bo pierś ciężko i niemiłosiernie ugniatał mu wysoki but zapinany na klamry. Znachor, mrużąc oczy i marszcząc twarz, spojrzał w górę. But należał do wysokiego mężczyzny o włosach białych jak mleko. Myhrman nie widział jego twarzy – była skryta w mroku, którego nie rozjaśniała stojąca na stole latarnia.

– Darujcie życiem... – stęknął. – Oszczędźcie, zaklinam na bogów... Oddam pieniądze... Wszystko oddam... Pokażę, gdzie schowane...

– Gdzie jest Rience, Myhrman?

Znachor zatrząsł się cały na dźwięk tego głosu. Nie należał do strachliwych, było niewiele rzeczy, których się bał. Ale w głosie białowłosego były wszystkie te rzeczy. I jeszcze kilka innych na dodatek.

Nadludzkim wysiłkiem woli opanował lęk pełzający po trzewiach jak ohydny robak.

– Hę? – udał zdumienie. – Co? Kto? Jak powiadacie?

Mężczyzna pochylił się i Myhrman zobaczył jego twarz. Zobaczył oczy. A na ten widok żołądek obsunął mu się aż do odbytnicy.

– Nie kręć, Myhrman, nie zamiataj ogonem – odezwał się z cienia znajomy głos Shani, medyczki z uniwersytetu. – Gdy byłam u ciebie trzy dni temu, tu, na tym zydlu, za tym stołem, siedział jegomość w płaszczu podbitym piżmakami. Pił wino, a ty nigdy nikogo nie ugaszczasz, tylko najlepszych przyjaciół. Zalecał się do mnie, nachalnie namawiał na tańce pod „Trzy Dzwoneczki". Nawet po łapach musiałam mu dać, bo brał się do macania, pamiętasz? A ty powiedziałeś: „Ostawcie ją, panie Rience, nie płoszcie mi jej, mus mi z akademikusami dobrze żyć i interesy kręcić". I rechotaliście obydwaj, ty i twój pan Rience z poparzoną facjatą. Nie rżnij więc teraz głupiego, bo nie trafiłeś na głupszych od siebie. Gadaj, póki grzecznie proszą.

Ach, ty żaczko przemądrzała, pomyślał znachor. Ty gadzino zdradziecka, ty gamratko ruda, już ja cię znajdę, już ja ci odpłacę... Bylem tylko się z tego wykaraskał...

– Jaki Rience? – zaskowyczał, wijąc się, na próżno próbując uwolnić spod gniotącego mu mostek obcasa. – A skąd mnie wiedzieć, kto on i gdzie on? Tu różni przychodzą, tacy i siacy, co to ja...

Białowłosy pochylił się jeszcze bardziej, wolno wyciągnął sztylet z cholewy drugiego buta, wzmocnił nacisk pierwszego na pierś znachora.

– Myhrman – powiedział cicho. – Chcesz, wierz, nie chcesz, nie wierz. Ale jeśli natychmiast nie powiesz mi, gdzie jest Rience... Jeśli mi natychmiast nie wyjawisz, w jaki sposób kontaktujesz się z nim... To ja cię po kawałeczku skarmię węgorzom w kanale. Zacznę od uszu.

W głosie białowłosego było coś, co sprawiło, że znachor uwierzył natychmiast, w każde słowo. Patrzył na klingę sztyletu i wiedział, że była ostrzejsza od noży, których sam używał do przecinania wrzodów i czyraków. Zaczął dygotać tak, że oparty o jego pierś but podskakiwał nerwowo. Ale milczał. Musiał milczeć. Na razie. Bo gdyby Rience wrócił i zapytał, dlaczego go wydał, Myhrman powinien móc zademonstrować dlaczego. Jedno ucho, pomyślał, jedno ucho muszę wytrzymać. Potem powiem...

– Po co tracić czas i babrać się krwią? – rozległ się nagle z półmroku miękki kobiecy alt. – Po co ryzykować, że będzie kręcił i kłamał? Pozwólcie mi wziąć się za niego moim sposobem. Będzie gadał tak szybko, że pokąsa sobie język. Przytrzymajcie go.

Znachor zawył i targnął się w pętach, ale białowłosy przygniótł go kolanem do podłogi, chwycił za włosy i wykręcił głowę. Obok ktoś uklęknął. Poczuł zapach perfum i mokrych ptasich piór, poczuł dotyk palców na skroni. Chciał wrzasnąć, ale gardło dławiła mu trwoga – zdołał tylko zaskrzeczeć.

– Już chcesz krzyczeć? – zamruczał po kociemu miękki alt tuż obok jego ucha. – Za wcześnie, Myhrman, za wcześnie. Jeszcze nie zaczęłam. Ale zaraz zacznę. Jeżeli ewolucja wytworzyła na twoim mózgu jakiekolwiek bruzdy, to ja ci je przeorzę nieco głębiej. A wtedy zobaczysz, czym może być krzyk.

•

– A zatem – powiedział Vilgefortz, wysłuchawszy relacji – nasi królowie zaczęli myśleć samodzielnie. Zaczęli samodzielnie planować, w zaskakująco szybki sposób ewoluując od myślenia na poziomie taktycznym do strategicznego? Ciekawe. Jeszcze niedawno, pod Sodden, jedyne, co umieli, to był galop z dzikim wrzaskiem i wzniesionym mieczem na czele chorągwi, nawet bez oglądania się, czy aby chorągiew nie została w tyle lub nie galopuje w zupełnie innym kierunku. A dziś, proszę, na zamku w Hagge decydują o losach świata. Ciekawe. Ale, jeśli mam być szczery, spodziewałem się tego.

– Wiemy – przytaknął Artaud Terranova. – I pamiętamy, ostrzegałeś nas przed tym. Dlatego cię o tym informujemy.

– Dziękuję za pamięć – uśmiechnął się czarodziej, a Tissaia de Vries nabrała nagle pewności, że o zakomunikowanych mu przed chwilą faktach wiedział od dawna. Nie odezwała się ani słowem. Siedząc wyprostowana w fotelu wyrównała koronkowe mankiety, lewy bowiem układał się nieco inaczej niż prawy. Poczuła na sobie niechętny wzrok Terranovy i rozbawione spojrzenie Vilgefortza. Wiedziała, że jej legendarny pedantyzm denerwuje lub bawi wszystkich. Ale absolutnie się tym nie przejmowała.

– Co na to wszystko Kapituła?

– Najpierw – odrzekł Terranova – chcielibyśmy usłyszeć twoje zdanie, Vilgefortz.

– Najpierw – uśmiechnął się czarodziej – zjedzmy coś i wypijmy. Czasu mamy dosyć, pozwólcie mi wykazać się jako gospodarz. Widzę, że jesteście przemarznięci i zmęczeni podróżą. Ile przesiadek w teleportach, jeśli wolno spytać?

– Trzy – wzruszyła ramionami Tissaia de Vries.

– Ja miałem bliżej – przeciągnął się Artaud. – Wystarczyły mi dwie. Ale skomplikowane, przyznaję.

– Wszędzie taka paskudna pogoda?

– Wszędzie.

– Wzmocnijmy się zatem jadłem i starym czerwonym winem z Cidaris. Lydia, czy mogę cię prosić?

Lydia van Bredevoort, asystentka i osobista sekretarka Vilgefortza, wyłoniła się zza kotary jak zwiewna zjawa, uśmiechnęła oczami do Tissai de Vries. Tissaia, panując nad twarzą, odpowiedziała miłym uśmiechem i pochyleniem głowy. Artaud Terranova wstał, ukłonił się z rewerencją. On również doskonale panował nad twarzą. Znał Lydię.

Dwie służące, uwijając się i szeleszcząc spódnicami, szybko wniosły na stół zastawę, naczynia i półmiski. Lydia van Bredevoort zapaliła świece w lichtarzach, delikatnie wyczarowywując maleńki płomyk między kciukiem a palcem wskazującym. Tissaia zobaczyła na jej dłoni ślad farby olejnej. Zakonotowała w pamięci, by później, po wieczerzy, poprosić młodą czarodziejkę o pokazanie nowego dzieła. Lydia była utalentowaną malarką.

Wieczerzali w milczeniu. Artaud Terranova nie żałował sobie, bez skrępowania sięgał do półmisków i chyba nieco zbyt często i bez zachęty ze strony gospodarza szczękał srebrną przykryweczką karafy z czerwonym winem. Tissaia de Vries jadła powoli, więcej uwagi niż jadłu poświęcając ułożeniu regularnej kompozycji z talerzy, sztućców i serwetki, które wciąż, jej zdaniem, leżały nierówno i raziły jej zamiłowanie do porządku i zmysł estetyczny. Piła powściągliwie. Vilgefortz jadł i pił jeszcze powściągliwiej. Lydia, rzecz jasna, nie piła i nie jadła w ogóle.

Płomyki świec falowały długimi czerwono-żółtymi wąsami ognia. O witraże okien dzwoniły krople deszczu.

– No, Vilgefortz – odezwał się wreszcie Terranova, grzebiąc widelcem w półmisku w poszukiwaniu odpowiednio tłustego kawałka dziczyzny. – Jakie jest twoje stanowisko względem poczynań naszych monarchów? Hen Gedymdeith i Francesca przysłali nas tu, bo chcą poznać twoje zdanie. Mnie i Tissaię też ono ciekawi. Kapituła chce w tej sprawie zająć zgodne stanowisko. A jeśli przyjdzie do działania, działać też chcemy zgodnie. Co zatem radzisz?

– Pochlebia mi wielce – Vilgefortz podziękował gestem Lydii, chcącej dołożyć mu brokułów na talerz – że moje zdanie w tej sprawie ma być decydujące dla Kapituły.

– Tego nikt nie powiedział – Artaud dolał sobie znowu wina. – Decyzję i tak podejmiemy kolegialnie, gdy Kapituła się zbierze. Ale niech każdy przedtem ma sposobność się wypowiedzieć, byśmy mieli rozeznanie w poglądach. Słuchamy cię zatem.

Jeśli skończyliśmy wieczerzać, przejdźmy do pracowni, zaproponowała telepatycznie Lydia, uśmiechając się oczami. Terranova spojrzał na jej uśmiech i szybko wypił to, co miał w kielichu. Do dna.

– Dobry pomysł – Vilgefortz wytarł palce w serwetę. – Tam będzie nam wygodniej, tam też mam silniejsze zabezpieczenia przed magicznym podsłuchem. Chodźmy. Możesz zabrać karafkę, Artaud.

– Nie omieszkam. To mój ulubiony rocznik.

Przeszli do pracowni. Tissaia nie mogła się powstrzymać, by nie rzucić okiem na warsztat dźwigający retorty, tygle, probówki, kryształy i niezliczone magiczne utensylia. Wszystkie były obłożone kamuflującym zaklęciem, ale Tissaia de Vries była Arcymistrzynią – nie istniała zasłona, której nie potrafiła przeniknąć. A ciekawiło ją trochę, czym mag ostatnio się zajmuje. W mig zorientowała się w konfiguracji niedawno używanej aparatury. Służyła do wykrywania miejsca pobytu osób zaginionych i do psychowizji metodą „kryształ, metal, kamień". Czarodziej kogoś poszukiwał albo rozwiązywał jakiś teoretyczny logistyczny problem. Vilgefortz z Roggeveen znany był z zamiłowania do rozwiązywania takich problemów.

Usiedli w rzeźbionych hebanowych karłach. Lydia spojrzała na Vilgefortza, złowiła dany wzrokiem znak i natychmiast wyszła. Tissaia westchnęła niezauważalnie.

Wszyscy wiedzieli, że Lydia van Bredevoort kocha Vilgefortza z Roggeveen, że kocha go od lat, cichą, zawziętą, upartą miłością. Czarodziej, ma się rozumieć, również o tym wiedział, ale udawał, że nie wie. Lydia ułatwiała mu sprawę, bo nigdy nie zdradziła się przed nim ze swym uczuciem – nigdy nie uczyniła najmniejszego kroku ani gestu, nie dała znaku myślą, a gdyby nawet mogła mówić, nie powiedziałaby słowa. Była na to za dumna. Vilgefortz również niczego nie czynił, bo Lydii nie kochał. Mógł, rzecz jasna, po prostu zrobić z niej swoją miłośnicę i jeszcze mocniej związać tym ze sobą, a kto wie, może nawet uszczęśliwić. Byli tacy, którzy mu to doradzali. Ale Vilgefortz tego nie robił. Był na to za dumny i za pryncypialny. Sytuacja była więc beznadziejna, ale stabilna, i to w oczywisty sposób satysfakcjonowało obydwoje.

– Tak więc – przerwał ciszę młody czarodziej – Kapituła głowi się nad tym, co przedsięwziąć względem inicjatyw i planów naszych królów? Zupełnie niepotrzebnie. Te plany należy po prostu zignorować.

– Słucham? – Artaud Terranova zamarł z pucharem w lewej, a karafką w prawej ręce. – Czy dobrze zrozumiałem? Mamy być bezczynni? Mamy pozwolić...

– Już pozwoliliśmy – przerwał Vilgefortz. – Bo nikt nas o pozwolenie nie pytał. I nikt nie zapyta. Powtarzam, należy udać, że o niczym nie wiemy. To jedyne rozsądne zachowanie.

– To, co oni wymyślili, grozi wojną, i to na wielką skalę.

– To, co wymyślili, jest nam znane dzięki enigmatycznej i niepełnej informacji, pochodzącej z zagadkowego, bardzo niepewnego źródła. Niepewnego do tego stopnia, że słowo „dezinformacja" uparcie się nasuwa. A jeśli nawet jest to prawda, to ich zamysły są jeszcze w fazie planu i długo w tej fazie pozostaną. A jeżeli poza tę fazę wyjdą... Cóż, wtedy dopasujemy się do sytuacji.

– Chciałeś powiedzieć – wykrzywił się Terranova – że zatańczymy tak, jak nam zagrają?

– Tak, Artaud – Vilgefortz spojrzał na niego, a oczy mu błysnęły. – Zatańczysz tak, jak ci zagrają. Albo wyjdziesz z sali. Bo podium dla orkiestry jest za wysokie, byś mógł tam wejść i kazać muzykantom grać na inną nutę. Zdaj sobie z tego wreszcie sprawę. Jeżeli sądzisz, że inne rozwiązanie jest możliwe, popełniasz błąd. Mylisz niebo z gwiazdami odbitymi nocą na powierzchni stawu.

Kapituła zrobi to, co on rozkaże, ukrywając rozkaz pod pozorem rady, pomyślała Tissaia de Vries. Jesteśmy wszyscy pionkami na jego szachownicy. Poszedł w górę, wyrósł, przyćmił nas swym blaskiem, podporządkował sobie. Jesteśmy pionkami w jego grze. W grze, której reguł nie znamy.

Lewy mankiet znowu ułożył się inaczej niż prawy. Czarodziejka poprawiła go starannie.

– Plany królów już są w fazie realizacji – powiedziała wolno. – W Kaedwen i w Aedirn rozpoczęła się ofensywa przeciwko Scoia'tael. Leje się krew elfiej młodzieży. Dochodzi do prześladowań i pogromów nieludzi. Mówi się o ataku na wolne elfy z Dol Blathanna i Gór Sinych. To masowy mord. Czy mamy przekazać Gedymdeithowi i Enid Findabair, że doradzasz bezczynne przyglądanie się? Udawanie, że niczego nie widzimy?

Vilgefortz obrócił ku niej głowę. Teraz zmienisz taktykę, pomyślała Tissaia. Jesteś graczem, rozpoznałeś słuchem, jakie kości toczą się po stole. Zmienisz taktykę. Uderzysz w inną strunę.

Vilgefortz nie spuszczał z niej wzroku.

– Masz rację – powiedział krótko. – Masz rację, Tissaia. Wojna z Nilfgaardem to jedno, ale na masakrę nieludzi nie wolno patrzeć bezczynnie. Proponuję zwołać zjazd, powszechny zjazd, wszystkich, do Mistrzów trzeciego stopnia włącznie, a więc także i tych, którzy po Sodden zasiadają w radach królewskich. Na zjeździe przemówimy im do rozsądku i nakażemy utemperowanie monarchów.

– Popieram ten projekt – powiedział Terranova. – Zwołajmy zjazd, przypomnijmy im, komu w pierwszym rzędzie winni są lojalność. Zważcie, że królom doradzają obecnie nawet niektórzy członkowie naszej Rady. Królom wysługują się Carduin, Filippa Eilhart, Fercart, Radcliffe, Yennefer...

Na dźwięk tego ostatniego imienia Vilgefortz drgnął. Wewnętrznie, ma się rozumieć. Ale Tissaia de Vries była Arcymistrzynią. Tissaia wyczuła myśl, impuls przeskakujący od warsztatu i magicznej aparatury do dwóch leżących na stole ksiąg. Obie księgi były niewidzialne, okryte magią. Czarodziejka skoncentrowała się, przebiła zasłonę.

Aen Ithlinnespeath, przepowiednia Ithlinne Aegli aep Aevenien, elfiej wyroczni. Przepowiednia końca cywilizacji, proroctwo zagłady, zniszczenia i powrotu barbarzyństwa, mających nadejść wraz z masami lodu sunącymi od granicy wiecznej zmarzliny. A druga księga... Bardzo stara... Zniszczona... *Aen Hen Ichaer*... Starsza Krew... Krew Elfów?

– Tissaia? Co ty na to?

– Popieram – czarodziejka poprawiła pierścień, który obrócił się na palcu w niewłaściwą stronę. – Popieram projekt Vilgefortza. Zwołajmy zjazd. Najrychlej, jak można.

Metal, kamień, kryształ, pomyślała. Szukasz Yennefer? Dlaczego? I co Yennefer ma wspólnego z proroctwem Itliny? I ze Starszą Krwią Elfów? Co ty knujesz, Vilgefortz?

Przepraszam, powiedziała telepatycznie Lydia van Bredevort, wchodząc bezszelestnie. Czarodziej wstał.

– Wybaczcie – powiedział – ale to pilne. Czekałem na ten list od wczoraj. To zajmie mi tylko chwilę.

Artaud ziewnął, stłumił beknięcie, sięgnął po karafkę. Tissaia spojrzała na Lydię. Lydia uśmiechnęła się. Oczami. Nie mogła inaczej.

Dolna połowa twarzy Lydii van Bredevoort była iluzją.

Przed czterema laty, na polecenie Vilgefortza, jej mistrza, Lydia wzięła udział w badaniach nad właściwościami artefaktu odnalezionego wśród wykopalisk starożytnej nekropolii. Artefakt okazał się obłożony potężną klątwą. Uaktywnił się tylko raz. Z pięciu uczestniczących w eksperymencie czarodziejów trzech zginęło na miejscu. Czwarty stracił oczy, obie ręce i oszalał. Lydia wywinęła się z poparzeniami, zmasakrowaną żuchwą i mutacją krtani i gardła, skutecznie jak do tej pory opierającą się próbom regeneracji. Sięgnięto więc po silną iluzję, by ludzie nie mdleli na widok twarzy Lydii. To była bardzo silna, wprawnie nałożona iluzja, trudna do przeniknięcia nawet dla Wybranych.

– Hmm... – Vilgefortz odłożył list. – Dziękuję, Lydia.

Lydia uśmiechnęła się. Posłaniec czeka na odpowiedź, powiedziała.

– Nie będzie odpowiedzi.

Rozumiem. Poleciłam przygotować komnaty dla gości.

– Dziękuję. Tissaia, Artaud, przepraszam was za tę chwilę zwłoki. Kontynuujmy. Na czym skończyliśmy?

Na niczym, pomyślała Tissaia de Vries. Ale słucham cię uważnie. Bo kiedyś wreszcie nawiążesz do spraw, które cię naprawdę interesują.

– Ach – zaczął wolno Vilgefortz. – Już wiem, o czym chciałem mówić. Chodzi mi o najmłodszych stażem członków Rady. O Fercarta i Yennefer. Fercart, o ile wiem, jest związany z Foltestem z Temerii, zasiada w radzie królewskiej razem z Triss Merigold. A z kim związana jest Yennefer? Mówiłeś, Artaud, że należy do tych, którzy wysługują się królom.

– Artaud przesadził – powiedziała spokojnie Tissaia. – Yennefer mieszka w Vengerbergu, więc Demawend niekiedy zwraca się do niej o pomoc, ale nie współpracują stale. Z pewnością nie można twierdzić, że ona wysługuje się Demawendowi.

– Co z jej wzrokiem? Wszystko w porządku, mam nadzieję?

– Tak. Wszystko w porządku.

– To dobrze. To bardzo dobrze. Niepokoiłem się... Wiecie, chciałem się z nią skontaktować, ale okazało się, że wyjechała. Nikt nie wiedział dokąd.

Kamień, metal, kryształ, pomyślała Tissaia de Vries. Wszystko, co nosi Yennefer, jest aktywne, niewykrywalne psychowizją. Tą metodą jej nie odnajdziesz, mój drogi. Jeśli Yennefer nie życzy sobie, by wiedziano, gdzie jest, nikt się tego nie dowie.

– Napisz do niej – powiedziała spokojnie, wyrównując mankiety. – I przekaż list zwykłym sposobem. Dojdzie niezawodnie. A Yennefer, gdziekolwiek jest, odpowie. Zawsze odpowiada.

– Yennefer – wtrącił Artaud – często znika, niekiedy na całe miesiące. Przyczyny bywają raczej trywialne...

Tissaia spojrzała na niego, zaciskając wargi. Czarodziej zamilkł. Vilgefortz uśmiechnął się lekko.

– Właśnie – powiedział. – Właśnie o tym pomyślałem. Swego czasu była mocno związana z... pewnym wiedźminem. Geraltem, jeśli się nie mylę. Zdaje się, że to nie była zwykła przelotna miłostka. Wydawało się, że Yennefer była dość mocno zaangażowana...

Tissaia de Vries wyprostowała się, zacisnęła dłonie na poręczach karła.

– Dlaczego o to pytasz? To sprawy osobiste. Nic nam do tego.

– Oczywiście – Vilgefortz spojrzał na list rzucony na pulpit. – Nic nam do tego. Ale mną nie powoduje niezdrowa ciekawość, lecz troska o emocjonalny stan członka Rady. Zastanawia mnie reakcja Yennefer na wieść o śmierci tego... Geralta. Mniemam, że umiałaby przejść do porządku dziennego, pogodzić się, nie popadając w depresję ani przesadną żałobę?

– Niewątpliwie umiałaby – powiedziała zimno Tissaia. – Tym bardziej że takie wieści docierają do niej co jakiś czas. I niezmiennie okazują się plotkami.

– Tak jest – potwierdził Terranova. – Ten cały Geralt, czy jak mu tam, umie sobie radzić. I czemu się dziwić? To mutant, morderczy automat, zaprogramowany, by zabijać i nie dać się zabić. A co do Yennefer, nie przesadzajmy z jej rzekomymi emocjami. Znamy ją. Ona emocjom się nie poddaje. Bawiła się wiedźminem, to wszystko. Fascynowała ją śmierć, z którą ten typek stale igra. A gdy się wreszcie doigra, sprawa się skończy.

– Na razie – rzekła sucho Tissaia de Vries – wiedźmin żyje.

Vilgefortz uśmiechnął się, znowu rzucił okiem na leżący przed nim list.

– Czyżby? – powiedział. – Nie sądzę.

•

Geralt wzdrygnął się lekko, przełknął ślinę. Minął już pierwszy wstrząs po wypiciu eliksiru, zaczynała się faza działania, sygnalizowana lekkim, ale nieprzyjemnym zawrotem głowy, towarzyszącym adaptacji wzroku do ciemności.

Adaptacja przebiegała szybko. Mrok nocy jaśniał, wszystko dookoła nabierało odcieni szarości, odcieni początkowo mglistych i niejasnych, stopniowo coraz silniej kontrastujących, wyraźnych i ostrych. W wychodzącej na nabrzeże kanału uliczce, przed momentem ciemnej jak wnętrze beczki po smole, Geralt mógł już dostrzec szczury wędrujące rynsztokiem, obwąchujące kałuże i szpary w murach.

Jego słuch także wyczulił się pod wpływem wiedźmińskiego dekoktu. Wymarła plątanina zaułków, w której jeszcze przed chwilą rozlegał się wyłącznie szum deszczu w rynnach, zaczęła żyć, tętnić dźwiękami. Słyszał wrzaski wojujących kotów, szczekanie psów zza kanału, śmiechy i okrzyki z szynków i oberży Oxenfurtu, wrzaski i śpiewy we flisackiej karczmie, odległy, cichy trel fletu grającego skoczną melodyjkę. Ożyły ciemne uśpione domy – Geralt zaczął odróżniać chrapanie śpiących ludzi, tupnięcia wołów w zagrodach, parskanie koni w stajniach. W którymś z domów w głębi uliczki rozbrzmiewały zdławione, spazmatyczne jęki kochającej się kobiety.

Dźwięki rosły, przybierały na sile. Rozróżniał już obsceniczne słowa birbanckich piosenek, dowiedział się imienia kochanka jęczącej niewiasty. Znad kanału, z Myhrmanowego domostwa na palach, dobiegał rwący się, nieskoordynowany bełkot znachora, wprowadzonego traktamentem Filippy Eilhart w stan kompletnego i zapewne permanentnego zidiocenia.

Zbliżał się świt. Deszcz przestał wreszcie padać, zrywał się wiatr, który przepędzał chmury. Niebo na wschodzie jaśniało wyraźnie.

Szczury w zaułku zaniepokoiły się nagle, prysnęły w różne strony, skryły wśród skrzynek i śmieci.

Wiedźmin usłyszał kroki. Czterech lub pięciu ludzi, na razie nie mógł dokładniej określić ilu. Spojrzał w górę, ale Filippy nie zobaczył.

Natychmiast zmienił taktykę. Jeśli w zbliżającej się grupie był Rience, miał małe szanse na schwytanie go. Musiałby wpierw stoczyć walkę z eskortą, a nie chciał tego. Raz, bo był pod wpływem eliksiru, ci ludzie musieliby umrzeć. Dwa, bo Rience miałby wtedy czas, by zwiać.

Kroki zbliżały się. Geralt wyszedł z cienia.

Z zaułka wyłonił się Rience. Wiedźmin rozpoznał czarownika momentalnie i instynktownie, choć nigdy przedtem go nie widział. Bliznę po oparzeniu, prezent od Yennefer, maskował cień rzucany przez kaptur.

Był sam. Jego eskorta nie ujawniła się, pozostała w uliczce, ukryta. Geralt natychmiast zrozumiał dlaczego. Rience wiedział, kto czeka na niego pod domem znachora. Rience spodziewał się zasadzki, a jednak przyszedł. Wiedźmin pojął dlaczego. I to zanim jeszcze usłyszał cichy zgrzyt mieczów wysuwających się z pochew. Dobrze, pomyślał. Jeśli tego chcecie, dobrze.

– Przyjemnie się na ciebie poluje – powiedział cicho Rience. – Nie trzeba cię szukać. Zjawiasz się sam, tam, gdzie się ciebie chce mieć.

– To samo można powiedzieć o tobie – odrzekł spokojnie wiedźmin. – Zjawiłeś się tu. Chciałem cię tu mieć, i jesteś.

– Musiałeś nieźle przydusić Myhrmana, by ci powiedział o amulecie, by pokazał, gdzie jest ukryty. I w jaki sposób go uaktywnić, by wysłał wiadomość. Ale tego, że ten amulet zawiadamia i ostrzega zarazem, Myhrman nie wiedział i nie mógł powiedzieć, nawet przypiekany na czerwonych węglach. Rozdałem wiele takich amuletów. Wiedziałem, że prędzej czy później trafisz na któryś z nich.

Zza rogu uliczki wyłoniło się czterech ludzi. Poruszali się wolno, zwinnie i bezszelestnie. Wciąż trzymali się strefy mroku, a wydobyte miecze dzierżyli tak, by nie zdradził ich błysk kling. Wiedźmin, rzecz jasna, widział ich wyraźnie. Ale nie zdradził się z tym. Dobrze, mordercy, pomyślał. Jeśli tego chcecie, będziecie to mieli.

– Czekałem – ciągnął Rience, nie ruszając się z miejsca – i doczekałem się. Zamierzam wreszcie uwolnić ziemię od twojego ciężaru, paskudny odmieńcze.

– Ty zamierzasz? Przeceniasz się. Ty jesteś tylko narzędziem. Zbirem wynajętym przez innych do załatwiania brudnych spraw. Kto cię wynajął, pachołku?

– Za dużo chciałbyś wiedzieć, mutancie. Nazywasz mnie pachołkiem? A wiesz, czym ty jesteś? Kupą łajna leżącą na drodze, którą trzeba usunąć, bo ktoś nie chce pobrudzić sobie butów. Nie, nie wyjawię ci, kim jest ten ktoś, chociaż mógłbym. Powiem ci natomiast coś innego, byś miał nad czym rozmyślać w drodze do piekła. Ja już wiem, gdzie jest bękart, którego tak strzegłeś. I wiem, gdzie jest ta twoja wiedźma, Yennefer. Ona nie obchodzi moich mocodawców, ale ja mam do tej dziwki osobistą urazę. Gdy tylko skończę z tobą, dobiorę się do niej. Sprawię, że pożałuje sztuczek z ogniem. O tak, będzie tego żałowała. Bardzo długo.

– Nie należało tego mówić – uśmiechnął się paskudnie wiedźmin, czując już euforię walki, wywołaną przez eliksir reagujący z adrenaliną. – Dopóki tego nie powiedziałeś, miałeś szanse na przeżycie. Teraz już nie masz.

Silne drganie wiedźmińskiego medalionu ostrzegło go przed atakiem znienacka. Odskoczył, błyskawicznie dobywając miecza, pokrytą runami klingą odbił i zniweczył wystrzeloną w jego kierunku gwałtowną, paraliżującą falę magicznej energii. Rience cofnął się, wzniósł rękę do gestu, ale w ostatniej chwili stchórzył. Nie próbując drugiego zaklęcia, pospiesznie zrejterował w głąb zaułka. Wiedźmin nie mógł go ścigać – rzuciło się na niego tych czterech, którzy sądzili, że kryje ich cień. Błysnęły miecze.

To byli zawodowcy. Cała czwórka. Doświadczeni, wprawni, zgrani zawodowcy. Uderzyli na niego parami, dwóch z lewej, dwóch z prawej. Parami – tak by jeden zawsze krył się za plecami drugiego. Wiedźmin wybrał tych z lewej. Na wywołaną eliksirem euforię nałożyła się wściekłość.

Pierwszy zbir zaatakował fintą z dexteru, po to tylko, by odskoczyć i dać temu zza pleców okazję do zdradzieckiego sztychu. Geralt zakręcił się w piruecie, wyminął ich i ciął tego drugiego od tyłu, samym końcem miecza, przez potylicę, kark i plecy. Był zły, uderzył mocno. Krew fontanną trysnęła na mur.

Ten pierwszy wycofał się błyskawicznie, robiąc miejsce dla następnej pary. Ci rozdzielili się w ataku, tnąc mieczami z dwóch kierunków, tak by tylko jedno cięcie było możliwe do sparowania – drugie musiało trafić w cel. Geralt nie parował, wirując w piruecie wszedł pomiędzy nich. By się nie zderzyć, obaj musieli zakłócić zgrany rytm, wyćwiczone kroki. Jeden zdołał obrócić się w miękkim, kocim zwodzie, odskoczył zwinnie. Drugi nie zdążył. Stracił równowagę, ustawił się plecami. Wiedźmin, wykręcając się w odwrotny piruet, z rozmachem ciął go w krzyże. Był zły. Czuł, jak wyostrzona wiedźmińska klinga przecina kręgosłup. Przeraźliwe wycie przetoczyło się echem po uliczkach. Dwaj pozostali dopadli do niego natychmiast, zasypali uderzeniami, które parował z najwyższym trudem. Wszedł w piruet, wyrwał się spod migoczących brzeszczotów. Ale miast oprzeć się plecami o mur i bronić, zaatakował.

Nie spodziewali się tego, nie zdążyli odskoczyć i rozdzielić się. Jeden skontrował, ale wiedźmin minął kontrę, zawirował, ciął w tył, na oślep, mierząc na ruch powietrza. Był zły. Celował nisko, na brzuch. Trafił. Usłyszał zdławiony krzyk, ale nie miał czasu się oglądać. Ostatni ze zbirów był już przy nim, już uderzał szybkim paskudnym sinistrem, kwartą. Geralt sparował w ostatnim momencie, statycznie, bez obrotu, kwartą z dexteru. Zbir, korzystając z przejętego impetu parady, odwinął się jak sprężyna i ciął z półobrotu, szeroko i mocno. Za mocno. Geralt już wirował. Klinga mordercy, znacznie cięższa od klingi wiedźmina, przecięła powietrze, zbir musiał pójść za ciosem. Rozpęd obrócił go. Geralt wywinął się z półpiruetu tuż przy nim, bardzo blisko. Zobaczył jego wykrzywioną twarz, przerażone oczy. Był zły. Uderzył. Krótko, ale silnie. I niechybnie. Prosto w oczy.

Słyszał przeraźliwy krzyk Shani wyrywającej się z uścisku Jaskra na mostku wiodącym do domku znachora.

Rience cofał się w głąb zaułka, unosząc i wyciągając przed siebie obie ręce, z których już zaczynało się sączyć magiczne światło. Geralt ścisnął miecz oburącz i bez zastanowienia puścił się biegiem w jego kierunku. Czarownik nie wytrzymał nerwowo. Nie dokończywszy zaklęcia, zaczął uciekać, wrzeszcząc niezrozumiale. Ale Geralt rozumiał. Wiedział, że Rience wzywa pomocy. Że błaga o ratunek.

I ratunek przyszedł. Uliczka zapłonęła jaskrawym światłem, na obtłuczonej, poznaczonej zaciekami ścianie domu rozbłysnął ognisty owal teleportu. Rience rzucił się ku niemu. Geralt skoczył. Był bardzo zły.

•

Toublanc Michelet jęknął, zwinął się, ściskając obiema rękami rozchlastany brzuch. Czuł, jak krew uchodzi z niego, płynąc wartko spomiędzy palców. Nie opodal leżał Flavius. Jeszcze przed chwilą drgał. Ale teraz już znieruchomiał. Toublanc zacisnął powieki, po czym otworzył oczy. Ale sowa siedząca obok Flaviusa najwyraźniej nie była halucynacją, bo nie znikła. Jęknął znowu i odwrócił głowę.

Jakaś dziewka, sądząc po głosie, bardzo młoda, darła się przeraźliwie.

– Puść mnie! Tam są ranni! Ja muszę... Ja jestem medyczką, Jaskier! Puść mnie, słyszysz?

– Nie pomożesz im – odpowiedział głuchym głosem ten nazwany Jaskrem. – Nie po wiedźmińskim mieczu... Nawet tam nie podchodź. Nie patrz... Błagam cię, Shani, nie patrz.

Toublanc poczuł, że ktoś przy nim klęka. Poczuł zapach perfum i mokrych piór. Usłyszał cichy, łagodny, kojący głos. Z trudnością rozróżniał słowa, przeszkadzał denerwujący krzyk i szloch młodej dziewki. Tej... medyczki. Ale jeśli medyczka się darła, to kto klęczał obok niego? Toublanc jęknął.

– ...będzie dobrze. Wszystko będzie dobrze.

– Skur... wy... syn... – wystękał. – Rience... Powiedział nam... Zwykły frajer... A to... był wiedźmin... Ha... czyk... Ratun... ku... Moje... flaki...

– Cicho, cicho, syneczku. Uspokój się. Już dobrze. Już nie boli. Prawda, że już nie boli? Powiedz mi, kto was tu ściągnął? Kto was skontaktował z Rience'em? Kto go zarekomendował? Kto was w to wrobił? Powiedz mi to, proszę, syneczku. A wtedy wszystko będzie dobrze. Zobaczysz, że będzie dobrze. Powiedz mi, proszę.

Toublanc poczuł w ustach krew. Ale nie miał siły jej wypluć. Z policzkiem przyciśniętym do mokrej ziemi otworzył usta, krew wypływała sama.

Nie czuł już nic.

– Powiedz mi – powtarzał łagodny głos. – Powiedz, syneczku.

Toublanc Michelet, zawodowy morderca od czternastego roku życia, zamknął oczy, uśmiechnął się krwawym uśmiechem. I wyszeptał to, co wiedział.

A gdy otworzył oczy, zobaczył sztylet o wąziutkiej klindze, z maleńkim złotym jelcem.

– Nie bój się – powiedział łagodny głos, a ostrze sztyletu dotknęło jego skroni. – Nie będzie bolało.

Rzeczywiście nie bolało.

•

Dopadł czarownika w ostatniej chwili, tuż przed teleportem. Miecz odrzucił już wcześniej, ręce miał wolne, wyciągnięte w skoku palce wczepiły się w skraj płaszcza. Rience stracił równowagę, szarpnięcie wygięło go, zmusiło do dreptania do tyłu. Targnął się wściekle, gwałtownym ruchem rozdarł płaszcz od klamry do klamry, uwolnił się. Za późno.

Geralt odwrócił go uderzeniem prawej pięści w ramię i natychmiast uderzył lewą, w szyję pod uchem. Rience zatoczył się, ale nie upadł. Wiedźmin dopadł do niego w miękkim skoku i z mocą wbił kułak pod żebra. Czarownik stęknął i obwisł na pięści, Geralt chwycił go za połę kubraka, zakręcił nim i zwalił na ziemię. Przygnieciony kolanem Rience wyciągnął rękę, otworzył usta do zaklęcia. Geralt zacisnął pięść i trzasnął go z góry. Prosto w usta. Wargi pękły jak porzeczki.

– Prezent od Yennefer już masz – wycharczał. – Teraz dostaniesz mój.

Uderzył jeszcze raz. Głowa czarownika podskoczyła, na czoło i policzki trysnęła krew. Geralt zdziwił się lekko – nie czuł bólu, ale niewątpliwie oberwał w starciu. To była jego krew. Nie przejął się, nie miał też czasu szukać rany i zajmować się nią. Odwinął pięść i walnął Rience'a jeszcze raz. Był zły.

– Kto cię nasłał? Kto cię najął?

Rience splunął na niego krwią. Wiedźmin walnął go raz jeszcze.

– Kto?

Ognisty owal teleportu zapłonął silniej, promieniujące z niego światło zalało cały zaułek. Wiedźmin poczuł bijącą z owalu moc, poczuł ją, zanim jeszcze jego medalion zaczął gwałtownie, ostrzegawczo drgać.

Rience też poczuł płynącą z teleportu energię, przeczuł nadchodzącą pomoc. Krzyknął, zatargał się jak olbrzymia ryba. Geralt wparł mu kolana w pierś, uniósł rękę, składając palce do Znaku Aard, wycelował w gorejący portal. To był błąd.

Z portalu nikt nie wyszedł. Wypromieniowała z niego tylko moc, a moc wziął Rience.

Z wyprężonych palców czarownika wyrosły sześciocalowe stalowe kolce. Wbiły się w pierś i ramię Geralta ze słyszalnym trzaskiem. Z kolców eksplodowała energia. Wiedźmin rzucił się w tył konwulsyjnym skokiem. Wstrząs był taki, że poczuł i usłyszał, jak chrupią i łamią mu się zaciśnięte z bólu zęby. Co najmniej dwa.

Rience spróbował zerwać się, ale natychmiast runął znowu na klęczki, na kolanach postąpił ku teleportowi. Geralt, z trudem łapiąc oddech, wyciągnął sztylet z cholewy. Czarownik obejrzał się, poderwał, zatoczył. Wiedźmin też się zatoczył, ale szybciej. Rience znowu się obejrzał, wrzasnął. Geralt ścisnął sztylet w dłoni. Był zły. Bardzo zły.

Coś chwyciło go z tyłu, obezwładniło, unieruchomiło. Medalion na szyi zapulsował ostro, ból w zranionym ramieniu zatętnił spazmatycznie.

Jakieś dziesięć kroków za nim stała Filippa Eilhart. Z jej uniesionych dłoni biło matowe światło – dwie smugi, dwa promienie. Oba dotykały jego pleców, ściskając ramiona świetlistymi cęgami. Szarpnął się, bezskutecznie. Nie mógł ruszyć się z miejsca. Mógł tylko patrzeć, jak Rience chwiejnym krokiem dociera do teleportu pulsującego mleczną poświatą.

Rience wolno, nie spiesząc się, wkroczył w światło teleportu, zapadł się w nim jak nurek, rozmazał się, zniknął. W sekundę po tym owal zgasł, na chwilę pogrążając uliczkę w nieprzebitej, gęstej, aksamitnej czerni.

•

Gdzieś wśród zaułków darły się walczące koty. Geralt spojrzał na klingę miecza, który podniósł, idąc w stronę czarodziejki.

– Dlaczego, Filippa? Dlaczego to zrobiłaś?

Czarodziejka cofnęła się o krok. Nadal trzymała w dłoni sztylet, który przed momentem tkwił w czaszce Toublanca Micheleta.

– Dlaczego pytasz? Przecież wiesz.

– Tak – potwierdził. – Teraz już wiem.

– Jesteś ranny, Geralt. Nie czujesz bólu, bo jesteś odurzony wiedźmińskim eliksirem, ale spójrz, jak krwawisz. Uspokoiłeś się na tyle, bym mogła bez obawy podejść i zająć się tobą? Do diabła, nie patrz tak! I nie zbliżaj się do mnie. Jeszcze krok, a będę zmuszona... Nie zbliżaj się! Proszę! Nie chcę ci zrobić krzywdy, ale jeśli się zbliżysz...

– Filippa! – krzyknął Jaskier, wciąż trzymając płaczącą Shani. – Zwariowałaś?

– Nie – powiedział z wysiłkiem wiedźmin. – Ona jest przy zdrowych zmysłach. I doskonale wie, co robi. Cały czas wiedziała, co robi. Wykorzystała nas. Zdradziła. Oszukała...

– Uspokój się – powtórzyła Filippa Eilhart. – Nie zrozumiesz tego i nie trzeba, byś rozumiał. Musiałam zrobić to, co zrobiłam. I nie nazywaj mnie zdrajczynią. Bo zrobiłam to właśnie dlatego, by nie zdradzić sprawy większej, niż możesz sobie wyobrazić. Sprawy wielkiej i ważnej, tak ważnej, że trzeba bez zastanowienia poświęcać dla niej sprawy drobne, jeśli staje się przed takim wyborem. Geralt, do diabła, my tu gadamy, a ty stoisz w kałuży krwi. Uspokój się i pozwól, byśmy zajęły się tobą, ja i Shani.

– Ona ma rację! – krzyknął Jaskier. – Jesteś ranny, do cholery! Trzeba cię opatrzyć i wynosić się stąd! Kłócić możecie się później!

– Ty i twoja wielka sprawa... – wiedźmin, nie zwracając uwagi na trubadura, chwiejnie postąpił do przodu. – Twoja wielka sprawa, Filippa, i twój wybór, to ranny, zasztyletowany z zimną krwią, gdy już powiedział to, co chciałaś wiedzieć, a czego mnie dowiedzieć się nie było wolno. Twoja wielka sprawa to Rience, któremu pozwoliłaś uciec, by przypadkiem nie wyjawił imienia swego mocodawcy. By mógł dalej mordować. Twoja wielka sprawa to te trupy, których nie musiało być. Przepraszam, źle się wyraziłem. Nie trupy. Sprawy drobne!

– Wiedziałam, że tego nie zrozumiesz.

– Nie zrozumiem, owszem. Nigdy. Ale o co chodzi, wiem. Wasze wielkie sprawy, wasze wojny, wasza walka o ratowanie świata... Wasz cel, który uświęca środki... Nadstaw uszu, Filippa. Słyszysz te głosy, te wrzaski? To kocury walczą o wielką sprawę. O niepodzielne panowanie nad kupą odpadków. To nie przelewki, tam leje się krew i lecą kłaki. Tam trwa wojna. Ale mnie obie te wojny, kocia i twoja, obchodzą niewiarygodnie mało.

– Tak ci się tylko wydaje – zasyczała czarodziejka. – To wszystko zacznie cię obchodzić, i to wcześniej, niż przypuszczasz. Stoisz przed koniecznością i wyborem. Wplątałeś się w przeznaczenie, mój drogi, bardziej, niż sądziłeś. Myślałeś, że bierzesz pod opiekę dziecko, małą dziewczynkę. Myliłeś się. Przygarnąłeś płomień, od którego w każdej chwili może zapłonąć świat. Nasz świat. Twój, mój, innych. I będziesz musiał wybierać. Tak jak ja. Tak jak Triss Merigold. Tak jak musiała wybierać Yennefer. Bo Yennefer już wybrała. Twoje przeznaczenie jest w jej rękach, wiedźminie. Sam je w te ręce oddałeś.

Wiedźmin zachwiał się. Shani krzyknęła, wyrwała się Jaskrowi. Geralt powstrzymał ją gestem, wyprostował się, spojrzał prosto w ciemne oczy Filippy Eilhart.

– Moje przeznaczenie – powiedział z wysiłkiem. – Mój wybór... Powiem ci, Filippa, co ja wybrałem. Nie pozwolę, byście w wasze brudne machinacje wplątali Ciri. Ostrzegam. Ktokolwiek odważy się skrzywdzić Ciri, skończy tak, jak ci czterej, którzy tu leżą. Nie będę przysięgał ani zaklinał się. Nie mam na co. Ja po prostu ostrzegam. Zarzucałaś mi, że jestem złym opiekunem, że nie umiem bronić tego dziecka. Będę bronił. Tak jak umiem. Będę zabijał. Będę zabijał bez litości...

– Wierzę ci – powiedziała z uśmiechem czarodziejka. – Wierzę, że będziesz. Ale nie dziś, Geralt. Nie teraz. Bo za moment zemdlejesz z upływu krwi. Shani, jesteś gotowa?

Nikt nie rodzi się czarodziejem. Zbyt mało nadal wiemy o genetyce i mechanizmach dziedziczności. Zbyt mało czasu i środków poświęcamy na badania. Niestety, prób dziedzicznego przekazywania zdolności magicznych dokonujemy stale, w sposób, że się tak wyrażę, naturalny. A rezultaty tych pseudoeksperymentów nazbyt często widzi się w rynsztokach miast i pod murami świątyń. Nazbyt wiele widzi się i napotyka debilek i katatoniczek, śliniących się i robiących pod siebie proroków, wieszczek, wioskowych wyroczni i cudotwórców, kretynów z mózgami zdegenerowanymi przez odziedziczoną, nie opanowaną Moc.

Ci debile i kretynki też mogą mieć potomstwo, mogą przekazywać mu zdolności i degenerować się dalej. Czy ktokolwiek jest w stanie przewidzieć i określić, jak będzie wyglądało ostatnie ogniwo takiego łańcucha?

Większość z nas, czarodziejów, traci zdolności do prokreacji w wyniku zmian somatycznych i zaburzeń funkcjonowania przysadki mózgowej. Niektórzy – a najczęściej niektóre – dostrajają się do magii zachowując wydolność gonad. Mogą poczynać i rodzić – i mają czelność uważać to za szczęście i błogosławieństwo. A ja powtarzam: nikt nie rodzi się czarodziejem. I nikt nie powinien się nim rodzić! Świadoma wagi tego, co piszę, odpowiadam na pytanie, postawione na Zjeździe w Cidaris. Odpowiadam z całą stanowczością: każda z nas musi zdecydować, czym chce być – czarodziejką czy matką.

Domagam się, aby sterylizować wszystkie adeptki. Bez wyjątku.

Tissaia de Vries, *Zatrute źródło*

Rozdział siódmy

– Coś wam powiem – odezwała się nagle Iola Druga, opierając koszyk z ziarnem o biodro. – Będzie wojna. Tak mówił książęcy włodarz, który przyjechał po sery.

– Wojna? – Ciri odgarnęła włosy z czoła. – Z kim? Z Nilfgaardem?

– Nie dosłyszałam – przyznała się adeptka. – Ale włodarz mówił, że nasz książę dostał rozkazy od samego króla Foltesta. Rozsyła wici, a na wszystkich drogach aż czarno od wojska. Ojej! Co to będzie?

– Jeśli wojna – powiedziała Eurneid – to z pewnością z Nilfgaardem. Z kim innym? Znowu! Bogowie, to okropne!

– Nie przesadzasz aby z tą wojną, Iola? – Ciri sypnęła ziarna kurom i perliczkom cisnącym się dookoła ruchliwym, rozjazgotanym kłębowiskiem. – Może to tylko znowu obława na Scoia'tael?

– Matka Nenneke o to samo pytała włodarza – oświadczyła Iola Druga. – A włodarz powiedział, że nie, że tym razem to nie o Wiewiórki chodzi. Zamki i kasztele mają podobno przykazane, by gromadzić zapasy na wypadek oblężenia. A elfy przecież napadają po lasach, nie oblegają zamków! Włodarz pytał, czy świątynia może dać więcej serów i innych rzeczy. Do zamkowych zapasów. I domagał się gęsich piór. Potrzeba dużo gęsich piór, powiedział. Do strzał. Do strzelania z łuków, rozumiecie? O bogowie! Będziemy miały mnóstwo pracy! Zobaczycie! Będziemy miały pracy po uszy!

– Nie wszystkie – rzekła z przekąsem Eurneid. – Niektóre z nas nie pobrudzą sobie rączek. Niektóre pracują tylko dwa razy w tygodniu. Nie mają czasu na pracę, bo jakoby uczą się sztuczek czarnoksięskich. Ale tak naprawdę to chyba zbijają bąki albo biegają po parku i ścinają badyle kijem. Wiesz, o kim mówię, Ciri, prawda?

– Ciri pewnie wyruszy na tę wojnę – zachichotała Iola Druga. – Jest przecież podobno córką rycerza! Wielką wojowniczką ze strasznym mieczem! Nareszcie będzie mogła ścinać głowy zamiast pokrzyw!

– Nie, ona jest przecież możną czarownicą! – zmarszczyła nosek Eurneid. – Ona zamieni wszystkich nieprzyjaciół w myszy polne. Ciri! Pokaż nam jakiś straszny czar. Zrób się niewidzialna albo spraw, by marchew wcześniej urosła. Albo zrób coś takiego, by kury karmiły się same. No, nie daj się prosić! Rzuć jakieś zaklęcie!

– Magia nie jest na pokaz – powiedziała gniewnie Ciri. – Magia to nie jarmarczne sztuczki.

– Oczywiście, oczywiście – zaśmiała się adeptka. – Nie na pokaz. Co, Iola? Zupełnie jakbym słyszała tę jędzę Yennefer!

– Ciri robi się do niej coraz bardziej podobna – oceniła Iola, demonstracyjnie pociągając nosem. – Nawet pachnie podobnie. Ha, to z pewnością magiczne pachnidełko, zrobione z dziwostrętu lub z ambry. Używasz magicznych pachnidełek, Ciri?

– Nie! Używam mydła! Tego, czego wy tak rzadko używacie!

– Oho – skrzywiła się Eurneid. – Jaka uszczypliwa, jaka złośliwa! Jak się nadyma!

– Dawniej taka nie była – napuszyła się Iola Druga. – Zrobiła się taka, od kiedy przestaje z tą wiedźmą. Śpi razem z nią, je razem z nią, na krok tej Yennefer nie odstępuje. Na lekcje w świątyni prawie w ogóle przestała przychodzić, a dla nas to już ani chwilki czasu nie ma!

– A my całą pracę za nią musimy robić! I w kuchni, i w ogrodzie! Zobacz, Iola, jakie ona ma rączki! Jak królewna!

– Tak to już jest! – zapiała Ciri. – Jedni mają trochę rozumu, to dla nich księga! Inni mają pstro w głowie, to dla nich miotła!

– A ty na miotle tylko latasz, tak? Czarownica od siedmiu boleści!

– Głupia jesteś!

– Sama głupia jesteś!

– A właśnie, że nie!

– A właśnie, że tak! Chodź, Iola, nie zwracaj na nią uwagi. Czarodziejki to nie dla nas kompania.

– Pewnie, że nie dla was! – wrzasnęła Ciri i cisnęła o ziemię koszyk z ziarnem. – Kury to dla was kompania!

Adeptki, zadzierając nosy, odeszły, otoczone rozgdakaną gromadą ptactwa.

Ciri zaklęła głośno, powtarzając ulubione powiedzonko Vesemira, którego znaczenie nie do końca było dla niej jasne. Potem dodała jeszcze kilka słów zasłyszanych od Yarpena Zigrina, których znaczenie było dla niej całkowitą zagadką. Kopniakiem rozgoniła kwoki cisnące się do rozsypanego ziarna. Podniosła koszyk, obróciła go w dłoniach, po czym zawirowała w wiedźmińskim piruecie i cisnęła nim jak dyskiem ponad trzcinowe dachy kurników. Okręciła się na pięcie i puściła biegiem przez świątynny park.

Biegła lekko, wprawnie kontrolując oddech. Przy co drugim mijanym drzewie wykonywała zwinny półobrotowy skok, markując cięcie wyimaginowanym mieczem, a zaraz po tym wykonując wyuczony unik i zwód. Zręcznie przesadziła płot, pewnie i miękko lądując na ugiętych nogach.

– Jarre! – krzyknęła, zadzierając głowę w stronę okienka ziejącego w kamiennej ścianie wieży. – Jarre, jesteś tam? Hej! To ja!

– Ciri? – chłopiec wychylił się. – Co tu robisz?

– Mogę tam do ciebie wejść?

– Teraz? Hmm... No, proszę... Proszę bardzo.

Wbiegła po schodach jak burza, zaskakując młodego adepta w chwili, gdy odwrócony plecami pospiesznie poprawiał odzież i nakrywał pergaminami inne leżące na stole pergaminy. Jarre przeczesał włosy palcami, zachrząkał i ukłonił się niezręcznie. Ciri zasadziła kciuki za pasek, potrząsnęła popielatą grzywką.

– Co to za wojna, o której wszyscy mówią? – wypaliła. – Chcę wiedzieć!

– Proszę, usiądź.

Rozejrzała się po komnacie. Stały w niej cztery wielkie stoły zawalone księgami i zwojami. Krzesło było tylko jedno. Również zawalone.

– Wojna? – bąknął Jarre. – Tak, słyszałem te pogłoski... Interesuje cię to? Ciebie, dziew... Nie, nie siadaj na stole, proszę, ledwo zdołałem uporządkować te dokumenty... Usiądź na krześle. Zaraz, poczekaj, zdejmę księgi... Czy pani Yennefer wie, że tu jesteś?

– Nie.

– Hmm... A matka Nenneke?

Ciri wykrzywiła się. Wiedziała, o co chodzi. Szesnastoletni Jarre był wychowankiem arcykapłanki, sposobionym przez nią na kapłana i kronikarza. Mieszkał w Ellander, gdzie pracował jako pisarczyk w sądzie grodzkim, ale w chramie Melitele przebywał częściej niż w miasteczku, całe dnie, a niekiedy i noce, studiując, przepisując i iluminując dzieła z biblioteki świątynnej. Ciri nigdy nie słyszała tego z ust Nenneke, ale wiadomym było, że arcykapłanka absolutnie nie życzy sobie, by Jarre kręcił się koło młodych adeptek. I odwrotnie. Adeptki zerkały jednakowoż ostro na chłopaka i swobodnie paplały, rozpatrując różne możliwości, jakie nastręczała częsta obecność na terenie świątyni czegoś, co nosiło spodnie. Ciri dziwiła się niepomiernie, bo Jarre stanowił zaprzeczenie wszystkiego, co według niej powinien reprezentować sobą atrakcyjny mężczyzna. W Cintrze, jak pamiętała, atrakcyjny mężczyzna sięgał głową powały, a barami od framugi do framugi, klął jak krasnolud, ryczał jak bawół i na trzydzieści kroków śmierdział koniem, potem i piwem, bez względu na porę dnia czy nocy. Mężczyzn, którzy temu opisowi nie odpowiadali, fraucymer królowej Calanthe nie uznawał za godnych westchnień i plotek. Ciri napatrzyła się też na innych mężczyzn – na mądrych i łagodnych druidów z Angrenu, na postawnych i chmurnych osadników z Sodden, na wiedźminów z Kaer Morhen. Jarre był inny. Był chudy jak patyk, niezgrabny, nosił za duże, zalatujące inkaustem i kurzem ubranie, miał wiecznie tłuste włosy, a na podbródku, miast zarostu, siedem lub osiem długich włosków, z czego około połowy wyrastało z dużej brodawki. Ciri zaiste nie rozumiała, dlaczego tak ją ciągnie do wieży Jarre. Lubiła z nim rozmawiać, chłopiec wiedział sporo, można się było wiele od niego nauczyć. Ale ostatnio, gdy patrzył na nią, miał dziwny, rozmazany i lepki wzrok.

– No – zniecierpliwiła się. – Powiesz mi wreszcie, czy nie?

– Nie ma o czym mówić. Nie będzie żadnej wojny. To wszystko pogłoski.

– Aha – parsknęła. – A zatem książę rozsyła wici wyłącznie dla krotochwili? Wojsko maszeruje po gościńcach z nudów? Nie kręć, Jarre. Bywasz w miasteczku i na zamku, z pewnością coś wiesz!

– Dlaczego nie spytasz o to pani Yennefer?

– Pani Yennefer ma ważniejsze sprawy na głowie – fuknęła Ciri, ale zaraz zreflektowała się, uśmiechnęła mile i zatrzepotała rzęsami. – Och, Jarre, powiedz mi, proszę! Ty jesteś taki mądry! Potrafisz mówić tak pięknie i uczenie, mogłabym cię słuchać godzinami! Proszę, Jarre!

Chłopiec pokraśniał, a wzrok rozmaślił mu się i rozmazał. Ciri westchnęła ukradkiem.

– Hmm... – Jarre podreptał w miejscu, niepewnie poruszył rękoma, ewidentnie nie wiedząc, co z nimi począć. – Cóż ja mogę ci powiedzieć? Owszem, ludzie w mieście plotkują, są podnieceni wypadkami w Dol Angra... Ale wojny nie będzie. Na pewno. Możesz mi wierzyć.

– Pewnie, że mogę – parsknęła. – Ale wolałabym wiedzieć, na czym opiera się ta twoja pewność. W radzie księcia, jak wiem, nie zasiadasz. A jeśli wczoraj mianowano cię wojewodą, to pochwal się. Złożę ci gratulacje.

– Ja studiuję traktaty historyczne – poczerwieniał Jarre – a z nich można dowiedzieć się więcej, niż gdyby siedziało się w radzie. Czytałem *Historię wojen*, napisaną przez marszałka Pelligrama, *Strategię* diuka de Ruytera, *Przewagi elearów redańskich* Bronibora... A w obecnej sytuacji politycznej wyznaję się na tyle, by móc wyciągać wnioski przez analogię. Czy wiesz, co to jest analogia?

– Jasne – zełgała Ciri, wyskubując źdźbło trawy z klamry buta.

– Jeżeli historię dawnych wojen – chłopiec zapatrzył się w sufit – nałożyć na obecną geografię polityczną, łatwo ocenić, że drobne incydenty graniczne, jak ten w Dol Angra, są przypadkowe i bez znaczenia. Ty, jako adeptka magii, znasz wszakże obecną geografię polityczną?

Ciri nie odpowiedziała, w zamyśleniu przerzucała leżące na stole pergaminy, przewróciła kilka stron wielkiej, oprawnej w skórę księgi.

– Zostaw, nie dotykaj – zaniepokoił się Jarre. – To niezwykle cenne, unikalne dzieło.

– Nie zjem ci go.

– Ręce masz brudne.

– Czyściejsze od twoich. Słuchaj, masz tu jakieś mapy?

– Mam, ale schowane w kufrze – powiedział prędko chłopak, ale na widok grymasu Ciri westchnął, zepchnął ze skrzyni zwoje pergaminów, podniósł wieko, uklęknął i zaczął grzebać w zawartości. Ciri, wiercąc się na krześle i machając nogami, nadal wertowała księgę. Spomiędzy stronic wyśliznęła się nagle luźna karta z obrazkiem przedstawiającym kobietę z włosami utrefionymi w spiralne loczki, zupełnie nagą, splecioną w uścisku z zupełnie nagim, brodatym mężczyzną. Wysunąwszy język, dziewczynka długo kręciła ryciną, nie mogąc zorientować się, gdzie góra, a gdzie dół. Dostrzegła wreszcie najistotniejszy detal obrazka i rozchichotała się. Jarre, podchodząc z wielkim rulonem pod pachą, poczerwieniał silnie, bez słowa wyjął jej rycinę z dłoni i ukrył pod zalegającymi stół papierzyskami.

– Niezwykle cenne i unikalne dzieło – zadrwiła. – To takie analogie studiujesz? Jest tam więcej podobnych obrazków? Ciekawe, księga nosi tytuł *Leczenie i uzdrawianie*. Chciałabym wiedzieć, jakież to choroby leczy się w taki sposób.

– Umiesz czytać Pierwsze Runy? – zdziwił się chłopiec, pochrząkując z zakłopotaniem. – Nie wiedziałem...

– Jeszcze dużo nie wiesz – zadarła nos. – Co ty sobie myślisz? Ja nie jestem jakąś tam adeptką od macania kur. Ja jestem... czarodziejką. No, pokaż wreszcie tę mapę!

Uklękli oboje na podłodze, przytrzymując rękami i kolanami sztywny arkusz, uparcie próbujący zwinąć się znowu w rulon. Ciri przygniotła wreszcie jeden z rogów nogą krzesła, a Jarre przycisnął drugi ciężką księgą, zatytułowaną *Żywot i czyny wielkiego króla Radowida*.

– Hmm... Ależ niewyraźne to mapisko! Zupełnie nie mogę się w tym wyznać... Gdzie my jesteśmy? Gdzie jest Ellander?

– Tu – wskazał palcem. – Tu jest Temeria, ten obszar. Tu jest Wyzima, stolica naszego króla Foltesta. Tu, w Dolinie Pontar, leży księstwo Ellander. A tutaj... Tak, tutaj jest nasza świątynia.

– A co to za jezioro? Tu u nas nie ma żadnych jezior.

– To nie jezioro. To kleks z inkaustu...

– Aha. A tu... Tu jest Cintra. Tak?

– Tak. Na południe od Zarzecza i Sodden. Tędy, o, płynie rzeka Jaruga, wpadająca do morza właśnie w Cintrze. Kraj ten, nie wiem, czy wiesz, jest obecnie opanowany przez Nilfgaardczyków...

– Wiem – ucięła, zaciskając dłoń w pięść. – Bardzo dobrze wiem. A gdzie jest ten cały Nilfgaard? Nie widzę tu takiego kraju. Nie mieści się na tej twojej mapie, czy co? Daj większą!

– Hmm... – Jarre podrapał się w brodawkę na podbródku. – Takich map nie mam... Ale wiem, że Nilfgaard to gdzieś dalej, w kierunku południowym... O, mniej więcej tak. Chyba.

– Aż tak daleko? – zdziwiła się Ciri, patrząc na miejsce na podłodze, które wskazywał. – Przyszli aż stamtąd? A po drodze zdobyli te inne kraje?

– Tak, to prawda. Podbili Metinnę, Maecht, Nazair, Ebbing, wszystkie królestwa na południe od Gór Amell. Królestwa te, jak również Cintrę i Górne Sodden, Nilfgaardczycy nazywają teraz Prowincjami. Ale Dolnego Sodden, Verden i Brugge nie udało im się opanować. Tu, nad Jarugą, wojska Czterech Królestw zatrzymały ich, pokonawszy w bitwie...

– Wiem, uczyłam się historii – Ciri pacnęła w mapę otwartą dłonią. – No, Jarre, mów o wojnie. Klęczymy na geografii politycznej. Wyciągaj wnioski, przez analogię i przez co tylko chcesz. Zamieniam się w słuch.

Chłopiec pochrząkał, pokraśniał, po czym jął tłumaczyć, wskazując właściwe rejony mapy końcem gęsiego pióra.

– Obecnie granicę między nami a opanowanym przez Nilfgaard Południem stanowi, jak widzisz, rzeka Jaruga. Jest to przeszkoda praktycznie nie do pokonania. Nie zamarza prawie nigdy, a w deszczowe pory potrafi nieść tyle wody, że koryto ma blisko milę szerokości. Na długim odcinku, o, tutaj, płynie wśród urwistych, niedostępnych brzegów, wśród skał Mahakamu...

– Krainy krasnoludów i gnomów?

– Tak. A zatem Jarugę można sforsować tylko tu, w biegu dolnym, w Sodden, i tu, w biegu środkowym, w dolinie Dol Angra...

– I właśnie w Dol Angra był ten incy... Incydent?

– Zaczekaj. Tłumaczę ci właśnie, że rzeki Jarugi żadne armie nie są w tej chwili w stanie sforsować. Obie dostępne doliny, te, którymi od wieków maszerowały armie, są bardzo silnie obsadzone i bronione, tak przez nas, jak i przez Nilfgaard. Spójrz na mapę. Zobacz, ile tu twierdz. Zauważ, tu jest Verden, tu Brugge, tutaj Wyspy Skellige...

– A to, co to jest? Ta wielka biała plama?

Jarre przysunął się bliżej, poczuła ciepło jego kolana.

– Las Brokilon – powiedział. – To teren zakazany. Królestwo leśnych driad. Brokilon też chroni naszą flankę. Driady nie przepuszczą tamtędy nikogo. Nilfgaardczyków również...

– Hmm... – Ciri schyliła się nad mapą. – Tutaj jest Aedirn... I miasto Vengerberg... Jarre! Natychmiast przestań!

Chłopiec gwałtownie cofnął usta od jej włosów, zaczerwienił się jak piwonia.

– Nie życzę sobie, żebyś mi tak robił!

– Ciri, ja...

– Przyszłam do ciebie w poważnej sprawie, jak czarodziejka do uczonego – powiedziała zimno i godnie, tonem dokładnie imitującym ton Yennefer. – Więc się zachowuj!

„Uczony" spąsowiał jeszcze silniej, a minę miał tak głupią, że „czarodziejka" z trudem powstrzymała się od śmiechu, ponownie schylając się nad mapą.

– Z całej tej twojej geografii – podjęła – nic nie wynika jak dotąd. Opowiadasz mi o rzece Jarudze, a Nilfgaardczycy przecież już raz przeszli na drugi brzeg. Co im teraz przeszkodzi?

– Wtedy – odchrząknął Jarre, ocierając pot, który nagle wystąpił mu na czoło – mieli przeciwko sobie tylko Brugge, Sodden i Temerię. Teraz jesteśmy zjednoczeni sojuszem. Tak jak w bitwie pod Sodden. Cztery Królestwa. Temeria, Redania, Aedirn i Kaedwen...

– Kaedwen – powiedziała dumnie Ciri. – Tak, wiem, na czym ten sojusz polega. Król Henselt z Kaedwen udziela sekretnej specjalnej pomocy królowi Demawendowi z Aedirn. Tę pomoc wozi się w beczkach. A gdy król Henselt podejrzewa, że ktoś jest zdrajcą, wkłada do beczek kamienie. Zastawia pułapkę...

Urwała, przypomniawszy sobie, że Geralt zabronił jej opowiadać o wydarzeniach w Kaedwen. Jarre patrzył na nią podejrzliwie.

– Doprawdy? A skąd ty możesz o tym wszystkim wiedzieć?

– Czytałam o tym w księdze napisanej przez marszałka Pelikana – parsknęła. – I w innych analogiach. Opowiadaj o tym, co się stało w tej Dol Angra, czy jak ona się tam nazywa. A najpierw pokaż mi, gdzie to jest.

– Tu. Dol Angra to szeroka dolina, droga wiodąca z południa do królestw Lyrii i Rivii, do Aedirn, a dalej do Dol Blathanna i Kaedwen... A poprzez Dolinę Pontar do nas, do Temerii.

– I co tam się stało?

– Doszło do walk. Podobno. Niewiele na ten temat wiem. Ale tak mówiono na zamku.

– Jeśli doszło do walk – zmarszczyła się Ciri – to już jest wojna! Co ty mi więc tu opowiadasz?

– Nie po raz pierwszy doszło do walk – wyjaśnił Jarre, ale dziewczynka widziała, że był coraz mniej pewny siebie. – Na granicy bardzo często dochodzi do incydentów. Ale one nie mają znaczenia.

– Niby dlaczego nie mają?

– Jest równowaga sił. Ani my, ani Nilfgaardczycy nie możemy niczego uczynić. I żadna ze stron nie może dać przeciwnikowi casus belli...

– Dać czego?

– Powodu do wojny. Rozumiesz? Dlatego incydenty zbrojne w Dol Angra to z pewnością sprawy przypadkowe, najpewniej napady rozbójnicze czy potyczki z przemytnikami... Pod żadnym pozorem nie mogą to być akcje regularnych wojsk, ani naszych, ani nilfgaardzkich... Bo to byłby właśnie casus belli...

– Aha. Słuchaj, Jarre, a powiedz mi...

Urwała. Uniosła nagle głowę, szybko dotknęła palcami skroni, zmarszczyła się.

– Muszę iść – powiedziała. – Pani Yennefer mnie wzywa.

– Możesz ją słyszeć? – zaciekawił się chłopiec. – Na odległość? W jaki sposób...

– Muszę iść – powtórzyła, wstając i otrzepując kolana z kurzu. – Posłuchaj, Jarre. Wyjeżdżam z panią Yennefer w bardzo ważnych sprawach. Nie wiem, kiedy wrócimy. Uprzedzam, że chodzi o sprawy sekretne, dotyczące wyłącznie czarodziejek, nie zadawaj więc żadnych pytań.

Jarre również wstał. Poprawił odzież, ala nadal nie wiedział, co zrobić z rękoma. Wzrok rozmaślił mu się w obrzydliwy sposób.

– Ciri...

– Co?

– Ja... ja...

– Nie wiem, o co ci chodzi – rzekła niecierpliwie, wytrzeszczając na niego swe wielkie szmaragdowe oczy. – Ty najwyraźniej też tego nie wiesz. Idę. Bywaj, Jarre.

– Do widzenia... Ciri. Szczęśliwej drogi. Będę... Będę o tobie myślał...

Ciri westchnęła.

•

– Jestem, pani Yennefer!

Wpadła do komnaty jak pocisk z katapulty, uderzone drzwi, otwierając się, huknęły o ścianę. Stojący na drodze zydel groził połamaniem nóg, ale Ciri przeskoczyła go zwinnie, wykonała pełen gracji półpiruet i pozorowane cięcie mieczem, zaśmiała się radośnie z udanej sztuczki. Pomimo szybkiego biegu nie dyszała, oddychała równo i spokojnie. Kontrolę oddechu miała już opanowaną do perfekcji.

– Jestem! – powtórzyła.

– Nareszcie. Rozbieraj się i do balii. Prędziutko.

Czarodziejka nie obejrzała się, nie odwróciła od stołu, spoglądała na Ciri odbiciem w zwierciadle. Wolnymi ruchami czesała swe wilgotne czarne loki, rozprostowujące się pod naciskiem grzebienia, po to tylko, by za chwilę znowu skręcić się w lśniące fale.

Dziewczynka błyskawicznie rozpięła klamerki butów, zrzuciła je, wyswobodziła się z odzieży i z pluskiem wylądowała w balii. Chwyciwszy mydło, zaczęła energicznie szorować przedramiona.

Yennefer siedziała nieruchomo, patrząc w okno, bawiła się grzebieniem. Ciri prychała, bulgotała i pluła, bo mydliny dostały się jej do ust. Potrząsnęła głową, zastanawiając się, czy istnieje zaklęcie umożliwiające mycie się bez wody, mydła i straty czasu.

Czarodziejka odłożyła grzebień, ale nadal w zamyśleniu patrzyła w okno, na chmary kruków i wron lecące na wschód wśród przeraźliwego krakania. Na stole, obok zwierciadła i imponującej baterii flakonów z kosmetykami, leżało kilka listów. Ciri wiedziała, że Yennefer czekała na te listy od dawna, że od ich otrzymania uzależniała termin opuszczenia świątyni. Wbrew temu, co powiedziała Jarre, dziewczynka nie miała pojęcia, dokąd i po co jadą. A w tych listach...

Chlupocąc dla niepoznaki lewą ręką, złożyła palce prawej w gest, skoncentrowała się na formule, utkwiła wzrok w listach i wysłała impuls.

– Ani mi się waż – powiedziała Yennefer, nie odwracając się.

– Myślałam... – chrząknęła. – Myślałam, że któryś jest od Geralta...

– Gdyby tak było, dałabym ci go – czarodziejka obróciła się na krześle, usiadła przodem do niej. – Długo jeszcze tego mycia?

– Skończyłam.

– Wstań, proszę.

Ciri usłuchała. Yennefer uśmiechnęła się lekko.

– Tak – powiedziała. – Dzieciństwo to ty już masz za sobą. Zaokrągliłaś się tam, gdzie należało. Opuść ręce. Twoje łokcie mnie nie interesują. No, no, bez pąsów, bez fałszywego wstydu. To twoje ciało, najnaturalniejsza rzecz pod słońcem. To, że dojrzewasz, jest równie naturalne. Gdyby twoje losy potoczyły się inaczej... Gdyby nie wojna, byłabyś już od dawna żoną jakiegoś księcia lub królewicza. Zdajesz sobie z tego sprawę, prawda? Rozmawiałyśmy o sprawach dotyczących płci dostatecznie często i na tyle precyzyjnie, byś wiedziała, że jesteś już kobietą. Fizjologicznie, ma się rozumieć. Chyba nie zapomniałaś, o czym rozmawiałyśmy?

– Nie. Nie zapomniałam.

– W czasie wizyt u Jarre, mam nadzieję, też nie masz kłopotów z pamięcią?

Ciri spuściła oczy, ale tylko na chwilę. Yennefer nie uśmiechnęła się.

– Wytrzyj się i chodź tu do mnie – powiedziała chłodno. – Nie chlap, proszę.

Okręcona ręcznikiem Ciri przysiadła na zydelku przy kolanach czarodziejki. Yennefer czesała jej włosy, od czasu do czasu ścinając nożycami jakiś nieposłuszny kosmyk.

– Zła jesteś na mnie? – spytała dziewczynka z ociąganiem. – Za to, że... byłam w wieży?

– Nie. Ale Nenneke tego nie lubi. Wiesz o tym.

– Ale ja nic... Ten Jarre w ogóle mnie nie obchodzi – Ciri zarumieniła się lekko. – Ja tylko...

– Właśnie – mruknęła czarodziejka. – Ty tylko. Nie rób z siebie dziecka, bo już nim nie jesteś, przypominam. Ten chłopiec na twój widok ślini się i zaczyna jąkać. Nie widzisz tego?

– To nie moja wina! Co mam zrobić?

Yennefer zaprzestała czesania, zmierzyła ją głębokim fiołkowym spojrzeniem.

– Nie baw się nim. Bo to podłe.

– Wcale się nim nie bawię! Tylko z nim rozmawiam!

– Chciałabym wierzyć – czarodziejka szczęknęła nożycami, obcinając kolejny kosmyk, za nic w świecie nie dający się ułożyć – że podczas tych rozmów pamiętasz, o co cię prosiłam.

– Pamiętam, pamiętam!

– To inteligentny i bystry chłopak. Jedno, drugie nieopatrzne słowo może go naprowadzić na właściwy trop, na sprawy, o których wiedzieć nie powinien. O których nikt nie powinien wiedzieć. Nikt, absolutnie nikt nie może się dowiedzieć, kim jesteś.

– Pamiętam – powtórzyła Ciri. – Nikomu nie pisnęłam słówka, możesz być pewna. Powiedz mi, czy to dlatego musimy tak nagle wyjechać? Boisz się, że ktoś mógł się dowiedzieć, że tu jestem? Dlatego?

– Nie. Z innych powodów.

– Czy dlatego... że może być wojna? Wszyscy mówią o nowej wojnie! Wszyscy o tym mówią, pani Yennefer.

– Owszem – potwierdziła chłodno czarodziejka, szczękając nożycami nad uchem Ciri. – To temat z grupy tak zwanych nieustających. Mówiło się o wojnach, mówi o nich i będzie się mówić. I nie bez kozery – wojny były i będą. Pochyl głowę.

– Jarre mówił... że wojny z Nilfgaardem nie będzie. Opowiadał o jakichś analogiach... Pokazywał mi mapę. Sama już nie wiem, co o tym sądzić. Nie wiem, co to są te analogie, to pewnie coś strasznie mądrego... Jarre czyta różne uczone księgi i wymądrza się, ale ja myślę...

– Ciekawi mnie, co myślisz, Ciri.

– W Cintrze... Wtedy... Pani Yennefer, moja babka była dużo mądrzejsza niż Jarre. Król Eist też był mądry, pływał po morzach, widział wszystko, nawet narwala i morskiego węża, założę się, że i analogię niejedną widział. I co z tego? Nagle przyszli oni, Nilfgaardczycy...

Ciri uniosła głowę, głos uwiązł jej w krtani. Yennefer objęła ją, przytuliła mocno.

– Niestety – powiedziała cicho. – Niestety, masz rację, brzydulko. Gdyby umiejętność korzystania z doświadczeń i wyciągania wniosków decydowały, dawno już zapomnielibyśmy, czym jest wojna. Ale tych, którzy do wojny dążą, nigdy nie powstrzymywały i nie powstrzymają doświadczenia ani analogie.

– A więc jednak... Jednak to prawda. Będzie wojna. Czy to dlatego musimy wyjechać?

– Nie mówmy o tym. Nie martwmy się na zapas.

Ciri pociągnęła nosem.

– Ja już widziałam wojnę – szepnęła. – Nie chcę jej już oglądać. Nigdy. Nie chcę znowu być sama. Nie chcę się bać. Nie chcę znowu stracić wszystkiego, jak wtedy. Nie chcę stracić Geralta... i ciebie, pani Yennefer. Nie chcę cię stracić. Chcę być z tobą. I z nim. Zawsze.

– Będziesz – głos czarodziejki drgnął lekko. – I ja będę z tobą, Ciri. Zawsze. Obiecuję ci.

Ciri znowu pociągnęła nosem. Yennefer kaszlnęła cicho, odłożyła nożyce i grzebień, wstała, podeszła do okna. Kruki wciąż krakały, lecąc w kierunku gór.

– Gdy tu przyjechałam – odezwała się nagle czarodziejka swym zwykłym dźwięcznym, lekko drwiącym głosem. – Gdy spotkałyśmy się po raz pierwszy... Nie lubiłaś mnie.

Ciri milczała. Nasze pierwsze spotkanie, pomyślała. Pamiętam. Byłam z innym dziewczętami w Grocie, Zarzyczka pokazywała nam rośliny i zioła. Wtedy weszła Iola Pierwsza, szepnęła coś do ucha Zarzyczce. Kapłanka skrzywiła się niechętnie. A Iola Pierwsza podeszła do mnie z dziwną miną. Zbieraj się, Ciri, powiedziała, idź prędko do refektarza. Matka Nenneke cię wzywa. Ktoś przyjechał.

Dziwne, znaczące spojrzenia, podniecenie w oczach. I szept. Yennefer. Czarodziejka Yennefer. Prędzej, Ciri, pospiesz się. Matka Nenneke czeka. I ona czeka.

Od razu wiedziałam wtedy, pomyślała Ciri, że to ona. Bo widziałam ją. Widziałam ją poprzedniej nocy. W moim śnie.

Ona.

Nie znałam wtedy jej imienia. W moim śnie milczała. Patrzyła na mnie tylko, a za nią w ciemności widziałam zamknięte drzwi...

Ciri westchnęła. Yennefer odwróciła się, obsydianowa gwiazda na jej szyi zaskrzyła się tysiącem refleksów.

– Masz rację – przyznała poważnie dziewczynka, patrząc wprost we fiołkowe oczy czarodziejki. – Nie lubiłam cię.

•

– Ciri – powiedziała Nenneke. – Podejdź tu do nas. To jest pani Yennefer z Vengerbergu, Mistrzyni Magii. Nie obawiaj się. Pani Yennefer wie, kim jesteś. Można jej zaufać.

Dziewczynka ukłoniła się, składając dłonie w pełen szacunku gest. Czarodziejka, szeleszcząc długą czarną suknią, zbliżyła się, ujęła ją pod brodę, dość bezceremonialnie uniosła jej głowę, obróciła w lewo, w prawo. Ciri poczuła złość i rodzący się bunt – nie przywykła, by ktoś traktował ją w taki sposób. A jednocześnie doznała ukłucia palącej zazdrości. Yennefer była bardzo piękna. W porównaniu z delikatną, bladą i raczej pospolitą urodą kapłanek i adeptek, które Ciri oglądała co dnia, czarodziejka jaśniała urodą świadomą, wręcz demonstracyjną, zaakcentowaną, podkreśloną w każdym szczególe. Jej kruczoczarne loki, kaskadą opadające na ramiona, lśniły, odbijały światło jak pawie pióra, wijąc się i falując przy każdym poruszeniu. Ciri zawstydziła się nagle, zawstydziła swych podrapanych łokci, spierzchniętych dłoni, połamanych paznokci, włosów zbitych w szare strączki. Nagle przemożnie zapragnęła mieć to, co miała Yennefer – piękną, odsłoniętą głęboko szyję, a na niej śliczną czarną aksamitkę i śliczną skrzącą się gwiazdę. Wyrównane, podkreślone węgielkiem brwi i długie rzęsy. Dumne usta. I te dwie okrągłości, unoszące się przy każdym oddechu, opięte czarną tkaniną i białą koronką...

– A więc to jest słynna Niespodzianka – czarodziejka lekko skrzywiła wargi. – Spójrz no mi w oczy, dziewczyno.

Ciri drgnęła i wtuliła głowę w ramiona. Nie, tego jednego nie zazdrościła Yennefer, tego jednego nie pragnęła mieć i nawet nie życzyła sobie oglądać. Tych oczu, fiołkowych, głębokich jak bezdenne jeziora, dziwacznie błyszczących, beznamiętnych i złych. Strasznych.

Czarodziejka odwróciła się w stronę tęgiej arcykapłanki. Gwiazda na jej szyi zapłonęła refleksem słońca wpadającego przez okna refektarza.

– Tak, Nenneke – powiedziała. – Nie ma wątpliwości. Wystarczy zajrzeć w te zielone oczęta, by wiedzieć, że coś w niej jest. Wysokie czoło, regularne łuki brwiowe, ładny rozstaw oczu. Cienkie skrzydełka nosa. Długie palce. Rzadki pigment włosów. Ewidentna krew elfów, choć niedużo w niej tej krwi. Elfi pradziadek lub prababka. Trafiłam?

– Nie znam jej rodowodu – odrzekła spokojnie arcykapłanka. – Nie interesowało mnie to.

– Wysoka, jak na jej wiek – kontynuowała czarodziejka, wciąż taksując Ciri wzrokiem. Dziewczynka gotowała się ze złości i zdenerwowania, walczyła z przemożnym pragnieniem, by wrzasnąć wyzywająco, wrzasnąć, ile mocy w płucach, zatupać nogami i uciec do parku, po drodze zwalając wazon ze stołu i trzaskając drzwiami tak, by tynk posypał się z powały.

– Nieźle rozwinięta – Yennefer nie spuszczała z niej oczu. – Przechodziła w dzieciństwie jakieś zakaźne choroby? Ha, o to pewne też jej nie pytałaś. U ciebie nie chorowała?

– Nie.

– Migreny? Omdlenia? Skłonność do przeziębień? Bolesne menstruacje?

– Nie. Tylko te sny.

– Wiem – Yennefer odgarnęła włosy z policzka. – Pisał o tym. Z jego listu wynikało, że w Kaer Morhen nie próbowano z nią żadnych... eksperymentów. Chciałabym wierzyć, że to prawda.

– To prawda. Dawali jej wyłącznie naturalne stymulanty.

– Stymulanty nigdy nie są naturalne! – podniosła głos czarodziejka. – Nigdy! To właśnie stymulanty mogły nasilić u niej objawy... Cholera, nie posądzałam go o aż taki brak odpowiedzialności!

– Uspokój się – Nenneke spojrzała na nią zimno i nagle jakoś dziwnie bez szacunku. – Mówiłam, to były naturalne, absolutnie bezpieczne środki. Wybacz, kochana, ale w tej dziedzinie jestem większym niż ty autorytetem. Wiem, że niezmiernie trudno przychodzi ci akceptować czyjś autorytet, ale w tym przypadku jestem zmuszona ci go narzucić. I nie mówmy już o tym.

– Jak chcesz – Yennefer zacisnęła usta. – No, chodź, dziewczyno. Czasu za dużo nie mamy, grzechem byłoby go tracić.

Ciri z trudem opanowała drżenie rąk, przełknęła ślinę, spojrzała pytająco na Nenneke. Arcykapłanka miała twarz poważną i jakby zmartwioną, a uśmiech, którym odpowiedziała na nieme pytanie, był brzydko sztuczny.

– Pójdziesz teraz z panią Yennefer – powiedziała. – Przez pewien czas pani Yennefer będzie twoją opiekunką.

Ciri opuściła głowę, zacisnęła zęby.

– Z pewnością zdziwiona jesteś – ciągnęła Nenneke – że nagle bierze cię pod opiekę Mistrzyni Magii. Ale ty jesteś rozsądną dziewczynką, Ciri. Domyślasz się, co jest powodem. Odziedziczyłaś po przodkach pewne... właściwości. Wiesz, o czym mówię. Przychodziłaś do mnie, wtedy, po tych snach, po nocnych alarmach w dormitorium. Ja nie umiałam ci pomóc. Ale pani Yennefer...

– Pani Yennefer – przerwała czarodziejka – zrobi to, co należy. Idziemy, dziewczyno.

– Idź – kiwnęła głową Nenneke, nadaremnie próbując nadać uśmiechowi choćby pozory naturalności. – Idź, dziecko. Pamiętaj, że mieć za opiekuna kogoś takiego, jak pani Yennefer, to wielki zaszczyt. Nie przynieś wstydu świątyni i nam, twoim nauczycielkom. I bądź posłuszna.

Ucieknę dziś w nocy, postanowiła Ciri. Z powrotem do Kaer Morhen. Ukradnę konia ze stajni i tyle mnie będą widzieli. Ucieknę!

– Akurat – powiedziała półgłosem czarodziejka.

– Słucham? – kapłanka podniosła głowę. – Co mówiłaś?

– Nic, nic – uśmiechnęła się Yennefer. – Zdawało ci się. A może to mnie się zdawało? Spójrz no na twoją podopieczną, Nenneke. Zła jak kotka. Iskry w oczach, tylko patrzeć, jak parsknie, a gdyby umiała położyć uszy, zrobiłaby to. Wiedźminka! Trzeba będzie ostro wziąć za karczek, spiłować pazurki.

– Więcej wyrozumiałości – rysy arcykapłanki stwardniały wyraźnie. – Proszę, okaż jej serce i wyrozumiałość. Ona naprawdę nie jest tą, za kogo ją uważasz.

– Co chcesz przez to powiedzieć?

– Ona nie jest twoją rywalką, Yennefer.

Przez chwilę mierzyły się wzrokiem, obie, czarodziejka i kapłanka, a Ciri poczuła drganie powietrza, jakąś dziwną, straszną moc tężejącą między nimi. Trwało to ułamek sekundy, po czym moc znikła, a Yennefer roześmiała się, swobodnie i dźwięcznie.

– Zapomniałam – powiedziała. – Zawsze po jego stronie, co, Nenneke? Zawsze pełna troski o niego. Jak matka, której nigdy nie miał.

– A ty zawsze przeciw niemu – uśmiechnęła się kapłanka. – Jak zwykle obdarzasz go silną emocją. I bronisz się z całych sił, by emocji tej nie nazwać przypadkiem właściwym imieniem.

Ciri znów poczuła rosnącą gdzieś w dole brzucha wściekłość, tętniącą w skroniach przekorę i bunt. Przypomniała sobie, ile razy i w jakich okolicznościach słyszała to imię. Yennefer. Imię, które budziło niepokój, imię będące symbolem jakiejś groźnej tajemnicy. Domyślała się, co to za tajemnica.

Rozmawiają przy mnie otwarcie, bez skrępowania, pomyślała, czując, jak ręce znowu zaczynają jej dygotać ze złości. Zupełnie się mną nie przejmują. W ogóle nie zwracają uwagi. Jakbym była dzieckiem. Rozmawiają o Geralcie przy mnie, w mojej obecności, a przecież nie wolno im, bo ja... Ja jestem...

Kim?

– Ty zaś, Nenneke – odparła czarodziejka – jak zwykle zabawiasz się analizowaniem cudzych emocji, na domiar złego inerpretując je na własną modłę!

– I wtykam nos w cudze sprawy?

– Nie chciałam tego mówić – Yennefer potrząsnęła czarnymi lokami, a loki zalśniły i zwinęły się jak węże. – Dziękuję, że zrobiłaś to za mnie. A teraz zmieńmy temat, proszę. Bo ten, który roztrząsamy, jest wyjątkowo głupi. Aż wstyd przed naszą młodą adeptką. A co do wyrozumiałości, o którą mnie prosiłaś... Będę wyrozumiała. Z okazywaniem serca mogą być trudności, bo przecież powszechnie uważa się, że nie posiadam takiego organu. Ale jakoś sobie poradzimy. Prawda, Niespodzianko?

Uśmiechnęła się do Ciri, a Ciri wbrew sobie, wbrew złości i rozdrażnieniu, musiała odpowiedzieć uśmiechem. Bo uśmiech czarodziejki był niespodziewanie miły, życzliwy, serdeczny. I bardzo, bardzo piękny.

•

Wysłuchała przemowy Yennefer, demonstracyjnie odwrócona plecami, udając, że całą uwagę poświęca trzmielowi buczącemu w kwiecie jednej z malw rosnących pod murem świątyni.

– Nikt mnie o to nie pytał – burknęła.

– O co nikt cię nie pytał?

Ciri zakręciła się w półpiruecie, ze złością trzasnęła

pięścią w malwę. Trzmiel odleciał, bucząc gniewnie i złowrogo.

– Nikt mnie nie pytał, czy chcę, byś mnie uczyła!

Yennefer oparła pięści o biodra, oczy jej błysnęły.

– Cóż za zbieg okoliczności – syknęła. – Wyobraź sobie, że mnie również nikt nie pytał, czy mam ochotę cię uczyć. Ochota nie ma tu zresztą nic do rzeczy. Ja nie biorę do terminu byle kogo, a ty, wbrew pozorom, możesz jeszcze okazać się byle kim. Proszono mnie, bym sprawdziła, jak to z tobą jest. Bym zbadała, co w tobie siedzi i czym ci to grozi. A ja, choć nie bez oporów, wyraziłam zgodę.

– Ale ja jeszcze na to nie wyraziłam zgody!

Czarodziejka uniosła rękę, poruszyła dłonią. Ciri poczuła, jak zatętniło jej w skroniach, a w uszach zaszumiało, tak, jak przy przełykaniu śliny, ale znacznie silniej. Poczuła senność i obezwładniającą słabość, zmęczenie usztywniające kark, zmiękczające kolana.

Yennefer opuściła dłoń i sensacje ustały momentalnie.

– Posłuchaj mnie uważnie, Niespodzianko – powiedziała. – Mogę cię bez trudu zauroczyć, zahipnotyzować lub wprowadzić w trans. Mogę cię sparaliżować, przemocą napoić eliksirem, rozebrać do naga, położyć na stole i badać przez kilka godzin, robiąc przerwy na posiłki, a ty będziesz leżeć i patrzeć w sufit, nie będąc w stanie poruszyć nawet gałkami ocznymi. Postąpiłabym tak z pierwszą lepszą smarkulą. Z tobą nie chcę tak postąpić, bo na pierwszy rzut oka widać, że jesteś dziewczyną inteligentną i dumną, że masz charakter. Nie chcę ani ciebie, ani siebie narażać na wstyd. Przed Geraltem. Bo to on mnie prosił, bym zbadała twoje zdolności. Bym pomogła ci poradzić sobie z nimi.

– Prosił ciebie? Dlaczego? Nic mi o tym nie mówił! Nie pytał mnie wcale...

– Wracasz do tego z uporem – przerwała czarodziejka. – Nikt cię nie pytał o zdanie, nikt nie zadał sobie trudu, by sprawdzać, czego chcesz, a czego nie chcesz. Czyżbyś dała asumpt, by uważano cię za przekornego, upartego smarkacza, któremu nie warto zadawać takich pytań? Ale ja zaryzykuję, zadam ci pytanie, którego nikt ci nie zadawał. Czy poddasz się testom?

– A co to będzie? Co to są te testy? I dlaczego...

– Tłumaczyłam ci już. Jeśli nie zrozumiałaś, trudno. Nie mam zamiaru szlifować twojej percepcji ani pracować nad inteligencją. Przetestować mogę równie dobrze rozumną, jak głupią.

– Nie jestem głupia! I wszystko zrozumiałam!

– Tym lepiej.

– Ale ja nie nadaję się na czarownicę! Nie mam żadnych zdolności! Nigdy nie będę czarownicą i nie chcę być! Jestem przeznaczona Geral... Jestem przeznaczona na wiedźminkę! Przyjechałam tu tylko na krótko! Niedługo wrócę do Kaer Morhen...

– Uporczywie wpatrujesz się w mój dekolt – powiedziała zimno Yennefer, mrużąc lekko fiołkowe oczy. – Widzisz w nim coś niecodziennego, czy to tylko zwykła zazdrość?

– Ta gwiazda... – mruknęła Ciri. – Z czego ona jest? Te kamyczki się poruszają i tak dziwnie świecą...

– Pulsują – uśmiechnęła się czarodziejka. – To są aktywne brylanty, zatopione w obsydianie. Chcesz zobaczyć z bliska? Dotknąć?

– Tak... Nie! – Ciri cofnęła się, ze złością potrząsnęła głową, chcąc odpędzić od siebie lekki zapach bzu i agrestu bijący od Yennefer. – Nie chcę! Po co mi to? Nie interesuje mnie! Nic a nic! Jestem wiedźminką! Nie mam żadnych zdolności do magii! Na czarownicę się nie nadaję, to chyba jasne, bo jestem... A w ogóle...

Czarodziejka usiadła na stojącej pod murem kamiennej ławeczce i skupiła się na obserwacji paznokci.

– ...a w ogóle – dokończyła Ciri – to muszę się zastanowić.

– Chodź tu. Usiądź obok mnie.

Usłuchała.

– Muszę mieć czas do namysłu – powiedziała niepewnie.

– Słusznie – Yennefer kiwnęła głową, nadal wpatrzona w paznokcie. – To poważna sprawa. Wymaga zastanowienia.

Obie milczały przez chwilę. Spacerujące po parku adeptki zerkały na nie ciekawie, szeptały, chichotały.

– No?

– Co... no?

– Namyśliłaś się?

Ciri zerwała się na równe nogi, prychnęła, tupnęła.

– Ja... ja... – sapnęła, z wściekłości nie mogąc złapać tchu. – Żartujesz sobie ze mnie? Potrzebuję czasu! Zastanowić się muszę! Dłużej! Przez cały dzień... I noc!

Yennefer spojrzała jej w oczy, a Ciri skurczyła się pod tym spojrzeniem.

– Przysłowie głosi – powiedziała wolno czarodziejka – że noc przynosi radę. Ale w twoim przypadku, Niespodzianko, noc może przynieść jedynie kolejny koszmar. Znowu obudzisz się wśród krzyku i bólu, zlana potem, znowu będziesz się bać, bać tego, co widziałaś, będziesz się bać tego, czego nie będziesz sobie mogła przypomnieć. I nie będzie już snu tej nocy. Będzie zgroza. Do świtu.

Dziewczynka zadrżała, opuściła głowę.

– Niespodzianko – głos Yennefer zmienił się nieznacznie. – Zaufaj mi.

Ramię czarodziejki było ciepłe. Czarny aksamit sukni aż prosił się o dotknięcie. Zapach bzu i agrestu rozkosznie oszałamiał. Uścisk uspokajał i koił, odprężał, łagodził podniecenie, uciszał złość i bunt.

– Poddasz się testom, Niespodzianko.

– Poddam – odpowiedziała, rozumiejąc, że wcale nie musiała odpowiadać. Bo to wcale nie było pytanie.

•

– Ja już nie rozumiem nic a nic – powiedziała Ciri. – Najpierw mówisz, że mam zdolności, bo mam te sny. Ale chcesz robić próby i sprawdzać... To jak to jest? Mam zdolności, czy nie mam?

– Na to pytanie odpowiedzą testy.

– Testy, testy – wykrzywiła się. – Nie mam żadnych zdolności, mówię ci, gdybym miała, tobym chyba wiedziała, no nie? No, ale... A gdybym, zupełnym przypadkiem, miała zdolności, co wtedy?

– Są dwie możliwości – zakomunikowała obojętnie

czarodziejka, otwierając okno. – Zdolności trzeba będzie albo wygasić, albo nauczyć cię panować nad nimi. Jeśli jesteś uzdolniona i zechcesz tego, spróbuję dać ci nieco elementarnej wiedzy o magii.

– Co to znaczy „elementarnej"?

– Podstawowej.

Były same w dużej komnacie, którą Nenneke przeznaczyła dla czarodziejki, położonej obok biblioteki, w bocznym, nie używanym skrzydle budynku. Ciri wiedziała, że komnatę tę udostępniano gościom. Wiedziała, że Geralt, ilekroć był w świątyni, mieszkał właśnie tutaj.

– Będziesz chciała mnie uczyć? – usiadła na łóżku, przesunęła dłonią po adamaszku kołdry. – Będziesz chciała mnie stąd zabrać, tak? Nigdzie z tobą nie pojadę!

– Odjadę więc sama – powiedziała zimno Yennefer, rozwiązując rzemienie juków. – I zaręczam ci, nie będę tęsknić. Mówiłam przecież, edukować będę cię tylko wówczas, gdy tego zechcesz. I mogę to robić tu, na miejscu.

– Jak długo będziesz mnie edu... Uczyć?

– Jak długo zechcesz – czarodziejka schyliła się, otworzyła komódkę, wygarnęła z niej starą skórzaną torbę, pas, dwa obszyte futrem buty i gliniany, opleciony wikliną gąsiorek. Ciri usłyszała, jak klnie pod nosem, uśmiechając się jednocześnie, zobaczyła, jak chowa znaleziska z powrotem do komódki. Domyśliła się, do kogo należały. Kto je tam zostawił.

– Co to znaczy, jak długo zechcę? – spytała. – Jeśli mi się znudzi albo nie spodoba ta nauka...

– To zaprzestaniemy nauki. Wystarczy, jeśli mi to powiesz. Albo okażesz.

– Okażę? Jak?

– Gdybyśmy zdecydowały się na edukację, będę żądała absolutnego posłuszeństwa. Powtarzam: absolutnego. Jeśli zatem zbrzydnie ci nauka, wystarczy, że okażesz nieposłuszeństwo. Wtedy natychmiast nauka się skończy. Jasne?

Ciri kiwnęła głową, łypnęła na czarodziejkę zielonym okiem.

– Po drugie – kontynuowała Yennefer, rozpakowując juki – będę wymagała absolutnej szczerości. Nie wolno ci będzie niczego przede mną ukrywać. Niczego. Jeśli więc poczujesz, że masz dosyć, wystarczy zacząć kłamać, udawać, pozorować albo zamknąć się w sobie. Jeżeli cię o coś zapytam, a ty nie odpowiesz szczerze, będzie to również oznaczało natychmiastowy koniec nauki. Czy mnie zrozumiałaś?

– Tak – mruknęła Ciri. – A czy ta... szczerość... Czy to działa w obie strony? Czy będę mogła... zadawać pytania tobie?

Yennefer spojrzała na nią, a usta skrzywiły jej się dziwnie.

– Oczywiście – odpowiedziała po chwili. – Rozumie się samo przez się. Na tym polegać będzie nauka i opieka, którą mam zamiar nad tobą roztoczyć. Szczerość działa w obie strony. Możesz zadawać mi pytania. W każdej chwili. A ja na nie odpowiem. Szczerze.

– Na każde pytanie?

– Na każde.

– Od tej chwili?

– Tak. Od tej chwili.

– Co jest pomiędzy tobą a Geraltem, pani Yennefer?

Ciri omal nie zemdlała, przerażona własną zuchwałością, zmrożona ciszą, jaka zapadła po pytaniu.

Czarodziejka powoli zbliżyła się do niej, położyła ręce na ramionach, spojrzała w oczy, z bliska, głęboko.

– Tęsknota – odpowiedziała poważnie. – Żal. Nadzieja. I lęk. Tak, wydaje się, że niczego nie pominęłam. No, teraz możemy już przystąpić do testów, ty mała zielonooka żmijko. Sprawdzimy, czy się nadajesz. Chociaż po twoim pytaniu zdziwiłabym się bardzo, gdyby okazało się, że nie. Idziemy, brzydulko.

Ciri żachnęła się.

– Dlaczego mnie tak nazywasz?

Yennefer uśmiechnęła się kącikiem ust.

– Przyrzekłam ci szczerość.

•

Ciri wyprostowała się, zdenerwowana, niecierpliwie zawierciła na krześle, twardym i uwierającym w tyłek po kilku godzinach siedzenia.

– Nic z tego nie będzie! – warknęła, wycierając o stół ubrudzone węgielkiem palce. – Przecież nic... Nic mi nie wychodzi! Nie nadaję się na czarownicę! Wiedziałam o tym od samego początku, ale nie chciałaś mnie słuchać! Nie zwracałaś uwagi w ogóle!

Yennefer uniosła brwi.

– Nie chciałam cię słuchać, powiadasz? Interesujące. Zwykle poświęcam uwagę każdemu wypowiedzianemu w mojej przytomności zdaniu i notuję je w pamięci. Warunkiem jest, by w zdaniu była choć krztyna sensu.

– Ciągle sobie kpisz – Ciri zgrzytnęła zębami. – A ja chciałam ci tylko powiedzieć... No, o tych zdolnościach. Bo widzisz, tam, w Kaer Morhen, w górach... Nie umiałam zrobić żadnego wiedźmińskiego Znaku. Ani jednego!

– Wiem o tym.

– Wiesz?

– Wiem. Ale to o niczym nie świadczy.

– Jak to? No... Ale to jeszcze nie wszystko!

– Słucham w napięciu.

– Ja się nie nadaję. Czy nie rozumiesz tego? Jestem... za młoda.

– Byłam młodsza, kiedy zaczynałam.

– Ale pewnie nie byłaś...

– O co ci chodzi, dziewczyno? Przestań się jąkać! Chociaż jedno pełne zdanie, bardzo proszę.

– Bo... – Ciri opuściła głowę, zarumieniła się. – Bo Iola, Myrrha, Eurneid i Katje, gdy jadłyśmy obiad, śmiały się ze mnie i powiedziały, że do mnie czary nie mają przystępu, a ja nie zrobię żadnej magii, bo... Bo jestem... dziewicą, to znaczy...

– Wyobraź sobie, że wiem, co to znaczy – przerwała czarodziejka. – Pewnie znowu poczytasz to za złośliwą drwinę, ale z przykrością komunikuję ci, że pleciesz bzdury. Wracajmy do testu.

– Jestem dziewicą! – powtórzyła Ciri zadziornie. – Po co te testy? Dziewica nie może czarować!

– Nie widzę wyjścia – Yennefer odchyliła się na oparcie krzesła. – Idź więc i strać dziewictwo, jeśli aż tak ci przeszkadza. Ja poczekam. Ale pospiesz się, jeśli możesz.

– Żartujesz sobie ze mnie?

– Zauważyłaś? – czarodziejka uśmiechnęła się lekko. – Gratuluję. Zdałaś wstępny test na bystrość. A teraz test właściwy. Wytęż uwagę, proszę. Spójrz: na tym obrazku są cztery sosenki. Każda ma inną ilość gałązek. Narysuj piątą, taką, która pasuje do tych czterech, która powinna znaleźć się w tym pustym miejscu.

– Sosenki są głupie – zawyrokowała Ciri, wysuwając język i rysując węgielkiem lekko koślawe drzewko. – I nudne! Nie rozumiem, co sosenki mają wspólnego z magią? Co? Pani Yennefer! Obiecałaś odpowiadać na moje pytania!

– Niestety – westchnęła czarodziejka, biorąc arkusz i krytycznie przyglądając się rysunkowi. – Zdaje mi się, że przyjdzie mi żałować tej obietnicy. Co sosenki mają wspólnego z magią? Nic. Ale narysowałaś prawidłowo i w czasie. Zaiste, jak na dziewicę, bardzo dobrze.

– Śmiejesz się ze mnie?

– Nie. Ja się rzadko śmieję. Muszę mieć naprawdę istotny powód, by się śmiać. Skup się na nowym arkuszu, Niespodzianko. Narysowane są na nim szeregi złożone z gwiazdek, kółek, krzyżyków i trójkątów, w każdym szeregu inna ilość każdego elementu. Zastanów się i odpowiedz: ile gwiazdek powinno być w ostatnim rządku?

– Gwiazdki są głupie!

– Ile, dziewczyno?

– Trzy!

Yennefer milczała długo, zapatrzona w sobie tylko wiadomy szczegół na rzeźbionych drzwiach szafy. Złośliwy uśmieszek na ustach Ciri zaczął powolutku znikać, aż wreszcie zniknął całkiem, bez śladu.

– Zapewne ciekawiło cię – powiedziała bardzo wolno czarodziejka, nie przestając podziwiać szafy – co się stanie, gdy udzielisz mi bezsensownej i głupiej odpowiedzi. Myślałaś może, że nie zauważę, bo twoje odpowiedzi wcale mnie nie interesują? Źle myślałaś. Sądziłaś może, że po prostu przyjmę do wiadomości, że jesteś niemądra? Źle sądziłaś. A jeśli znudziło ci się być testowaną i chciałaś dla odmiany przetestować mnie... No, to chyba ci się udało?

Tak czy inaczej, ten test jest zakończony. Oddaj mi arkusz.

– Przepraszam, pani Yennefer – dziewczynka opuściła głowę. – Tam oczywiście powinna być... jedna gwiazdka. Bardzo cię przepraszam. Proszę, nie gniewaj się na mnie.

– Spójrz na mnie, Ciri.

Uniosła oczy, zaskoczona. Bo czarodziejka po raz pierwszy zwróciła się do niej jej imieniem.

– Ciri – powiedziała Yennefer. – Wiedz, że ja wbrew pozorom gniewam się równie rzadko, jak śmieję. Nie rozgniewałaś mnie. Ale przepraszając, dowiodłaś, że nie myliłam się co do ciebie. A teraz weź następny arkusz. Jak widzisz, jest na nim pięć domków. Narysuj szósty domek...

– Znowu? Naprawdę nie rozumiem, po co...

– ...szósty domek – głos czarodziejki zmienił się niebezpiecznie, a oczy błysnęły fioletowym żarem. – Tu, w tym pustym miejscu. Nie każ mi powtarzać, proszę.

•

Po jabłuszkach, sosenkach, gwiazdkach, rybkach i domkach przyszła kolej na labirynty, z których należało bardzo szybko znaleźć wyjście, na faliste linie, na kleksy przypominające rozgniecione karaluchy, na inne dziwne obrazki i mozaiki, od których oczy zezowały, a w głowie wirowało. Potem była błyszcząca kulka na sznurku, w którą należało długo się wpatrywać. Wpatrywanie się było nudne jak flaki z olejem, Ciri regularnie przy tym usypiała. Yennefer, o dziwo, wcale się tym nie przejmowała, choć kilka dni wcześniej nakrzyczała na nią groźnie za próbę drzemki nad jednym z karaluszych kleksów.

Od ślęczenia nad testami rozbolały ją kark i plecy i bolały z dnia na dzień coraz dotkliwiej. Zatęskniła do ruchu i świeżego powietrza i w ramach obowiązku szczerości zaraz powiedziała o tym Yennefer. Czarodziejka przyjęła to tak gładko, jakby czekała na to od dawna.

Przez dwa kolejne dni obie biegały po parku, przeskakiwały rowy i płoty pod rozbawionymi lub pełnymi politowania spojrzeniami kapłanek i adeptek. Gimnastykowały się, ćwiczyły równowagę, chodząc po szczycie murku okalającego sad i zabudowania gospodarcze. W przeciwieństwie do treningów w Kaer Morhen, ćwiczeniom z Yennefer zawsze jednak towarzyszyła teoria. Czarodziejka uczyła Ciri oddechu, sterując ruchami piersi i przepony silnym naciskiem dłoni. Tłumaczyła zasady ruchu, działanie mięśni i kości, demonstrowała, jak odpoczywać, odprężać się i relaksować.

Podczas jednego z takich relaksów, wyciągnięta na trawie, wpatrzona w niebo, Ciri zadała nurtujące ją pytanie.

– Pani Yennefer? Kiedy wreszcie zakończymy te testy?

– Aż tak cię nużą?

– Nie... Ale chciałabym już wiedzieć, czy nadaję się na czarodziejkę.

– Nadajesz się.

– Już to wiesz?

– Wiedziałam o tym od początku. Niewiele osób jest zdolnych dostrzec aktywność mojej gwiazdy. Bardzo niewiele. Ty zauważyłaś to natychmiast.

– A testy?

– Zakończone. Wiem już o tobie to, co chciałam wiedzieć.

– Ale niektóre zadania... Nie bardzo mi wyszły. Sama mówiłaś, że... Naprawdę jesteś pewna? Nie mylisz się? Jesteś pewna, że mam zdolności?

– Jestem pewna.

– Ale...

– Ciri – czarodziejka sprawiała wrażenie, że jest rozbawiona i zniecierpliwiona jednocześnie. – Od momentu, gdy położyłyśmy się na łące, rozmawiam z tobą nie używając głosu. To się nazywa telepatia, zapamiętaj. I jak zapewne zauważyłaś, nie utrudnia nam to konwersacji.

•

– Magia – Yennefer, wpatrzona w niebo nad wzgórzami, oparła ręce na łęku siodła – jest w opinii niektórych ucieleśnieniem Chaosu. Jest kluczem zdolnym otworzyć zakazane drzwi. Drzwi, za którymi czai się koszmar, zgroza i niewyobrażalna okropność, za którymi czyhają wrogie, destrukcyjne siły, moce czystego Zła, mogące unicestwić nie tylko tego, kto drzwi uchyli, ale i cały świat. A ponieważ nie brakuje takich, którzy przy owych drzwiach manipulują, kiedyś ktoś popełni błąd, a wówczas zagłada świata będzie przesądzona i nieuchronna. Magia jest zatem zemstą i orężem Chaosu. To, że po Koniunkcji Sfer ludzie nauczyli posługiwać się magią, jest przekleństwem i zgubą świata. Zgubą ludzkości. I tak jest, Ciri. Ci, którzy uważają magię za Chaos, nie mylą się.

Kary ogier czarodziejki zarżał przeciągle, trącony piętami, i ruszył wolno przez wrzosowisko. Ciri popędziła konia, pojechała śladem, zrównała się. Wrzosy sięgały strzemion.

– Magia – podjęła po chwili Yennefer – jest w opinii niektórych sztuką. Sztuką wielką, elitarną, zdolną tworzyć rzeczy piękne i niezwykłe. Magia to talent dany nielicznym wybrańcom. Inni, talentu pozbawieni, mogą jedynie patrzeć z podziwem i zazdrością na rezultaty pracy artystów, mogą podziwiać stworzone dzieła, czując zarazem, że bez tych dzieł i bez tego talentu świat byłby uboższy. To, że po Koniunkcji Sfer niektórzy wybrańcy odkryli w sobie talent i magię, to, że odnaleźli w sobie Sztukę, jest błogosławieństwem piękna. I tak jest. Ci, którzy uważają magię za sztukę, również mają rację.

Na obłym, gołym wzgórzu, wystającym z wrzosowisk jak grzbiet przyczajonego drapieżnika, leżał olbrzymi głaz, wsparty na kilku innych, mniejszych kamieniach. Czarodziejka skierowała konia w jego stronę, nie przerywając wykładu.

– Są również tacy, według których magia jest nauką. By ją opanować, nie wystarczy talent i wrodzone zdolności. Nieodzowne są lata pilnych studiów i wytężonej pracy, konieczna jest wytrwałość i wewnętrzna dyscyplina. Tak zdobyta magia to wiedza, to poznanie, którego granice poszerzane są stale przez światłe i żywe umysły, przez doświadczenie, eksperyment, praktykę. Tak zdobyta magia to postęp. To pług, krosno, młyn wodny, dymarka, dźwig i wielokrążek. To postęp, rozwój, to odmiana. To ciągły ruch. W górę. Ku lepszemu. Ku gwiazdom. To, że po Koniunkcji Sfer odkryliśmy magię, pozwoli nam kiedyś dosięgnąć gwiazd. Zsiądź z konia, Ciri.

Yennefer zbliżyła się do monolitu, położyła dłoń na chropawej powierzchni kamienia, ostrożnie zgarnęła z niego pył i zeschłe listki.

– Ci, którzy uważają magię za naukę – podjęła – również mają rację. Zapamiętaj to, Ciri. A teraz podejdź tu, do mnie.

Dziewczynka przełknęła ślinę, zbliżyła się. Czarodziejka objęła ją ramieniem.

– Zapamiętaj – powtórzyła. – Magia jest Chaosem, Sztuką i Nauką. Jest przekleństwem, błogosławieństwem i postępem. Wszystko zależy od tego, kto się magią posługuje, jak i w jakim celu. A magia jest wszędzie. Wszędzie wokół nas. Łatwo dostępna. Wystarczy wyciągnąć rękę. Spójrz. Wyciągam rękę.

Kromlech zadrżał wyczuwalnie. Ciri usłyszała głuchy, odległy huk, dobiegające z wnętrza ziemi dudnienie. Wrzosy zafalowały, spłaszczone wichrem, który nagle runął na wzgórze. Niebo pociemniało gwałtownie, zakryte chmurami pędzącymi z niesamowitą prędkością. Dziewczynka poczuła na twarzy krople deszczu. Zmrużyła oczy w ogniu błyskawic, którymi nagle zapłonął horyzont. Odruchowo przytuliła się do czarodziejki, do jej czarnych pachnących bzem i agrestem włosów.

– Ziemia, po której stąpamy. Ogień, który nie wygasa w jej wnętrzu. Woda, z której wyszło wszelkie życie i bez której to życie jest niemożliwe. Powietrze, którym oddychamy. Wystarczy wyciągnąć rękę, by nad nimi zapanować, zmusić do uległości. Magia jest wszędzie. Jest w powietrzu, w wodzie, w ziemi i w ogniu. I jest za drzwiami, które Koniunkcja Sfer przed nami zamknęła. Stamtąd, zza zamkniętych drzwi, magia niekiedy wyciąga rękę do nas. Po nas. Wiesz o tym, prawda? Poczułaś już dotknięcie magii, dotyk ręki zza zamkniętych drzwi. Dotyk ten przepełnił cię strachem. Taki dotyk każdego przepełnia strachem. Bo w każdym z nas jest Chaos i Ład, Dobro i Zło. Ale nad tym można i trzeba panować. Trzeba się tego nauczyć. I ty nauczysz się tego, Ciri. Po to przyprowadziłam cię tu, do tego kamienia, który od niepamiętnych czasów stoi na przecięciu tętniących mocą żył. Dotknij go.

Głaz drżał, wibrował, a wraz z nim drżało i wibrowało całe wzgórze.

– Magia wyciąga po ciebie rękę, Ciri. Po ciebie, dziwna dziewczyno, Niespodzianko, Dziecko Starszej Krwi, Krwi Elfów. Dziwna dziewczyno, wpleciona w Ruch i Odmianę, w Zagładę i Odrodzenie. Przeznaczona i będąca przeznaczeniem. Magia wyciąga po ciebie rękę zza zamkniętych drzwi, po ciebie, maleńkie ziarenko piasku w trybach Zegara Losu. Wyciąga po ciebie swe szpony Chaos, który wciąż nie jest pewien, czy staniesz się jego narzędziem, czy też przeszkodą w jego planach. To, co Chaos pokazuje ci w snach, to jest właśnie ta niepewność. Chaos boi się ciebie, Dziecko Przeznaczenia. A chce sprawić, byś to ty czuła lęk.

Łysnęła błyskawica, przeciągle gruchnął grom. Ciri drżała z zimna i przerażenia.

– Chaos nie może pokazać ci, czym naprawdę jest. Pokazuje ci więc przyszłość, pokazuje to, co się zdarzy. Chce sprawić, byś bała się nadchodzących dni, by strach przed tym, co spotka ciebie i twych bliskich, zaczął tobą kierować, by owładnął tobą całkowicie. Dlatego Chaos zsyła sny. Pokażesz mi teraz, co widzisz w snach. I będziesz się bać. A potem zapomnisz i zapanujesz nad lękiem. Spójrz na moją gwiazdę, Ciri. Nie odrywaj od niej oczu!

Błysnęło. Zagrzmiało.

– Mów! Rozkazuję ci!

Krew. Usta Yennefer, pocięte i rozbite, poruszają się bezgłośnie, broczą krwią. Białe skały migają w galopie. Koń rży. Skok. Przepaść, otchłań. Krzyk. Lot, nie kończący się lot. Otchłań...

W głębi otchłani dym. Schody prowadzące w dół.

Va'esse deireádh aep eigean... Coś się kończy... Co?

Elaine blath, Feainnewedd... Dziecko Starszej Krwi? Głos Yennefer wydaje się dobiegać z daleka, jest głuchy, budzi echa wśród ociekających wilgocią kamiennych ścian. Elaine blath...

– Mów!

Fiołkowe oczy błyszczą, palą się w wychudłej, skurczonej, poczerniałej od męki twarzy, przysłoniętej burzą zmierzwionych, brudnych czarnych włosów. Ciemność. Wilgoć. Smród. Przeraźliwe zimno kamiennych ścian. Zimno żelaza na przegubach rąk, na kostkach nóg...

Otchłań. Dym. Schody prowadzące w dół. Schody, którymi trzeba zejść. Trzeba, bo... Bo coś się kończy. Bo nadchodzi Tedd Deireádh, Czas Końca, Czas Wilczej Zamieci. Czas Białego Zimna i Białego Światła...

Lwiątko musi umrzeć! Racja stanu!

Idziemy, mówi Geralt. Schodami w dół. Musimy. Tak trzeba. Innej drogi nie ma. Tylko schody. W dół!

Jego usta nie poruszają się. Są sine. Krew, wszędzie krew... Całe schody we krwi... Byle się nie poślizgnąć... Bo wiedźmin potyka się tylko raz... Błysk klingi. Krzyk. Śmierć. W dół. Schodami w dół.

Dym. Ogień. Wściekły galop, łomot kopyt. Dookoła pożar. Trzymaj się! Trzymaj się, Lwiątko z Cintry!

Czarny koń rży, staje dęba. Trzymaj się!

Czarny koń tańczy. W szczelinie hełmu ozdobionego skrzydłami drapieżnego ptaka błyszczą i płoną bezlitosne oczy.

Szeroki miecz, odbijając blask pożaru, spada ze świstem. Unik, Ciri! Zwód! Piruet, parada! Unik! Unik! Za wolnooooo!!!

Uderzenie oślepia błyskiem oczy, wstrząsa całym ciałem, ból paraliżuje na moment, otępia, znieczula, a potem wybucha nagle z potworną siłą, wpija się w policzek okrutnymi ostrymi kłami, targa, przenika na wskroś, promieniuje na szyję, na kark, na pierś, na płuca...

– Ciri!

Czuła na plecach i tyle głowy chropawy, nieprzyjemnie nieruchomy chłód kamienia. Nie pamiętała, kiedy usiadła. Yennefer klęczała obok. Delikatnie, lecz zdecydowanie rozprostowała jej palce, oderwała dłoń od policzka. Policzek tętnił, pulsował bólem.

– Mamo... – jęknęła Ciri. – Mamo... Jak boli! Mamusiu...

Czarodziejka dotknęła jej twarzy. Rękę miała zimną jak lód. Ból ustał momentalnie.

– Widziałam... – szepnęła dziewczynka, zamykając

oczy. – To, co w snach... Czarnego rycerza... Geralta... I jeszcze... Ciebie... Widziałam ciebie, pani Yennefer!

– Wiem.

– Widziałam cię... Widziałam, jak...

– Już nigdy więcej. Nigdy nie będziesz już tego widzieć. Nigdy nie będziesz już o tym śnić. Dam ci siłę, która odepchnie od ciebie te koszmary. Po to cię tu przyprowadziłam, Ciri, by ci tę siłę pokazać. Od jutra zacznę ci ją dawać.

•

Nastąpiły trudne, pracowite dni, dni wytężonej nauki, wyczerpującej pracy. Yennefer była stanowcza, wymagająca, często surowa, niekiedy władczo groźna. Ale nudna nie była nigdy. Dawniej Ciri z trudem powstrzymywała opadanie powiek w szkółce świątynnej, a zdarzało się jej i zadrzemać podczas lekcji, uśpionej monotonnym, łagodnym głosem Nenneke, Ioli Pierwszej, Zarzyczki lub innych kapłanek-nauczycielek. Z Yennefer to było niemożliwe. I nie tylko ze względu na tembr głosu czarodziejki, na używane przez nią krótkie, ostro akcentowane zdania. Najważniejsza była treść nauki. Nauki o magii. Nauki fascynującej, podniecającej, pochłaniającej.

Większość dnia Ciri spędzała z Yennefer. Wracała do dormitorium późną nocą, padała na łóżko jak kłoda, zasypiała natychmiast. Adeptki narzekały, że strasznie chrapie, próbowały ją budzić. Bezskutecznie.

Ciri spała twardo.

Bez snów.

•

– O bogowie – Yennefer westchnęła z rezygnacją, oburącz rozburzyła czarne loki, opuściła głowę. – Przecież to takie proste! Jeżeli nie potrafisz opanować tego gestu, to co będzie z trudniejszymi?

Ciri odwróciła się, zaburczała, fuknęła, roztarła zesztywniałą dłoń. Czarodziejka westchnęła ponownie.

– Spójrz jeszcze raz na rycinę, zobacz, jak powinny być rozstawione palce. Zwróć uwagę na objaśniające strzałki i runy określające gest, jaki należy wykonać.

– Patrzyłam już na ten rysunek tysiąc razy! Runy rozumiem! Vort, cáelme. Ys, veloë. Od siebie, wolno. W dół, szybko. Dłoń... o, tak?

– A mały palec?

– Nie da się go tak ustawić, nie zginając jednocześnie serdecznego!

– Daj mi rękę.

– Auuu!

– Ciszej, Ciri, bo Nenneke znów tu przybiegnie, myśląc, że obdzieram cię żywcem ze skóry albo smażę w oleju. Nie zmieniaj układu palców. A teraz wykonaj gest. Obrót, obrót nadgarstkiem! Dobrze. Teraz strzepnij dłonią, rozluźnij palce. I powtórz. No, nie! Czy wiesz, co zrobiłaś? Gdybyś w ten sposób rzuciła prawdziwe zaklęcie, przez miesiąc nosiłabyś rękę w łupkach! Czy ty masz dłonie z drewna?

– Mam rękę ćwiczoną do miecza! To przez to!

– Bzdura. Geralt całe życie machał mieczem, a palce ma zręczne i... hmmm... bardzo delikatne. Dalej, brzydulko, spróbuj jeszcze raz. No widzisz? Wystarczy chcieć. Wystarczy się postarać. Jeszcze raz. Dobrze. Strzepnij dłonią. I jeszcze raz. Dobrze. Zmęczyłaś się?

– Trochę...

– Pozwól, rozmasuję ci dłoń i przedramię. Ciri, dlaczego nie używasz maści, którą ci dałam? Łapki masz chropawe jak kormoran... A to co jest? Ślad po pierścionku, tak? Czy mi się zdaje, ale chyba zabroniłam ci nosić biżuterii?

– Ale ja ten pierścionek wygrałam od Myrrhy w bączka! I nosiłam go tylko pół dnia...

– O pół dnia za długo. Nie noś go więcej, proszę.

– Nie rozumiem, dlaczego nie wolno mi...

– Nie musisz rozumieć – ucięła czarodziejka, ale w jej głosie nie było gniewu. – Proszę, byś nie nosiła żadnych ozdób tego typu. Chcesz, to wepnij sobie kwiat we włosy. Upleć wianek. Ale żadnego metalu, żadnego kryształu, żadnego kamyka. To ważne, Ciri. Gdy przyjdzie czas, wyjaśnię ci dlaczego. Na razie zaufaj mi i zastosuj się do mojej prośby.

– Ty nosisz twoją gwiazdę, kolczyki i pierścienie! A mnie nie wolno? Czy to dlatego, że jestem... dziewicą?

– Brzydulko – Yennefer uśmiechnęła się, pogłaskała ją po głowie. – Czy ty masz obsesję na tym punkcie? Tłumaczyłam ci już, to nie ma żadnego znaczenia, jesteś czy nie jesteś. Żadnego. Jutro umyj włosy, bo już czas, widzę.

– Pani Yennefer?

– Słucham.

– Czy mogę... W ramach tej szczerości, którą mi obiecywałaś... Czy mogę cię o coś zapytać?

– Możesz. Ale, na bogów, byle nie o dziewictwo, proszę.

Ciri przygryzła wargę i milczała długo.

– Trudno – westchnęła Yennefer. – Niech będzie. Pytaj.

– Bo widzisz... – Ciri zarumieniła się, oblizała wargi. – Dziewczęta w dormitorium ciągle plotkują i opowiadają różne historie... O święcie Belleteyn i inne takie... A na mnie mówią, że smarkata jestem i że jestem dziecko, bo już czas... Pani Yennefer, jak to naprawdę jest? Jak poznać, że już nadszedł czas...

– ...by móc pójść z mężczyzną do łóżka?

Ciri oblała się rumieńcem. Milczała chwilę, potem uniosła oczy i kiwnęła głową.

– To łatwo stwierdzić – powiedziała swobodnie Yennefer. – Jeżeli zaczynasz się nad tym zastanawiać, to znak, że ten czas już nadszedł.

– A ja wcale nie chcę!

– To nie jest obowiązkowe. Nie chcesz, nie idziesz.

– Aha – Ciri znów przygryzła wargę. – A ten... No... Mężczyzna... Jak poznać, że to ten właściwy, z którym...

– ...można pójść do łóżka?

– Mhm.

– Jeżeli w ogóle ma się wybór – czarodziejka skrzywiła wargi w uśmiechu – a nie ma się dużej wprawy, w pierwszej kolejności ocenia się nie mężczyznę, ale łóżko.

Szmaragdowe oczy Ciri nabrały kształtu i rozmiaru spodków.

– Jak to... łóżko?

– Właśnie tak. Tych, którzy łóżek w ogóle nie mają, eliminujesz z miejsca. Spośród pozostałych eliminujesz posiadaczy łóżek brudnych i niechlujnych. A gdy pozostaną już tylko tacy, którzy mają łóżka czyste i schludne, wybierasz tego, który najbardziej ci się podoba. Niestety, sposób nie jest stuprocentowo pewny. Można się cholernie pomylić.

– Żartujesz?

– Nie. Nie żartuję. Ciri, od jutra będziesz spać tu, ze mną. Przenieś tu twoje rzeczy. W dormitorium adeptek, jak słyszę, marnuje się na paplaninę za dużo czasu, który winien być przeznaczony na odpoczynek i sen.

•

Po opanowaniu podstawowych układów dłoni, ruchów i gestów Ciri zaczęła się uczyć zaklęć i ich formuł. Formuły były łatwiejsze. Zapisane w Starszej Mowie, którą dziewczynka posługiwała się perfekcyjnie, łatwo zapadały w pamięć. Z konieczną przy ich wypowiadaniu, niekiedy dość skomplikowaną intonacją również nie miała problemów. Yennefer była wyraźnie zadowolona, z dnia na dzień robiła się coraz milsza i sympatyczniejsza. Coraz częściej, robiąc przerwy w nauce, obie plotkowały o byle czym, żartowały, obie nawet zaczęły znajdować rozrywkę w delikatnym podkpiwaniu z Nenneke, która często „wizytowała" wykłady i ćwiczenia, zjeżona i napuszona jak kwoka, gotowa brać Ciri pod opiekuńcze skrzydła, bronić i ratować przed wyimaginowaną surowością czarodziejki i „nieludzkimi torturami" edukacji.

Posłuszna poleceniu, Ciri przeprowadziła się do komnaty Yennefer. Teraz były już razem nie tylko w dzień, ale i w nocy. Niekiedy nauka również odbywała się nocą – niektórych gestów, formuł i zaklęć nie wolno było używać w świetle dnia.

Czarodziejka, zadowolona z postępów dziewczynki, zwolniła tempo edukacji. Miały więcej wolnego czasu. Wieczory spędzały na czytaniu ksiąg, razem lub oddzielnie. Ciri przebrnęła przez *Dialogi o naturze magii* Stammelforda, *Mocarstwa żywiołów* Giambattisty, przez *Magię naturalną* Richerta i Moncka. Wertowała też – bo przeczytać ich w całości nie zdołała – takie dzieła, jak *Świat niewidzialny* Jana Bekkera czy *Tajemnica tajemnic* Agnes z Glanville. Zaglądała do pradawnego pożółkłego *Kodeksu z Mirthe* i do *Ard Aercane*, a nawet do słynnej, strasznej *Dhu Dwimmermorc*, pełnej budzących grozę grawiur.

Sięgała też po inne, nie dotyczące magii książki. Czytywała *Historię świata* i *Traktat o życiu*. Nie omijała i lżejszych pozycji ze świątynnej biblioteki. Z wypiekami na twarzy pochłonęła *Igraszki* markiza La Creahme i *Królewskie damy* Anny Tiller. Czytała *Niedole miłowania* i *Czas księżyca*, zbiory poezji słynnego trubadura Jaskra. Popłakała się przy subtelnych, tchnących tajemnicą balladach Essi Daven, zebranych w małym, ślicznie oprawionym tomiku, noszącym tytuł *Błękitna perła*.

Często korzystała z przywileju i zadawała pytania. I otrzymywała odpowiedzi. Coraz częściej przychodziło jej jednak stawać się samej adresatką pytań. Yennefer początkowo zdawały się w ogóle nie interesować jej losy, ani dzieciństwo w Cintrze, ani późniejsze, wojenne wydarzenia. Ale potem pytania stawały się coraz konkretniejsze. Ciri musiała odpowiadać – czyniła to bardzo niechętnie, bo każde pytanie czarodziejki otwierało w jej pamięci drzwi, których obiecała sobie nigdy nie otwierać, które pragnęła pozostawić zamkniętymi raz na zawsze. Od czasu spotkania z Geraltem w Sodden uważała, że rozpoczęła „inne życie", że tamto, w Cintrze, zostało ostatecznie i nieodwołalnie wymazane. Wiedźmini w Kaer Morhen nigdy o nic nie pytali, a przed przyjazdem do świątyni Geralt wręcz wymógł na niej, by słowem nie zdradziła przed nikim, kim była. Nenneke, która oczywiście wiedziała o wszystkim, zadbała o to, by dla innych kapłanek i adeptek Ciri była najzwyklejszą w świecie nieślubną córką rycerza i wieśniaczki, dzieckiem, dla którego nie było miejsca ani w kasztelu ojca, ani w matczynej chałupinie. Połowa adeptek w świątyni Melitele była właśnie takimi dziećmi.

A Yennefer też znała tajemnicę. Była tą, której „można zaufać". Yennefer pytała. O tamto. O Cintrę.

– Jak wydostałaś się z miasta, Ciri? W jaki sposób udało ci się wymknąć Nilfgaardczykom?

Tego Ciri nie pamiętała. Wszystko urywało się, gubiło

w mroku i dymie. Przypominała sobie oblężenie, pożegnanie z królową Calanthe, jej babką, pamiętała baronów i rycerzy, przemocą odciągających ją od łoża, na którym spoczywała ranna, umierająca Lwica z Cintry. Pamiętała szaleńczą ucieczkę przez płonące uliczki, krwawy bój i upadek z konia. Pamiętała czarnego jeźdźca w hełmie ozdobionym skrzydłami drapieżnego ptaka.

I nic więcej.

– Nie pamiętam. Naprawdę nie pamiętam, pani Yennefer.

Yennefer nie nalegała. Zadawała inne pytania. Robiła to delikatnie i taktownie, a Ciri stawała się coraz swobodniejsza. Wreszcie zaczęła mówić sama. Nie czekając na pytania, opowiadała o swych latach dziecięcych w Cintrze i na Wyspach Skellige. O tym, jak dowiedziała się o Prawie Niespodzianki i o tym, że wyrok losu uczynił ją przeznaczeniem Geralta z Rivii, wiedźmina o białych włosach. Opowiedziała o wojnie. O tułaczce po lasach Zarzecza, o pobycie wśród druidów z Angrenu i o czasie spędzonym na wsi. O tym, jak Geralt ją tam odnalazł i zabrał do Kaer Morhen, do Wiedźmińskiego Siedliszcza, otwierając nowy rozdział w jej krótkim życiu.

Któregoś wieczora, nie pytana, z własnej inicjatywy, swobodnie, wesoło i mocno ubarwiając, opowiedziała czarodziejce o swym pierwszym spotkaniu z wiedźminem, w Lesie Brokilon, wśród driad, które ją porwały i chciały przemocą zatrzymać, przerobić na jedną ze swoich.

– Ha! – powiedziała Yennefer, wysłuchawszy opowieści. – Dałabym wiele, by móc to zobaczyć. Mówię o Geralcie. Staram sobie wyobrazić jego minę, wówczas, w Brokilonie, gdy zobaczył, jaką to Niespodziankę zrobiło mu przeznaczenie! Bo chyba musiał mieć cudowną minę, gdy dowiedział się, kim jesteś?

Ciri zachichotała, w jej szmaragdowych oczach zapaliły się diabelskie ogniki.

– Oj, tak! – parsknęła. – Miał minę! Jeszcze jaką! Chcesz zobaczyć? Pokażę ci. Spójrz na mnie!

Yennefer wybuchnęła śmiechem.

•

Ten śmiech, pomyślała Ciri, patrząc na lecące na wschód chmary czarnych ptaków. Ten śmiech, wspólny i szczery, zbliżył nas naprawdę, ją i mnie. Zrozumiałyśmy, i ona, i ja, że możemy się wspólnie śmiać, rozmawiając o nim. O Geralcie. Nagle stałyśmy się sobie bliskie, chociaż dobrze wiedziałam, że Geralt łączy nas i dzieli jednocześnie, i że zawsze tak będzie.

Zbliżył nas ten wspólny śmiech.

I to, co stało się dwa dni później. W lesie, na wzgórzach. Pokazywała mi wtedy, jak odnajdywać...

•

– Nie rozumiem, dlaczego mam szukać tych... Znowu zapomniałam, jak to się nazywa...

– Intersekcje – podpowiedziała Yennefer, wyskubując rzepy, które wczepiły się jej w rękaw podczas przeprawy przez zarośla. – Pokazuję ci, jak je wykrywać, bo są to miejsca, z których można czerpać moc.

– Przecież ja już umiem czerpać moc! A sama uczyłaś mnie, że moc jest wszędzie. Po co więc łazimy po krzakach? W świątyni jest przecież pełno energii!

– Owszem, jest jej tam niemało. Dlatego właśnie wybudowano ją tam, a nie gdzie indziej. I dlatego też na terenie świątyni wydaje ci się, że czerpanie jest takie łatwe.

– Nogi mnie już bolą! Usiądźmy na chwilę, dobrze?

– Dobrze, brzydulko.

– Pani Yennefer?

– Słucham.

– Dlaczego zawsze czerpiemy moc z żył wodnych? Przecież energia magiczna jest wszędzie. Jest w ziemi, prawda? W powietrzu, w ogniu?

– Prawda.

– A ziemia... O, wszędzie tu dookoła pełno ziemi. Pod nogami. I wszędzie jest powietrze! A jeśli zechcemy ognia, to przecież wystarczy rozpalić ognisko i...

– Jesteś jeszcze za słaba, by wyciągnąć energię z ziemi. Za mało jeszcze wiesz, by udało ci się wydobyć coś z powietrza. A ogniem absolutnie zabraniam ci się bawić! Mówiłam już, pod żadnym pozorem nie wolno ci dotykać energii ognia!

– Nie krzycz. Pamiętam.

Siedziały w milczeniu na suchym zwalonym pniu, słuchając wiatru szumiącego w koronach drzew, słuchając dzięcioła, który zajadle tuktukał gdzieś w pobliżu. Ciri była głodna, a ślina gęstniała jej z pragnienia, lecz wiedziała, że skargi nie dadzą nic. Dawniej, przed miesiącem, Yennefer reagowała na takie żale suchym wykładem o sztuce panowania nad prymitywnymi instynktami, później już tylko zbywała je lekceważącym milczeniem. Protesty miały równie mało sensu i dawały równie mało skutku, jak dąsy o nazywanie „brzydulką".

Czarodziejka wyskubała z rękawa ostatni rzep. Zaraz o coś zapyta, pomyślała Ciri, słyszę, jak myśli. Znowu zapyta o coś, czego nie pamiętam. Albo o coś, czego nie chcę pamiętać. Nie, to nie ma sensu. Nie odpowiem. Tamto to przeszłość, do przeszłości nie ma powrotu. Sama kiedyś tak powiedziała...

– Opowiedz mi o twoich rodzicach, Ciri.

– Nie pamiętam ich, pani Yennefer...

– Przypomnij sobie. Proszę cię o to.

– Taty naprawdę nie pamiętam... – powiedziała cicho, ulegając rozkazowi. – Tylko... Prawie wcale. Mamę... Mamę tak. Miała długie włosy, o, takie... I zawsze była smutna... Pamiętam... Nie, niczego nie pamiętam...

– Przypomnij sobie, proszę.

– Nie pamiętam!

– Spójrz na moją gwiazdę.

Wrzeszczały mewy pikujące w dół, między łodzie rybaków, gdzie łapały odpadki i wyrzucany ze skrzyń rybi drobiazg. Wiatr lekko łopotał opuszczonymi żaglami drakkarów, nad przystanią snuł się dławiony mżawką dym. Do portu wpływały triremy z Cintry, lśniły złote lwy na błękitnych proporcach. Wuj Crach, który stał obok i trzymał na jej ramieniu dłoń wielką jak niedźwiedzia łapa, uklęknął nagle na jedno kolano. Ustawieni w szeregi wojownicy rytmicznie uderzali mieczami o tarcze.

Po pomoście szła ku nim królowa Calanthe. Jej babka. Ta, którą na Wyspach Skellige nazywano oficjalnie Ard Rhena, Najwyższa Królowa. Ale wuj Crach an Craite, jarl

Skellige, wciąż klęcząc z opuszczoną głową, powitał Lwicę z Cintry tytułem mniej oficjalnym, ale uznawanym przez wyspiarzy za pełniejszy czci.

– Bądź pozdrowiona, Modron.

– Księżniczko – powiedziała Calanthe głosem zimnym i władczym, w ogóle nie patrząc na jarla. – Chodź do mnie. Chodź tu do mnie, Ciri.

Dłoń babki była silna i twarda jak dłoń mężczyzny, pierścienie na niej lodowato zimne.

– Gdzie Eist?

– Król... – zająknął się Crach. – Jest na morzu, Modron. Szuka szczątków... I ciał. Od wczoraj...

– Dlaczego im na to zezwolił? – krzyknęła królowa. – Jak mógł do tego dopuścić? Jak ty mogłeś do tego dopuścić, Crach? Jesteś jarlem Skellige! Żaden drakkar nie ma prawa wyjść w morze bez twojego zezwolenia! Dlaczego zezwoliłeś, Crach?

Wuj jeszcze niżej opuścił rudą głowę.

– Konie! – powiedziała Calanthe. – Jedziemy do fortu. A jutro o świcie odpływam. Zabieram księżniczkę do Cintry. Nigdy nie pozwolę jej tu wrócić. A ty... Ty masz wobec mnie cholerny dług, Crach. Kiedyś zażądam, byś go spłacił.

– Wiem, Modron.

– Jeśli ja nie zdołam się upomnieć, zrobi to ona – Calanthe spojrzała na Ciri. – Jej spłacisz twój dług, jarlu. Wiesz, w jaki sposób.

Crach an Craite wstał, wyprostował się, rysy jego ogorzałej twarzy stwardniały. Szybkim ruchem wyciągnął z pochwy pozbawiony ozdób, prosty stalowy miecz, obnażył lewe przedramię, poznaczone zgrubiałymi białymi szramami.

– Bez teatralnych gestów – parsknęła królowa. – Oszczędzaj krew. Powiedziałam: kiedyś. Pamiętaj!

– Aen me Gláeddyv, zvaere a'Bloedgeas, Ard Rhena, Lionors aep Xintra! – Crach an Craite, jarl Wysp Skellige, uniósł ręce, potrząsnął mieczem. Wojownicy ryknęli ochryple, walnęli bronią o tarcze.

– Przysięgę przyjęłam. Prowadź do fortu, jarlu.

Ciri pamiętała powrót króla Eista, jego skamieniałą, pobladłą twarz. I milczenie królowej. Pamiętała ponurą, straszną ucztę, na której dzikie, brodate morskie wilki ze Skellige powoli upijały się wśród przerażającej ciszy. Pamiętała szepty. Geas Muire... Geas Muire!

Pamiętała strugi ciemnego piwa wylewanego na posadzkę, rogi roztrzaskiwane o kamienne ściany halli w wybuchach rozpaczliwego, bezsilnego, bezsensownego gniewu. Geas Muire! Pavetta!

Pavetta, królewna Cintry, i jej mąż, książę Duny. Rodzice Ciri. Przepadli. Zginęli. Zabiło ich Geas Muire, Przekleństwo Morza. Pochłonął ich sztorm, którego nikt nie przewidział. Sztorm, którego miało nie być...

Ciri odwróciła głowę, by Yennefer nie dostrzegła łez wypełniających jej oczy. Po co to wszystko, pomyślała. Po co te pytania, te wspomnienia? Do przeszłości nie ma powrotu. Nie mam już nikogo z nich. Ani taty, ani mamy, ani babki, tej, która była Ard Rheną, Lwicą z Cintry. Wuj Crach an Craite też pewnie zginął. Nie mam już nikogo i jestem kimś innym. Nie ma powrotu...

Czarodziejka milczała, zamyślona.

– Czy wtedy zaczęły się twoje sny? – spytała nagle.

– Nie – zastanowiła się Ciri. – Nie, nie wtedy. Dopiero później.

– Kiedy?

Dziewczynka zmarszczyła nos.

– Latem... Poprzednim... Bo następnego lata była już wojna...

– Aha. To znaczy, że sny zaczęły się po spotkaniu z Geraltem w Brokilonie?

Kiwnęła głową. Nie odpowiem na następne pytanie, postanowiła. Ale Yennefer nie zadała pytania. Wstała szybko, spojrzała na słońce.

– No, dość tego siedzenia, brzydulko. Robi się późno. Szukamy dalej. Ręka luźno przed siebie, nie naprężaj palców. Naprzód.

– Dokąd mam iść? W którą stronę?

– To obojętne.

– Żyły są wszędzie?

– Prawie. Nauczysz się, jak je wykrywać, znajdować w terenie, rozpoznawać takie punkty. Znaczą je uschłe drzewa, skarlałe roślinki, miejsca omijane przez wszystkie zwierzęta. Oprócz kotów.

– Kotów?

– Koty lubią spać i odpoczywać na intersekcjach. Wiele krąży opowieści o magicznych zwierzętach, ale tak naprawdę kot, oprócz smoka, jest jedynym stworzeniem umiejącym chłonąć moc. Nikt nie wie, po co kot ją chłonie i jak wykorzystuje... Co się stało?

– Oooo... Tam, w tamtym kierunku! Chyba coś tam jest! Za tamtym drzewem!

– Ciri, nie fantazjuj. Intersekcje wyczuwa się, stojąc nad nimi... Hmmm... Ciekawe. Powiedziałabym, niezwykłe. Naprawdę wyczuwasz ciąg?

– Naprawdę!

– Chodźmy więc. Ciekawe, ciekawe... No, lokalizuj. Pokaż gdzie.

– Tu! W tym miejscu!

– Brawo. Znakomicie. Czujesz lekkie skurcze palca serdecznego? Widzisz, jak wygina się w dół? Zapamiętaj, to jest sygnał.

– Czy mogę zaczerpnąć?

– Zaczekaj, sprawdzę.

– Pani Yennefer? Jak to jest, z tym czerpaniem? Jeśli nabiorę w siebie mocy, to jej przecież może zabraknąć tam, w dole. Czy tak wolno? Matka Nenneke uczyła nas, że niczego nie wolno zabierać ot tak, dla kaprysu. Nawet wiśni należy zostawić na drzewach, dla ptaków i żeby po prostu opadły.

Yennefer objęła ją, lekko pocałowała we włosy na skroni.

– Chciałabym – mruknęła – żeby to, co powiedziałaś, usłyszeli inni. Vilgefortz, Francesca, Terranova... Ci, którzy uważają, że mają do mocy wyłączne prawa i mogą z niej korzystać bez ograniczeń. Chciałabym, żeby posłuchali małej mądrej brzydulki ze świątyni Melitele. Nie obawiaj się, Ciri. Dobrze, że o tym myślisz, ale wierz mi, mocy jest dość. Nie zabraknie jej. To tak, jakbyś w wielkim sadzie zerwała jedną jedyną wisienkę.

– Czy już mogę czerpać?

– Zaczekaj. Oho, to diabelnie silne gniazdo. Potężnie

tętni! Uważaj, brzydulko. Czerp ostrożnie i bardzo, bardzo powoli.

– Ja się nie boję! Pah-pah! Ja jestem wiedźminką! Ha! Czuję ją! Czuję... Oooooch! Pani... Ye... nnnne... feeeeeer...

– Cholera! Ostrzegałam! Mówiłam! Głowa do góry! Do góry, mówię! Masz, przyłóż to do nosa, bo cała zachlapiesz się krwią! Spokojnie, spokojnie, malutka, tylko mi nie mdlej. Jestem przy tobie. Jestem przy tobie... córeczko. Trzymaj chustkę. Zaraz wyczaruję lód...

•

O te trochę krwi z nosa była wielka awantura. Yennefer i Nenneke nie rozmawiały ze sobą przez tydzień.

Przez tydzień Ciri leniuchowała, czytała księgi i nudziła się, bo czarodziejka zawiesiła naukę. Dziewczynka nie widywała jej całymi dniami – Yennefer przepadała gdzieś o świcie, wracała wieczorem, patrzyła na nią dziwnie i była dziwnie małomówna.

Po tygodniu Ciri miała dość. Wieczorem, gdy czarodziejka wróciła, podeszła do niej bez słowa, przytuliła się mocno.

Yennefer milczała. Bardzo długo. Nie musiała mówić. Jej palce, zaciśnięte na ramionach dziewczynki, mówiły za nią.

Nazajutrz arcykapłanka i czarodziejka pogodziły się, odbywszy długą, kilkugodzinną rozmowę.

I wtedy, ku ogromnej radości Ciri, wszystko wróciło do normy.

•

– Patrz mi w oczy, Ciri. Małe światełko. Formuła, proszę!

– Aine verseos!

– Dobrze. Popatrz na moją rękę. Taki sam gest i rozpuść światełko w powietrzu.

– Aine aen aenye!

– Znakomicie. A jaki gest należy teraz uczynić? Tak, właśnie taki. Bardzo dobrze. Wzmocnij gest i zaczerpnij. Więcej, więcej, nie przerywaj!

– Ooooch...

– Plecy prosto! Ręce wzdłuż tułowia! Dłonie luźno,

żadnych niepotrzebnych ruchów palcami, każdy ruch może zmultiplifikować efekt, chcesz, by wybuchł tu pożar? Wzmocnij, na co czekasz?

– Ooch, nie... Nie mogę...

– Odpręż się i przestań trząść! Czerp! Co ty robisz? No, teraz lepiej... Nie osłabiaj woli! Za szybko, hyperwentylujesz! Niepotrzebnie rozgrzewasz! Wolniej, brzydulko, spokojniej. Wiem, że to nieprzyjemne. Przyzwyczaisz się.

– Boli mnie... W brzuchu... O, tu...

– Jesteś kobietą, to typowa reakcja. Z czasem się uodpornisz. Ale żeby nabrać odporności, musisz ćwiczyć bez blokady przeciwbólowej. To naprawdę konieczne, Ciri. Niczego się nie bój, ja czuwam, ekranuję cię. Nic ci się nie może stać. Ale ból musisz znieść. Oddychaj spokojnie. Skoncentruj się. Gest, proszę. Doskonale. I bierz siłę, czerp, wciągaj... Dobrze, dobrze... Jeszcze trochę...

– O... O... Ooooch!

– No widzisz? Potrafisz, jeśli chcesz. Teraz obserwuj moją dłoń. Uważnie. Wykonaj taki sam gest. Palce! Palce, Ciri! Patrz na moją dłoń, nie na sufit! Teraz dobrze, tak, bardzo dobrze. Zwiąż. A teraz odwróć, zrewersuj gest i wydaj moc w postaci silniejszego światła.

– Jiiii... Jiiiiik... yyyy...

– Przestań jęczeć! Opanuj się! To skurcz! To zaraz ustąpi! Szerzej palce, wygaś, oddaj, oddaj to z siebie! Wolniej, cholera, bo znowu polecą ci naczynia krwionośne!

– Iiiiiyyyyk!

– Za gwałtownie, brzydulko, wciąż za gwałtownie. Wiem, moc wyrywa się na zewnątrz, ale musisz się nauczyć ją kontrolować. Nie wolno ci dopuszczać do takich wybuchów jak przed chwilą. Gdybym cię nie izolowała, narobiłabyś tu nielichego zamieszania. No, jeszcze raz. Zaczynamy od samego początku. Gest i formuła.

– Nie! Już nie! Już nie mogę!

– Oddychaj powoli, przestań się trząść. Tym razem to zwykła histeria, nie oszukasz mnie. Opanuj się, skoncentruj i zaczynaj.

– Nie, proszę, pani Yennefer... Boli mnie... Niedobrze mi...

– Tylko bez łez, Ciri. Nie ma paskudniejszego widoku

niż płacząca czarodziejka. Nic nie budzi większego politowania. Zapamiętaj to sobie. Nigdy o tym nie zapominaj. Jeszcze raz, od początku. Zaklęcie i gest. Nie, nie, tym razem bez naśladowania. Zrobisz to sama. No, wysil pamięć!

– Aine verseos... Aine aen aenye... Oooooch!

– Źle! Za szybko!

•

Magia, jak żelazny grot z zadziorem, utkwiła w niej. Zraniła głęboko. Bolała. Bolała tym dziwnym rodzajem bólu, który dziwnie kojarzy się z rozkoszą.

•

Dla odprężenia znowu biegały po parku. Yennefer wymogła na Nenneke wydanie z depozytu miecza Ciri, umożliwiła dziewczynce ćwiczenie kroków, uników i ataków, oczywiście tak, by inne kapłanki i adeptki tego nie widziały. Ale magia była wszechobecna. Ciri uczyła się, jak prostymi zaklęciami i koncentracją woli rozprężać mięśnie, zwalczać skurcze, kontrolować adrenalinę, panować nad błędnikiem i nerwem błędnym, jak zwalniać lub przyspieszać tętno, jak na krótkie chwile uniezależniać się od tlenu.

Czarodziejka wiedziała niespodziewanie wiele o mieczu i wiedźmińskim „tańcu". Wiedziała mnóstwo o sekretach Kaer Morhen, niewątpliwie bywała w Warowni. Znała Vesemira i Eskela. Lamberta i Coëna nie znała.

Yennefer bywała w Kaer Morhen. Ciri domyślała się przyczyn, dla których podczas rozmów o Warowni oczy czarodziejki nabierały ciepła, traciły zły poblask i zimną, obojętną, mądrą głębię. Gdyby słowa te pasowały do osoby Yennefer, Ciri nazwałaby ją wtedy rozmarzoną, zasłuchaną we wspomnienia.

Ciri domyślała się przyczyn.

Był temat, którego poruszania dziewczynka instynktownie i starannie unikała. Ale któregoś razu rozpędziła się i wygadała. O Triss Merigold. Yennefer, pozornie od niechcenia, pozornie obojętnie, pozornie banalnymi, dawkowanymi pytaniami wyciągnęła z niej resztę. Oczy miała twarde i nieprzeniknione.

Ciri domyślała się przyczyn. I o dziwo, nie czuła już rozdrażnienia.

Magia uspokajała.

•

– Tak zwany Znak Aard, Ciri, to bardzo proste zaklęcie z grupy czarów psychokinetycznych, polegające na pchnięciu energii w żądanym kierunku. Siła pchnięcia zależy od koncentracji woli rzucającego i wydanej mocy. Może być znaczna. Wiedźmini zaadaptowali to zaklęcie, korzystając z faktu, że nie wymaga ono znajomości magicznej formuły – wystarcza koncentracja i gest. Dlatego nazwali to Znakiem. Skąd wzięli nazwę, nie wiem, być może ze Starszej Mowy, słowo „ard" znaczy, jak wiesz, „góra", „górny" lub „najwyższy". Jeżeli tak, to nazwa jest bardzo myląca, bo trudno o łatwiejszy czar psychokinetyczny. My, rzecz jasna, nie będziemy marnować czasu i energii na coś tak prymitywnego, jak wiedźmiński Znak. Będziemy ćwiczyć prawdziwą psychokinezę. Przećwiczymy to... O, na tym koszu, który leży pod jabłonią. Skoncentruj się.

– Już.

– Szybko się koncentrujesz. Przypominam: kontroluj wydawanie mocy. Wydać możesz tylko tyle, ile wzięłaś. Jeśli wydasz choćby odrobinę więcej, robisz to kosztem własnego organizmu. Taki wysiłek może pozbawić cię przytomności, a w krańcowym przypadku nawet zabić. Jeśli natomiast wydasz wszystko, co wzięłaś, tracisz możliwość powtórzenia, będziesz musiała czerpać jeszcze raz, a wiesz, że to niełatwe i bolesne.

– Ooo, wiem!

– Nie wolno ci osłabić koncentracji i pozwolić, by energia wyrywała się z ciebie sama. Moja Mistrzyni zwykła była mawiać, że wydawanie mocy musi odbywać się tak, jakbyś puszczała bąka na sali balowej: delikatnie, oszczędnie i pod kontrolą. I tak, by postronni nie połapali się, że to ty. Rozumiesz?

– Rozumiem!

– Wyprostuj się. Przestań chichotać. Przypominam, zaklęcia to sprawa poważna. Rzuca się je w postawie pełnej gracji, ale i dumnej. Gesty wykonuje się płynnie, ale powściągliwie. Z godnością. Nie robi się głupich min, nie krzywi, nie wysuwa języka. Operujesz siłą natury, okaż naturze szacunek.

– Dobrze, pani Yennefer.

– Uważaj, tym razem nie ekranuję cię. Jesteś samodzielną czarodziejką. To twój debiut, brzydulko. Widziałaś tamten gąsiorek wina na komodzie? Jeśli twój debiut wypadnie dobrze, twoja mistrzyni wypije go dziś wieczorem.

– Sama?

– Uczniom zezwala się na picie wina dopiero po wyzwoleniu na czeladników. Musisz zaczekać. Jesteś pojętna, więc jeszcze jakieś dziesięć lat, nie dłużej. No, zaczynamy. Składaj palce. A lewa ręka? Nie machaj nią! Opuść luźno lub oprzyj o biodro. Palce! Dobrze. No, wydaj.

– Aaach...

– Nie prosiłam, byś wydawała dźwięki. Wydaj energię. W ciszy.

– Haa, ha! Podskoczył! Koszyk podskoczył! Widziałaś?

– Zaledwie drgnął. Ciri, oszczędnie nie znaczy słabo. Psychokinezy używa się w określonym celu. Nawet wiedźmini stosują Znak Aard, by zwalić przeciwnika z nóg. Energia, którą wydałaś, nie strąciłaby przeciwnikowi kapelusza. Jeszcze raz, trochę mocniej. Śmiało!

– Ha! Ale pofrunął! Teraz było dobrze? Prawda? Pani Yennefer?

– Hmmm... Pobiegniesz potem do kuchni i zwędzisz trochę sera do naszego wina... Było prawie dobrze. Prawie. Jeszcze mocniej, brzydulko, nie bój się. Poderwij kosz z ziemi i porządnie walnij nim w ścianę tamtej szopki, tak żeby pierze poleciało. Nie garb się! Głowa do góry! Z gracją, ale dumnie! Śmiało, śmiało! O, jasna cholera!

– Ojej... Przepraszam, pani Yennefer... Chyba... wydałam trochę za dużo...

– Odrobinkę. Nie denerwuj się. Chodź tu do mnie. No, malutka.

– A... A szopka?

– To się zdarza. Nie ma się czym przejmować. Debiut, generalnie rzecz biorąc, należy ocenić pozytywnie. A szopka? To nie była wcale piękna szopka. Nie sądzę, żeby komuś bardzo brakowało jej w krajobrazie. Hola, moje panie! Spokojnie, spokojnie, po co ten gwałt i szum, nic się nie stało! Bez nerwów, Nenneke! Nic się nie stało, powtarzam. Trzeba po prostu uprzątnąć te deski. Przydadzą się na opał!

•

Podczas ciepłych, bezwietrznych popołudni powietrze gęstniało od zapachu kwiatów i traw, tętniło spokojem i ciszą, przerywaną brzęczeniem pszczół i wielkich żuków. W takie popołudnia Yennefer wynosiła do ogrodu wiklinowy fotel Nenneke, siadała w nim, daleko wyciągając przed siebie nogi. Czasami studiowała księgi, czasami czytała listy, które otrzymywała za pośrednictwem dziwnych posłańców, przeważnie ptaków. Niekiedy tylko siedziała zapatrzona w dal. Jedną ręką burzyła w zamyśleniu swe czarne lśniące loki, drugą głaskała po głowie Ciri siedzącą na trawie, przytuloną do ciepłego, twardego uda czarodziejki.

– Pani Yennefer?

– Jestem tu, brzydulko.

– Powiedz mi, czy za pomocą magii można zrobić wszystko?

– Nie.

– Ale można wiele, prawda?

– Prawda – czarodziejka zamknęła na chwilę oczy, dotknęła palcami powiek. – Bardzo wiele.

– Coś naprawdę wielkiego... Coś strasznego! Bardzo strasznego?

– Niekiedy bardziej, niż by się chciało.

– Hmm... A czy ja... Kiedy ja będę umiała zrobić coś takiego?

– Nie wiem. Może nigdy. Obyś nigdy nie musiała.

Cisza. Milczenie. Gorąco. Zapach kwiatów i ziół.

– Pani Yennefer?

– Co znowu, brzydulko?

– Ile miałaś lat, gdy zostałaś czarodziejką?

– Hmm... Gdy zdałam wstępne egzaminy? Trzynaście.

– Ha! To tak, jak ja teraz! A ile... Ile miałaś lat, gdy... Nie, o to nie zapytam...

– Szesnaście.

– Aha... – Ciri zarumieniła się lekko, udała nagłe zainteresowanie chmurą o dziwnym kształcie, wiszącą wysoko nad wieżami świątyni. – A ile miałaś lat... gdy poznałaś Geralta?

– Więcej, brzydulko. Trochę więcej.

– Wciąż nazywasz mnie brzydulką! Wiesz, jak bardzo tego nie lubię. Dlaczego to robisz?

– Bo jestem złośliwa. Czarodziejki zawsze są złośliwe.

– A ja nie chcę... nie chcę być brzydulką. Chcę być ładna. Naprawdę ładna, tak jak ty, pani Yennefer. Czy dzięki magii będę mogła być kiedyś tak piękna jak ty?

– Ty... Na szczęście nie musisz... Nie potrzebujesz do tego magii. Sama nie wiesz, jakie to szczęście.

– Ale ja chcę być naprawdę ładna!

– Jesteś naprawdę ładna. Naprawdę ładna brzydulka. Moja ładna brzydulka...

– Och, pani Yennefer!

– Ciri, posiniaczysz mi udo.

– Pani Yennefer?

– Słucham.

– Na co ty tak patrzysz?

– Na tamto drzewo. To lipa.

– A co w niej jest takiego ciekawego?

– Nic. Po prostu cieszę oczy jej widokiem. Cieszę się, że... mogę ją widzieć.

– Nie rozumiem.

– To dobrze.

Cisza. Milczenie. Parno.

– Pani Yennefer!

– Co znowu?

– Pająk idzie w kierunku twojej nogi! Spójrz, jaki obrzydliwy!

– Pająk jak pająk.

– Zabij go!

– Nie chce mi się schylać.

– To zabij go zaklęciem!

– Na terenie świątyni Melitele? Żeby Nenneke wypędziła nas obie na zbity łeb? Nie, dziękuję. A teraz bądź cicho. Chcę pomyśleć.

– A nad czym ty tak rozmyślasz? Hmm. Już dobrze, już milczę.

– Nie posiadam się z radości. Już się obawiałam, że zadasz mi któreś z twoich niezrównanych pytań.

– Czemu nie? Lubię twoje niezrównane odpowiedzi!

– Robisz się bezczelna, brzydulko.

– Jestem czarodziejką. Czarodziejki są złośliwe i bezczelne.

Milczenie. Cisza. W powietrzu bezruch. Parno jak przed burzą. I cisza, tym razem przerwana odległym krakaniem kruków i wron.

– Coraz ich więcej – Ciri zadarła głowę. – Lecą i lecą... Jak jesienią... Paskudne ptaszyska... Kapłanki mówią, że to zły znak... Omen, albo jakoś tak. Co to jest omen, pani Yennefer?

– Przeczytaj w *Dhu Dwimmermorc*. Jest tam cały rozdział na ten temat.

Milczenie.

– Pani Yennefer...

– Do licha. Co znowu?

– Czemu Geralt tak długo... Czemu nie przyjeżdża?

– Pewnie o tobie zapomniał, brzydulko. Znalazł sobie ładniejszą dziewczynkę.

– Och, nie! Wiem, że nie zapomniał! Nie mógł! Wiem to, wiem to na pewno, pani Yennefer!

– Dobrze, że to wiesz. Szczęśliwa z ciebie brzydulka.

•

– Nie lubiłam cię – powtórzyła.

Yennefer nie spojrzała na nią, nadal stała obrócona plecami, przy oknie, patrząc w stronę czerniejących na wschodzie wzgórz. Nad wzgórzami niebo ciemniało od stad kruków i wron.

Zaraz spyta, dlaczego jej nie lubiłam, pomyślała Ciri. Nie, jest za mądra na takie pytanie. Sucho zwróci uwagę na formę gramatyczną i zapyta, od kiedy zaczęłam stosować czas przeszły. A ja powiem jej to. Będę równie oschła jak ona, sparodiuję jej ton, niech wie, że też umiem udawać zimną, nieczułą i obojętną, wstydzącą się uczuć i emocji. Wszystko jej powiem. Chcę, muszę jej wszystko powiedzieć. Chcę, by o wszystkim wiedziała, zanim jeszcze opuścimy świątynię Melitele. Zanim wyjedziemy, by nareszcie spotkać się z tym, do którego tęsknię. Z tym, do którego ona tęskni. Z tym, który pewnie tęskni do nas obu. Chcę jej powiedzieć, że...

Powiem jej to. Wystarczy, że zapyta.

Czarodziejka odwróciła się od okna, uśmiechnęła. Nie zapytała o nic.

•

Wyjechały nazajutrz, wczesnym rankiem. Obie w męskich strojach podróżnych, w płaszczach, w czapkach i kapturach kryjących włosy. Obie uzbrojone.

Żegnała ich tylko Nenneke. Długo i cicho rozmawiała z Yennefer, potem obie, czarodziejka i kapłanka, mocno, po męsku uścisnęły sobie dłonie. Ciri, trzymając wodze swej jabłkowitej klaczy, chciała pożegnać się w taki sam sposób, ale Nenneke nie pozwoliła na to. Objęła ją, przytuliła, pocałowała. Miała łzy w oczach. Ciri też.

– No – rzekła wreszcie kapłanka, ocierając oko rękawem szaty. – Jedźcie już. Niech Wielka Melitele strzeże was w drodze, moje kochane. Ale bogini ma na głowie mnóstwo spraw, więc same też się strzeżcie. Pilnuj jej, Yennefer. Chroń jej jak źrenicy oka.

– Mam nadzieję – uśmiechnęła się nieznacznie czarodziejka – że zdołam chronić ją lepiej.

Po niebie, w kierunku Doliny Pontaru, leciały stada wron, kracząc donośnie. Nenneke nie patrzyła na nie.

– Uważajcie na siebie – powtórzyła. – Nadchodzą złe czasy. Może okazać się, że Ithlinne aep Aevenien wiedziała, co przepowiada. Nadchodzi Czas Miecza i Topora. Czas Pogardy i Wilczej Zamieci. Uważaj na nią, Yennefer. Nie pozwól nikomu jej skrzywdzić.

– Wrócę tu, Matko – powiedziała Ciri, wskoczywszy na siodło. – Wrócę tu na pewno! Niedługo!

Nie wiedziała, jak bardzo się myliła.

KONIEC TOMU PIERWSZEGO

superNOWA
poleca
Artur BANIEWICZ
SMOCZY PAZUR
superNOWA
Tęsknisz za wiedźminem?
Przeczytaj o czarokrążcy!
Saga o czarokrążcy
SMOCZY PAZUR
POGRZEB CZAROWNICY
GDZIE KSIĘŻNICZEK BRAK CNOTLIWYCH
Artur BANIEWICZ
POGRZEB CZAROWNICY
superNOWA
Artur BANIEWICZ
GDZIE KSIĘŻNICZEK BRAK CNOTLIWYCH
superNOWA